Jay Kay

Das Lied des Nordens

Das Buch

»In Welt und Wald
ist alles verbunden.«
- Hepta

Die Geschichte

Yana ist die Tochter der Windküste. Das Leben ist hart am Rand der eisigen Weiten und die Winter regieren länger als je zuvor. Eine Missernte jagt die nächste und dann bleibt auch noch der Fisch aus. Kaum alt genug soll sie fortan die Gemeinschaft in einem Beruf unterstützen, den sie sich nicht ausgesucht hat. Doch ein Unglück durchkreuzt alle Pläne und so muss sie ihre Bestimmung alleine finden, in einer Welt, in der nichts so ist, wie es einmal war.
Worauf sie sich verlassen kann, ist ihr Geschick und ihre Stimme. Denn in der Wildnis lauert eine Gefahr, die nur bezwingen kann, wer das Lied des Nordens kennt und zwar alle Verse, nicht nur die, die an den Feuern besungen werden.

Der Autor

Jay Kay war als Journalist für Computer- und Games-Zeitschriften und ebenso als Pressesprecher eines internationalen Herstellers für Gamesoftware tätig.
Er kam schon in früher Jugend mit Science Fiction und Fantasy in Kontakt. Besonders Tolkien und der Herr der Ringe hat es ihm seitdem angetan. Er ist Mitglied der Deutschen Tolkien Gesellschaft und publiziert unter seinem Schriftstellernamen in eigener Regie Bücher im Bereich Fantasy & Science Fiction.
Zurzeit ist er als Dozent im Bereich Film, Story und Screenwriting an einer privaten Lehreinrichtung tätig. Ansonsten widmet er sich vorwiegend der Schriftstellerei.

Ebenfalls von Jay Kay

Fantasy:
Ich, Santa (Roman)
Iikitt (Vignette)
Engel der Frequenzen(Vignette)
Der Dachs, der Wind und
das Webermädchen (Novelle)
Kinder der Erde (Stories)

Magischer Realismus:
Native American Girl (Roman)
Die Mäusekönigin (Roman)

Science Fiction:
Filona am Ende der Zeit (Roman)

Jay Kay

Das Lied des Nordens

Even Terms Press

Das Lied des Nordens

(Lay of the North)

1. Auflage
2025
Even Terms Press
Unt. Waldweg 10, 30974 Wennigsen
www.eventermspress.de
Lektorat: EMB
unter Mitarbeit von
Dr. F. Weinreich, textarbeiten.com
Exposé unter Mitarbeit von
Sandra Margineanu, textschatz.de
Korrektorat:
Martina König, lektorat-sprachgefuehl.de

Titeldesign, Illustrationen, Layout: jk
unter Verwendung von Motiven von Shutterstock
Satz: DTP Service Durchschuss, 62291 Versatz
Verlag: Even Terms Press, Wennigsen
ISBN: 978-3-9823-7416-1

Nord bei Nordwest liegt ein Land unter Eis
voll glitzernder Hallen aus gefrorenem Weiß.
Noch tiefer darunter in tagferner Nacht
liegt der Bergkönig schlafend in all seiner Pracht.
Sich selbst hat er dort zur Ruhe gebettet
und all seine Schätze an sich gekettet.

Erstlied des Nordens

Nach Jahr und Tag

Yana wollte sich gerade zur Ruhe begeben, die Schatten wurden länger, da hörte sie, wie es einmal kurz und kräftig klopfte, und dann wurde ein Brief unter der Tür hindurchgeschoben. Zu dieser Uhrzeit war das so ungewöhnlich, dass sich ihr Herz zusammenzog, als hätte sich eine Schlange in ihr Zimmer verirrt.

Und die Zeit des Tages war noch nicht einmal das Ungewöhnlichste daran. Es war ein Briefumschlag, der nicht neu und weiß glänzte, wie es sich für simple Post gehörte, sondern er war beige, schien alt und hatte Struktur wie feinstes Büttenpapier. Es musste eine wichtige Nachricht sein, warum sonst dieser Aufwand, noch dazu so spät am Abend?

Yana überlegte. Falls jemand etwas Wichtiges zu sagen hatte, konnte er dies dem Kurierdienst anvertrauen. Das Dolignum hatte eine Verbindung ins Umland, die Nachrichten zuverlässig verteilte, ganz besonders wenn sie aus dem Reich einer anderen Mestrí kamen. Dafür hatte die Schwesternschaft mit ihren unvergleichlichen Fähigkeiten gesorgt. Kein Mensch aus den Städten ringsum hätte je vermutet, wer tatsächlich im Haus auf dem Hügel lebte. Ein Irrzauber erster Ordnung reichte dafür vollkommen aus. Und selbst wenn ein Außenstehender vorbeischaute, so nahm er nicht mehr wahr als viel Holz und naturbelassenen Stein und das eine oder andere frei fließende Wasser, wann immer es sich gebot.

Sie hob den Brief auf und musterte die Anschrift. Nur ihr Name stand auf dem Umschlag, mit einer Feder geschrieben. Kein Absender, weder vorn noch hinten.

Ein Absender hätte sie verwundert. Das war ganz sicher keine normale Post, und schon das machte den Inhalt wichtig. Anhand des Papiers konnte sie sich vorstellen, woher der Brief kam. Es gab nur einen Weg, ihn auf diese Weise zuzustellen. Eine ihrer Schwestern aus dem Norden musste ihn gerade abgegeben haben.

Jemand aus der alten Heimat hatte die Schattenpfade betreten und die Fähigkeiten der Kinder der Erde genutzt, um eine Nachricht zu übermitteln.

Yana musste schlucken.

Sie wechselte an ihren Schreibtisch, der vor dem kleinen Fenster an der Westseite des Zimmers stand. Herbst war es draußen vor dem Fenster und sie musste lächeln, obwohl diese Stimmung sogleich verflog, als hätte ein Sturm das bisschen Heiterkeit, das sie aufzubringen vermochte, einfach hinfortgeblasen.

Herbst! Was sonst?

Ich hätte es mir denken können.

Sie zündete zwei Kerzen an, um sich mehr Licht zu geben. Sofort verbreitete sich das Aroma von geschmolzenem Bienenwachs.

Eine Weile hielt sie den Brief in der Hand, bewegungslos, nachdem sie sich gesetzt hatte. Sie ahnte, nach dem Öffnen würde ihr Leben nicht mehr dasselbe sein.

Dann nahm sie mit schnellem Griff den Brieföffner, der am Kopf des Schreibtischs in einer Mulde lag, und schnitt den Umschlag auf.

Sie überflog die Nachricht, die auf demselben wertvollen Papier geschrieben war, aus dem auch der Umschlag bestand. Auch hier war wieder die Feder zum Einsatz gekommen und viele Worte waren es nicht.

Der Sinn dessen, was sie gelesen hatte, warf sie auf dem Stuhl zurück. Sie schaffte es noch, den Brief auf dem Tisch abzulegen, dann kam es ihr vor, als wäre da plötzlich eine Leere in ihr, die unaufhaltsam größer wurde. Im nächsten Moment spürte sie, wie sich Trauer in ihr Herz fraß, als wollte ein unersättlicher Schatten jede Zelle in die Dunkelheit ziehen. Dabei war noch nichts geschehen. Einzig die Nachricht, dass sehr bald etwas bevorstand, reichte aus. Ihre Mestrí würde den Ausbruch zu spüren bekommen.

Wie zur Bestätigung klopfte es in der nächsten Sekunde an der Tür.

Das war ganz sicher Hepta. Nur sie war in der Lage, so schnell zu reagieren. Was zum einen an ihren Fähigkeiten lag, zum anderen aber auch daran, dass ihre Gemächer im Flur gleich gegenüberlagen.

»Herein!«

Yana mühte sich, die Stimme nicht brechen zu lassen.

Es war tatsächlich die Herrin des Dolignum, die den Raum betrat und mit sorgenvollem Blick den Zustand ihrer Infantà musterte.

Als sie sah, dass keine Notsituation herrschte, setzte sie sich auf die Bettkante dem Schreibtisch gegenüber.

»Ich nehme an«, sagte Hepta und ließ dabei kein Auge von ihrer Schülerin, »dass dein Zustand etwas mit Familienangelegenheiten zu tun hat.«

»Mein Bruder«, antwortete Yana und ihre Miene blieb ausdruckslos.

Für einen langen Moment hielt die Stille zwischen den Frauen.

»Wir wissen beide, dass es früher oder später dazu kommen muss«, flüsterte Hepta. »Das ist der Lauf der Dinge.«

»Mein junger Bruder«, presste Yana nach einem heiseren Lächeln heraus. Es klang mehr nach Sarkasmus als nach Freude.

»Dein Bruder kann noch so viel jünger sein als du, die Zeit holt jeden ein.«

Heptas Erklärung klang in Yanas Ohren viel zu einfach.

»Auch uns?«

»Irgendwann auch uns«, antwortete Hepta streng. »Auch wenn die Menschen an solche Zeiträume nicht mal denken dürfen. Du bist mit mir gegangen, und von da an galt unsere Zeit. Ich habe dir niemals etwas vorgemacht.«

Yana musste nicken.

Nein, das hatte die Meisterin über den September ganz sicher nie getan. Sie war ehrlich gewesen.

»Was willst du tun?«, fragte Hepta.

Yana dachte nach.

»Ich werde reisen.«

Nun war es an Hepta, zu nicken, aber ihre Schülerin erkannte den Zweifel in ihren Augen.

»Ich muss reisen«, ergänzte Yana. »Nicht nur um der alten Zeiten willen.«

»Du bist in eine andere Zeit getreten …«

»Ganz sicher bin ich das, und wir würden beide hier nicht sitzen, wenn ich damals anders gehandelt hätte. Ist es nicht so?«

Sie erwartete keine Antwort. Ihr Gegenüber wusste um die Wahrheit.

»Ich muss etwas abschließen.« Yanas Stimme schien stärker zu werden mit jedem Gedanken. »Die Zeit ist gekommen, mich dem noch einmal zu stellen.«

»Dem alten Leben? Der alten Geschichte?«

Heptas Nachfrage brachte ihre Gedanken zurück auf die unheilvolle Nachricht, die sie gerade fallen gelassen hatte, als wäre sie mit Gift bestrichen. Ihr Bruder würde bald nicht mehr unter den Lebenden sein, wenn das stimmte, was sie dort gelesen hatte.

Wie die große Welle, die damals über der Windfolger zusammenschlug, überkam Yana plötzlich die Erinnerung. Sie dachte an das Jahr zurück, noch im letzten Jahrhundert war es gewesen.

Dieses 1697 war ihr letztes Jahr des alten Lebens. Folgenreich war es gewesen, nicht nur für sie. Die bekannte Welt hatte sich gewandelt.

Was für eine unglaubliche Zeit.

In Frankreich hatten die Schwestern einen gewissen Charles Perrault dazu gebracht, seine *Erzählungen aus vergangener Zeit* als Buch zu veröffentlichen. Eigentlich waren es ja ihre Geschichten und diesem Staatsbeamten hatten sie den Inhalt zuvor auf raffinierte Weise eingeflüstert.

In London weihte Sir Christopher Wren seinen Neubau einer Kirche ein. Wie praktisch, dass bald drei Dekaden zuvor das alte Gebäude dem großen Brand zum Opfer gefallen war. So konnte die St Paul's Cathedral auf den alten Mauern zum imposantesten Bauwerk ihrer Zeit werden.

Zar Peter der Große begann seine legendäre Europareise. Wer hätte ahnen können, dass sie mit einer Lehre als Zimmermann enden sollte.

So viel hatte sich zugetragen, seit der große Krieg zur Mitte des Jahrhunderts nach unerträglich langer Dauer sein Ende fand. Und das meiste davon hatte Yana erst viel später erfahren.

Hoch im Norden waren die Küsten noch wild und spärlich bewohnt. Und wie schon zwanzig Mal zuvor kam auch in diesem Jahr der Tag, an dem Yanas Geburtstag und der längste Tag zusammenfielen.

Es sollte das letzte Mal sein.

Der längste Tag

Da war dieser eine Tag, an dem Yana es sich nicht nehmen ließ, die ersten wärmenden Strahlen der Morgensonne zu genießen, auf ihrer liebsten Wiese zu sitzen, umgeben von duftenden Sommerblumen, und für eine Weile nichts anderes zu tun, als die dunkle See zu betrachten, wie sie wieder und wieder über die Felsen weit unter ihren Füßen brandete. Und da war die Ahnung, dass dies nicht nur der wertvollste Tag des Jahres war, von dem man den langen Winter über zehren konnte, sondern sehr wohl der letzte Tag sein mochte, um jemals diese Ruhe zu finden, geschweige denn zu genießen.

Der Tag der Sonnenwende war gekommen und Athel hatte sie nach dem Wecken am frühen Morgen daran erinnert, dass sie sich nach der Mittagsglocke am alten Thing einzufinden hatte. Nicht dass Athel befürchtet hätte, seine Tochter könne diesen Tag vergessen oder gar verträumen. Dies war immerhin der Tag, an dem sie vor zwanzig Sommern auf die Welt gekommen war.

Aber vielleicht spürte er, dass sich etwas in seiner Tochter verändert hatte, und das betraf nicht nur ihr Äußeres. Er sollte es wissen, er war schließlich nicht nur ihr Vater, sondern der Jarl der Windküste. Und so war es seine Aufgabe, allen, die vom Jungen zum Mann und vom Mädchen zur Frau wurden, eine Aufgabe zu geben.

Wie oft hatte Yana schon zugesehen, wenn andere an der Reihe waren, und genau aus diesem Grund fühlte sie Zweifel. Es war nicht nur eine Aufgabe, die sie bekommen würde, nicht nur eine Stellung, die ihr zugewiesen wurde, nein, es würde tatsächlich ein Auftrag sein. Sehr real und vielleicht sogar gefährlich, denn ein jeder musste sich beweisen und der Gemeinschaft zeigen, dass es so weit war. Bereit, die Kindheit hinter sich zu lassen, und war sie auch noch so schön und noch so unbeschwert.

»Als würde es jemals an dieser Küste schön und unbeschwert zugehen.« Eine freche Windbö stahl ihr die Worte von den Lippen, kaum hatten sie ihren Mund verlassen.

Hatte sie es jemals anders erlebt? Die wenigen Tage im Hochsommer waren ausgefüllt mit Arbeit, die man keinesfalls verschieben und schon gar nicht verpassen durfte, und alle Bewohner des Dorfes mussten helfen. Das betraf auch Yana, und sie half gern und überall.

Das Fest zum Mittsommer war gekommen, und damit auch ihr Geburtstag. Es war ein Ritual, ihre Gewohnheit, sich an diesem Morgen für ein paar Stunden mit nichts als sich selbst und ihrem Blick auf die Wellen zu beschäftigen. Sie war die Tochter des Jarls und dieser Teil der Küste war sein Lehen.

Die Glocke am großen Langhaus läutete die Vormittagsstunde ein. Kaum hatte Yana den hellen Klang vernommen, richtete sie sich kerzengerade auf. Schon wollte sie aufstehen und loslaufen, über die Wiese voller Butterblumen, Arnika und dem dichten Teppich aus Gundelrebe, zurück ins Dorf, wo das geschäftige Treiben der Gemeinschaft der Fischer auf sie wartete. Und doch blieb ihr Blick für einen langen Moment auf dem Horizont haften, der in der Ferne die glitzernde See vom Himmel trennte.

»Zeig mir, was du verbirgst!«, rief sie dem Ende der Welt entgegen. Doch der gekrümmte Horizont ließ sich nicht erweichen, auf Yanas Anliegen zu antworten. Er blieb fern und still, und wie schon tausend Mal zuvor hielt er es für gänzlich unangebracht, sich auch nur eine Elle langzumachen, um zu zeigen, was hinter ihm lag.

Sie atmete den Duft der Blumen ein, als wäre es das letzte Mal, und fühlte, wie die Wiesenkräuter ihre Zehen kitzelten. Für einen Moment wurde es windstill und ihr schien es, als würde die Sonne am Himmel innehalten und für diesen Augenblick nicht einen Schritt weitergehen, um das Land und Yana für immer mit ihren Strahlen zu erwärmen. So friedlich, wie es vielleicht nie mehr sein würde.

Sie gab sich den letzten Ruck, zog ihre Halbstiefel an, strich sich den Rock glatt und wollte gerade aufstehen, da hörte sie, wie sich Schritte näherten. Da kam jemand gerannt. Jetzt fiel ihr das hastige Atmen auf. Ihr Blick verdüsterte sich. Diesen Moment an ihrem Geburtstag hatte keiner je zu stören gewagt.

Das kann nur Familie sein, dachte sie. Athel kam an diesem Morgen nicht infrage, er hatte genug zu tun. Und Großmutter Wila war ganz sicher schon zu alt, um sich derart schnell zu bewegen. Blieb also nur Lito, ihr jüngerer Bruder. Ganz sicher musste er es sein, denn trotz des großen Altersunterschieds war er am liebsten mit seiner Schwester zusammen und schaute ihr bei jeder sich bietenden Gelegenheit über die Schulter.

Doch selbst er hatte es in den Jahren, seit er laufen konnte, nie fertiggebracht, Yanas ruhige Stunden zu unterbrechen. Was zum einen daran lag, dass Yana ihm entweder eine Aufgabe gegeben hatte, die ihn über die Maßen beschäftigte, oder einfach Großmutter Wila bat, ihn für ein paar Stunden unter die Fittiche zu nehmen. Der alten Frau war noch niemand so schnell entkommen.

Yana warf einen schnellen Blick über die Schulter und erkannte Lito, wie er den Hügel am Kliff hinaufrannte. Und rennen konnte er, auch wenn er ansonsten so schmächtig geblieben war, wie kaum ein Junge seines Alters.

Ihr Blick wandelte sich in Erstaunen. Es musste sich um eine wichtige Nachricht handeln, die Lito im Gepäck hatte. Denn sosehr er an seiner Schwester hing und alles achtete, was sie ihm auftrug, so wusste er auch, wie überaus zornig sie werden konnte, wenn ihr etwas gegen den Strich ging.

»Du musst kommen!«, rief er ihr noch im Laufen entgegen. »Vater hat mich geschickt. Er will dich zur Mittagsstunde sehen.«

Lito baute sich schnaufend vor ihr auf. Sie musterte ihn, als sie sich erhob, klopfte sich die letzten Blumenpollen vom Gewand und schaute fragend, aber auch ein bisschen fordernd auf Lito herab. Er war schlank, ja fast dürr, und für sein Alter hochgewachsen, und doch war sie einen Kopf größer als er.

»Warum so früh?«

»Das wird an der Aufgabe liegen, und an der Flut, so wie sie mir gesagt haben.«

»Hat er etwas verraten?«

»Nein, hat er nicht«, prustete Lito heraus. »Aber da er die Flut erwähnt hat, wird es um die Boote gehen.«

»War mir klar!«

Yana überlegte. Sie hoffte, dass Lito ihre Verwunderung entgangen war. »Ich wollte nur wissen, ob es wirklich nötig ist, mich so früh zu holen. Es sollte doch erst nach dem Bankett zum Mittag losgehen, so wie es immer Brauch war. Dann bleibt noch genug Zeit bis zur großen Feier am Abend.«

»Vielleicht möchte Vater die Flut am nächsten Morgen nutzen ... «, begann Lito.

»Und bürdet mir mehr auf, als er jedem anderen zumuten würde«, unterbrach sie ihn. »Nur weil ich die Tochter des Jarls bin.«

Sie kniff die Lippen zusammen. Sie wollte sich nicht weiter beschweren; nicht vorab und nicht gegenüber Lito. Das würde nur darauf hinauslaufen, dass etwas zur Sprache kam, das sie ihm gegenüber selten erwähnte.

Auch er sagte kein weiteres Wort. Er wusste, was der Grund war.

»Lass uns gehen«, unterbrach sie die Stille und ergriff seine Hand. Er war erschöpft vom Laufen, doch sie ging voran und zog ihn hinterher, wie sie es immer getan hatte. Alles, was sie sagte, war: »Dies soll mein Tag werden.«

Ein unverhofftes Treffen

Die Glocke zum Vormittag war noch nicht ganz verklungen, da erreichte Yana mit ihrem Bruder im Schlepptau die Ausläufer der Siedlung. Über die Jahre war Sandbak von einem kleinen Ort fast zu einer Stadt gewachsen, aber Yana wünschte sich, es wäre immer noch das Dorf, an das sie sich aus den Tagen ihrer Kindheit erinnerte.

König Gabelbart der Dritte hatte Yanas Vater das nördlichste aller Lehen zugeschrieben. Vor nun bald siebzehn Jahren war er höchstpersönlich angereist, um es ihm zu verleihen, und das wollte etwas heißen, denn die Windküste war von den Höfen im Süden am weitesten entfernt. Ihre Gestade waren nicht gerade als die lieblichste Küste bekannt, und so erzählte man noch heute an den Kesselfeuern vom Besuch des Hohen Königs. Yana war noch zu jung gewesen, als dass sie sich daran erinnern könnte, doch sie hatte die Geschichte über die Ereignisse schon so oft gehört, dass sie meinte, es selbst erlebt zu haben.

Sie stieg mit ihrem Bruder über den niedrigen Zaun aus nichts als ein paar Balken, die auf der Wiese das Anwesen des Clans der Hardanger von dem wildbewachsenen Teil der Küste trennten. Nach dem Familiennamen wurde inzwischen der westliche Teil Sandbaks genannt. Vor Zeiten hatte hier nur das eine reetgedeckte Haus gestanden.

Lito legte einen Schritt zu und war schon an Yana vorbei. Sie ahnte, warum. Jetzt zog er voran, obwohl es nur noch fünfzig Fuß bis auf den Sandweg waren, der sich zwischen den Häusern und Hütten entlangschlängelte. Hier gab es keine Kräuter und Blumen mehr, die Sommerwiese wich dem Büschelgras der Schafskoppeln hinter den Gebäuden. Dann erreichten sie den Sandweg und nichts als borstiges Riedgras wuchs am Wegesrand.

Yana ließ Litos Hand los, während sie weiter an seiner Seite blieb. Er schaute nur kurz herüber.

»Glaub mir«, sagte sie, »wenn es einer von uns nötig hätte, sich zu beeilen, dann wäre das ja wohl ich.«

Er rümpfte die Nase.

Sie hielt ihn am Arm zurück.

»Hast du extra den Weg um den Dramberg genommen, als du zu mir auf die Klippe gekommen bist?«

Er nickte, ohne ihr in die Augen zu schauen. Fehlte nur noch, dass er mit dem Fuß im Sand bohrte.

»Ich bin doch da«, konnte sie noch sagen, um ihren Bruder aufzubauen, da stockte sie. Lito hatte es im gleichen Moment gesehen.

Aus einer Senke, kaum zwanzig Fuß voraus, mit der die Küste sich anschickte, ins Hinterland abzufallen, tauchten ein paar Gestalten auf. Die Senken waren mit einem dichten Gestrüpp aus Schlehen und Sanddorn zugewachsen. Sie hatten keine Chance gehabt, etwas zu ahnen.

Über diesen Zufall kniff sie die Lippen zusammen, und sie bemerkte, wie Lito den Kopf schüttelte. Seine Schultern fielen herab, so als wollte er sagen: »Das kann doch nicht sein.«

Sie kannte ihn gut genug. Er hätte auch sagen können: »War doch klar.«

Und recht hätte er gehabt, denn es war Harald Hardanger, der mit zweien seiner Freunde aus den Büschen brach, als hätte er dort den ganzen Vormittag auf der Lauer gelegen.

Hatte Harald nicht nur geahnt, sondern gewusst, dass Yana ganz sicher von ihrem Ausflug auf dic Klippen hier vorbeikommen musste?

Wahrscheinlich ist es so, erkannte sie. Über die Jahre hatte eigentlich jeder im Dorf mitbekommen, dass sie sich an ihrem Namenstag eine Auszeit gönnte, und auch, wo sie dies tat. Das war an sich kein Geheimnis, aber sie vermutete, Harald hatte es auf Lito abgesehen. Es war der Grund, warum ihr Bruder vorhin einen Umweg in Kauf genommen hatte.

»Wen haben wir denn da?« Haralds Begrüßung klang kühl und schnippisch. Da er seine Augen unter den buschig-blonden Augenbrauen auf Lito gerichtet hielt, konnte Yana sich vorstellen, warum er wahrscheinlich den ganzen Vormittag am Rand des Wegs gewartet hatte.

Yana musterte seine Kumpel. Es waren Eskill und Birger. Der eine ein schlaksiger Typ mit langen dünnen Haaren, von denen sich Yana wünschte, er würde sie wenigstens einmal im Monat waschen. Der andere kurz und stämmig mit schwieligen Händen, die immer nach Fisch stanken. Eigentlich hatten die beiden nicht die Klasse von irgendeinem Mitglied der Hardanger Familie und zudem waren sie älter als ihr Anführer. Warum Harald sich mit ihnen abgab? Yana hatte sich diese Frage schon oft gestellt. Und die wahrscheinlichste Antwort war: Sie wussten zu lachen, wann immer Harald lachte, und sie wussten zu meinen, was Harald meinte. Dafür durften sie sich wichtig fühlen. Denn sie kamen nicht aus einer großen und traditionsreichen Familie wie ihr Kumpan. Yana waren sie schon öfter aufgefallen, wenn sie sich am Abend an den Feuern der Fischer herumdrückten, um an dem einen oder anderen Krug zu nippen, der herumgereicht wurde. Sie bauten sich hinter ihrem Anführer auf, mit dem gleichen hinterlistigen Grinsen im Gesicht.

Die Jungs standen mitten auf dem Weg, und es war unmöglich, einfach an ihnen vorbeizugehen. Harald glänzte mit seinen hellblonden Haaren im Sonnenlicht und seine Statur wirkte einschüchternd, obwohl er nur wenig älter als Lito war. Doch Yanas Größe hatte er schon überschritten, und breiter und muskulöser war er allemal.

Yana wusste um die Ambitionen der Hardangers, immerhin waren sie einer der ältesten und einflussreichsten Clans von Sandbak und wahrscheinlich hielten sie einen aus ihren Reihen für den nächsten Jarl.

»Du willst jetzt nicht wirklich mit einem deiner Spielchen anfangen?« Sie trat nah an Harald heran, ließ ihre Stimme so unbeeindruckt wie möglich klingen. »Lito kommt mit mir und ...«

Sie kam nicht dazu, den Satz zu vollenden. Harald blieb einfach stehen und hob die Hände. Es sah nicht so aus, als wollte er Yana aufhalten. Er reckte nicht die Handflächen, sondern hob einen Finger, als wäre ihm gerade etwas Wichtiges eingefallen.

»Wer will denn was von Lito?«, sagte er und grinste unter Kopfschütteln.

Sie stockte und blieb stehen, näher wollte sie ihm nicht kommen.

»Auf ein Wort«, sagte Harald und schaute ihr dabei fest in die Augen.

Das brachte sie für einen Moment aus der Fassung.

»Was denn? Ich muss zum Dorfplatz. Lito hat mir gerade die Nachricht gebracht. Heute geht es früher los. Auf mich wartet eine Aufgabe, und der Jarl höchstpersönlich wird sie mir geben.«

Harald zog die Augenbrauen hoch. Seine Kumpel schnauften abschätzig im Hintergrund. Er machte den letzten Schritt, um sich ganz nah vor Yana aufzubauen. Es blieb für einen Moment still. Er musterte sie mit geschürzten Lippen.

»Scheinst ja nicht ganz so dumm zu sein, wie wir immer vermutet haben«, sagte er, ohne mit der Wimper zu zucken. »Du hast es verstanden. Ich meine dich, Rotschopf.«

Yana war überrascht. Harald hatte es nicht auf Lito, sondern auf sie abgesehen. Das war erstaunlich, da er und seine Kumpane Yana genau einzuschätzen wussten. Sie war zwar ein Mädchen, aber sie war deutlich älter und stand an der Schwelle zur Frau. Es fehlte nur noch der heutige Tag, eine Aufgabe und ein Erfolg, dann war es so weit. Und die Jungs wussten auch, was Yana mit ihnen anstellen konnte, wenn sie das Gefühl hatte, Lito wurde ungerecht behandelt oder sogar gehänselt. Die wenigen Male, wo sie es gewagt hatten, waren nicht gut für sie ausgegangen. Einmal hatten sie Lito von der Brücke geschubst, obwohl es schon später Herbst war und das Wasser im Grünbach eiskalt. Als Lito blau angelaufen nach Hause kam, hatte sich Yana ein dickes Holzscheit gegriffen und den Übeltätern so lange nachgestellt, bis sie sie im Schneetreiben fand. Dann hatte sie ihnen so lange auf Arme, Beine und Hintern geschlagen, dass sie mit nichts als blauen Flecken heimwärts rannten. Damals waren alle zwar wesentlich jünger gewesen, aber das hatte Yana den Respekt verschafft, von dem sie noch heute zehrte.

Ist es damit vorbei?, schoss es ihr durch den Kopf. Sie zwang sich, ruhig zu bleiben. Das kann nicht sein. Ich bin immer noch die Tochter des Jarls. Was hat Harald in der Hinterhand?

Es gelang ihr, sich nichts anmerken zu lassen.

»Was willst du?«

»Was ich will?«, fragte Harald so blöde zurück, als wäre er sich seiner Sache sicher. »Ich will sehen, wie du so rot wirst, dass man deine Sommersprossen nicht mehr ausmachen kann.«

Er schien gänzlich unbeeindruckt von Yanas Präsenz.

»Was soll das?«, schoss es viel zu schnell aus ihr hervor. Sie musste sich zwingen, langsamer zu reden. »Weißt du etwas, das wir nicht wissen?«

»Denk mal scharf nach!«

Haralds Stimme triefte noch abschätziger als sonst.

»Du bist auf dem Weg, dir eine Aufgabe zu holen. Du meinst, es wird ganz sicher etwas sein, das du dir vorstellst, etwas, das du dir wünschst, etwas, das du deinem Vater gesteckt hast. Hat er dir nicht jeden Wunsch erfüllt? Wie wär's mit einer Aufgabe, die dir zur Ehre gereicht und die dir Ruhm verschafft, dich sogar in ferne Länder bringt, um irgendwann mit einem Vermögen heimzukehren? Dann kannst du deinem Väterchen unter die Arme greifen.«

Er lehnte sich auffallend deutlich zu seinen Kumpels zurück und fuhr fort: »Der kann's brauchen. Ein schlechter Ratschluss nach dem anderen. Was meint ihr, warum wir in den letzten Jahren eine Missernte nach der anderen hatten? Und jetzt bleibt auch noch der Fisch aus?«

»Dafür kann Athel nichts!«, unterbrach ihn Yana und ihre Stimme erschien selbst ihr ein bisschen zu laut für diese Verteidigung. Es klang nach Panik.

»Die Winter kommen immer früher, und sie dauern länger, als ich je erlebt habe. Dafür kann Vater gar nichts. Und wenn die Fischer nichts fangen, dann sollen sie ihre Netze woanders auswerfen. Niemand kann vorhersagen, wo die Schwärme ziehen.«

»Das sagst du!«, platzte Eskill aus dem Hintergrund dazwischen.

Harald hob nur die Hand.

»Was weißt du?«, fragte Yana noch einmal mit aller Härte, die sie aufbringen konnte, und es beruhigte sie ein wenig, als sie sah, wie es für einen kurzen Moment in den Augen ihres Gegenübers flackerte.

Respekt haben die Jungs also doch noch, erkannte sie. Und im gleichen Moment wurde ihr klar, dass Harald etwas über die Dinge erfahren haben musste, die in der Versammlung vorbereitet wurden. Da wartete etwas auf dem Dorfplatz auf sie, und sie schien die Einzige zu sein, die nicht wusste, was es war. Wie hatte er es geschafft, an dieses Wissen zu kommen? Wahrscheinlich hatte es ihm einer seiner Verwandten aus dem Rat der Neun verraten, obwohl sie das eigentlich nicht durften. Doch wer wollte sich mit den Hardangers anlegen?

»Das wirst du früh genug erfahren«, sagte Harald trocken und setzte dabei wieder sein abstoßendes Grinsen auf. »Ich möchte nur, dass du erfährst, dass wir es vorher wussten und dass wir es immer gesagt haben.«

»Was denn?!«

Er kniff die Augen zusammen und das Grinsen verschwand.

»Du bist und bleibst eine verwöhnte, rothaarige Hexe. Sei froh, dass wir nicht mehr in der dunklen Zeit vor ein paar Hundert Jahren leben, und dass dein Vater seine Hand über dich hält.«

»Sonst was?«

Er vollführte eine elegante Drehung und schwang den Arm, um den Weg frei zu machen. Eskill und Birger sprangen zur Seite.

»Lauf nur, lauf!«, forderte er sie auf. »Du willst doch nicht zu spät kommen?«

Sie schaute prüfend zu Lito hinüber. In seinem Gesicht ein zweifelnder Blick, als wollte er bald gar nichts mehr glauben, was aus Haralds Mund kam. Irgendwie schien es ihr, als wäre Lito froh darüber, dass es am heutigen Tag nicht um ihn ging.

»Was soll daran schlimm sein?«, sagte sie in die Runde. »Ich werde mit den Händlern fahren. Weit über das Meer und dann die Flüsse hinunter bis in die sonnigen Lande. Beim Rechnen und Handeln bin ich besser als die meisten in Sandbak. Warum sollte Vater das nicht nutzen? Für das Wohl aller. Ich werde ihn nicht enttäuschen.«

Harald grinste nur noch breiter, hielt aber seine Stellung.

Sie schüttelte den Kopf und nahm die Einladung an. Sie griff nach der Hand ihres Bruders und zog ihn voran.

Fast war sie an Harald und seinen Kumpanen vorbei, da hörte sie ihn murmeln: »Wie schnell du auch läufst, irgendwann holt dich das Feuer.«

Vor Jahr und Tag

An einem Abend im Herbst, der Nebel der Nacht zog auf, um die untergehende Sonne mit einem Schleier zu verhüllen, da entschloss sich Großmutter Wila ihre Erzählung mit der Geschichte vom Bergkönig zu beginnen. Sie hielt die Zeit für gekommen, da besonders ein Kind ihres Schwestersohns nun alt genug wäre, das letzte Geheimnis des Landes zu erfahren. Sie nahm sich den Schemel, der über den Tag am Steinkreis des Feuers in der Mitte des Hauses stand, und brachte ihn vor die Schlafnischen von Yana und Lito. Hier fing sich die Wärme, aber nicht der Rauch, und hier konnte Wila erzählen und brauchte nicht mehr im Kessel zu rühren und darauf zu achten, ob das Essen anbrannte. Sie stellte den Schemel an die Wand zwischen die Nischen. So konnten die Kinder ihren Geschichten lauschen, wenn sie in ihrer langsamen Art mit rauer Stimme erzählte. Und außerdem konnte sich die Großmutter mit dem Rücken an die Wand lehnen, denn das tat ihr gut, da sie doch den ganzen Tag am Feuer gestanden hatte.

Das Bett von Yana, der Tochter ihres Schwestersohns, war zu ihrer Linken und das ihres Bruders Lito lag zur Rechten. Bündig und mit Brettern aus feinster Erle verkleidet, schmiegten sich die Nischen in die Nordseite des großen Langhauses. Hier hatten Yana und Lito es gemütlich, wenn das Feuer herunterbrannte und vom Holz des Tages nichts blieb als rote Glut und weiße Asche. Die Schlafnischen von Mutter und Vater lagen auf der anderen Seite der Feuerstelle. Die Kinder konnten beobachten, wenn sich ihre Eltern nach getaner Arbeit zum Schlafen legten. Wenn die Geschwister es denn überhaupt aushielten, so lange wach zu bleiben, denn so manches Mal kehrten die Eltern spät heim. Viel zu oft gab es auf einem Thing wichtige Dinge zu besprechen und manchmal auch zu betrinken.

Die Großmutter hatte, wie auch die Knechte und die Magd, ein eigenes Zimmer mit einem kleinen Kamin am anderen Ende der geräumigen Halle.

Das mächtige Langhaus hatte Gundeking, der Vater von Wila, als Erster bezogen, und ihres Vaters Großvater, der große Seefahrer Eriksson, hatte mit eigenen Händen geholfen, es zu erbauen. Jetzt war es das Heim von Athel, dem Jarl der Windküste. Er war der Vater von Yana und Lito, und dies war sein Lehen, das nördlichste in den fischreichen Gewässern an der Küste, die einst seine Vorfahren, die Wikinger, befahren hatten. Heute brauchte niemand mehr Angst vor Raubzügen der einstmals wilden Krieger zu haben, es sei denn die Fische im Meer. Und kämpfen musste man so weit im Norden ausschließlich mit dem Wetter. Sogar das Langhaus der Ältesten war so oft umgebaut und erweitert worden, dass es inzwischen richtige Fenster besaß, auch wenn sie sehr klein waren. Doch unter dem Dach aus hölzernen Schindeln lag noch immer das Windauge, damit der Rauch vom offenen Feuer in der Mitte zum Himmel steigen konnte.

»Ein Geheimnis!«, rief Lito, als er hörte, was die Großmutter erzählen wollte, und er zog sich spielerisch die Decke aus dicker Schafswolle über den Kopf. Einerseits war er gespannt darauf, was für eine Geschichte Wila ausgesucht hatte. Andererseits ahnte er, dass ihm vielleicht eine unruhige Nacht bevorstand, denn die Großmutter wusste alle Sagen, Fabeln und Märchen ihrer Ahnen lebhaft zu erzählen, und manchmal ging es darin nicht gerade zimperlich zu.

Was hatte er für Albträume gehabt, als er zum ersten Mal die Geschichte von Beowulf und seinem Kampf mit dem fürchterlichen Grendel hörte. Traumgeblendet war ihm der finstere Widersacher in seiner ganzen Missgestalt mitten in der Nacht erschienen. Lito hatte noch am Morgen gezittert und Stein und Bein geschworen, dass er das Hausfeuer für einen Moment blau hatte flackern sehen. Und als die Großmutter die Mär von den Wölfen aus den Eisweiten erzählt hatte, da war er noch Wochen danach jedes Mal zusammengezuckt, wenn einer der gemeinen Grauwölfe fern über den Bergen heulte.

»Ich bin immer da«, rief Yana, seine Schwester, ihm zu. Sie wusste, er wollte es hören. Sie war mehr als fünf Sommer älter als Lito und kümmerte sich um ihn, wenn der Vater aufs Meer hinausfuhr und die Mutter mit dem Tagwerk beschäftigt war.

»Das Feuer brennt die ganze Nacht«, beruhigte sie ihren Bruder, »und Wind und Wetter habe ich ausgesperrt. Dir kann nichts passieren.«

Bereit machen

»Diesen Harald soll'n die Wölfe holen. Und seine ganze Sippe gleich mit. Ich hasse ihn!« Litos Stimme klang fest und energisch. So wie sie sich bei ihm selten anhörte.

Er saß auf einem Schemel gleich neben dem großen Hausfeuer, das in der Mitte des Langhauses den größten Platz einnahm. Er lehnte sich an einen der mächtigen Balken, die das Hochdach stützten. Im Zentrum war das Windauge angebracht, das weit über ihnen für den Abzug des Rauchs sorgte. Yana war gerade aus der Kammer getreten und drehte sich vor ihm auf den Zehenspitzen, sodass er sie begutachten konnte.

»Du sollst nicht schimpfen!«, schalt sie ihn. »Du sollst mir sagen, ob alles am richtigen Platz sitzt.«

Sie drehte sich unentwegt, während sie den Sitz ihres Gürtels prüfte und nebenbei versuchte, die gewachste Lederjacke darunter glatt zu ziehen.

»Von mir aus kann der nächste Sturm das Boot der Hardangers mit Mann und Maus versenken«, fuhr Lito unbeeindruckt fort. »Nur schade, dass Harald noch zu jung ist und nicht ausfahren darf.«

»Du bist genauso jung«, mahnte Yana. »Sei froh, dass es dich noch nicht trifft. Genieß deine Zeit. Und sag mir endlich, ob alles in Ordnung ist.«

Litos Blick verfinsterte sich, aber nur für einen Moment, dann wurden seine Züge weicher und er musterte seine Schwester.

»Du weißt doch selbst, es ist alles perfekt.«

Yana musste grinsen. Sie brauchte die Bestätigung, aber selbstverständlich hatte sie darauf geachtet, dass alles am richtigen Platz saß. Sie hatte ihre feste Leinenhose angelegt und Übergangsstiefel mit langem Schaft darüber gezogen. Unter ihrer Jacke trug sie ein leichtes Sommerhemd. Ihre Konzession an die wenigen lauen Tage jetzt im Hochsommer. Das Einzige, was sie von den Männern der Langboote unterschied, war der lederne Rock, der sich eng und überaus kurz um ihre Hüften schlang. Manche hätten behauptet, es wäre nur ein breiter Gürtel, aber es würde das Kleidungsstück sein, das sie als Frau an Bord eines Schiffes auswies. Das Einzige, was sie zuließ, denn sie wollte weder auffallen noch etwas anderes sein als ein vollwertiges Mitglied der Mannschaft.

Zum Abschluss nahm sie den Kranz aus Wildblumen, den sie am gestrigen Abend geflochten hatte, und setzte ihn sich auf den Kopf. Wie jedes Jahr hatte sie nur feste Blüten vom Birngrün aus dem eigenen Garten geerntet und dazu jede Menge Besenheide eingebunden. Das war nicht nur leicht zu binden, weil die Blütenstände fest und die Stängel lang und biegsam waren. Die Blumen hielten sich gut und trockneten leicht. So ließen sie nicht die Köpfe hängen, und noch etwas passte Yana ganz besonders. Die Farben waren nicht wild und bunt, nur ein feines Grün lag um ihre Stirn und darüber eine Wolke aus leuchtender Heide. Über die meisten Kränze der anderen Frauen und jungen Mädchen konnte sie nur lächeln. Sie hatte zwar nie etwas gesagt, doch eine Mischung aus Kamille, Butterblumen, Steinlinde und Margeriten war ihr nicht nur viel zu bunt, die ließen auch bald die Köpfe hängen und sahen dann alles andere als frisch aus.

Der Kranz war ihre Konzession an das Mittsommerfest, das mit dem großen Feuer am Abend enden würde. Sie hatte es immer genossen, wenn gerade zu ihrem Geburtstag das ganze Dorf und Umgebung feierten, und als sie noch klein war, hatte sie wahrlich gedacht, alle wären nur wegen ihres Jahrestags so fröhlich und ausgelassen. Später war es ihr ganz recht gewesen, dass sie keine private Feier auszurichten hatte und niemand gesondert einzuladen war. Vielleicht wäre da aufgefallen, dass es kaum Leute gab, die sie hätte einladen können. Die Liste ihrer Freunde war nicht lang.

»Du kannst es kaum erwarten«, sagte Lito. Er ließ dabei den Kopf hängen, und Yana wusste, er wäre am liebsten an ihrer Stelle. Doch es würde noch fünf weitere Jahre brauchen, bis der Jarl ihn vor die Versammlung rufen konnte.

Selbst wenn es irgendwann so weit wäre, konnte Yana nur hoffen, dass Athel sich dann noch Jarl von Sandbak nennen würde, aber sicher war dies nicht. Doch das war in ihren Augen das kleinere

Problem. Wie oft hatte Lito gesagt, er wäre gern so alt wie seine Schwester. Er wünschte sich sehr, für einen Beruf und eine Stellung in der Gemeinschaft zu üben. Vielleicht spukte in seinem Kopf sogar der Wunsch herum, er könnte einmal den Platz seines Vaters einnehmen.

Yana hatte bewusst vermieden, mit ihm über solche Dinge zu sprechen. Sie schaute an ihm auf und ab, wie er vor ihr auf dem Schemel saß. Seine dürren Arme, die langen, schlanken Beine und der schlaksige Körper. Beeindruckend sah das nicht aus. Zu wenig für einen Jarl allemal.

Die Wintergrippe vor nun fast acht Jahren hatte ihm übel mitgespielt, aber er hatte überlebt, was an sich schon ein Wunder war, bei all denen, die es nicht geschafft hatten. Seitdem war er zwar gewachsen, aber so dünn geblieben, wie ein Halm verdorrte Spätgerste.

Für eine Sekunde blitzte das Bild von Svava in ihren Gedanken auf. Yana hatte ihrer Mutter bis zuletzt am Lager die Hand gehalten, ihr Essen gebracht und Wickel gelegt. Doch es hatte nichts genützt. Irgendwann war das Fieber übermächtig geworden. Niemand konnte vorhersagen, wen es erwischte und wen nicht. Ab diesem Zeitpunkt im Winter vor acht Jahren hatte sich nicht nur für Lito, sondern auch für Yana das Leben grundlegend geändert.

»Ich brauche nicht mehr zu warten«, sagte Yana mit fester Stimme. »Die Zeit ist gekommen. Lass uns gehen.« Sie wandte sich zum Ausgang und forderte ihren Bruder mit einem Kopfnicken auf, ihr zu folgen.

»Du weißt, wie oft ich schon im Drachenboot gefahren bin. Sogar ans Steuerruder haben sie mich gelassen. Und ich habe die Karten studiert. Ich kann nicht nur rechnen, sondern weiß genau, wohin sich die Fahrten lohnen.«

»Du wirst es schaffen«, sagte Lito und erhob sich. »Ich freue mich für dich. Du wirst es allen zeigen.«

Die Geschwister umarmten sich für einen Moment, bis Lito ihr auf die Schulter klopfte, um sich zu lösen. Sie strich ihm sanft über die dunkelblonden Haare.

»Kleiner Bruder«, sagte sie leise und konnte nicht vermeiden, dass sich das Wasser in ihren Augen sammelte. »Wenn ich auch fahren muss, ich werde wiederkehren, und du kannst immer auf mich zählen.«

»Du hast mich stets gegen alles und jeden verteidigt«, sagte er. »Es wird Zeit, die Dinge allein durchzustehen.«

Sie neigte den Kopf, kniff die Lippen zusammen und knuffte ihn spielerisch in die Rippen. »Du wirst es schaffen. Ich weiß das.«

»Sicher wird er das«, sagte eine Stimme jenseits der Feuerstelle.

Yana und Lito hoben gleichzeitig die Augenbrauen und schauten sich an.

Ein Grinsen schlich sich in ihre Gesichter.

Diese Stimme kannten sie nur zu gut.

Großmutter Wila war ihrem Gespräch gefolgt. Wie lange, das war unklar. Aber dass sich die alte Dame auf ihre ganz eigene Art anschleichen konnte, war für beide nichts Neues. Yana kam es manchmal so vor, als wäre Wila am liebsten überall dabei, und das auch noch lautlos.

»Es wird Zeit, dass ihr aufbrecht«, sagte Wila. »Athel hat früh gerufen, und entsprechend gespannt sind alle, die sich entschlossen haben, heute trotz Mittsommer bei deiner Aufnahme dabei zu sein. Da haben sich eine Menge Leute auf dem Platz der Ulmen versammelt.«

»Ich bin bereit«, sagte Yana.

»So kenne ich dich.« Wila wechselte auf die andere Seite der Feuerstelle, um zu den Geschwistern aufzuschließen.

»Geh schon voran«, wandte sie sich an Lito. »Dann bekommst du noch einen Platz in den vorderen Reihen.« Es klang mehr nach einer Anweisung, als nach einer Bitte.

»Ich habe noch etwas mit deiner Schwester zu bereden.«

Lito prüfte mit kurzem Blick in Yanas Augen, ob sie einverstanden war. Sie stimmte mit einem Nicken zu und Lito verabschiedete sich ohne ein weiteres Wort.

»Was gibt es?«, fragte Yana, nachdem er das Langhaus durch das Nordtor verlassen hatte.

»Meine Beine sind nicht mehr das, was sie früher waren«, murrte Wila. »Komm, setz dich mit mir auf die Bank dort.« Sie zeigte auf die aus feinstem Erlenholz geschnitzten Bänke unter den Butzenfenstern an der Westseite des Hauses.

Yana drehte sich unentschlossen hin und her. »Viel Zeit haben wir aber nicht. Ich bin spät dran und möchte nicht, dass alle meinetwegen warten.«

»Das ist löblich«, sagte Wila. »Aber das, was ich dir zu sagen habe, ist wichtig.«

Sie zog Yana voran und die beiden setzten sich.

Bevor Yana weiter drängeln konnte, erhob Wila die Stimme und sagte: »Ich habe die Knochen geworfen.«

Das erstaunte Yana nicht. Wila war dafür bekannt, dass sie die alten Riten pflegte. Zudem war sie eine der wenigen, die in den Wäldern die seltensten Kräuter bestimmen konnten, und nicht nur die. In ihr schlummerte ein Wissen, das weit darüber hinausreichte, wo man die besten Pilze für eine leckere Mahlzeit fand (und erst recht, welche man besser stehen ließ, wenn man das Essen bei sich behalten wollte). Wila wurde nicht nur in Sandbak, sondern an der weiten Nordküste und im Umland für ihre Fähigkeiten geschätzt. In ihr war das alte Wissen um Welt und Wald versammelt.

»Die Knochen?«, fragte Yana. »Was haben sie gezeigt?«

Wila nahm ihre rechte Hand und drehte die Handfläche nach oben. Sie schaute für einen Moment konzentriert auf die Linien.

»Die Zukunft steht niemals fest. Es ist in unserer Hand, sie zu formen.«

»Und doch willst du mir etwas mitteilen.«

»Ich muss, Kind.«

»Was ist es?«

»Ich sah einen tiefen Schatten.«

Yana erschrak.

»Aber auch ein helles Licht. Es kommt etwas, das du nicht erwartet hast. Nichts, was du dir wünschst.«

Sie hielt inne, schaute Yana aus ihren graublauen Augen an.

»Aber?«

»Aber etwas, das du brauchst.«

Thing

Yana richtete ihren Blick hinauf zur großen Glocke. Greidord wurde sie genannt, denn ihr Klang war hell und laut, und ihr Ruf war über alle Hügel, ja selbst durch den dichtesten Nebel weithin hörbar. Man hatte sie an die höchste Spitze eines Turms aus dicken Fichtenstämmen gehängt, und dort hing sie lange bevor der dreißig Jahre andauernde Krieg ausgebrochen war. Und selbst das Ende dieser dunklen Zeit hatte sie unbeschadet überstanden. Die Glocke schwebte bald vierzig Fuß über dem Boden. Nur eine schmale Leiter führte an den Balken bis zu ihr hinauf, und man konnte sie aus allen Richtungen sehen, denn der Aufbau glich weniger einem geschlossenen Turm als vielmehr einem Gestell, wenn auch aus mächtigen Stämmen. Selten wurde die Leiter benutzt und niemand musste ganz nach oben klettern, nur um die Glocke zu schlagen. Sie hing an einem Drehbalken und ein langes Tau endete weit unter ihr, am Boden in der Mitte des Turms. So konnte jedermann dic Clocke läuten, und das war auch geboten, falls den Bewohnern von Sandbak Gefahr drohte. Die Zeiten, in denen ihr heller Klang mehrmals im Monat über die Hügel lief und weit hinaus aufs Meer schallte, waren noch nicht allzu lange vergangen, obwohl Yana diese schweren Tage kaum wissentlich miterlebt hatte. Die kannte sie nur aus Erzählungen, und sie war froh, dass Greidord neben den vollen Stunden nur noch erklang, wenn es darum ging, die Fischer in der Bucht bei schwerem Nebel heimzurufen. Und es gab noch eine Sache, für die die mächtige Glocke am alten Zentrum von Sandbak verwendet wurde.

Es würde für Yana das Signal sein, das sie von ihrer Jugend trennte. Sie hatte schon oft dem Ritual beigewohnt, das nun stattfinden würde. Bisher war sie ausschließlich Zuschauer gewesen. Diesmal war es anders. Diesmal war sie die Hauptperson. Sie wünschte sich, Greidords helle Stimme würde so hoffnungsvoll am Ende der Verkündung erklingen, wie sie es von allen Zeremonien zuvor in den Ohren hatte.

Sie atmete auf, als sie auf dem Platz des Things eintraf. Sie hatte es rechtzeitig geschafft, aber trotzdem nagte etwas in ihrem Inneren. Athel hatte sich nicht persönlich an sie gewandt, um ihr mitzuteilen, dass heute alles vorgezogen wurde. Sicher hatte er viel zu tun, und die Handwerker, Fischer und Händler traten wie jeden Tag mit all ihren kleinen und großen Anliegen an den Jarl heran, nur um eine Entscheidung zu erbitten. Trotzdem rumorte es nicht wenig in Yanas Magen, als sie daran dachte, dass Athel sie an diesem so wichtigen Tag kaum mehr als geweckt hatte, um ihr noch einmal Glück zu wünschen, und nach dem Aufstehen hatte sie ihn nicht noch einmal gesehen.

Das würde sich gleich ändern. Sie setzte sich auf den Nordstein und blickte in die Runde der Einwohner von Sandbak, die sich kurz vor der Mittagszeit eingefunden hatten, um der Verkündung beizuwohnen.

Der Nordstein war ein mächtiger Felsblock, den die Ahnen aus dem schieren Fels der Storbank geschlagen hatten. Das war der Steinbruch, der in den westlichen Hügeln lag, kaum eine Meile vom Zentrum des Dorfes entfernt. Trotzdem wunderte Yana sich noch immer, wie die Ahnen es geschafft hatten, den mächtigen Klotz zu behauen und bis in das Rund der Ulmen zu schleppen.

Der alte Dorfkern war eigentlich nichts weiter als eine große Feuchtwiese, auf der sich, eingegrenzt von vier mächtigen Bäumen, der Kreis des Things befand. Dieser bot den Menschen des Nordens seit Jahrhunderten einen Platz zur Versammlung unter freiem Himmel und der Nordstein war nichts weiter als dessen Begrenzung in dieser Himmelsrichtung. Er war jedoch der mächtigste Felsen im gesamten Rund und inzwischen so oft bearbeitet worden, dass er einer flachen Empore glich. Am Rand waren Schalen gemeißelt, in die man sich setzen konnte, um das Zentrum des Platzes zu überblicken. Im Rest des Rundes saßen die Besucher auf Holzbänken und Stämmen, die jedoch alle Jahre erneuert werden mussten.

Noch war Athel nicht aufgetaucht, und auch vom Rat der Neun ließ sich niemand blicken. Es würde nicht mehr lange dauern, dann würde die Glocke die Mitte des Tages anläuten.

Unwillkürlich verdüsterte sich Yanas Blick. Für einen Moment grummelte sie in sich hinein. Warum hatte Athel sie so angetrieben und extra ihren Bruder geschickt, nur um angeblich alles so zeitig anzugehen? Natürlich konnte die Flut ein Grund sein, denn auch die Drachenboote für die Flussfahrt waren daran gebunden, konnte man doch leichter die erste Strecke die Flüsse hinauffahren, wenn das Wasser hoch stand und in die Mündung drückte. Zudem herrschte dann meistens auflandiger Wind und man konnte vielleicht sogar das Segel setzen.

Aber jetzt verzögerte sich alles, vom Rat war nichts zu sehen.

Was haben die so lange zu bereden?

Ein Gefühl der Unsicherheit krabbelte in ihrer Kehle herauf. Sie musste einmal kräftig schlucken und hoffte, niemand hatte es bemerkt.

Inzwischen waren mehr als hundert Menschen anwesend. Die meisten standen in lockeren Grüppchen rund um die vier Ulmen und unterhielten sich angeregt. Yana hörte heraus, wie sich langsam, aber sicher Unruhe unter den Besuchern ausbreitete. Vielleicht war es Spannung, aber vielleicht wollten sie auch nur an die Vorbereitungen für das abendliche Fest zurückkehren.

In der Mitte des Platzes lag eine große Feuerstelle. Allerdings war jetzt am Tag und noch dazu im

Hochsommer kein Feuer entzündet. Es war schlicht nicht nötig, jemanden zu wärmen, und das Zentrum war leer bis auf einen Aschefleck.

Der mächtige Stapel Scheite für das große Feuer zum Mittsommerfest wurde hier schon seit Jahren nicht mehr errichtet. Dazu war der Platz einfach zu klein. Die Festwiese, die groß genug war, um allen Bewohnern Platz zu bieten, wenn sie die Tagundnachtgleiche im Winter wie im Sommer feiern wollten, lag im Zentrum des neuen Teils von Sandbak, auf der anderen Seite der Bucht.

Yana sah ihren Bruder auf der Holzbank gegenüber sitzen, als sie die Besucher über den Brennplatz hinweg musterte. Die Gäste, die zuerst angekommen waren, hatten bereits auf den Bänken Platz genommen. Die Großmutter konnten Yanas flinke Augen nicht ausmachen, obwohl Wila sie bis zum Thing begleitet hatte. Aber sie war sicher, dass sie keinen Moment der Zeremonie verpassen würde. Eigentlich wunderte Yana das nicht im Geringsten, denn so kannte sie Wila. Wenn die Alte nicht wollte, dass jemand sie sah, dann konnte sie sich auf seltsame Weise so gut wie unsichtbar machen.

Was ihr jedoch auffiel, waren die Brüder Molander. Sie hatten sich gleich neben Lito auf die Bänke gesetzt. Sie atmete auf. Das gefiel ihr. Es gab ihrem Bruder Zeit zur Entspannung. Der Rest des Clans saß in der Nähe. Sie waren allesamt Holzfäller und damit standen sie Athel und ebenso

Lito mindestens neutral, wenn nicht gar freundschaftlich gegenüber.

Auf die Bänke auf der linken Seite mochte Yana am liebsten nicht schauen, denn dort hatten sich die Hagebaks, Olssons und Perssons gesetzt. Allesamt Anhänger von Morton Hardanger, der mit seinem Clan in jeder Ratsversammlung ihren Vater kritisierte. Ständig hatte er neue Ideen, die nichts mit dem zu tun hatten, was ihr Vater als wichtig erachtete. Auch außerhalb des Rates mäkelte Morton an jeder Entscheidung Athels herum.

Sein Sohn Harald hatte es sich nicht nehmen lassen, in der ersten Reihe noch vor den Müttern und Brüdern der anderen Clans Platz zu nehmen. Die beiden Schmutzfinken Eskill und Birger lümmelten an seiner Seite. Harald saß zurückgelehnt und hatte die Arme vor der Brust verschränkt. Für Yana sah das gewollt entspannt aus. Das steife Grinsen hätte sie ihm am liebsten aus dem Gesicht geprügelt.

Es dauerte noch ein paar Minuten, bevor etwas passierte, und letztlich war es die Mittagsglocke, die läutete und alle Gäste zum Verstummen brachte. Wobei Yana inzwischen gar nicht sehen konnte, wer tatsächlich Dienst hatte, um am Tau zu ziehen, so viele Menschen standen inzwischen rund um das Thing versammelt. Sie nahm an, Athel und der Rat hatten beschlossen, genau dieses Signal abzuwarten.

Es war so weit. Die Menge auf dem Weg hinüber zur alten Langhalle teilte sich und ihr Herz machte einen Sprung. Sie sah Athel, wie er den Rat der Neun anführte und mit gemessenem Schritt auf die Wiese marschierte. In Doppelreihe dahinter folgten die Mitglieder des Rats. Ihnen voran Morton Hardanger.

Als wäre dies für den Führer der Fischer selbstverständlich, trug er dabei ein ebenso unnatürliches Grinsen im Gesicht wie sein Sohn Harald.

Dabei sind doch alle Clans gleichberechtigt, dachte Yana und konnte nur den Kopf schütteln.

Ihr Vater hatte sich extra für diesen Tag und den besonderen Anlass seinen Ledermantel umgehängt, der ihm bis an die Schäfte der hohen Wanderstiefel reichte. Eigentlich war dieses Kleidungsstück für den Sommer viel zu warm, aber er trug ihn offen und der dichte Pelzkragen lag weit über seinen Schultern. Eine goldene Kette hielt den Mantelkragen vor seiner Brust zusammen. Dies war das Einzige, was ihn als Anführer der Ratsmitglieder auswies. Yana war stolz auf ihn, wie er so vor den anderen einherschritt. Sie wünschte sich, sie könnte an diesem Morgen den gleichen Stolz in seinem Gesicht lesen.

Yana bemühte sich, überhaupt etwas aus seiner Mimik zu deuten, aber die vielen Furchen, die Wind und Wetter dort eingegraben hatten, machten es ihr nicht leicht. Sein langes dunkelbraunes Haar trug er wie immer zu einem dichten Band am Hinterkopf geflochten. Yana hatte sich schon oft gefragt, ob es an ihm und seiner Herkunft aus den Weiten des Südens gelegen hatte, dass ihre Mutter, immerhin eine der blonden Nordfrauen, sich mit ihm eingelassen hatte und dann Yana mit ihren rostroten Haaren dabei herausgekommen war. Nur die festen Locken von Yanas Mähne zeugten von der Verwandtschaft.

Inzwischen hatte das Gefolge den Feuerplatz in der Mitte der Thingstätte erreicht und die Mitglieder des Rats verteilten sich auf dem Nordstein. Einige nahmen die Sitzschalen gleich neben Yana in Beschlag. Nur Morton und seine Unterstützer Odmar Persson und Elmer Hagebak kletterten ganz auf die Fläche des Steins und setzten sich auf die dort ausgelegten Fichtenstämme. Damit saßen sie ein gutes Stück über den Köpfen der restlichen Anwesenden. Noch herrschte gespannte Ruhe im Rund des Platzes. Nur ein paar Kleinkinder quäkten im Hintergrund und wurden von ihren Müttern mit einem Flüstern oder einem ›*Schhhhh*‹ zur Stille ermahnt.

Athel nahm nicht Platz, er stellte sich vor Yana auf und hielt ihr die Hand als Aufforderung entgegen. Dabei hatte er dieses wissende und zugleich jungenhafte Schmunzeln im Gesicht, das ihm so oft die Sympathien der Bewohner von Sandbak hatte zufliegen lassen.

Die Nervosität, die sich über die letzten Minuten in Yana aufgestaut hatte, war in Sekunden verflogen. Sie lächelte zurück, ergriff seine Hand und ließ sich in die Mitte des Platzes führen. An der Feuerstelle machten sie halt. Dort ließ Athel sie stehen und dann begab auch er sich auf den Nordstein, um am Rand mit erhobenem Haupt stehen zu bleiben.

»Für ein weiteres Kind unserer Gemeinschaft ist die Zeit gekommen«, rief er über alle Köpfe hinweg, »sich einer Aufgabe zu stellen, um sich in einer Gruppe der Vollmänner und -frauen zu beweisen.«

Ja, ich will. Nichts lieber als das, ergänzte Yana in Gedanken seine Worte und nahm die Formel der Bestätigung in aller Stille vorweg. Es waren nicht viele Worte, aber genau diese hatte sie in den Wochen zuvor so oft heimlich geübt.

Wie lange war sie nun schon die Stütze der Familie? Sie hatte ihrem Vater Mut zugesprochen, wenn er von der einen oder anderen Ratsversammlung voller Ärger nach Hause kam, oder ihren Bruder aufgebaut, da ihre Mutter dies seit jenem schicksalhaften Tag im Winter vor acht Jahren nicht mehr hatte fortführen können. Einzig Wila hatte ihr dabei zur Seite gestanden. Sie konnte sich kaum vorstellen, wie sie all das ohne die Unterstützung der Großmutter hätte schaffen sollen. Wila war mit ihrem Wissen und den ach so knorrigen Händen immer zur Stelle, wenn die Arbeit und Verantwortung über Yana zusammengeschlagen war.

Zeit, ein anderes Feld zu beackern, nahm sie sich vor. Sie wandte sich noch einmal um und musterte die Menge der Umstehenden.

Gleich wird es so weit sein und ich kann mit den Drachenbooten fahren, in die Ferne, bis in die Mündungen der großen Flüsse. Noch nie gesehene Länder, Handel und Ruhm und …

Ihre Gedanken brachen abrupt ab, denn Athel hatte inzwischen genug Luft geholt, um seine Rede fortzusetzen.

»Yana Bardsson, Tochter des Athel Bardsson und der Svava Nilsdotter, deine Zeit ist gekommen, die Gemeinschaft der Menschen des Nordens zu unterstützen. Die Zeit, da du als volles Mitglied der Männer und Frauen eines Clans für Wohl und Wehe sorgen wirst, auf dass sich unser Reichtum mehre und unsere Kinder in der Gewissheit einer sicheren Zukunft aufwachsen können. Auf dass sie einst wie du hier stehen und ihre Aufgaben übernehmen, wie es schon Generationen unserer Ahnen vor uns taten.

Ab dem heutigen Tage bist du volljährig und wirst auf Beschluss des Rates der Neun fortan lernen und fahren und arbeiten, wie es sich für eine Tochter von Sandbak gehört.

Gehe nun und folge deinem Kapitän und Führer, denn er wird gleich morgen ausfahren, bevor die Flut sich wendet, und bringe die Schätze der Meere heim.«

Yana musste für einen Moment zwinkern.

Schätze der Meere?!

»Tritt nun vor, Tore Ohmdahl«, rief ihr Vater in das Rund, »und empfange das neue Mitglied deiner Mannschaft.«

Sie sah mit aufgerissenen Augen, wie der Fischer Tore, Kapitän der Windfolger, aus der Menge der Anwesenden hervortrat, kurz lächelte und ihr auffordernd zunickte, während die Welt in ihrem Kopf in tausend Teile zersprang.

Vor Jahr und Tag

Yana wusste ihren Bruder zu beruhigen. Das hatte sie immer gekonnt. Sie verstand selbst nicht genau, warum dies so war. Es konnte nicht allein daran liegen, dass sie ein paar Jahreszeiten mehr durchlebt hatte.
Lito kam es gerade recht. Seine Neugier war geweckt und jetzt wollte er unbedingt hören, was für eine Geschichte Wila zu erzählen hatte.

Er streckte den Kopf aus der Decke, nur um sich dann noch tiefer in sein Kissen zu kuscheln. Auf Yana konnte er sich verlassen. Sie wusste ihn gegen alle Gefahren zu verteidigen. Wobei es meistens darum ging, die freche Bande von Halbstarken mit ihrem Anführer Harald davon abzuhalten, zu grob mit den Jüngsten zu spielen. Ganz besonders, da Lito mit seinen gerade einmal fünf Sommern ein dürres und schwächliches Kind war. Was auch daran lag, dass er im letzten Jahr ein schweres Winterfieber überstanden hatte, von dem er sich nicht richtig erholen konnte, denn die letzten Jahre waren über die Maßen kalt geblieben und die Sommer ungebührlich kurz.

Überhaupt war die Windküste nicht gerade das lieblichste Lehen. Unter den Gestaden, die König

Gabelbart der Dritte aus dem fernen Meingard zu vergeben hatte, war es mit seinen schroffen Küsten auch als das harsche Land bekannt. An die wenigen Strände brandeten wilde Wellen und auf den Hügeln lag über das ganze Jahr die dunkle Hand der dichten Wälder.

»Ihr seid nun in dem Alter«, begann die Großmutter zu erzählen, »dass auch ihr von der Sage um den Bergkönig erfahren dürft.« Und sie zwinkerte ihrer Großnichte zu, denn Yana war längst alt genug und hatte schon von der Legende gehört, aber sowohl Wila als auch Yana wollten den jungen Lito aufbauen.

Lito blieb mucksmäuschenstill, obwohl er sich unbedacht die Augen rieb, denn es war schon spät, der Wind hatte für einen Moment ausgesetzt und eine seltene Stille breitete ihre Schwingen über das Dach.

»Die Vorväter kannten unser Land unter einem anderen Stern«, fuhr Wila fort. »Dereinst waren die Wälder licht und die Wiesen voller Blumen, denn die Sommer waren stark und die Winterstürme selten.«

Für einen Moment schien es Yana, als wäre die Großmutter noch zu diesen Zeiten durch die Wälder gewandert, so brüchig wurde ihre Stimme und ein seltsames Verlangen sah sie in ihren Augen flackern. Aber vielleicht hatte sie sich getäuscht, denn im Feuer knisterte es gerade mächtig, da ein dickes Holzscheit aufbrach und die Funken nur so flogen. Wila ließ sich dadurch nicht unterbrechen.

»Damals wurden diese Hügel noch nicht Windküste genannt, denn alles war im Gleichgewicht. Wenn auch der Winter kräftig stürmte und reichlich Eis und Schnee brachte, so waren doch die Sommer kurz, aber mindestens genauso kräftig, und sie brachten genug Hitze, um alles Leben einmal im Jahr zu wilder Blüte zu bringen.

Finn Gutwerk war der Jarl des höchsten Nordens, und das war ehemals so etwas wie ein König, denn das Land war noch nicht eins und im Süden saß noch kein großer Regent an der Macht. Finn herrschte gern über die Küsten und die Gewässer des Nordens, denn er hatte von seinen Vorvätern gelernt, was es zu lernen gab. Ihm fiel das Geben und Teilen leicht, da alles im Überfluss vorhanden war.

Er hielt Hof in Nortborg, der nördlichsten Festung des Landes. Unter seiner Herrschaft wuchs das Seedorf an der Küste zu einer stattlichen Siedlung heran. Es war seit den Zeiten der Vorväter bekannt als der letzte eisfreie Hafen, denn selbst in der kalten Jahreszeit schaffte der Winter es nicht, die Bucht von Nortborg vollends einzufrieren. Das lag zu einem guten Teil an dem Fluss, der aus den östlichen Bergen genau an dieser Stelle ins Meer mündete. Man schrieb dem Wasser aus den fernen Weiten magische Eigenschaften zu, darum nannte man den mächtigen Strom die Rotflut. Er barg eine Wärme in sich wie kein anderer Fluss unserer Lande. Die Ältesten hatten versucht, seinem Geheimnis auf den Grund zu gehen, doch obwohl sie seinem Lauf bis in die entferntesten Berge gefolgt waren, vermochten sie die eigentliche Quelle nicht zu finden. Die Rotflut war niemals ein Bächlein, das zwischen den Felsen entsprang, sondern seine Wasser quollen aus einem mächtigen Trichter umrandet von eisigen Bergkuppen. Selbst wenn Eis und Schnee im Winter die Ufer im Griff hielten, floss er gemächlich und mit dampfendem Atem der See entgegen. Manche wollten glauben, er käme direkt aus den heißen Tiefen der Erde.

Die Frau von Finn Gutwerk war Eidel Schönhaar und sie wurde als Kind schon die Holde genannt, da sie die hellsten blonden Haare aller Mädchen der nördlichen Reiche besaß. Bei all den Schätzen, die Finn sein Eigen nannte, war ihm Eidel doch das Liebste.

Aber seine Frau war ein Kind der Wälder, denn ihr Vater hatte sie auf die Jagd mitgenommen, wie klein sie auch war. Sie kannte sich auf allen Pfaden aus und verbrachte, auch als sie älter war, ihre Zeit am liebsten im Zwielicht unter den höchsten Fichten. Dort sammelte sie Kräuter und Pilze und sagte so manches Mal den Füchsen *Gute Nacht*, bevor sie die Schätze des Waldes zum Abendessen nach Hause brachte. Man soll es kaum glauben, aber das wurde ihr zum Verhängnis, und damit begann das ganze Unheil.«

Yana konnte im Halbdunkel des heruntergebrannten Feuers erkennen, wie ihr Bruder erschreckt die Augen aufriss, denn nun war klar, dass auch diese Geschichte, wie so viele Geschichten von Großmutter Wila, eine schicksalhafte Wendung nehmen würde.

»Eidel war eines Abends mit ihrer Gruppe von Helfern im Dickicht an den steilen Hängen des Hargbergs unterwegs, denn dort wuchsen die seltensten Blumen der Täler. Das Fest der Idun stand bevor und sie wollte mit ihren Getreuen die ersten Frühlingsblumen für die Kränze sammeln. Ihre Begleiterinnen waren Waldfrauen, und sie wurden Fanggen genannt, da sie ihre Hütten unter den Bäumen hatten und ihre Männer nicht zur See fuhren. Sie kannten sich auf den geheimen Pfaden aus und wussten zu jeder Jahreszeit die besten Plätze für die Ernte zu finden.

Es war schon spät, und die Wege durch den dichten Tann versanken im düsteren Zwielicht einer mondlosen Nacht, als sie sich mit ihren Körben voller Schätze auf den Heimweg machten. An den steilen Klippen gleich oberhalb des Wasserfalls an der Quelle des Frimklar kam es zum Unglück. Obwohl manche von Eidels Tross später sagten, sie sei womöglich auf den Felsen ausgerutscht oder schlicht im Dunkeln gestolpert, wussten andere zu berichten, der Wald selbst wollte seine Schätze nicht gehen lassen und hätte mit seinen Baumwurzeln nach der eifrigen Sammlerin gegriffen und sie zu Fall gebracht.

Das Unheil blieb dasselbe. Eidel verlor den sicheren Tritt und stürzte in die Schlucht. Einen solchen Fall konnte niemand überleben, und als die Nachricht des Unglücks zum Jarl kam, schrie Finn nur ein einziges Mal in höchster Pein und schloss sich sodann in seinen Gemächern ein. Er rührte keinen Finger und sprach für Tage nur mit dem Gesinde und seinem Verwalter.

Nachdem seine Frau geborgen war, ließ er die Gegend um den verfluchten Wasserfall sperren. Niemand durfte mehr dort wandeln. Noch am selben Tag, da die sterbliche Hülle von Eidel in sein Heim gebracht wurde, befahl er, sie solle im tiefsten Keller aufgebahrt werden, dort, wo das letzte Eis aus dem Winter noch den Atem eisiger Kälte verströmte.

Schon das sorgte für Murren und schlechtes Gerede unter allen Dienern, und Finns Bannwart, Hergold, versuchte, ihm den sonderbaren Befehl auszureden. Er war derjenige, auf dessen Rat Finn hörte, denn er war seinem Herrn überaus ergeben. Wie oft hatte er ihn begleitet, wenn es hinaus in die Wälder ging, um Wildbret zu jagen. Mit dem Bogen machte Hergold keiner so schnell etwas vor, und er wusste, sein Herr bewunderte ihn dafür. Zudem war es an ihm, die Menschen am Hof in den langen Wintern zu unterhalten, denn die Geschichten des Landes aus grauer Vorzeit hatte er noch von seinem Vater und dessen Vater erlernt. Hergold konnte sogar mit den Barden mithalten, wenn sie Lieder aus der alten Zeit anstimmten, so fein war seine Stimme und so sicher war sein Spiel auf der Laute.

An diesem Tag jedoch erhob er seine Stimme vergebens. Er versuchte, seinen Herrn davon zu überzeugen, lieber nach den alten Bräuchen zu handeln, auf dass kein Gerede entstünde, das die Diener aus Finns Heim womöglich an die Bewohner von Nortborg weiterschwätzen konnten. Doch sosehr er dem Jarl zuredete, er gelangte kaum mehr an dessen Ohren.

Und es sollte noch merkwürdiger kommen.

Zuerst schloss Finn sich für eine Nacht bei seiner gefallenen Liebe im Keller ein. Am nächsten Morgen überraschte er den Hof mit einem absonderlichen Plan.

Er rief seine engsten Getreuen zusammen und befahl ihnen, sich für eine Reise zu rüsten. Schon am folgenden Tag wollte er in den hohen Norden aufbrechen. Sie sollten ihn begleiten und einen großen Karren für seine Frau bereitstellen, da er sie mitzunehmen plante, umgeben von all dem Eis, in das er sie gelegt hatte. Einiges Werkzeug und reichlich Verpflegung sollten sie ebenfalls packen.

Sein Ziel lag in den nördlichen Weiten, dort, wo man schon nicht mehr ausmachen kann, ob die Berge noch aus Fels oder nur aus Eis bestehen. Dort wollte er Eidel bestatten.

Jeder, der ihn kannte, wusste um die große Zuneigung zwischen Finn und seiner Frau. Wie gern hatten sie das Licht in seinen Augen gesehen, wenn die Liebe seines Lebens nur neben ihm ging.

So verstanden sie den Wunsch und gaben nach. Leicht fiel es niemandem, denn nach altem Brauch waren die Verstorbenen nie länger als drei Tage nach ihrem Hinscheiden auf einem großen Stapel Eichenholz verbrannt worden. Doch Finn hörte auf keine Stimme. Er blieb standfest und trieb seine Helfer zur Eile an.

In der Frühe eines kalten Märztages brach er mit seinem Tross und dem eisigen Leichnam seiner Frau in den Norden auf.

Drei Tage waren sie beim Schein einer wiedererstarkten Wintersonne unterwegs. Und drei Nächte wanderten sie ohne Unterlass weiter, denn ein absonderlich starkes Nordlicht machte die Nacht zum Tage.

Endlich hatten sie die Ausläufer der Eisweiten erreicht und in einer Höhle der Randberge konnte Finn seinen geliebten Schatz zur Ruhe betten.

Doch seit er in die Heimat zurückgekehrt war, wurde er von den Menschen der Küste nur noch Finn Starrhand genannt, und das lag nicht nur daran, dass er sich kaum noch um seine Tagesgeschäfte kümmerte. Er hatte sich darin verrannt, dass die Wälder ihm mit Absicht seine Frau entrissen hätten, nur um ihm das Schönste zu nehmen, das er je besessen hatte.«

Der Beschluss

Der Schlag der großen Glocke war noch nicht ganz verklungen, da hatte Yana sich schon umgedreht. Es hörte sich nicht so an, wie sie es in Erinnerung hatte: laut und hell, eine interessante Zukunft verheißend. Wie ein Schlag von Hammer auf Amboss traf es ihre Ohren. Und es klang wie das letzte Wort eines Fluchs, wie ihn die Hexen des Nordens aus den Wolken herabrufen, grässlich laut und verdorben.
Am liebsten wäre sie im Boden versunken, aber nach dem ersten Schock wollten ihre Beine auf einmal nur noch laufen. Sie musste sich zwingen, stehen zu bleiben und nicht noch andauernd den Kopf zu schütteln, denn was sie gerade gehört hatte, konnte sie kaum glauben. Jetzt war sie sich ganz sicher, dass ihre Sommersprossen kaum noch zu sehen waren, so rot vor Überraschung war ihre milchweiße Haut bestimmt über das ganze Gesicht angelaufen. Es war so unglaublich peinlich, vor allem, da sie erkannte, dass Harald Hardanger recht behalten hatte. Aus dem Augenwinkel sah sie ihn, wie er immer noch feixend in der ersten Reihe saß.

Wie kann Athel mir das zumuten?

Sie hatten doch darüber gesprochen. Wie oft hatte sie sich die Zukunft ausgemalt, sich mit ihm über die Möglichkeiten unterhalten, die Vorteile der einzelnen Clans abgewogen.

Natürlich waren es nur Wünsche gewesen, natürlich war es nur eine Stimme, die ihr Vater im Rat erheben konnte. Aber es war doch die Stimme des Jarls.

Was ist in der Versammlung passiert?

Sie konnte sich nicht vorstellen, dass man Athel so einfach überstimmen würde oder dass er sich nicht mit aller Macht für sie eingesetzt hätte.

Er selbst hatte oft genug für eine Arbeit bei den Bootsbauern oder Netzmachern plädiert. Auch die Holzfäller wären ihm recht gewesen, wenn es nach seinen Vorstellungen gegangen wäre. Das hätte noch am besten zu dem gepasst, was Großmutter Wila ihm seit Jahr und Tag einzuflüstern versuchte. Das wiederum käme einer Arbeit in den Wäldern am nächsten, nahe dem Herzen der Wildnis. Darüber hätte Wila am meisten erzählen und lehren können, denn es war schließlich ihr eigener Weg gewesen.

Die Entscheidung darüber, wo sich ein neues Vollmitglied der Gemeinschaft bewähren sollte, lag immer beim Rat der Neun. Die Stimme des Jarls war nur eine unter vielen, wenn auch eine gewichtige. Aber dass Athel sich überhaupt nicht hatte durchsetzen können und nun der Fischer Tore Ohmdahl darauf wartete, dass sie sich ihm anschloss, musste einen Grund haben.

Tore war ein guter Mann, ein erfahrener Seefahrer und sicherer Steuermann, der alle Untiefen vor der Küste kannte. Seine Brüder und Schwestern waren allesamt Fischer und viele besaßen eine eigene kleine Knorr, das wendige Fischerboot, das wie kein anderes für den Fang der Heringe und Dorsche im Nordmeer geschaffen war. Der einzige Vorteil, den Yana erkannte, war die Tatsache, dass Tore einer von denen war, die Athel immer unterstützt hatten. Die Fischer bestanden nicht nur aus der Familie der Hardangers. Eine weitere Stimme im Rat hatte Sverre Ohmdahl, der Großvater von Tore und Kopf der Sippe, aber er war schon mindestens so alt wie Großmütterchen Wila.

Das kann ich nicht hinnehmen, drängten ihre Gedanken. Ich muss wissen, was da abgelaufen ist.

Sie lief los, nicht zu Tore hinüber, sondern schnurstracks auf ihren Vater zu. Irgendwie hatte Athel damit gerechnet. Er blickte nur kurz auf und senkte den Kopf, als er vom Nordstein herabstieg und erkannte, wie seine Tochter auf ihn zustürmte. Ein Raunen ging durch die Menge im Rund des Thingplatzes.

»Wir müssen reden«, sagte Yana, als sie zu Athel aufgeschlossen hatte. Sie zwang sich, ruhig zu bleiben und ihre Stimme im Zaum zu halten, was ihr jedoch nicht besonders gelang.

Als sie ihren Kopf hob, traf sich ihr Blick für einen winzigen Moment mit dem Morton Hardangers. Er stand noch auf dem Nordstein und schaute auf sie herab. Er grinste sie aus seinem feisten Gesicht an, als wollte er sagen: *Genau so hab ich's mir vorgestellt.*

Athel sagte im ersten Moment gar nichts. Sie bemerkte, wie er Blicke mit Tore Ohmdahl tauschte. Wohl wollte er sich vergewissern, dass der Fischer nichts dagegen einzuwenden hatte, dass Yana ihm nicht sofort folgen würde, um auf dem Holzpier seine Windfolger zu entern und sich sogleich mit der Mannschaft anzufreunden. Sicher hoffte Tore darauf, am nächsten Tag auszufahren und endlich wieder einen guten Fang nach Hause zu bringen.

Dann blickte Athel ihr tief in die Augen und sagte: »Komm!«

Der Lauf der Dinge

»Sag mir, warum!« Yanas Stimme zitterte, als sie ihren Vater zur Rede stellte. Verzweifelt versuchte sie, das Beben in ihrer Kehle zu unterdrücken.

Er saß ihr im Langhaus der Familie gegenüber. Seinen Mantel hatte er am Eingang abgelegt. Als Yana mit ihm in der Wohnhalle angekommen war, saß Großmutter Wila schon auf der Bank am Fenster, so als hätte sie seit der Unterhaltung mit ihrer Großnichte nicht einen Fuß vor die Tür gesetzt. Aber so wie sie die Ankömmlinge musterte, hatte sie ganz sicher mitbekommen, was bei der Verkündung passiert war. Sie blieb verdächtig still.

Athel schaute seiner Tante nur kurz ins Gesicht. Er ließ sich Zeit und überlegte. Yana spürte, wie er mit sich rang.

Dann holte er tief Luft.

»Lass mich erklären.«

»Das solltest du«, meldete sich Wila ungefragt zu Wort. Ihre Stimme war kaum mehr als ein Flüstern. Athels Miene verdüsterte sich.

Inzwischen war auch Lito durch den Windfang eingetreten und stellte sich neben seine Schwester.

»Ich habe alles versucht.«

Athels und Yanas Blicke trafen sich. »Ich glaube, es ging ihnen nur um mich, aber dann lief alles aus dem Ruder.«

Yana musste zwinkern. »Was?«

»Morton und seine Hardangers, und auch die Olssons, Perssons und Hagebaks haben die Versammlung für etwas ganz anderes benutzt. Ich war nicht darauf gefasst. Ich hatte nicht geglaubt, dass sie es wagen würden, etwas so Feierliches auf diese Weise zu entstellen. Über deine Zukunft zu entscheiden, liebe Yana, war heute nur ein Teil ihres Plans, wenn überhaupt.«

Er stand auf, ging auf sie zu und breitete die Arme aus.

Sie erhob sich wie auf Befehl, erstarrte dann jedoch, als wäre sie zu taub, um irgendetwas zu fühlen. Sie ließ die Umarmung über sich ergehen.

»Was haben sie gesagt?«, bohrte Wila aus dem Hintergrund nach.

»Es ging ihnen nicht um Yana«, fuhr Athel fort. Er klopfte seiner Tochter noch einmal auf die Schulter und löste sich von ihr. »Zuerst jedenfalls nicht.«

»Sie wollten dich abwählen, stimmt's?« Das war Lito, der sich in das Gespräch einmischte. »Der fette Birger konnte es nicht lassen, sich wieder mal bei mir unbeliebt zu machen. Er hat's mir gesteckt.«

»Das ist richtig«, antwortete Athel. »Und es war knapp. Hätten sich die Händler und Netzmacher nicht neutral verhalten und die Holzfäller nicht wie immer zu mir gehalten, hätte es auch ganz anders ausgehen können. Irgendwie hat Morton es geschafft, ein paar Unentschiedene auf seine Seite zu ziehen. Auf jeden Fall hat er es nicht geschafft, mal eben zum neuen Jarl gewählt zu werden. Ich glaube, er war ziemlich sauer. Danach hatte ich das Gefühl, es ging ihm nur noch darum, möglichst viel Schaden anzurichten.«

»Aber sie können dir nicht alles in die Schuhe schieben.« Yana hatte sich inzwischen gefasst. »Wer will es besser machen? Wollen sie die Fische demnächst mit ihren Saufgesängen herbeirufen? Und gegen die harten Winter hat niemand ein Mittel. Wer kann schon das Wetter wenden!«

»Das weiß ich alles«, antwortete Athel und sank auf seinem Schemel zusammen. »Eigentlich wissen das alle. Aber es steht nicht gut um Sandbak. Wir brauchen diese Fänge, und sie müssen gut sein. Nicht nur um über den Winter zu kommen, sondern damit wir den Händlern auf ihren Reisen etwas mitgeben können. Die großen Familien bauen darauf, dass sich die Lage für ihre Kinder über die Jahre verbessert. Sie wünschen sich Dinge, die nicht nur aus dem Meer oder aus unserem Wald kommen. Vieles, was uns das Leben annehmlich macht, müssen wir uns in der Ferne kaufen, so wie alle am Rand des großen Meeres.«

»Das ist über die Jahre gut gelungen«, mischte sich Wila ein. »Aber in den Minen am Wagberg werden kaum noch glitzernde Steine gefunden und unsere Küsten sind von Bernstein leergefegt. Es bleibt nicht viel zum Tauschen übrig.«

»Das ist es ja«, sagte Athel. »Wir müssten bis zu den Raubergen gehen, um neue und vielleicht noch tiefere Minen zu erschließen, wenn wir überhaupt wieder mit etwas anderem tauschen wollten als mit unserem Trockenfisch. Aber die Wege sind weit, das liegt noch hinter dem Waldbruch. Und im Winter ist es dort oben so unwirtlich, dass wir kaum das ganze Jahr dort arbeiten können. Natürlich habe ich dem Rat solche Pläne unterbreitet, und es waren noch ein paar andere Ideen dabei, aber es hat letztlich nur knapp gereicht. Beinahe würde ich nicht mehr als Jarl vor euch stehen.«

»Und dann hat Morton versucht, dir eins auszuwischen«, schloss Yana ihre Überlegungen. »Da kam ich ihm gerade recht.«

»Es tut mir so leid«, erwiderte Athel.

»Ich verstehe«, sagte sie und senkte den Kopf.

»Es wird der Tag kommen, da werde ich alles wiedergutmachen.« Er erhob sich. »Aber jetzt müssen wir uns zusammenreißen und gute Miene zum bösen Spiel machen. Kommt, die Zeit drängt. Das Mittsommerfest beginnt mit den ersten Tänzen am Nachmittag und auch das große Feuer wird bald entzündet. Dann heißt es, nur noch einmal Schlafen und morgen kommt die neue Flut. Ich bin sicher, Tore möchte seinen Törn nicht verpassen.«

Yana musste unwillkürlich schlucken, doch dann stimmte sie zu.

An wem soll es sonst hängen bleiben?, dachte sie, aber sie riss sich zusammen und blieb mit erhobenem Kopf stehen. Sie wedelte mit der Hand, als wäre alles nicht so schlimm, dabei fühlte sie in ihrem Inneren die Wut aufsteigen. Noch hatten Stolz und Verantwortung die Oberhand. Sie musste sich zwingen, ihren Ärger über die Clans und deren Politik nicht offen herauszuschreien. Aus dem Augenwinkel sah sie, wie auch Wila mit düsterem Blick vor sich hinstarrte. Die Großmutter kannte jeden im Ort, und doch sah es so aus, als hätte auch sie mit dieser Wendung nicht gerechnet. Yana war für Wila wie ein eigenes Kind, alles hatte sie von ihr gelernt. Durch sie war sie zu einer jungen Frau erwachsen. Nun war die Zeit gekommen, sich in der Welt zu beweisen.

»Komm mit mir«, wandte Athel sich an Lito. »Es gibt noch einiges zu erledigen, bevor die Hauptmänner der Clans auf die Festwiese ziehen. Hilfst du mir?«

Ihr Bruder schaute kurz herüber. Als er sah, wie sie zustimmend nickte, schien er erleichtert. Sicher wollte er seiner Schwester beistehen, aber wenn er dem Vater helfen konnte, war ihm der Zwiespalt ins Gesicht geschrieben.

Nachdem beide gegangen waren, fiel eine Spannung von Yana ab und sie blieb wie betäubt in der Mitte des Raums stehen. Wila erhob sich und kam ganz nah.

Die Großmutter nahm ihre Hand und strich ihr zart über den Handrücken. Yana blickte auf. Die Gedanken schwirrten in ihrem Kopf. Sie fühlte sich zu erschöpft, um das Wort zu erheben. Wila schien zu wissen, was in ihr vorging. Sie stand eine Weile vor ihr und Yanas Blick verlor sich in den graublauen Augen der alten Frau.

Es brauchte keine Worte. Die Entscheidung war gefallen. Wila tätschelte zum Abschluss noch dreimal ihre Hand, als wäre es ein Ritual, dann verließ auch sie das Haus. An diesem Tag gab es reichlich zu tun, denn die Mittsommernacht war einfach zu wichtig. Es war neben der Jultide, die Zeit, an der noch der letzte Bewohner von Sandbak erschien, um die Gemeinschaft und die Jahreszeit zu feiern.

Yana war die Freude vergangen. Auf einmal fühlte sie sich leer wie ein Schöpfeimer, den jemand aus Versehen umgerannt hatte und der gänzlich ausgelaufen war. Es fehlte nur noch ein Tritt und er würde blechern und hohl, wie er war, über den Boden scheppern.

Auf einmal musste sie grinsen, auch wenn ihr die Mundwinkel gleich erstarrten. Sie konnte, nein, sie wollte sich nicht unterkriegen lassen. Nicht die Tochter des Jarls. Niemals.

Aber für den lustigen Nachmittagsreigen war es zu früh und für eine gute Miene fühlte sie sich nicht gefasst genug. Sie war sicher, die anderen Frauen und Mädchen warteten nur darauf, ihr mit dem üblichen Plappern und endloser Fragerei auf die Nerven zu gehen.

Wer will es mir verdenken?, dachte sie und wechselte hinüber zu den Schlafnischen. Sie legte sich auf ihr Bett und versuchte, ihre Gedanken zu ordnen. Das ging eine ganze Weile so, dann rollte sie sich in ihre Decke ein und kaum ein paar Augenblicke später war sie eingeschlafen.

Vor Jahr und Tag

Das Feuer in der Mitte des Langhauses begann geheimnisvoll zu knistern, als wollte es die Erzählung mit unheilvoller Stimme begleiten. Wila ließ sich davon weder ablenken noch beeindrucken und erzählte einfach weiter.

»Das Unglück hatte den Herrscher über die Windküste schwer getroffen. Eidel Schönhaar, das Beste, was ihm im Leben je widerfahren war, sollte niemals wieder an seiner Seite stehen. Ein Jahr voll stiller Trauer verging, dann schien Finn einen Entschluss gefasst zu haben. Doch über das, was er vorhatte, unterrichtete er nur seine engsten Vertrauten. Und selbst die, mit denen er redete, erfuhren kaum, was er wirklich im Schilde führte.

Zuerst ließ er die Holzfäller kommen und gab ihnen einen Auftrag. Eine Straße in den hohen Norden sollten sie für ihn durch die Wälder schlagen. Bis zu dem Berg, in dessen Höhle er seine Frau bestattet hatte, sollte sie gehen, und dort am Ende, schon in den eisigen Weiten, sollten seine Baumeister eine Gruft errichten, die auch für ihn selbst angemessen erschien. Tief in den kalten Berg sollte sie reichen.

›Dies soll die Ruhestätte sein, wenn mein Herz den letzten Schlag getan hat‹, begründete er den Auftrag für das ungewöhnliche Bauwerk. ›Dort will ich für immer der Liebe meines Lebens nahe sein.‹

Das nahmen die Menschen des Nordens ihm nicht übel, ja sie verstanden es, denn sein Leid hatte alle tief berührt.

Sie erfüllten ihm den Wunsch und der Bau wurde begonnen. Der Boden im Norden war hart und es würde Jahre dauern, das Werk zu vollenden. Während dieser Zeit schien der Jarl zu genesen. Er wagte sich wieder unter das Volk und wurde bald gesichtet, wie er mit einer kleinen Gesellschaft von Getreuen in den Wäldern auf die Jagd ging.

Was keiner wusste und niemand vermuten konnte, war der eigentliche Grund, warum es Finn Starrhand in die Wälder zog. Er wollte die Wege und Berge kennenlernen, aber ganz besonders suchte er die Nähe zur Gemeinschaft der Waldfrauen. Wo immer er sie traf, befragte er sie über ihr Wissen, als wollte er noch das letzte Geheimnis des Landes ergründen. Bald waren ihm Bäume, Kräuter und Tiere, ja selbst Wetter und Wasser nicht mehr fremd. Aber er wusste ebenso, da war noch mehr. Die Fanggen waren seit jeher bekannt für ihr geheimes Wissen über den Wald und alles Leben.

Nach Monaten, in denen er sich um die Waldfrauen bemühte und alles tat, um in ihrer Gemeinschaft angenommen zu werden, kam ihm zu Ohren, dass manche von ihnen über seltene Fähigkeiten verfügten.

Einige konnten wilde Tiere zähmen. Sie brachten den größten Bären und das gefährlichste Wolfsrudel dazu, ihnen zu dienen. Dazu legten sie in einer hellen Mondnacht noch den letzten Stoff ihrer Gewänder ab und gingen allein in den Hochwald. Sie stellten sich ohne Schutz auf eine Lichtung, umringt von nichts als tanngrünem Dickicht. Dann riefen sie mit einem eigenen Lied für jede der wilden Tierarten ein Exemplar herbei und betörten es mit einem geheimnisvollen Tanz. So vermochten sie jedes lebende Wesen für eine Nacht zu ihrem Diener zu machen.

Andere Waldfrauen konnten mit geheimnisvollen Gesten Pflanzen zum Blühen und Bäume zum Wachsen bringen, selbst wenn es tiefster Winter war.

Über diese Talente gab es Gerüchte, aber keine der Fanggen wagte je, die Geheimnisse für das gewöhnliche Volk preiszugeben. Nur wer in die Gemeinschaft der Waldfrauen aufgenommen war, durfte das Wissen teilen, und anwenden konnten es nur diejenigen, die lange Jahre bei der obersten aller Fanggen in die Lehre gegangen waren. Alle Waldfrauen huldigten ihrer Ältesten, denn sie war ein Schutzgeist der Bäume, des Wassers und der Berge. Als Finn das Vertrauen der Fanggen erlangt hatte, kam ihm zwar ihr Name zu Ohren, aber für weiteres Wissen musste er sich lange um die Gemeinschaft bemühen, sodass bald drei volle Jahre ins Land gingen.«

»Wie hieß sie? Wie hieß sie?«, rief Lito ungeduldig dazwischen. Wila hatte schon angesetzt, einfach weiterzuerzählen.

»Du kannst es wohl nicht erwarten?«, rief Yana ihm zu. »Sicher wird uns die Großmutter den Namen nicht vorenthalten. Warum sollte sie etwas verheimlichen?«

Dabei wusste Yana sehr wohl um die Macht der Namen, denn mit den richtigen Worten lassen sich die Mächte der Erde nicht nur kennen, sondern auch herbeirufen. Es schien wie ein Spiel, das ihre Großmutter sehr wohl zu spielen wusste, denn Wila drehte nur leicht den Kopf in Yanas Richtung und zwinkerte zurück.

»Natürlich dürft ihr davon erfahren«, sagte Wila wieder an Lito gewandt. »Aber wisset stets, es steckt eine seltene Macht in den Namen der Welt. Deswegen werde ich euch verraten, wie die Herrin der Wälder des Nordens in der gemeinen Zunge heißt. Sie heißt Siebenblatt, und so wollen wir sie fortan nennen.«

Das verlorene Fest

Yana erwachte, und im ersten Moment wunderte sie sich über das milde Licht, das durch die Fenster drang und im Raum eine sonderbare Stimmung verbreitete. Fast meinte sie, jemand müsste zehntausend Kerzen entzündet haben, doch das währte nicht lang. Zu schnell waren die Gedanken zurück, an das, was sich am Mittag zugetragen hatte.

Sie schreckte auf und sah sich um, versuchte zu begreifen, wie lange sie geschlafen hatte. Schnell schwang sie sich aus dem Bett. Ihr Kleid trug sie noch wie am Morgen. Sie beließ es dabei und nahm nur ihren Mittsommerkranz, setzte ihn sich aufs Haar und schon hatte sie das Haus verlassen.

Als sie sich auf den Weg ins Zentrum von Sandbak machte, fiel ihr auf, dass außer ihr niemand auf den Wegen unterwegs war. Zudem war das Licht typisch für die schon längst aufgekommene Nacht. Es war nicht gänzlich dunkel, da ein Schein nicht weit hinter dem Horizont eine milde Dämmerung verbreitete. Aber es musste tatsächlich Nacht sein, und Yana schalt sich in Gedanken, dass sie so lange geschlafen hatte. Ganz sicher hatte sie den Einzug der Clans und den Beginn der Feierlichkeiten versäumt.

»Nimm dich zusammen«, murmelte sie und beschleunigte ihren Schritt.

Ja näher sie dem Zentrum von Sandbak kam, desto deutlicher vernahm sie die Stimmen der Menge, die sich dort versammelt hatte. Immer wieder wurde das Geraune unterbrochen von lautem Lachen und dem einen oder anderen Kindergeschrei. Der Schein des großen Feuers war nicht zu übersehen, obwohl Yana die Festwiese noch nicht erreicht hatte. Erst als sie an der großen Kreuzung der Hauptstraße stand, die den alten Teil von Sandbak mit dem neuen verband, gelang ihr ein Blick auf die Flammen, wie sie zum Himmel griffen. Das Feuer war groß und wurde wie jedes Jahr von den Feiernden umringt, auch wenn diese gehörigen Abstand hielten.

Die Festwiese war nicht klein und bot allen ausreichend Platz. Um das Zentrum herum standen Tische und Bänke. Dort breitete sich das muntere Treiben und Gewusel der Festgäste bis an den Rand der Wiese aus. Yana hatte es schon so oft gesehen, und trotzdem kam es ihr diesmal fremd vor. Die vielen Menschen, die feierten, aßen, sprachen, tanzten und johlten, erschienen ihr auf einmal unbekannt, obwohl sie den meisten schon oft begegnet war und viele von ihnen sogar persönlich kannte. Sie fühlte sich auf einmal wie ein Reisender, der gerade in Sandbak angekommen war. Auf einmal war ihr, als wäre sie ein gern gesehener Gast, der respektiert und gegrüßt wurde, aber ansonsten landfremd blieb, wie die fahrenden Händler und heimatlosen Barden, die nicht hier geboren waren.

Sie bemühte sich, nicht aufzufallen, gesellte sich an den Tisch, an dem auch Athel und Lito saßen, und der Abend nahm seinen üblichen Verlauf. So wie er es viele Jahre getan hatte. Jahre, in denen dies immer der wichtigste und interessanteste Tag für die Tochter des Jarls gewesen war. Doch in diesem Jahr war alles anders.

Nicht dass Yana irgendetwas von der Feier, den Gesprächen, dem Feuer, dem unendlich langen Licht am Himmel und der ausgelassenen Stimmung um sie herum mitbekam. Denn in ihren Augen war alles blass und verblasste noch mehr, als sie sich früh verabschiedete, das eigene Heim ansteuerte, um erneut ins Bett zu fallen und in einem traumlosen Schlaf zu versinken.

Der nächste Morgen kam so harsch und früh wie erwartet. Yana war von selbst erwacht, doch Wila war wieder einmal früher dran. Das Hausfeuer loderte bereits und verbreitete eine wohlige Wärme. Im Nu war Yana hellwach.

Eigentlich verlief alles wie an jedem Morgen. Das Anziehen, ein Frühmahl und die Verteilung der Aufgaben durch ihren Vater Athel. Nur dass diesmal die Anweisungen knapp ausfielen. Etwas blieb unausgesprochen, aber es war allen klar. Man würde sie zu ihrer ersten Ausfahrt des neuen Lebens zum Hafen geleiten.

Die Gespräche am Tisch waren nicht einsilbig, aber dennoch knapp, und wenig drehte sich um irgendetwas anderes als Nebensächlichkeiten. Ihr Vater versuchte, alles in einem normalen Rahmen zu halten, so als wäre dies ein Tag wie jeder andere und Yanas Ausfahrt kaum einer weiteren Erwähnung wert.

Nach dem Mahl ging die Familie zum Hafen hinunter. Athel wich nicht von ihrer Seite. Lito und Wila folgten im Schlepptau, und obwohl sie sich nicht sonderlich eilten, erreichten sie den Steg für Yanas Geschmack viel zu schnell. Ein Teil von ihr hätte sich am liebsten im Bett verkrochen und noch lange über sich selbst, die Entscheidung und über das Leben nachgedacht. Aber wie immer war dieser Teil viel zu klein und seine Stimme viel zu schwach, um sich gegen ihren Stolz zu erheben. Sie wollte es nicht nur ihrem Vater zeigen und ihrer Familie beweisen, sondern auch den Hardangers und allen ihren Speichelleckern ein für alle Mal bestätigen, aus was für einem Holz die Bardssons geschnitzt waren. Wenn sie schon auf einer Knorr in die Lehre gehen sollte, dann würde sie es gut machen, und niemand sollte auf die Idee kommen, Yana wäre zu schwach und nicht entschlossen genug, es mit allen und jedem aufzunehmen.

Eine leichte Brise kam aus den Bergen herunter, als wolle sie Yana ermuntern, an Bord zu gehen. Sie musterte die Knorr, wie sie vertäut am Steg in der kaum erkennbaren Dünung dümpelte. Die

Mannschaft aus acht Fischern und Tore Ohmdahl waren schon an Bord. Sie räumten geschäftig auf dem offenen Deck herum, doch Yana war klar, dass man nur auf sie wartete.

Sie drehte sich noch einmal ihrer Familie zu. Athel gab ihr eine Umarmung. Sie spürte, wie fest er sie hielt. Gerade wollte sie sich von ihm lösen, da spürte sie, wie er sie länger als gewöhnlich halten wollte. Fast trieb es ihr die Tränen in die Augen, als sie erkannte, wie schwer er sich tat. Solche Momente der Nähe waren selten geworden in den letzten Jahren, aber ihr wurde klar, wie viel sie ihm bedeutete, ganz sicher mehr, als er zu sagen vermochte. Danach kam Lito an die Reihe. Seine Stirn zeigte Sorgenfalten.

»Wir sprechen, wenn du morgen wieder zu Hause bist«, sagte er, als sie sich lange umarmten.

Kaum hatten sie sich gelöst, sprach Wila an die beiden Männer gewandt: »Geht schon, ich habe noch etwas mit Yana zu bereden.«

Athel forderte Lito auf, ihm zu folgen, und sie gingen zurück in Richtung Ufer.

»Konntest du mich gestern nicht vorwarnen?«, platzte Yana heraus, noch bevor Wila das Wort erheben konnte.

»Das habe ich doch getan«, sagte die Großmutter. »Was genau die Zukunft bringt, können auch die Knochen nicht bestimmen. Aber ich möchte, dass du dir noch einmal klarmachst, dass du ab jetzt auf dich allein gestellt bist.«

»Wie soll ich das verstehen? An Bord sind immer ein paar Leute. Als Mannschaft halten wir zusammen und werden aufeinander aufpassen.«

»Das meine ich nicht«, sagte Wila, während sie in der Tasche ihres Überrocks kramte. »Wohin dein Weg führt, das musst du ab jetzt selbst entscheiden.«

»Gerade habe ich das Gefühl, für mich ist alles entschieden.« Yana ließ den Kopf hängen.

Wila nahm ihre Hand. »Die Knochen zeigen einiges, aber das ganz sicher nicht. Du solltest auf der Hut sein. Ich muss dir etwas geben, das dir eines Tages helfen kann.«

»Was denn?« Yana war überrascht und suchte die Augen der Großmutter.

Die zog eine silberne Kette aus ihrer Tasche. Hoch hielt sie den Schmuck, und Yana war überrascht über den kleinen Anhänger, der daran baumelte. Den hatte sie noch nie gesehen.

»Leg sie um«, forderte Wila.

»Was ist das? Soll sie mir Glück bringen?«

»Vielleicht auch das, aber du wirst das brauchen, was in dem Medaillon enthalten ist.«

Jetzt erkannte Yana, dass sich es um eine winzige, fein gearbeitete Schmuckdose handelte.

»Mach sie ruhig auf«, sagte Wila mit Stolz in der Stimme. »Du darfst wissen, was darin ist.«

Yana drehte das Medaillon, sodass der Deckel mit seinem Muster aus gehämmerten Dellen nach oben zeigte. Er sah fast aus wie ein Schildkrötenpanzer, wäre da nicht in der Mitte ein länglicher grüner Schmuckstein eingearbeitet gewesen. Sie drückte den Deckel mit ihrem Fingernagel auf und sah im Inneren nicht viel mehr als eine kleine schwarze Kugel, kaum halb so groß wie eine gewöhnliche Perle.

»Was ist das?«

»Es ist die Frucht der Tollkirsche«, antwortete Wila. »Ich zeige es dir, damit du genau weißt, was du mit dir herumträgst, und nicht meinst, du müsstet davon naschen.«

»Belladonna!« Yana war erstaunt. »Sie ist giftig, was soll ich damit?«

»Es wird der Tag kommen, da sie dir eine Hilfe sein soll«, stellte die Großmutter fest. »Wenn es so weit ist, wirst du es wissen.«

Yana kannte Wila gut genug, um zu erkennen, dass sie hier und heute nicht mehr über dieses Geheimnis würde erfahren können.

»Lass dich umarmen«, sagte Wila, und während sie dies taten, flüsterte die Großmutter ihr zu: »Einen Rat kann ich dir noch geben. Es gibt etwas, auf das du dich immer verlassen kannst.«

Yana nahm Abstand und schaute der alten Dame auffordernd ins Gesicht.

»Deine Stimme«, sagte Wila. »Erinnere dich an die Lieder aus alten Tagen, die ich dir beigebracht habe. Egal, ob die Tage schwer waren oder die Arbeit leicht, wie gern hast du gesungen.«

»Es fühlt sich an, als wäre es lange her«, stellte Yana fest. »Ich wünschte, es würde so bleiben.«

Wila ließ sie los.

»Geh nun! Dein neues Leben wartet.«

Schweren Herzens wandte Yana sich ab und balancierte über die schmale Holzplanke an Bord der Windfolger. Sofort orientierte sie sich nach Achtern, wo auf dem Halbdeck der Kapitän am Steuer stand. Auf jeder Knorr gab es ein paar wenige Ruder, aber am heutigen Tage wurden sie zum Ablegen nicht gebraucht. Die leichte Brise würde ausreichen. Die Mannschaft zog das Segel auf und die Taue wurden geworfen. Yana konnte über den offenen, weit geschwungenen Innenraum bis zum Halbdeck am Bug schauen und alles beobachten.

Dann nahm die Knorr Fahrt auf. Yana wusste, was zu tun ist. Schließlich hatte sie aus Neugier, aber auch auf Wunsch ihres Vaters bereits Ausfahrten auf einem Fischerboot begleitet. Nie hätte sie gedacht, dass dies einmal ihre Zukunft bedeuten sollte.

Sie gesellte sich zu Kapitän Tore an die Steuerpinne. Er nahm Kurs auf die östliche Landzunge, die die Bucht von Sandbak vom offenen Meer trennte.

Es war ein klarer Sommertag und kaum eine Wolke war in Sicht, als die Windfolger sich fast wie von selbst ihren Weg durch die seichte Dünung suchte. Offenbar wollte Tore um die Landzunge herum nach Süden fahren und sein Glück in den Tiefen vor Kap Hellbrant suchen.

Der Wind spielte mit den Locken ihrer roten Haare, als sich die Windfolger stetig vom Ufer entfernte. Yana blickte lange zurück. Der winzige Sandstrand neben dem Pier, die flachen reetgedeckten Häuser, die sich in die schwungvoll ansteigenden Hügel schmiegten, und am Ufer, schon winzig und kaum noch auszumachen, die drei Mitglieder ihrer Familie.

Tore sagte nichts und gab auch keine unnötigen Befehle. Yana war ihm fürs Erste dankbar. Er schien zu ahnen, dass sie mit ihren Gedanken allein sein wollte.

Es ist der Lauf der Dinge, dachte sie sich. Wer bin ich, der sich etwas anderes wünschen dürfte?

Fast hatten sie die mit großen Felsblöcken befestigte Spitze an der Landzunge erreicht, doch bevor sie aufs offene Meer hinausfuhren, sah Yana, dass jemand am Kap stand. Die Person konnte nicht groß sein, sonst hätte man sie eher gesehen.

Es war ein Kind. Ein grünes, langes Gewand ließ auf ein Mädchen schließen. Es stand ohne Begleitung auf den Felsen und winkte dem Schiff und seiner Besatzung zu. Yana kniff die Augen zusammen, aber die Entfernung war zu groß, um zu erkennen, wer das Mädchen war.

Obwohl sie bemerkte, wie ein paar Männer aus der Mannschaft den Gruß erwiderten, hob sie

nicht den Arm. Sie musterte das Kind, dessen dunkle Haare einen starken Kontrast zu seinem Kleid zeigten. Der Stoff glitzerte hell und grün wie Frühlingsklee im Licht der aufgehenden Sonne.

Yana konnte sich weder freuen, noch fühlte sie so etwas wie Abschied. Sie schaute nur und fühlte gar nichts. Es kam ihr vor, als wäre sie ein frisch gezogenes Blatt Pergament, das darauf wartete, beschrieben zu werden.

Sie sah das Blatt noch lange leer. Keine besondere Geschichte wollte sich formen.

Niemals in ihrem Leben hatte Yana sich so sehr verschätzt.

Vor Jahr und Tag

»Wenn ihr euch wieder beruhigt habt und euch das Schicksal von Finn Gutwerk, den ihr nur als Finn Starrhand kennt, nicht zu sehr mitgenommen hat, dann würde ich jetzt gern weitererzählen«, murrte die Großmutter vor sich hin, doch Yana wusste, dass sie es nicht so ernst meinte, wie es klang. Sie musste grinsen und Lito nickte ihr eifrig zu. An Schlafen war nicht mehr zu denken. Außerdem war Lito bestimmt der Meinung, er hätte Wila ein Geheimnis abgetrotzt, indem er sie dazu gebracht hatte, den Namen der Ältesten der Waldfrauen preiszugeben. Aber Yana wusste, Siebenblatt war nicht der wahre Name des Schutzgeistes des Waldes. Es war nichts weiter als das, was die Menschen in der gemeinen Zunge nutzten, wenn sie von der Macht in den Bergen flüsterten. Das war ihr schon zu Ohren gekommen, als sie das erste Mal die Geschichte vom Bergkönig hörte. Doch selbst Yana hatte es nicht geschafft, der Großmutter den wahren Namen der Herrin der Wälder zu entlocken. Und so hoffte sie, dass es einen besonderen Grund gab, warum Wila diese Geschichte am heutigen Abend ausgewählt hatte.

Es würde noch ein paar Jahre dauern, aber dann würde Yana zur Frau werden und damit vor der

Entscheidung stehen, wohin ihr Weg zu gehen hatte. Sollte sie sich einen Mann unter den Fischern der hohen Meere suchen und mit einer neuen Familie die Gemeinschaft im Dorf unterstützen? Oder sollte sie sich den Händlern anschließen und mit den Drachenbooten übers Meer fahren, um in fernen Ländern neue Flüsse zu erkunden und unabhängig sein? Oder sollte sie sich für eine Weile der Gemeinschaft der Waldfrauen anschließen und sich erst nach einer Zeit harter Lehrjahre einen Mann suchen? Sie wusste, die Fanggen forderten von ihren Anhängerinnen lehrwillige Ergebenheit und ein offenes Herz auf der Suche nach den Geheimnissen des Waldes.

Wenn es nach Athel ginge, dann wären die starken Männer der Netzmacher und Zimmersleut aus den Dörfern ringsum eine gute Wahl. Sie mussten nicht aufs gefahrvolle Meer hinaus und waren doch angesehene Mitglieder in allen Gemeinden. Doch Yana ahnte, dass ihre Großmutter andere Pläne hatte, denn Wila war selbst in ihrer Jugend für Jahre zu den Waldfrauen ins Exil gegangen, um über Baum und Biest zu lernen, bevor sie sich mit einem der stattlichen Burschen aus dem Clan der Holzfäller eingelassen hatte.

Sowohl Wila als auch Yana war klar, dass es einiges an Überzeugung kosten würde, Athel von einem Weg in den Wald zu überzeugen. Aber wenn jemand eisern ihre Meinung vertrat, dann war es die Großmutter. Und Yana hatte auch eine Ahnung, woran das lag. In Wila lebte nicht nur das geheime Wissen weiter, das sie aus den Wäldern mitgebracht hatte, sondern sie verstand sich auf die alte Weise, die Knochen zu werfen. Das war hin und wieder ein Anlass für die Dörfler, hinter vorgehaltener Hand über die Großmutter zu tuscheln, denn man munkelte, sie könne durch die Knochen die Zukunft nicht nur sehen, sondern auch beeinflussen.

»Jetzt wollen wir es genau wissen«, sagte Yana und zwinkerte ihrerseits Wila zu, denn nicht nur Lito wartete inzwischen ungeduldig auf die Fortsetzung der Geschichte, sondern sie hoffte, die Großmutter würde diesmal mehr über die sagenumwobene Herrin der Wälder verraten.

Wila entlockte das kaum mehr als ein Schmunzeln und sie fuhr fort.

»Finn Starrhand war geduldig, auch wenn das vielleicht eine der wenigen Stärken war, die noch von seinem alten Ich Bestand hatten. Immer wieder fragte er seine Begleiterinnen aus und erlangte nicht nur ihr Vertrauen, sondern auch ihre Zuneigung. Er verschwand, nur begleitet von den Fanggen, für lange Tage in den Bergen. Er lebte von den Früchten des Waldes und ruhte so manche Nacht unter dem Schutz der Baumkronen. So erschlossen sich ihm die verborgenen Wege und Täler, die er noch nie gesehen hatte. Und eines Tages kamen er und seine Gemeinschaft hoch im Norden, schon an der Grenze zu den Frostweiten, die aber damals noch nicht so hießen, in das Tal des

Weißbachs. Dort wuchsen den Fanggen nach die reichsten Stände der Moltebeeren.

Das Tal war tief und trotzdem weit, denn der Grund lag geschützt von nichts als den steilen Hängen der Bitterberge umrandet. Der Grauzahn ist die erste Erhebung der mächtigen Bergketten im Norden und von dort entspringt der Weißlauf mit seinem klaren Wasser aus einer Quellhöhle, die bei allen, die die Wälder je bereist haben, verrufen ist. Man hört immer wieder Gerüchte von Wanderern, die versucht haben, die Tunnel zu erforschen, um an den wahren Ursprung zu gelangen. Doch nur wenige haben je ihren Weg zurück gefunden, und sie behaupten, ein endloses Labyrinth entdeckt zu haben, von dem man sagt, es würde mit der Dunkelmure verbunden sein, dem Schacht, der angeblich bis zum Ende der Welt unter dem Berg verläuft.

Um auf die Hochebene zu kommen, mussten sie den Wildbruch übersteigen, eine nicht allzu hohe, aber zerklüftete Wand, die die Hochebene vom Rest des Waldes trennt. Dabei hatte Finn Pech, denn obwohl er ein starker Mann und sicherer Kletterer war, rutschte er auf einem nassen Felsen aus, auf dem sich das Sprühwasser des Weißlaufs niederschlug, und verstauchte sich den Fuß.

Das sollte für ihn kein Grund sein, die Wanderung abzubrechen. Er ließ sich von den Waldfrauen helfen und gelangte zwar humpelnd, aber ansonsten in guter Laune zum ersten Mal in seinem Leben in die dichten Buschwälder oberhalb des

Wildbruchs. Dort kannten sich nur die Fanggen aus, und sie beratschlagten, ob sie ein Lager aufschlagen, weiter in das Tal vorstoßen oder vielleicht besser ganz umkehren sollten.

Man entschied sich, zu bleiben und abzuwarten, ob sich der Zustand von Finns Knöchel bessern würde. Dann könnte man am nächsten Morgen immer noch entscheiden.

Doch die Verfassung des Jarls verschlechterte sich, und in der Nacht bekam er starke Schmerzen. Das Bein schwoll an, und es sah nicht so aus, als könnte er weiterwandern. Die Frauen halfen mit Wickeln, die Schmerzen zu lindern, und so fand er leidlich Schlaf. Doch selbst die besten Kräuter und das klare Wasser des Bachs waren nicht genug, eine Besserung herbeizuführen. Es war keine Frage, er konnte keinen weiteren Schritt gehen.

Am Morgen brachten sie ihn auf eine Lichtung und legten ihn auf ein Bett aus Moos, auf dass er sich in der Sonne erwärmen möge. Zwei Fanggen blieben an seiner Seite, brachten ihm Wasser des Weißlaufs zum Trinken und sammelten Beeren, um seinen Hunger zu stillen. Doch die anderen schwärmten aus, denn sie waren übereingekommen, dass hier besondere Hilfe nötig war.

Es dauerte bis zum Abend, dann fanden sich alle wieder auf der Lichtung ein und eine der Fanggen hatte etwas Besonderes zu berichten. Sie hatte auf den Bilchwiesen noch vor dem Hochwald an den Flanken des Grauzahn etwas entdeckt und die Waldfrauen bereiteten sich auf ein Ritual vor, das nur sie kannten und dem bisher noch nie ein Fremder beiwohnen durfte.

Kaum hatte sich der Abendnebel nach dem heißen Tag in den Hochlagen zwischen den Bäumen gefangen, entzündeten sie ein Lagerfeuer in der Mitte der Lichtung. Dann zog sich die Gemeinschaft mit Finn ins Dickicht am Waldrand zurück. Die Anführerin der Gruppe legte ihre Kleider ab, trat an das Feuer auf der Lichtung heran und begann einen seltsamen Tanz. Die Hitze der Flammen tilgte den Nebel, der aus dem Boden aufstieg, aber nur im Zentrum. Rundum brach das Mondlicht bald aus dem weißen Dunst herab und Finn konnte seinen Augen kaum trauen, so gebannt folgte er den Bewegungen. Feuer und Mondlicht ließen die Haut der Tänzerin schimmern, als wäre sie aus Silber und Gold. Sie folgte einem Muster von Gesten und Rhythmen der Vorzeit, und so erschien es Finn, als wäre ihr Körper wendig wie eine Baumranke und ihre Arme und Beine flink wie Weidengerten im Sommersturm, als sie die Mächte der Wildnis beschwor.

Die Fanggen hatten die Lichtung nicht unbedacht gewählt, denn dort wuchs ein Teppich aus seltenen blauen Nachtkerzen, die sich im feuchten Mondnebel öffneten und einen schweren Duft verströmten. Es sollte nicht lange dauern. Noch bevor die Mittnacht begann, hörte Finn laute Tritte und das Knacken von Ästen aus Richtung des Tieftals heranschallen.

Plötzlich brach der gewaltigste Elchhirsch, den Finn je erblickt hatte, aus dem Dickicht hervor und stapfte gemächlich ins Zentrum der Lichtung. Die Anführerin hielt ihm die Hand entgegen, er sog die Luft durch seine Nüstern und sie tippte ihm ein einziges Mal mit der Hand auf die Stirn. Er neigte sein Geweih und wollte ab da weder scheuen noch weichen, ja er folgte der Tänzerin auf Schritt und Tritt.

›Wir können dich nicht tragen, noch steht es in unserer Macht, dich zu heilen‹, wurde ihm von den Waldfrauen erklärt. ›Wir haben Hilfe geholt, um dich dorthin zu bringen, wo noch nie ein Mann war. Der größte Wanderer der nördlichen Weiten wird dich tragen und du wirst Hilfe erhalten.‹

Finn erschrak. Auch wenn ihn der Zauber der Beschwörung ergriffen hatte, so war er doch in Zweifel, ob die Geschichte so enden würde, wie die Frauen es vorgesehen hatten. Er wusste noch nicht einmal, ob er sich auf dem gewaltigen Tier würde halten können. Bestimmt hatte noch nie ein Mann unbeschadet einen derart kapitalen Hornläufer geritten.

Die Anführerin wischte Finns Einwände mit einer Bewegung ihrer Hand beiseite und ließ den Jarl von ihren Helferinnen auf den Rücken des großen Biests heben. Sie flüsterte dem Vierbeiner etwas ins Ohr und das mächtige Tier preschte voran.

Es folgte ein Ritt durch die tiefe Nacht, bei dem es Finn ordentlich durchrüttelte, aber sein Träger achtete darauf, dass nie Gefahr bestand, er könne den Halt verlieren oder gar herabfallen. Es ging für Stunden über Stock und Stein, über Wiesen und Auen und so manches Mal auch über Bach und Fluss. Kaum hatten sie sich auf den Weg gemacht, verlor Finn hoffnungslos jede Orientierung. Doch sein Gefühl sagte ihm, es ging nicht zurück in heimische Gefilde, auf dass er womöglich Rettung bei seinesgleichen finden würde, sondern der Elch ritt mit ihm tiefer und tiefer in den Wald hinein, über Berge und Täler, welche noch hinter den Grenzhügeln lagen, die das Reich der Nordmenschen markierten.«

Wind und Wasser

Die Fahrt an die Steilküste vor Kap Hellbrant verlief ereignislos. Allerdings ging es nicht besonders schnell. Der Wind war bestenfalls schwach, und manchmal setzte er sogar ganz aus. Das gab Yana viel Zeit zum Nachdenken. Aber es gefiel ihr nicht. Lieber hätte sie sich in die Arbeit gestürzt, doch die Mannschaft hatte die Netze bereits vorbereitet. Sie lagen in der Mitte des Schiffes auf dem Ladedeck und warteten nur darauf, ausgeworfen zu werden. Doch es war noch zu früh. Tore wollte vom Kap aus der Strömung folgen und hoffte, auf einen großen Schwarm zu treffen. Vielleicht war er auf Heringe aus, aber Yana war sicher, auch eine Schule Klippfische hätte gereicht, um die Fahrt zu einem Erfolg zu machen.

Schließlich kreuzte Tore ein paar Mal vor den steil aufragenden Klippen des Kap, aber dann entschied er, doch das offene Meer zu suchen. Das ließ die Chance auf einen Fang größer werden, aber dadurch verbrauchten sie die letzten Stunden Tageslicht, und so wurde nichts daraus, die Netze noch vor Einbruch der Nacht auszuwerfen.

Sie wollten weiter kreuzen und Tore würde selbst die erste Hälfte der Nacht am Ruder bleiben. Dann konnte einer seiner Männer die Wacht übernehmen, und wenn alles glatt lief, war die Windfolger am nächsten Morgen an der richtigen Stelle für einen Fang beim ersten Licht des neuen Tages.

Die Stimmung an Bord war gut, und so wie Yana beurteilen konnte, hoffnungsvoll. Das erstaunte sie, da die Fischer in den letzten Wochen nicht besonders viel Glück gehabt hatten. Soweit sie wusste, war keines der bauchigen Küstenboote aus Sandbak mit einem großen Fang heimgekehrt. Aber warum sollte es diesmal nicht klappen? Es wäre ein Erfolg gleich auf ihrer ersten Ausfahrt. Da sie die einzige Frau an Bord der Windfolger war, würde ihr das sicher einen Vorschub an Respekt gegenüber der Mannschaft einbringen. Man konnte vielleicht sogar damit prahlen, wenn man im heimischen Hafen mit ein paar Tonnen randvoll mit Frischfang einlief.

»Yana!«, rief Tore ihr zu. Sie schloss die paar Schritte zur Steuerpinne auf.

»Wie ich gehört habe, bist du schon auf einem Schiff gefahren.«

Yana nickte, und sie wusste, er hatte in voller Absicht kein Fischerboot erwähnt, obwohl sie in ihrer Jugend einige Ausfahrten auf die offene See hinaus begleitet hatte. Doch in den letzten Jahren waren es eher Drachenboote gewesen, die es ihr angetan hatten. Auf den Flussfahrten konnte man sich auf die uralten Karten verlassen.

»Schau gut zu, was die Männer am Segel und an den Netzen machen, dann lernst du am schnellsten. Solange bleibst du hier bei mir, stolpere den Jungs nirgends dazwischen.«

Als ob ich das vorhätte, dachte sie, nickte aber pflichtversessen.

»Noch ist das Wetter gut«, sagte Tore, »aber wenn es diesig wird oder Nebel aufzieht, möchte ich, dass du eine von meinen Aufgaben übernimmst.«

Das erstaunte Yana und sie versuchte, in seinen braunen Augen zu lesen, ob er sich einen Scherz erlauben wollte, doch er sagte: »Ich habe gehört, dass du nicht nur mit Karten umgehen kannst, sondern auch mit dem Sonnenstein.«

Yana ahnte, worauf es hinauslief, aber sie war trotzdem überrascht.

»Hier, nimm das«, fuhr er fort und nestelte an einem dünnen Gürtel, dessen Verschluss sich kaum sichtbar unter seiner Windjacke verbarg. Daran war eine Ledertasche gebunden, die nur wenig länger war als eine halbe Hand. Sie kannte ein solches Etui und den rechteckigen Stein, den es enthielt. Sofort war sie sich der Zuständigkeit für die Navigation bei schwerem Wetter bewusst. Alle Sonnensteine, auch die der anderen Kapitäne von Sandbak, waren aus den Minen des Silberfels geschlagen, eine kleine, steile Spitze im Vorland des großen Klauengebirges. Im kristallklaren Glanz der Steine konnte man selbst bei schlechtem Wetter noch den Stand der Sonne ermitteln.

Yana musste schlucken, denn was Tore ihr da zutraute, war tatsächlich eine große Verantwortung. Mit dem Sonnenstein war sie vertraut, sie hatte schon unzählige Male den Kurs für Kapitän Magnus berechnet, der sie immer wieder auf seinem Drachenboot empfangen hatte. Deswegen zeigte sie Tore mit einem dankbaren Lächeln ihre Zustimmung und nahm den Gürtel aus seiner Hand. Sie schnürte ihn sich um, sodass die Tasche mit dem Sonnenstein an ihrer Seite baumelte.

»Ich weiß, wie man damit umgeht«, bestätigte sie seinen fragenden Blick. »Ich werde niemanden an Bord enttäuschen.«

Tore musste grinsen. »Da bin ich mir sicher.« Ein heiseres Lachen begleitete seine Worte. »Bleib ruhig und entspann dich. Das ist deine erste Ausfahrt auf meinem Schiff, und auch wenn du jetzt ein rechtes Mitglied der Mannschaft bist, darfst du zuschauen und lernen.«

Ihr war nicht klar, ob Tore das zu jedem neuen Mitglied sagen würde oder ob er es nur sagte, weil sie die Tochter des Jarls war. Aber letztlich war es ihr egal. Fürs Erste konzentrierte sie sich darauf, was an Bord passierte und genoss nebenbei den Wind und das Licht auf den Wellen. Es ging stetig weiter nach Süden. Der Kapitän hielt die Windfolger auf Kurs immer an den Steilklippen entlang, die am Horizont gerade noch sichtbar waren.

Dann dämmerte es und die Mannschaft bereitete sich auf die Nacht vor. Auf dem Vordeck wurde Platz gemacht und jeder bekam zwei Decken aus dem Lagerraum. Eine gewachste Plane würden sie nicht brauchen. Es sah nicht danach aus, als würde es regnen oder die Gischt über den Bug schlagen. Jeder verließ sich auf Tores Steuerkünste. Er würde die Windfolger auf Kurs halten. Sie wechselte noch ein paar freundliche Worte mit der Besatzung, dann rollte sie sich an der Bordwand in ihre Decke ein und fiel mit dem Schaukeln der Wellen bald in einen tiefen Schlummer.

Was sie weckte, war ein dumpfer Schlag. Das nachfolgende Grollen ließ nichts Gutes erahnen. Verschreckt riss sie die Augen auf. Eine Spannung fuhr ihr in alle Glieder. Die gerufenen Befehle der Mannschaft trugen ihr Übriges bei.

Ruckartig richtete sich Yana auf und im selben Moment bemerkte sie, wie heftig das Deck unter ihr schwankte. Kaum hatte sie den Kopf gehoben, zerrte der Wind an ihren Haaren. Sie mühte sich, im wenigen Licht, das die Öllampen des Schiffs spendeten, die Lage zu beurteilen.

Männer rannten an Deck herum, andere erhoben sich, aufgeschreckt aus ihrem Schlaf unter offenem Himmel. Etwas stimmte nicht, das war fast mit Händen zu greifen. Kaum einen Moment später vernahm sie Tores Stimme, wie er ihren Namen quer über das Deck brüllte.

»Yana! Aufs Achterdeck!« Sie war zwar ein vollwertiges Mitglied der Besatzung, aber jeder wusste, noch fehlte ihr die Erfahrung an Bord.

»Das Vorsegel reffen!« Das war sein nächster Befehl. Spätestens jetzt war klar, dass der Kapitän mit schwerer See rechnete. Der Wind pfiff über das Deck und seine Böen ließen das Segel knallen. Yana musste sich an der Bordwand entlanghangeln, um überhaupt unfallfrei nach Achtern zu gelangen. Die Dämmerung hatte eingesetzt, aber man sah kaum mehr als einen schwachen Schimmer des neuen Tages fern am Horizont. Yana bemerkte erschreckt, dass über ihnen nicht mehr die klare Dunkelheit eines sommerlichen Nachthimmels lag, sondern die dichten Wolken eines aufkommenden Sturms.

Was sie noch mehr erschreckte, war der Blick auf den Kompass, der auf einem Block neben dem Steuerruder angeschraubt war. Wenn sie es richtig einschätzte, zog der Sturm nicht von See auf, sondern er kam aus Nordwest, vom Land her, dort, wo eigentlich ihre Rettung lag. Die Winde bliesen die Windfolger gnadenlos aufs offene Meer hinaus.

Tore hatte sich den Ausleger der Pinne unter den Arm geklemmt und versuchte mit aller Macht, Kurs zu halten. Hart am Wind wollte er nach Osten kreuzen, um wenigstens dem bisschen Licht zu folgen, das in der aufziehenden Dunkelheit Hoffnung bedeutete. Aber auch in dieser Richtung lag nichts weiter als Wellen und offene See.

Schon kämpfte sich die Windfolger stampfend durch die ansteigende Dünung. Noch schnitt der Steven mühelos durch die Brecher, aber Yana war klar, dass es nicht mehr lange so weitergehen würde. Bald müsste Tore das Kreuzen aufgeben und das Schiff nur noch gegen die Wogen richten.

Dann brachen die ersten Wellen über den Bug. Die Männer hatten das Ladedeck bereits abgedeckt. Der Sturm wurde stärker und stärker.

»Festhalten!«, brüllte Tore gegen das Rauschen der Gewalten an. Dann winkte er einen weiteren Mann ans Ruder und zu zweit zwangen sie die Windfolger in den Kampf mit dem anstürmenden Wasser. Yana hockte sich ganz nah an die Bordwand und schlang ihren Arm um die Reling.

Weiter und weiter wuchsen die Wellen in die Höhe. Bald tanzte das Schiff derart auf und ab, dass sich niemand mehr halten konnte, es sei denn, er klammerte sich an der Bordwand oder am einzigen Mast fest. Alles, was nicht niet- und nagelfest war, rutschte von Bord.

Yana riss die Augen ungläubig auf, als sie sah, wie eine Welle, die höher war als der Mast der Windfolger, auf das Schiff zuraste.

Steil stieg das Schiff an, als die wilde See es anhob. Schon ragte der Bug höher auf als der höchste Hügel in ganz Sandbak.

Yana sah weiße Gischt wie einen Reigen tanzender Feen auf der Krone der gigantischen Woge heranreiten. Dann schlug alles Wasser der Welt über ihr zusammen.

Vor Jahr und Tag

»Die Strecke war weit und das Tier schnell. Finn hatte noch nie einen so gewaltigen Vierbeiner geritten. Die Schultern des mächtigen Elchhirsches standen so weit über dem Boden, dass er meinte, er würde sich alle Knochen brechen, sollte er den Halt verlieren und zu Boden stürzen. Er klammerte sich in die feste Mähne aus kurzem, dichtem Fell im Nacken des Tieres. Noch nie war Finn ohne jegliches Zaumzeug und Sattel geritten.

Doch schon bald begann er, dem riesigen Biest zu vertrauen, denn er bemerkte, wie sicher sein Tritt auch in schwierigem Gelände war und wie sehr es darauf achtete, dass sein Reiter immer in perfekter Balance auf seinem Rücken blieb.

Der Ritt war wild und der Elchhirsch brach durch jedes Unterholz. Doch es schien ihm nichts auszumachen, als hätte er endlos viel Kraft und eine unsichtbare Macht würde ihn unaufhaltsam in die Richtung ziehen, die nur das Tier und der Wind kannten. Sie erreichten ihr Ziel erst, als schon der Morgen graute.

Da war ein Hügel, der aus einem Meer niedriger Fjällbirken ragte. Dort fiel das Tier in einen langsamen Schritt. Die Anhöhe war über und über mit Kräutern, Gräsern und wilden Blumen bewachsen, und da sie nach Osten geritten waren, schimmerte der Morgentau im Licht der aufgehenden Sonne. Überall sah Finn die blassen lila Blüten der Alraune, gelbe Bilsen und rosa Fingerhut, weißen Stechapfel und blauen Eisenhut. Doch am Rand dieser lichten Höhe, bevor sich der Hochwald mit seinen mächtigen Stämmen erhob, stand ein Kreis aus nichts als hohen Büschen von schwarzem Nachtschatten.

Der Elchhirsch wurde unruhig, denn der Zauber der Beschwörung wurde schwächer und würde bald ganz vergehen. Als er mit ihm den Ring aus Ranken durchbrach und stehen blieb, war Finn klar, dass es nicht weitergehen würde und er nun kaum mehr tun konnte, als abzuwarten. Ihm war nicht ganz wohl dabei, sich in den Schatten der Tollkirschen zu setzen, denn nur eine Frucht der Belladonna hätte gereicht, den stärksten Mann niederzuringen.

Plötzlich scheute der mächtige Hirsch, der eben noch ruhig neben ihm stand und schaute ihn mit großen Augen an. Es war, als würde er ihn zum ersten Mal erblicken. Seine begannen Flanken zu zittern, dann setzte er mit einem gewaltigen Sprung über die Büsche hinweg und war im nächsten Moment im Dickicht verschwunden.

Finn blieb allein zurück und musste ordentlich durchatmen, denn er fühlte, wie weit er von zu Hause entfernt war. Er spürte zwar die ersten Strahlen der wärmenden Morgensonne auf der Haut, aber um ihn herum war nichts als unbekannte Wildnis. Er fragte sich, wohin der Plan der Waldfrauen ihn geführt haben mochte. Fast ließ er alle Hoffnung fahren und sein Kinn sank auf die Brust. Während er saß und seinen Gedanken nachhing, fiel ihm plötzlich etwas auf. Das Rauschen des Waldes machte eine Pause, das Summen der Insekten blieb aus, der Wind hielt für einen Moment den Atem an.

Als er den Kopf hob, sah er auf der Kuppe des Hügels weit über ihm eine Gestalt. Wie lange sie dort schon stand, wagte er nicht zu beurteilen. Er versuchte, im Gegenlicht etwas zu erkennen, doch außer einem grünen Schimmer fiel ihm nichts auf. Wer immer es war, der ihn beobachtete, er rührte sich keine Elle, sodass Finn schon meinte, seine Sinne würden ihm nach dem Ritt durch die Nacht einen Streich spielen.

Er wartete ab, doch nichts bewegte sich.

Das kann nur ein Baumstumpf sein, dachte er sich, absonderlich geformt und moosüberwachsen, der dort auf dem Hügel steht.

Doch nach dem nächsten Blinzeln war die Gestalt verschwunden, als hätte niemand je dort gestanden.

Wieder kamen Zweifel in ihm auf, ob seine Entscheidung, den Waldfrauen zu vertrauen, richtig gewesen war. Als sich auch in den nächsten langen Momenten nichts tat, wurde ihm schwer ums Herz. Er fühlte sich ganz allein und verlassen in der Weite des Waldes. Jetzt kam der Hunger und mehr noch ein großer Durst in ihm auf, denn schon die Wanderung in den Tagen zuvor und erst recht der Ritt über Stock und Stein hatten ihn erschöpft. Müde wurde er, als würde ihm die Kraft aus dem Körper in den Boden fließen, und so schwand sein Bewusstsein. Der schwere Duft von tausend Blüten, die auf der Wiese ihre Kelche zum Morgenlicht öffneten, tat ihr übriges. Im nächsten Moment fiel er in tiefen Schlaf.«

Die andere Welt

Alles um sie herum war auf einmal seltsam. Ein wunderliches Gefühl durchzog Yanas Körper. Es war ein warmes Pulsieren, das ausgehend vom Zentrum in ihrer Magengegend strahlte und sich weiter und weiter ausdehnte, um schließlich bis an die Füße und ebenso die Haarwurzeln zu reichen.

Es fühlte sich nicht leicht und heiter an, sondern eher schwer und langsam, aber was es auch war, es enthielt eine seltene Form von Lebenskraft, die sie noch nie gefühlt hatte.

Sie konnte die Augen öffnen und schließen, aber dadurch änderte sich wenig an dem, was sie sah. Zuerst war alles um sie herum dunkel, dann wurde es langsam heller, blieb jedoch verschwommen. Wie durch einen riesigen Wassertropfen betrachtete sie die Umgebung.

Sie schaute an sich herab. Alles blieb undeutlich. Das einzig Beruhigende war, dass der eigene Körper dort war, wo er hingehörte.

Aber wo oben und wo unten war, wusste sie im gleichen Moment nicht zu sagen. Das erheiterte sie für einen Augenblick. Sie wollte kichern, aber keinen Ton brachte sie hervor. Es schien, als wären die Stimmbänder gelähmt.

Diese Erfahrung war jedoch nicht beängstigend oder furchteinflößend. Yana fühlte sich beschwingt, ja fast schwerelos.

Oben und unten ist nicht wichtig, schloss sie, während sie weiter driftete. Ihr war, als wäre sie in einem Traum gefangen, der in einer verzerrten Welt spielte.

Du musst dich konzentrieren!

Sie wollte irgendetwas in ihrem Blickfeld fixieren, doch es brachte keinen Erfolg. Diese Welt verhielt sich ganz und gar nicht so, wie Yana es gewohnt war.

Die Farben um sie herum waren dunkel und matt, aber ansonsten sie zeigten sie alle Schattierungen des Spektrums. Da war viel Blau und Grün, aber ab und zu auch ein Tupfer Rot und manchmal sogar Gelb.

Plötzlich kam Bewegung in die Umgebung. Die Farben wandelten sich, als würde jemand mit einem riesigen Pinsel über eine Leinwand malen. Für einen Moment erschien es ihr, dass es sich um schnell bewegte Gegenstände handelte. Aber vielleicht war das ganz anders. Vielleicht waren es keine bewegten Dinge wie Blätter im Wind oder rollenden Steine, sondern etwas Lebendiges, das sie von allen Seiten umspielte. Über diese Erkenntnis krampfte sich ihr Magen zusammen. Es war ein Anflug von Furcht, aber auch das währte nicht lang. Sie konnte ihren Augen nicht mehr trauen. Auch das, was ihre anderen Sinne meldeten, war in höchstem Maße beruhigend.

Von Zeit zu Zeit meinte sie, ein fernes, dumpfes Rauschen zu hören. Es klang wie eine Brandung am Strand einer flachen Küste. Doch die Farben und Bewegungen kamen nicht näher. Sie blieben respektvoll auf Abstand.

Yana dachte nach. Auf einmal wollte sie wissen, wie sie hierhergelangt war.

Was ist passiert?

Sosehr sie auch überlegte, es wollte ihr partout nichts einfallen.

Sie kannte ihren Namen, sie wusste, wer sie war und sogar woher sie kam. Sie war Yana, die Tochter des Jarls von Sandbak. Das war alles. Noch nie hatte sie sich so neugeboren und gleichzeitig so unwissend gefühlt.

Sie beobachtete, wie die Bewegungen in ihrem Gesichtsfeld an Geschwindigkeit zunahmen, aber dennoch blieb alles auf seltsame Weise auf Abstand.

Plötzlich kitzelte es in ihren Ohren. Als wenn feine Luftbläschen sich ihren Weg nach draußen suchten. Bald stellte sich ein passendes Geräusch ein. Es hörte sich an wie Blubbern und Gurgeln, und Schwappen, und Rauschen, und dann kam plötzlich die Schwere ihres Körpers zurück.

Es warf sie hin und her. Ein Wirbeln und Schleudern bewegte ihren Körper, unerwartet und ohne dass sie es kontrollieren konnte.

Die Kälte, die sie im nächsten Moment schockartig erfasste, war allumfassend und außerordentlich unangenehm.

Dann wurde Yana vom letzten Schwung einer großen Welle erfasst, die sie vorsichtig und behutsam an einem unbekannten Strand ablegte, sich zurückzog und sie dem Schicksal überließ.

Vor Jahr und Tag

»Als Finn erwachte, war es um ihn herum gänzlich dunkel. Er schreckte auf, nur um zu rufen: ›Wie lange habe ich geschlafen?‹, denn er war der Meinung, er läge noch immer auf der Lichtung und eine mondlose Nacht wäre hereingebrochen.

Aber das kann nicht sein, erkannte er im selben Moment, denn noch in der Nacht zuvor hatte er die Führerin der Fanggen im Licht eines vollen Mondes tanzen gesehen.

›Seid unbesorgt,‹ sagte jemand hinter ihm. ›Euch droht keine Gefahr. Ich habe Euch hier abgelegt, um Euch Ruhe zu geben.‹

Finn erschrak, obwohl die Worte langsam gesprochen waren und die Stimme weich und friedvoll klang.

›Legt Euch wieder hin und streckt Euch aus‹, riet ihm die Stimme. ›Das Lager, das ich Euch bereitet habe, besteht aus meinen feinsten Decken und das Kissen ist mit dem Heu der Wiese gestopft, die Ihr heute Morgen so unvermittelt betreten habt. Und hätte Euch nicht Aslahw, der Herr aller Hornläufer der nördlichen Weiten, höchstselbst hierhergebracht, dann hätte es sehr wohl sein können, dass ich Euch für einen unerlaubten Eindringling halten müsste, und dann …‹

Die Stimme machte für einen Moment eine Pause, als würde jemand nachdenken oder nur deswegen stocken, da sie schon zu viel verraten hatte.

›Was wäre dann?‹, fragte Finn ungeduldig.

Kein weiteres Wort kam von dem Jemand, der offenbar ganz nah hinter Finn stand, doch er konnte noch immer nichts sehen. Nicht der kleinste Lichtstrahl durchbrach das Dunkel.

Die Sekunden verrannen und Finn wurde unbehaglich zumute. Es kam ihm vor, als könnte die andere Person ihn sehr wohl sehen.

›Ich werde Euch nun wieder schlafen lassen.‹

Es war erstaunlich und musste wohl am Klang der Worte gelegen haben, dass Finn nicht zweifelte oder die Stimme erhob. Stattdessen entspannte er sich, als wäre eine Last von seinen Schultern gefallen.

›Seid gewiss, Euch soll kein Leid geschehen,‹ hörte er zu seiner Beruhigung. ›Mir wurde Eure Geschichte berichtet und ich werde mich um den Fuß kümmern. Es wird nicht lange dauern. Für Euch wird es nur ein Schlaf sein, dann könnt Ihr diese Grotte verlassen, und zwar auf eigenen Beinen. Eines möchte ich Euch in Eure Träume geben. Ihr könnt Euch glücklich schätzen, dass meine Schwestern so viel von Euch halten, denn Ihr seid der Erste und Einzige, der in diesen Hallen liegt, wo sonst nur die Geweihten wandeln.‹

Finn nahm seinen Mut zusammen, denn die Stimme hatte ihn zwar nicht in Unruhe versetzt, aber doch beeindruckt. Er sagte: ›Ich bin vielleicht gekommen, um Hilfe zu erhalten, aber nicht auf eigenes Geheiß, und ich habe denen vertraut, auf deren Urteil ich mich verlassen habe. Ich hoffe, es wird mir nicht zum Nachteil gereichen.‹

Da spürte er, wie sich eine Hand auf seinen Arm legte und ihn mit sanftem Druck zurück auf sein Lager zwang.

›In Welt und Wald ist alles verbunden‹, sagte die Stimme. ›So folgt das, was passiert, nicht nur Euren Taten, sondern ebenso den meinen. Wir werden sehen, wohin uns das Schicksal führt.‹

Da war Finn verwirrt, aber wurde im selben Moment furchtbar müde, denn eine tiefe Ruhe breitete sich in seinem Inneren aus und er versank erneut in einem wundersamen Schlaf.«

Sinkgut und Treibgut

Hühnereier und Taubeneier, dachte Yana, als sie ihre Augen öffnete und die Steine, so wie das Meer sie geformt hatte, ganz nah vor sich sah. Sogleich spürte sie den harten Untergrund, wie er unangenehm auf ihre Hüfte und ihre Rippen drückte. Ihr Blick fiel auf einen feuchten Strand aus nichts als kleinteiligem Kies, den die See seit Urzeiten hier angeschwemmt und geformt hatte. Ihr wurde im selben Moment klar, dass sie sich auf keinen Fall in der Nähe ihrer Heimat befand. Die Strände, die sich von Sandbak nach Norden, aber auch nach Süden erstreckten, waren auf Meilen entweder sandig oder schlicht mit Ketten aus Felsen oder gleich mit Steilküsten gesäumt.

Ihr Unterzeug war feucht und klebte an ihrer Haut. Der Schock der Kälte hatte sie ordentlich aufgeweckt. Nichts war mehr übrig von dem schwerelosen Gleiten, dessen Gefühl noch wie ein luftiger Traum in ihren Gedanken hing. Da hatte sie sich wie ein Stück Treibgut gefühlt, ganz den Wellen überlassen, aber irgendwie zugehörig, vollkommen in ihrem Element. Jetzt kam sie sich vor wie ausgestoßen, ausgespuckt wie Sinkgut, das die bewegte See von Zeit zu Zeit an Land wirft.

Wie ein Schock rauschte der Sturm, der über sie hinweggerollt war, wieder in ihr Gedächtnis zurück. Erschreckt stemmte sie sich hoch und setzte sich auf.

An welche Küste haben mich die Wellen geworfen?

Sie blickte sich um.

Nichts ließ mehr auf das tückische Wetter schließen, selbst in der Nähe lagen weder Wrackteile, noch war ein anderes Mitglied der Besatzung zu sehen.

Fern über der See war der Horizont eine Linie wie mit dem Messstab gezogen. Die Sonne stand schon ein gutes Stück über dem Rand der Welt, es musste später Vormittag sein. Die See glitzerte und ein mäßiger Wellengang rauschte von lustigem Klappern der Kiesel begleitet bis an ihre Füße heran. Sogleich strampelte Yana und krabbelte ein Stück am Ufer hinauf, denn ihr wurde schnell kälter. Obwohl die Luft und der weite Blick einen sonnigen Tag verhießen, musste sie bald ihre Kleidung trocknen, sonst würde es gegen Abend sehr unangenehm werden. Das Überzeug aus gewachstem Leder war dabei weniger ihr Problem, aber das Unterzeug musste von der Haut und die Stiefel waren ihr vollgelaufen. Die zog sie als Erstes aus und kippte die Reste von Seewasser auf die Steine. Dass sich die Feuchtigkeit kaum lange auf den Kieseln hielt, gab ihr Zuversicht. Ebenso wärmten die Strahlen der Sonne ihre Haut im Gesicht, als würde sie vor einem Ofen sitzen. Daraus schloss sie, dass es ein schöner Sommertag werden würde. Das gab ihr noch mehr Zuversicht.

Ich muss den Weg nach Hause finden, sobald meine Sachen trocken sind.

Doch wo ist zu Hause?

Sie schaute an dem flachen Strand auf und ab. Zweifellos war sie die Einzige, die hier saß und die das Meer nach diesem wütenden Sturm an genau diese Küste gespült hatte.

Das ließ ihren Mut im gleichen Moment sinken, denn das bedeutete, sie wäre die Einzige, die von der Mannschaft der Windfolger übrig war.

Da war doch noch etwas?

Ein Schauer lief ihr über den Rücken.

Diese gigantische Welle, und dann …

Plötzlich sah sie aus dem Augenwinkel, fern im Gegenlicht, wie ein ungewöhnliches Glitzern die einheitliche Oberfläche des Meeres durchbrach. Dort bewegte sich etwas. Es sah aus, als würden große Fische springen und in den flachen Wellen spielen. Wie Yana es von den Walen mit ihren langen Stoßzähnen schon gesehen hatte, durchbrachen sie die Oberfläche der See und schlugen mit den Schwanzflossen.

Sie schaute genauer, auch wenn die Entfernung groß war.

Sind das Wale?

Sie spielten und sprangen in der Ferne, und es kam ihr vor, als wären sie dem Strand zugewandt, als wollten sie beobachten, was Yana tat und ob es ihr gut ging.

Sie musste blinzeln, und dann, kurz bevor die Erscheinung verschwand, schien es ihr, als sähe sie Arme, die ihr winkten.

Mir geht's nicht gut. Ich glaub, ich werd verrückt. Das liegt bestimmt daran, dass ich lange nichts mehr gegessen habe.

Schnell rief sie der Überlebenswille zurück auf den Boden der Tatsachen. Es war niemand in Sichtweite. Sie streifte in Windeseile ihre Kleider ab und legte sie auf den Steinen zum Trocknen aus. Dabei fiel ihr auf, dass sie den Gürtel und das Etui mit dem Sonnenstein nicht verloren hatte. Schnell öffnete sie die Lasche und war erleichtert, als sie die Kanten des glatt geschliffenen Steins schimmern sah.

Sie zog den Kristall heraus und wog ihn in der Hand. Er war rechteckig und eine Seite lag sehr flach auf ihrer Handfläche. Sie brauchte ihn nicht vor ihr Auge zu halten, die Sonne war sichtbar, aber trotzdem gab ihr der Stein ein Stück Sicherheit. Sollte das Wetter schlecht werden, die Wolken dichter und der Weg an der Küste ungangbar, konnte sie sich auf den Stein verlassen. Er würde ihr immer zeigen, wo die Sonne stand.

»Wir sind nach Süden gefahren«, murmelte sie sich selbst zu. »Wohin hat mich der Sturm gebracht? Ich muss zurück nach Sandbak laufen.«

Sie wandte sich um und schaute den endlos langen Strand entlang. Nach Norden, das würde ihr Weg sein. Das Einzige, was ihren Blick verdüsterte, waren die dunklen Wälder, die sich aus dichtem Unterholz erhoben und bis an den Ufersaum reichten.

Wenn sie wirklich an der Küste im Süden war, überlegte sie, dann gäbe es ebenso die Möglichkeit, weiter nach Süden zu wandern. Dort waren die Fischerdörfer zahlreicher und müssten sehr bald auftauchen.

Aber wie weit hatte der Sturm die Windfolger abgetrieben? Sie hatte keine Zeit gehabt, Tore Ohmdahl etwas zu fragen, so hektisch war es in den letzten Momenten an Bord zugegangen.

Als der Kapitän und sein angespanntes Gesicht am Ruder der Knorr wieder in ihr Gedächtnis kamen, musste sie schlucken. Sie sah die Gesichter der Fischer vor sich. Die Männer hatten gerufen, geklammert und ihre Flüche gegen die Wellen geschleudert.

Und was hat es genützt?

Der Sturm war mit seiner Gischt über ihre Köpfe gepeitscht und die See hatte lässig und mit nur einer Hand das Schiff kopfüber gedreht.

So viel dazu …

Eine Träne wand sich aus ihrem Augenwinkel und lief ihr über die Wange. Sie schnäuzte sich mit dem Handrücken und versuchte verzweifelt, die Trauer und die schlechte Stimmung abzuwehren. Doch es gelang ihr nicht.

Die Sonne begann schon wieder zu sinken und ihre Kleidung war leidlich getrocknet, da erst wurde Yanas Kehle so rau, dass sie nicht mehr weiter schluchzen wollte.

Sie zog sich an und wandte sich gen Norden. Es würde ein langer Weg werden.

Fremdfeuer

Weit kam Yana nicht, dann senkte sich Dunkelheit über die Küste. Was sie wunderte, waren die kurze Dämmerung und die sehr dunkle Nacht. Durch die leichte Bewölkung sah sie zwar die Sterne am Himmel schimmern, aber es machte sie nachdenklich. Für einen Sommer war das ungewöhnlich und sie suchte umgehend nach einem geschützten Platz am Rand des Waldes. Sie wollte nicht im Dunklen weiterlaufen, auch wenn es auf dem flachen Strand möglich gewesen wäre.

Sie nahm sich vor, gleich am Morgen auf die Suche nach etwas Essbarem zu gehen. Ein paar vielversprechende Büsche mit Beeren und sogar einige Pilze hatte sie im Dickicht unter den hohen Bäumen schon ausgemacht, aber nun war es zu dunkel, um eine Suche zu starten. Sie spazierte noch ein Stück am Strand entlang, um eine gute Stelle unter einem Busch zu finden, wo sie die Nacht verbringen konnte.

Dann legte sie sich in den noch tageswarmen Sand und rollte sich ein. Es dauerte nur wenige Minuten, dann fiel sie in den Schlaf der Erschöpfung.

Die Ruhepause dauerte nicht lange. Sie erwachte im Halbdunkel einer fast sommerlichen Mittnacht und der Hunger rumorte in ihrem Inneren. Sie entschloss sich, trotz der schlechten Sicht auf die Suche nach etwas Essbarem zu gehen. Ein paar Büsche mit Brombeeren wollte sie finden, und sie hoffte, dass sie im Dämmerlicht keine Früchte einer ungenießbaren Pflanze erwischen würde. Ganz besonders die Ranken der Tollkirsche sollte sie meiden. Dabei fiel ihr das sonderbare Geschenk von Wila ein, das sie vor ihrer Abfahrt erhalten hatte.

Sie tastete nach dem Anhänger an der Kette. Sie hatte ihn fast vergessen, aber er war noch dort, wo er hingehörte.

»Das nützt mir gar nichts«, murrte sie vor sich hin. Dann ging sie auf die Suche.

»Keine Belladonna, sondern ein Stück Brot wäre mir jetzt lieber.«

Ihr Wunsch verklang ungehört im Rauschen der nahen Brandung. Trotzdem raffte sie sich auf und tastete sich am Rand des Waldes voran. Irgendwann würde sie auf die dornigen Ranken einer Wildbeere treffen.

Es dauerte fast bis zum Sonnenaufgang, da fand sie endlich ein Gestrüpp unter einer Gruppe von windgebeugten Kiefern, das verheißungsvolle schwarze Beeren trug. Sie tastete und prüfte eine Weile, dann erschien es ihr sicher und sie konnte den schlimmsten Hunger mit ein paar Handvoll Brombeeren stillen.

Weiter und weiter ging sie zwischen Wald und Küste entlang, immer wieder hielt sie Ausschau nach etwas Essbarem. So verging die Zeit, aber zugleich kam sie stetig auf ihrem Weg voran.

Dann war der Abend des nächsten Tages erreicht und die Dämmerung zog von Osten über die See heran. Die Küste schien Yana endlos, nicht die kleinste Siedlung oder ein Fischerhaus war aufgetaucht.

Bald verschmolzen Strand und Wald in einem Zwielicht, da bemerkte sie ein unerwartetes Schimmern in ihrem Augenwinkel.

Es war schwach und schien flüchtig wie beim Blick in den Sonnenstein. Man konnte es nur bemerken, wenn man gerade nicht dorthin sah, von wo es zu kommen schien. Schnell wendete Yana ihren Kopf hin und her. Das war die einzige Möglichkeit, die Richtung zu bestimmen.

Sie verlangsamte ihren Schritt und tastete sich vorsichtig am Waldrand entlang. Nach etwa hundert Schritten erkannte sie, dass sie sich nicht geirrt hatte, denn inzwischen verwandelte sich der Schimmer in eine Reflexion, die auf den Steinen der Küste lag. Eine flackernde Lichtquelle erleuchtete einen Strandabschnitt.

Ein Feuer, erkannte sie.

Ihr Herz machte einen Sprung. Das bedeutete, dort war jemand, und das könnte die Rettung sein, aber gleichzeitig auch das Verderben.

Sie hatte keinen Anhalt, wie weit sie von der Heimat entfernt war. An den Küsten gab es zwar Siedlungen und kleine Dörfer und diese unterstanden ebenso wie Sandbak dem König im Süden. Doch manche Landstriche waren auf Meilen verwaist. Man konnte froh sein, wenn man dort auf den einen oder anderen Eremiten oder Pelzjäger traf. Und wenn Yana sich an die Erzählungen von Großmutter Wila erinnerte, waren das selten liebenswürdige Gesellen.

Schlimmer noch. Die Menschen des Nordens erzählten sich noch immer von den Wirren und Gräueltaten, die der lange Krieg zu Beginn des Jahrhunderts gebracht hatte. Das war zwar schon lange vor Yanas Geburt zu Ende gegangen, aber dennoch trat man Fremden in allen Clans jederzeit mit Vorsicht gegenüber. Nur fahrende Händler und die singenden Barden ließ man unbehelligt passieren, und das auch nur, weil man sie seit Jahren kannte. Ansonsten konnten Eindringlinge in die eigenen Ländereien nur bedeuten, dass da jemand etwas Verdächtiges plante. Vielleicht wollte er etwas stehlen oder Frauen und Kinder entführen. Sicher war man nie. Im Norden waren des Königs Hand und seine Truppen fern, das Land wild und die Wälder ungezähmt wie eh und je.

Yana verlangsamte ihren Schritt. Vorsichtig und jede Deckung am Waldrand nutzend, pirschte sie sich an die Lichtquelle heran. Noch konnte sie weder den Lagerplatz und schon gar keine Menschen ausmachen, aber es musste sich um ein stattliches Feuer handeln. Der Schein ging weit auf den Strand hinaus, obwohl von den Flammen noch nichts zu sehen war.

Sie ließ sich Zeit und lief bald nur noch geduckt voran. Dann zog sich das Dickicht in einem Bogen vor ihr zurück. Sie blieb augenblicklich stehen und betrachtete die Szene, die sich im Schein eines lebhaft flackernden Lagerfeuers vor ihr ausbreitete.

Sie blickte über eine flache Bucht aus Sand und Felsen hinweg, weitläufig von hohen Bäumen umrandet. Hoch und höher wuchsen die Stämme hinauf, und das lag daran, dass das Gelände hinter der Ausbuchtung in steile Hügel aufstieg, von denen ein paar stattliche Felsen durch die Kronen schimmerten. Das war auch der Grund der Helligkeit, die den Strand erleuchtete, denn so mächtig war das Lagerfeuer bei Weitem nicht. Aber es lag an der Ostwand eines hoch aufragenden Felsens aus hellem Sandstein, der, von den tanzenden Flammen erleuchtet, wie eine Laterne in die Nacht strahlte.

In der Mitte der Waldbucht lief ein Bach als flaches Rinnsal dem Meer zu, und das musste der Grund sein, warum sich jemand gerade diesen Platz für ein Nachtlager gewählt hatte. Es lag windgeschützt auf weichem Sand mit frischem Wasser in der Nähe, und das alles bei freier Sicht auf die Brandung, die am Rand des Lichtkreises wie ein Saum aus grauweißen Büschen von Zeit zu Zeit aufflackerte.

Yana atmete auf. Am Feuer hockte nur eine Person und sie wandte dem Meer den Rücken zu. Zudem schien sie beschäftigt an etwas zu arbeiten.

Das würde es ihr leicht machen, sich aus einer Richtung anzuschleichen, mit der niemand rechnen konnte.

Will ich das überhaupt?, dachte sie. *Mal abwarten, ob sich noch etwas tut.*

Sie duckte sich hinter einen Felsen und beobachtete gespannt, ob noch jemand in Sicht kam. Sie hoffte, dass es bei der einen Person bliebe.

Sie wartete eine Weile, aber niemand tauchte auf. Plötzlich erhob sich der Jemand und begann, am Feuer zu hantieren. Es sah aus, als wollte er Holz nachlegen. Dann stieg Yana der Duft von gebratenem Fleisch in die Nase. Augenblicklich lief ihr das Wasser im Mund zusammen. Schnell schlich sie sich ein paar Felsen weiter. Der weiche Sand machte ihre Schritte unhörbar.

Als die Person sich drehte, um sich wieder auf ihren Platz zu setzen, erhaschte sie einen Blick auf das Gesicht. Es war ein Mann, dessen Lager sie vor sich sah, das hatte sie schon aus der Ferne gesehen, aber dass er so jung sein würde, das überraschte sie. Das war kein Eremit, und es war ganz sicher niemand, den sie je getroffen hatte. Und ein einsamer Wanderer, der in den Wäldern auf der Suche nach den Schätzen des Nordens war, konnte es auch nicht sein. Egal, ob es die Sucher seltener Steine waren oder die Jäger feiner Pelze, sie alle mussten früher oder später ihre Waren in Sandbak verkaufen. Yana war sicher, sie müsste in dem einen oder anderen Jahr jeden einmal gesehen haben, und sie waren allesamt wesentlich älter. Um allein in den Wäldern zu überleben, brauchte es einige Erfahrung.

Das macht es einfacher. Er sieht nicht gefährlich aus.

Er war groß gewachsen, aber nicht besonders muskulös. Sie musste feststellen: *Ziemlich schlank und wendig sieht er aus.*

Er besaß keinen Bart, was Yana als noch ungewöhnlicher einstufte, und sein langes, tiefschwarzes Haar hing zusammengebunden auf dem Rücken.

Bevor sie einen Entschluss fassen konnte, griff der Mann nach etwas, das neben seinem Rucksack im Sand lag. Er hob es auf, nahm es vor die Brust und kurz darauf hörte Yana die typischen Klänge einer Laute über den Strand klingen. Dann begann der Mann mit sanfter Stimme, aber doch unverkennbar deutlich die Akkorde mit einem Gesang zu begleiten.

Ein Wanderer, ein einsamer Mann
Am Waldesrand, einen Platz er fand.
Hurra, Juchhe, so gut das tut,
Zu wärmen sich an der feurigen Glut.
Von Ferne ward geschickt von der See,
Aus tiefer Nacht eine hungrige Fee.
Die wollt er rufen, doch sie war scheu,
Da sang er ganz sich selber treu,
Ein Lied sie zu locken ans Feuer heran.

Yana musste ernüchtert feststellen, es war zu spät für weiteres Schleichen und die Entscheidung, sich zu offenbaren, war ihr gerade abgenommen worden.

Sie hatte den Mann unterschätzt, er hatte sie längst bemerkt. Aber obwohl sich ihr Magen für einen kurzen Moment zusammenzog, blieb nicht wenig Hoffnung. Denn das Lied, so erkannte sie im selben Moment, war in jedem Fall eine wirklich nette Einladung.

Vor Jahr und Tag

»Noch während Finn lag, konnte er spüren, wie eine frische Kraft in seine Muskeln floss, als hätte er am Trank der ewigen Jugend genippt. Auch die Schmerzen in seinen Knochen, ganz besonders in seinem Bein, waren verschwunden wie der Staub auf einem Sommerfeld, durch das der Wind gefahren ist. Ja, es fühlte sich sogar an, als hätte der Wind nicht nur den Schmerz, sondern gleich alle Sorgen hinfortgeblasen. Finn war erholt und voller Energie. So hatte er sich gefühlt, als er in den Norden zurückgekommen war, damals noch ein junger Mann, der eben seine Wanderjahre beendete.

Noch ruhte er im Dunklen und überlegte, ob es auch diesmal der Beginn eines neuen Lebens war, da vernahm er ein Geräusch.

Gleich kamen ihm die Gedanken an die Stimme und die helfende Hand zurück und sein Herz wurde klamm. Er wusste nicht, wer ihn hierhergebracht hatte und vor allen Dingen wie dies geschehen war. Dass er sich in der Obhut des Besitzers der Stimme befand, war klar, wenn er auch befürchtete, dass es vielleicht sogar eine fremde Gewalt war, der er sich ausgeliefert hatte.

Schon wollte er sich darauf einstellen, wieder die Stimme zu hören und sich dem Austausch der Worte in der Finsternis zu stellen, da sah er einen Schimmer voraus und vernahm Schritte, wie sie stetig näher kamen.

Das Licht war grün und doch mit einem goldenen Schein versehen, der sich auf den umliegenden Felsen widerspiegelte. Die Strahlen wurden mit jedem Moment stärker, sodass er fast meinte, jemand hätte die Sonne gefangen, wie sie durch das Blätterdach des Waldes gerade nach einem Sommergewitter brach.

Aber um ihn herum, das erkannte er jetzt, war nichts als das Gestein einer Höhle, die ihn gleich einem großen Tunnel umgab, der sich hinter ihm in der Dunkelheit verlief.

Er lag auf einem großen Lager aus fein gewebten Decken und einige Gefäße aus Metall und Ton waren am Rand an die Felsen gelehnt.

Schnell prüfte er seinen Fuß. Er sah keinen Verband mehr, ja nicht einmal den kleinsten Wickel, der darauf hingedeutet hätte, was ihn einst in diese Lage gebracht hatte.

Inzwischen waren die Schritte so nahe gekommen, dass Finn sich aufrichtete und gespannt zur Mitte des großen Tunnels schaute, denn dort verlief ein Pfad, der sich zwischen den Felsen verlor. Der Pfad bestand aus Sand und war sauber gejätet. Es sah so aus, als hätte jemand ihn zwischen den riesigen Geröllbrocken angelegt.

Seine Schlafstatt kam ihm wie eine gigantische Grotte vor, auf deren Boden er so lange gelegen hatte, aber er konnte keine Tropfsteine an der Decke entdecken.

Plötzlich erschien eine Gestalt auf dem Pfad. Sie hielt das Licht, welches die Grotte erleuchtete, hocherhoben in der Hand. Kaum war dieser Jemand am Rand eines mächtigen Findlings aufgetaucht, musste Finn zwinkern. Die Strahlen waren blendend hell und seine Augen hatten lange kein Licht gesehen.

Es war ohne Zweifel eine Frau, die dort stetigen Schrittes auf ihn zuhielt. Ihr Kleid war dunkelgrün und glitzernd wie Moos auf den Steinen am Grund eines Wasserfalls und lang bis auf den Boden. Ein breiter, lederner Gürtel schlang sich um ihre Hüften. Bis zu diesem Gürtel hingen ihre offenen langen Haare herab. Diese Haare waren so dunkelbraun wie Winterkastanien.

›Ich sehe, Ihr habt ausgeschlafen‹, rief ihm die Frau zu, noch während sie auf ihn zuschritt. ›Wie geht es Eurem Fuß?‹

Finn war verwirrt, auch wenn er sogleich erkannte, dass dies ganz sicher die Stimme war, die ihm in der Dunkelheit zugesprochen hatte.

›Erhebt Euch und folgt mir‹, sagte die Frau und winkte ihm aufmunternd zu.

›Ihr habt lange gelegen. Es wird Zeit, sich wieder zu bewegen.‹

Er folgte den Anweisungen, immer noch erstaunt über die beeindruckende Erscheinung. Das Licht, welches die Frau in der Hand hielt, erschien Finn nun nicht mehr ganz so blendend wie noch vor einem Moment. Er erkannte, dass es ein geschliffener Kristall war, halb so groß wie eine Faust. In der hohlen Hand hielt die Dame das strahlende Juwel und beleuchtete damit den Weg, den sie gekommen war.

Finn folgte ihr, ohne ein Wort zu sagen. Zu erstaunt war er über ihre resolute Art, zudem bewunderte er die hochgewachsene Figur der Dame und das fein gewebte Gewand, das ihr förmlich von den Schultern floss.

Aufwärts ging der Pfad, wenn auch nicht sehr steil. Nachdem sie einige mächtige Felsbrocken passiert hatten, erschienen voraus die ersten Strahlen von Tageslicht. In einem feinen Dunst verteilte sich das Licht über ihren Köpfen, und als sie erneut einen freien Platz am Tunnelboden erreicht hatten, stoppte die Dame ihren Schritt. Das Leuchten des Kristalls in ihrer Hand war unablässig schwächer geworden. Bald glomm nur noch eine geheimnisvolle dunkelgrüne Flamme tief im Inneren.

In der Höhle war es nun hell genug, dass sie ihren Weg fortsetzen konnten. Doch bevor dies geschah, trat die Frau an eine steinerne Säule im Zentrum der kleinen Felslichtung heran und setzte den Kristall in eine Vertiefung an der Spitze.

Sie winkte Finn, weiterzugehen, und er folgte ihr dem Tageslicht entgegen. Doch er konnte nicht umhin, einen Blick zurückzuwerfen.

Im Gegenlicht hatte er nicht viel erkennen können, doch als er mit dem Licht des Tages auf das steinerne Gebilde schaute, erkannte er, dass es sich um eine kunstvoll geschliffene Stele handelte, eine halbe Manneslänge hoch. Auf dem kleinen Podest an der Spitze stand aufrecht der Kristall und sein Licht pulsierte in warmen Wellen vor sich hin. Wie der Zapfen der größten Kiefer war er geformt, und wenn Finn auch wusste, dass ein Kristall kein lebendes Wesen war, so sicher war er, dass etwas Besonderes in ihm steckte. Jetzt, als er sich von ihm entfernte, wurde ihm fast das Herz schwer, als würde er einen alten Freund verlassen.

Schnell schaute er noch genauer, um sich das Bild einzuprägen, da erkannte er, dass auf der Stele etwas eingraviert war. Es waren Buchstaben. Er stockte für einen Moment, um sie zu entziffern, aber er konnte es nicht. Die Buchstaben waren keine Runen, noch war hier etwas im Latein der Schriftgelehrten verfasst. Aber bekannt kamen sie ihm dennoch vor. Plötzlich erinnerte er sich. Er hatte auf den Wanderungen seiner Lehrjahre etwas Ähnliches gesehen.

Er versuchte, sich die Zeichenfolge einzuprägen, die eingefasst von einem Rahmen in die Stele gemeißelt war.

Dann hatten sie den Ausgang der Höhle erreicht. Weit geschwungen war die Öffnung und das Licht einer gerade aufgegangenen Sonne schien auf ein Plateau vor dem Eingang. Dahinter lag ein Abhang und das ermöglichte einen freien Blick in ein weites Tal, in dem noch feine Schleier aus Morgennebel über den Spitzen der höchsten Bäume lagen. Darunter breitete sich ein Teppich aus Unterholz, Büschen und ab und an auch großen Wiesen aus. Finn kam es vor wie das Werk eines großen Webers, der den Wald selbst als Faden genutzt hatte.

Am Rand des weiten Tals standen Wände aus hartgrauem Fels. Steil ragten sie auf, um den Himmel mit schneeweißen Gipfeln zu begrenzen. Finn war so beeindruckt, dass er gar nicht aufhören konnte, sich umzuschauen.

Über dem Morgendunst war die Luft frisch und klar, und da sie in einiger Höhe standen, auch kalt. Das war Finn nicht aufgefallen, solange sie im Untergrund gegangen waren. Da merkte er erst, wie trocken und warm der Strom von Luft war, den die Höhle fast wie einen Atem ausstieß. Das war der

Grund gewesen, warum er keine Tropfsteine an der Decke entdeckt hatte und ihm in dem langen Tunnel nie kalt gewesen war.

Er nahm sich zusammen. ›Wo sind wir?‹

Die Dame setzte sich auf einen niedrigen Felsblock am Rand des Plateaus und musterte den Horizont in der Ferne.

Ohne sich umzudrehen, sagte sie: ›Dies ist mein Tal, so wie der Wald mein Wald ist. Fühlt Euch willkommen, auch wenn Ihr schon eine ganze Weile mein Gast seid. Wollt Ihr Euch nicht vorstellen, da Ihr meinen Schutz wie meine Dienste schon so reichlich genossen habt?‹

›Verzeiht mir‹, sagte Finn und trat neben sie. ›Eine Lage, in der ich solche Hilfe brauchte, ist für mich ungewohnt und meinen Anstand habe ich nicht vergessen. Ich bin Finn, aus der Familie der Gutwerks und meine Aufgabe ist es seit Jahr und Tag, die Menschen von Nortborg zu führen.‹

›Dann seid Ihr so etwas wie ein König‹, stellte die Dame fest, und dabei blickte sie Finn unter einer hochgezogenen Augenbraue an.

Er blickte zurück, so entschlossen er konnte.

›Derart erhabenen Status möchte ich mir nicht anheften. Einen König gibt es im Norden nicht, aber soweit ich beurteilen kann, hören die Menschen auf mein Wort.‹

›Ich will ehrlich mit Euch sein und ebenso offen wie Ihr‹, antwortete die Frau. ›Ich habe von meinen Getreuen erfahren, wen sie zu mir gesandt haben. Sonst hätte ich Euch vielleicht nicht so freundlich aufgenommen. Um Euch zu beruhigen, wer ein gutes Herz hat und in meinen Wäldern Hilfe braucht, dem soll sie zuteilwerden.‹

Finn verneigte sich in Dankbarkeit auf die beste Art, die er ehemals am Hof seines Großvaters gelernt hatte.

Sie lächelte nur.

›Dann seid Ihr ganz sicher diejenige, der diese Wälder zugeschrieben werden und die schon meinen Vorfahren als Siebenblatt bekannt ist.‹

So schnell, wie es gekommen war, verschwand das Lächeln von ihren Lippen.

›Ihr seid mein Gast‹, sagte sie, ›und ich möchte, dass Ihr Euch wohlfühlt und auch wenn mir der Name, den Ihr für mich nutzt, geläufig ist und durchaus gefällt, so muss ich doch eines klarstellen.‹

Finn spitzte die Ohren.

›Die Wälder des Nordens sind meine Wälder ganz so, wie ich sie gemacht habe und erhalte. Diese Berge sind mehr als meine Wohnstätte. Aus Tiefen, die Ihr nie ergründen möchtet, bin ich aufgestiegen, da gab es in diesen Landen noch keine Menschen. Seht diese Höhle hinter Euch. Aus der Dunkelmure bin ich einst ans Licht der Welt getreten, um das Land mit meinen Schwestern zu formen. Es passt es mir ganz gut, dass Ihr hier und heute mein Gast seid.‹

›Wieso das?‹

›Da Ihr seit Zeiten der einzige Besucher aus der Fremde seid, der dieses Tal betreten darf, und Euch weiter keine Aufgabe gegeben ist, mit der Ihr mir dienen könntet, ist Eure Zeit unter meinen Adepten begrenzt. Ich habe mich überzeugt, dass Ihr vollständig geheilt seid, und ich wünsche Euch das Beste, aber Ihr müsst nach einem Tag und einer Nacht diese Gefilde verlassen. Das gibt mir die Gelegenheit, Euch etwas zeigen, und ich würde gern hören, was Ihr darüber zu sagen habt.‹

Finn war ebenso beeindruckt wie gespannt. Ihm war bewusst, dass er es nach all den Jahren geschafft hatte, die Macht des Nordens zu erreichen. Diejenige, von denen nicht nur die Menschen von Nortborg an den Feuern der Nacht erzählten, sondern die von den Waldfrauen verehrt wurde. Er wollte sich dankbar zeigen, denn sie hatte ihm geholfen und ihn auf eine Weise geheilt, die er vermutlich nie ganz würde erfassen können. Wie sie das so schnell geschafft hatte, beschäftigte ihn, aber er wollte nicht unfreundlich sein und den Zauber durch Nachfrage zerstören. Doch ihre Künste mussten groß sein, sonst wäre ihm sein Bein nicht erschienen, als hätte es niemals Schaden genommen. Während er nah bei ihr stand, fühlte er nicht nur Bewunderung, sondern eine seltsame Art der Hingezogenheit. Er blieb gespannt, denn trotz Siebenblatts ehrbarer Worte wollte er etwas erfahren. Einmal unter den Fanggen wollte er von dem Wissen kosten, von dem noch kein Mann vor ihm jemals erfahren durfte.

Und da war noch etwas. Bei allem Respekt den Siebenblatt ihm abverlangte, fühlte er tief in seinem Herzen einen Schmerz, wie er ihn lange nicht mehr gefühlt hatte. Es war mehr als Bewunderung für ihre beeindruckende Erscheinung und ihr liebreizendes Aussehen. Sie erschien ihm so frisch und lebendig wie ein Spross Birngrün im Frühjahr und im selben Moment so angefüllt mit Lebenskraft wie der stärkste Schwarzbär des Nordens, kraftvoll und gefährlich zugleich. Seit den Tagen seiner Frau Eidel hatte er eine solche Verbundenheit nicht mehr gespürt. Er musste erkennen, dass er sich zu Siebenblatt hingezogen fühlte, als wäre sie das Leben und das Land selbst.

›Ich stehe in Eurer Schuld.‹ Mit diesen Worten überließ er die Entscheidung seiner Gastgeberin.

›Dann ist es beschlossene Sache‹, sagte sie und ihr Ton wurde warm und weich wie das Flüstern des Sommerwinds.

›Folgt mir.‹«

Der Fremde

Yana setzte sich und doch blieb sie gespannt wie ein Jagdbogen kurz vor dem Schuss. Aber sie wollte sich nichts anmerken lassen und so streckte sie ihre Füße dem Feuer entgegen. Es tat gut, sich durchwärmen zu lassen, und schon das hätte ausgereicht, sich dem Fremden dankbar um den Hals zu werfen. Aber eine innere Stimme warnte sie, sich nach dieser netten musikalischen Einladung nicht zu fahrlässig zu zeigen. Erst wollte sie wissen, mit wem sie es zu tun hatte.

»Wollt Ihr mir verraten, wer Ihr seid?«, sagte er mit der weichen, aber dennoch wohlgewogenen Stimme, die schon seinen Gesang ausgezeichnet hatte.

Yanas Rücken versteifte sich unwillkürlich und sie konnte nicht verhindern, dass sie ihre Augen in Misstrauen verkniff. Sie schalt sich, weil sie eigentlich ruhig bleiben wollte, aber irgendetwas an der überaus lässigen Art ihres Gegenübers bewirkte genau das Gegenteil.

»Ihr zuerst«, schoss es aus ihr heraus, und sie bemerkte im selben Moment, wie ein Schwall Wärme sich über ihr Gesicht ausbreitete, der nicht nur vom Feuer herrührte.

»Ich meine«, versuchte sie zu beschwichtigen, »Ihr seid es doch gewesen, der mich eingeladen hat. Wessen Platz durfte ich denn an diesem schönen Abend betreten? Und vor allem, was führt Euch in diese abgelegene Gegend?«

Sogleich wurde ihr noch wärmer, denn sie befürchtete, sie hatte mit den Fragen zu viel von sich selbst verraten.

Der Fremde neigte verständnisvoll sein Haupt, auch wenn Yana bemerkt haben wollte, wie er kurz überrascht die Augenbrauen hob.

»Mein Name ist Aelvar«, sagte er geradeheraus, und nach seinem offenen Blick zu urteilen, konnte Yana erkennen, dass er die Wahrheit sagte. Nur einen winzigen Moment ließ sie zu, dass seine Augen ihre Selbstsicherheit ins Wanken brachten. Die Iris in seinen Pupillen war leuchtend hell, wie ein Winterbach, der über Eis bricht. Und das Seltsamste daran war, dass ein Auge in hellem Blau schimmerte, das andere aber schneegrau. So etwas hatte sie bisher nur bei den Hunden des Nordens gesehen, die vor den Häusern ihrer Herren selbst in der tiefsten Winternacht Wache hielten. Bei denen waren jedoch die Zungen blau, und insgeheim fragte sie sich, ob dies bei Aelvar genauso wäre.

»Und weiter?« Sie blieb standhaft fordernd.

Wieder zuckten seine Augenbrauen, doch diesmal zog ein schelmisches Lächeln in sein Gesicht. Yana konnte nicht beurteilen, ob es Bewunderung oder doch vielleicht ein Erstaunen über ihre

Frechheit war. Sie war es schließlich gewesen, die sich angeschlichen hatte.

Wieder blieb er ruhig und antwortete: »Einarsson.«

»Ein guter Name«, sagte sie. »Im Norden tragen viele diesen Namen, und die meisten kenne ich. Doch Euch habe ich noch nie gesehen.«

Sie saß ihm am Feuer gegenüber und nahm an, er hatte ihr den Platz zugewiesen, damit es ihr leichter fallen würde, ihm zu trauen. Es war spürbar, dass er das Eis zwischen ihnen brechen wollte.

»Das liegt daran, dass ich viel unterwegs bin«, sagte er und Yana beobachtete ihn genau, während er sprach. Er trug keine besonders warme Kleidung, sondern einen weichen Wildlederanzug, und sie sah auch nirgends eine Winterjacke liegen. Dünne hellbraune Wanderstiefel komplettierten das Bild, und als sie seinen Rucksack musterte, fiel ihr der Jagdbogen auf, der daneben im Sand lag. Der war nicht zu übersehen, denn er war lang und mit fein geschnitzten Mustern versehen. Die silbernen Kappen an den Enden glänzten im Feuerschein.

»Ich bin mal hier, mal da und selten lange an einem Ort. Und ich kenne mich fast überall an diesen Küsten aus. Ich habe meine Arbeit und meine Kunst noch nicht lange von meinem Vater übernommen. Er hat mich alles gelehrt, und nun mache ich das, was auch sein Leben bestimmt hat.

Wäre er nicht vor zwei Jahren friedvoll entschlafen.«

»Das tut mir leid«, pflichtete Yana bei. »Ich wollte Euch nicht beleidigen, da ich mich angeschlichen habe, aber Ihr kommt mir unbekannt vor, auch wenn Ihr sagt, dass Ihr an diesen Küsten verkehrt. Was ist es denn, was Euch auf Reisen schickt?«

»Ich bringe Nachrichten von Fern nach Weit und unterhalte die Menschen mit meiner Stimme, die auch Euch an mein Feuer gelockt hat.«

Sie wurde unsicher, da er das aussprach, was sie sich selbst nicht eingestehen wollte. Er hatte sie auf diesen Platz gelockt … und sie war darauf eingegangen. Was für eine Wahl hatte sie gehabt?

»Dann seid Ihr ein wandernder Sänger«, schloss sie. »Ein Barde des Nordens.«

»Ihr habt mich erkannt«, antwortete er, doch das Schmunzeln in den Ecken seines Mundes bedeutete, dass er das Lob nicht ganz ernst meinte.

»Ich ziehe seit Jahr und Tag von einem Dorf zum nächsten und kann frei mit allen Menschen verkehren, ohne dass sie mir gleich den Kopf einschlagen, denn ich habe immer die neuesten Nachrichten im Gepäck und ein offenes Ohr für noch mehr Geschichten. Und für die Lieder, die ich wohl zu singen weiß, wird mir überall ein trockenes Bett und ein reiches Mahl angeboten. Ihr wollt mir doch nicht den Kopf einschlagen, oder?«

Yana war erstaunt, was er ihr zutraute, aber ihr gefiel, dass er jede Spannung durch seine Stimme und seine offenen Worte auflösen konnte. Das Einzige, was sie wunderte, war seine altbackene und vielleicht sogar altertümliche Wortwahl.

»Hoffentlich seid Ihr keine Gesandte der Meereskönigin, die mich verzaubern und in ihre schaumfernen Tiefen locken will.«

Yana musste lachen. Er lächelte in einer Art zurück, die sie als außerordentlich charmant empfand, was vielleicht an dem Glitzern in seinen Augen lag.

»Nun seid Ihr an der Reihe«, forderte er sie auf. »Sagt mir, mit wem ich an diesem Abend die Ehre habe, das Feuer zu teilen und vielleicht sogar den einen oder anderen Happen des inzwischen sicher hervorragend durchgebratenen Kaninchens, das sich vor uns über den Flammen dreht.«

Gleich lief ihr das Wasser im Munde zusammen, aber sie wollte sich keine Blöße geben und noch war ihr der redegewandte Gastgeber längst nicht geheuer.

Es war nur ein Entschluss in Sekunden, doch dann wollte sie ihm einiges, aber längst nicht alles preisgeben. Vielleicht war es seine Art, einsame Wanderer mit feinen Worten in Sicherheit zu wiegen, um sie dann auszurauben.

»Mein Name ist Yana«, sagte sie.

»Und weiter?«

Es ließ sie schmunzeln, dass er genauso frech war wie sie zuvor.

»Nilsdotter«, sprach sie aus, ohne mit der Wimper zu zucken. Da war ein flüchtiges Gefühl. Kaum besser greifbar als die Wetterwende eines Mildsommers. Sie hatte sich für den Namen ihrer Mutter entschieden.

»Nun gut, Yana Nilsdotter.« Er lud sie mit einem Schwung seiner Hand ein. »Jetzt, wo wir uns bekannt gemacht haben, dürfte es an der Zeit sein, etwas zu uns zu nehmen.«

Nichts hätte Yana lieber gehört. Aber zugleich war sie erstaunt, dass er nichts weiter wissen wollte. Sie vermutete, er wollte noch mehr gute Stimmung verbreiten.

Er nahm den Stock mit dem aufgespießten Braten vom Feuer, zog ein Messer aus einer Seitentasche und bot Yana eine Keule an. Sie griff vorsichtig zu und er schnitt den Schlegel direkt vom Fleisch.

Sie ließ es sich schmecken und auch er langte zu. Das Kaninchen war in Windeseile vertilgt. Er bot ihr Wasser aus einer Feldflasche an und ein paar trockene Hartkekse aus dem Rucksack schlossen das Mahl ab. Eine große Erleichterung breitete sich in Yana aus.

»Habt Ihr Euch verirrt?«, fragte er. »Oder warum seid Ihr allein am Strand unterwegs?«

Diese Frage musste ja kommen.

»Noch dazu am späten Abend.«

»Wir waren Pilze suchen«, erklärte sie und zwang sich, ruhig zu bleiben. »Vielleicht bin ich meiner Gruppe zu weit vorausgelaufen, aber ganz sicher werden sie mich am Morgen einholen. Wahrscheinlich sind sie schon ganz in der Nähe.«

»Ihr habt keinen Korb dabei«, bohrte er nach. »Wo wollt Ihr Eure Beute unterbringen? Und Ihr tragt kein Messer, um Eure Ernte zu stechen. Mit Verlaub, selbst wenn Ihr auf einer Runde zum Sammeln im Wald wart, dann seid Ihr aber mächtig vom Weg abgekommen. Wir sind hier im hohen Norden. Da kenne ich mich aus, da ich jetzt am Ende des Sommers das große Meer umrunden werde. Die kalten Tage kommen, so sicher wie das Amen in der Kirche. Ich will meine Zeit in den südlichen Gestaden jenseits der See verbringen, so wie ich es in jedem Winter halte. In den Ländern des Nordens ist bei den kalten Winden, die in den letzten Jahren so überaus mächtig geworden sind, keine leichte Reise mehr möglich. Für dieses Jahr ist der Sommer des Gesangs vorüber. Jetzt folgt der Winter der Stille und nur die Wölfe und der Wind breiten noch ihre Lieder über die Berge. Und mich in einem kleinen Dörfchen einschncien zu lassen, dazu fehlt mir die Ruhe.«

Yana erschrak. »Wir sind im hohen Norden?«

Im gleichen Moment schalt sie sich ob dieser dummen Frage.

»Das war nur eine Feststellung«, ergänzte sie hastig und versuchte zu lachen. »Ich kann mir nicht vorstellen, dass ich so weit vom Weg abgekommen bin.«

»Das denke ich auch«, pflichtete er ihr bei. Sie hatte das Gefühl, er konnte in ihre Seele sehen und erkennen, wie dumm sie sich verhielt, ihn anzulügen.

»Die letzte große Seestadt im Norden habe ich vor einer Woche verlassen«, erklärte er. »Ich hoffe, bald die große Bucht umrundet zu haben, dann kann ich auf der anderen Seite wieder nach Süden gehen.«

Jetzt konnte Yana es sich doch nicht verkneifen.

»Welche Seestadt?«

»Sandbak natürlich«, sagte er.

Lieder von Feuer und Eis

Sie wusste es und war sich im selben Moment darüber im Klaren, dass Aelvar es ebenso erkannte. Er zog nach ihren unbedachten Bemerkungen eine Augenbraue in die Höhe.

Das nördlichste Städtchen an den Küsten des Königreichs war Sandbak, und das war seit langen Zeiten so. Das Sagenreich von Finn Starrhand war bestenfalls Geschichte, auch wenn es weiter im Norden gelegen hatte. Darüber brauchte kein Bewohner dieser Gestade lange nachzudenken. Wenn der Barde seit Jahr und Tag die Dörfer und Siedlungen des Landes bereiste, dann war er ganz sicher bestens mit den Namen und Mitgliedern der meisten Familien und Clans vertraut.

Jetzt bekam Yana es mit der Angst zu tun. Sie verstummte und hatte mehr als zuvor das Gefühl, dass mit dem Fremden etwas nicht stimmte. Sicher, er hatte sie überaus charmant ans Feuer gebeten und zudem freiwillig das Essen geteilt, aber trotzdem wurde ihr mulmig.

Konnte sie sich überhaupt noch aus der Affäre ziehen? Sie hatte von dem angeblich so weit gereisten Barden noch nie etwas gehört, und er müsste sie kennen, wenn ihre erfundene Geschichte stimmen sollte. Wenn sie tatsächlich auf der Suche nach Pilzen von ihrer Gruppe getrennt worden wäre, müsste sie sich nördlich von Sandbak verlaufen haben. Wenn er das Städtchen auf seinem Weg ums Meer besucht hatte (und das musste ganz sicher so gewesen sein, denn es war der letzte warme Herd vor den eisigen Weiten), dann sollte er eigentlich die meisten Bewohner kennen und um ihre Pläne wissen.

Sie war verwirrt über seine Angaben der Himmelsrichtungen. Das konnte einfach nicht sein. Die Windfolger war doch nach Süden und noch weit über Kap Hellbrant hinausgefahren.

Ihre Gedanken begannen zu rasen. Wenn es stimmte, dass sie tatsächlich in die falsche Richtung gelaufen war und sich nun weit im Norden befand, dann war sie Aelvar vollständig ausgeliefert. Und ihm musste vollkommen klar sein, dass ihre Geschichte weder Hand noch Fuß hatte, außer der Tatsache, dass sie sich ausgehend von Sandbak verlaufen hatte – und das ziemlich weit.

Sie starrte gespannt auf jede seiner Bewegungen und hielt abwechselnd das Messer an seiner Seite wie auch den Jagdbogen im Auge, wie er im Sand hinter ihm lag. Doch plötzlich entspannten sich seine Züge und Yana meinte, einen Anflug von Mitleid zu erkennen.

»Kann es sein, dass Ihr nicht nur Eure Orientierung, sondern auch den Sinn für die Zeit verloren habt?«, sagte er. »Bestimmt seid Ihr schon viele Tage unterwegs. Oder seid Ihr vielleicht gestürzt und mit dem Kopf an einen Baum geschlagen?«

Sie brachte es noch fertig, Aelvar wütend anzuschauen. Vielleicht ließ er sich ablenken.

»Wir sind so weit an der Küste hinauf«, fuhr er fort, »dass wir kaum mehr als ein paar Meilen bis zur alten Festung von Nortborg haben. Wie Ihr sicher wisst, sagt man den verlassenen Gemäuern nach, dass dort nur noch Geister wohnen, seit der sagenumwobene Finn Starrhand das Unheil über seine Familie und all seine Untertanen gebracht hat. Ich sollte es wissen. Schließlich besinge ich seine Taten.«

»Der verfluchte Gebieter des Nordens, der die frühen Winter über unser Volk gebracht hat?«, entfuhr es ihr. Sie hoffte, er würde es aufgreifen, dann konnte sie ihn beschäftigen und selbst weiter nachdenken.

»Ich weiß, dass es Nortborg tatsächlich gibt«, sagte sie. »Doch es liegt zu weit im Norden und wird wegen der kalten Winde nicht mehr bewohnt. Die alten Sagen sind übertrieben. Sie erfüllen ihren Zweck nur noch an den Feuern im Winter, damit man den Kindern etwas zu erzählen hat.«

»Das meint Ihr wohl«, antwortete er und sein Tonfall klang abschätzig in ihren Ohren. »Jedes Kind kennt das Erstlied des Nordens.«

Er griff an seine Seite und Yana fuhr erschreckt zusammen. Sie wollte schon aufspringen, da sah sie, wie er die Laute in die Hand nahm. Er fuhr kurz mit den Fingern über die Saiten und prüfte, ob alles richtig gestimmt war. Dann schlug er einen sanften Ton nach dem anderen an. Es war keine geläufige Melodie, vielmehr fiel er in einen seltsamen Singsang und begleitete die Strophen mit dem Instrument, während er die Verse rezitierte.

Nord bei Nordwest liegt ein Land unter Eis
Voll glitzernder Hallen aus gefrorenem Weiß.
Noch tiefer darunter in tagferner Nacht
Liegt der Bergkönig schlafend in all seiner Pracht.
Sich selbst hat er dort zur Ruhe gebettet
Und all seine Schätze an sich gekettet.

Ein Fluch aus Magie von seltenem Stein
Hält erfroren sein Herz, seine Schätze, sein Heim.
In der Rechten er hält den Stein seiner Macht,
In der Linken das Herz seiner Liebsten ganz sacht.
Der eine ist sternkaltes Licht voller Glanz,
Das andere Glühen von Leben und Tanz.

Aelvar hielt inne und schaute auffordernd zu Yana hinüber.

»Sicher kennt Ihr die Zeilen und könnt den nächsten Vers beisteuern.«

Sie versuchte, so gut sie konnte, den Rhythmus der Verse zu erfassen und die Betonung nachzuahmen, ganz so wie Großmutter Wila es ihr beigebracht hatte. Wie oft hatte sie mit der alten Dame Lieder und Erzählungen geübt, und dabei war es niemals nur auf die Worte, sondern ebenso auf den Klang angekommen.

Als das Land noch grün und die Täler voll Klee
Verfiel er dem Zauber der lieblichsten Fee.
Hätt er doch niemals geseh'n, wie sie lacht,
Hätt er dem Land nicht den Eisschlaf gebracht.
Auf dass ihm niemals die Liebe verloren,
Hat er sich und für immer das Leben erfroren.

Aelvar verbeugte sich anerkennend und fuhr fort.

Dem Wesen des Waldes war er maßlos verfallen,
Doch sie verschmähte den Glanz seiner Hallen.
Er hält mit dem eis'nen Juwel seiner Macht,
Über all, was ihm lieb, so mitleidlos Wacht.
Und liegt starr und still in todkalter Klamm
Für endlose Zeit unter magischem Bann.

Wer das Herz des Waldes vom Fluch will befrei'n,
Muss entzweien den König vom mächtigen Stein.
Doch jeder, der's wagt, sei gewarnt und hab Acht,
Das Juwel des Waldes birgt seltene Macht.
Wer Land und Wälder und König will retten,
Muss brechen den Fluch der magischen Ketten.

Sie verkniff es sich, zu applaudieren, so wie es an den Feuern gehandhabt wurde, wenn ein Barde seine Geschichten zu Ende gebracht hatte. Schließlich hatte sie selbst eine Strophe beigesteuert. Stattdessen erinnerte sie sich an die Schlussworte, die Wila jedes Mal an das Erstlied angeschlossen hatte. Sie hob ihre Stimme und ahmte erneut den Singsang Aelvars nach.

Wenn Glühen und Glanz am Ende vereint,
Die Sonne des Lebens dem Land wieder scheint.

»Ihr seid wahrlich aus der Gegend«, stellte er fest. »Das Erstlied ist Euch geläufig.«

Sie erkannte, es war eine Prüfung gewesen.

»So habe ich es von den Großmüttern gelernt«, sagte sie, ohne sich etwas anmerken zu lassen. »Aber das ist nicht mehr als eine Sage aus Zeiten, von denen man nicht weiß, ob sie jemals stattgefunden haben.«

Er stand auf und kniete sich ganz nah an das Feuer, um ein paar Äste nachzulegen, die er am Nachmittag gesammelt hatte. Seltsamerweise hatte Yana auf einmal nicht mehr das Gefühl, er wäre gefährlich. Vielleicht lag es an seiner sanften Stimme, mit der er die Verse angestimmt hatte. Vielleicht war es aber auch seine unbekümmerte Art gewesen, mit der er die Laute spielte. Die Noten und Griffe gingen ihm leicht von der Hand, und jetzt, wo sie darauf achtete, erkannte sie, wie fein und langgliedrig seine Hände waren. Er war bestimmt keine handfeste Arbeit gewohnt, denn darin unterschied er sich von allen Bürgern von Sandbak. Holzfäller und Fischer, Netzmacher und Schmiede, ja selbst die Händler mussten kräftig schleppen und zupacken. Sie waren alles andere als filigran. Vielleicht trug Aelvars Erscheinung dazu bei, dass Yana auf einmal begann, sich sicher zu fühlen. Er wollte nichts von ihr, außer dass er sie betrachtete, als wäre sie ein seltener Vogel.

Plötzlich wurde sie von einer tiefen Müdigkeit erfasst. Das Herumwandern machte sich bemerkbar und das unerwartete Mahl tat sein Übriges. Fast fielen ihr die Augen zu.

Aelvar bemerkte es. Er schaute auf einmal mit merkwürdigem Blick über das Feuer.

»Ich nehme an«, sagte er zuvorkommend, »dass Ihr Euch am nächsten Tag wieder zurechtfinden möchtet. Ganz sicher wollt Ihr zurück nach Sandbak, und wenn Ihr wollt, helfe ich Euch dabei.«

Sie nickte ihm dankend mit halb offenen Augen zu.

»Obwohl mein Weg nach Norden führt, werde ich Euch mitnehmen. Betrachtet es als ein Stück den Weg weisen. Kaum eine Wegstunde an der Küste hinauf gelangen wir an die Ausläufer der alten Seestadt. Egal, was man aus den alten Sagen gemacht hat, Nortborg gibt es wahrhaftig. Ich weiß, dort stehen nur verfallene Ruinen, aber der alte Königsweg läuft mitten hindurch und er verbindet Sandbak im Süden mit den eisigen Weiten. Darüber findet Ihr leichten Fußes zurück in die Heimat. Ist das für Euch ein gangbarer Weg?«

»Das wäre sehr nett.«

»Dort werde ich mich von Euch verabschieden und Ihr müsst den Rest allein schaffen. Meint Ihr, das gelingt Euch?«

»Ganz sicher sogar.«

Für einen kurzen Moment konnte sie noch einmal die Augen öffnen.

»Dann ist es beschlossene Sache. Sosehr ich mich über Euren Besuch in diesen einsamen Weiten freue, aber nun sieht es aus, als müssten wir bis zum Morgen ruhen.«

Da war noch ein winziger Zweifel an Aelvar und an seinen Absichten, aber seine freundliche Art machte es ihr unmöglich, zu widersprechen. Die bleierne Müdigkeit, die ihre Augenlider mit einer kaum zu verbergenden Schwere erfüllte, tat ihr Übriges.

»Nehmt meine Decke«, sagte er und warf ihr den zusammengerollten Stoff zu. »Mir reicht das Wetterfell für diese Nacht, der Spätherbst meint es gut mit uns.«

Sie band die Gurte auf und rollte sich im Nu unter dem Tuch ein. Zwar kamen seine Worte an ihre Ohren, aber der Sinn fand nicht wirklich ihren Geist. Sonst hätte sie schon bei der Erwähnung des Spätherbstes aufgehorcht. Und erst recht bei dem, was er erzählte, während sie am wärmenden Feuer bereits vor sich hin dämmerte.

»Auch wenn Ihr allein weiterwandern müsst, vielleicht findet Ihr in Nortborg Hilfe. Die alte Festung ist zwar als Geisterhaus verschrien, aber es geht das Gerücht, dass dort wieder Leben eingekehrt ist. Eine Gruppe von Mutigen soll sich dort angesiedelt haben. Gut möglich, dass sie Euch helfen. Auch wenn man an diesen Küsten munkelt, das wären Abtrünnige, die bei den Herren von Sandbak in Ungnade gefallen sind.«

»Ach tatsächlich«, murmelte Yana noch. Schon kam der Schlaf geflogen, unter seinen Schwingen die Träume der Nacht.

Vor Jahr und Tag

»Sie führte Finn von dem Plateau hinunter ins Tal. Ein schmaler Pfad wand sich durch einen dichten Eibenwald. Der Abstieg war steil und nicht jeder Tritt sicher. Da lag Geröll und dann wieder Nadelwerk aus dem letzten Jahr, sodass Finn aufpassen musste, nicht zu stolpern. Noch fühlte er sich mit seinem neuen Fuß längst nicht so sicher wie zuvor und Siebenblatt ging mit einem strammen Schritt voraus. Ihm war, als hätte er zu lange geschlafen und müsste sich erst wieder an die Bewegung gewöhnen.

Der Weg am Hang hinunter war nichts weiter als ein Trampelpfad, wie die Rehe ihn in der Wildnis hinterlassen. Finn war gespannt, wohin er vom Eingang der Dunkelmure führen mochte.

Er schaute sich den Weg genau an und versuchte, sich alles einzuprägen. Es war nicht einfach, denn Siebenblatt nahm auch ihn immer wieder in Augenschein, wie er über den einen oder anderen gefallenen Baum kletterte oder wenn es einen moosbewachsenen Abhang hinunterging. Trotz des Pfades kam der Wald ihm vor, als wäre er gänzlich unberührt. So mussten alle Wälder vor Urzeiten einmal ausgesehen haben.

Während er Siebenblatt folgte, war ihm, als würden sie von einem leichten Wind umspielt. Aber nach einer Weile erkannte er, dem war nicht so. Dort, wo seine Begleiterin wandelte, schien das Gras zu rascheln, schienen die Bäume sich zu neigen und Tiere tauchten auf und spielten im flirrenden Sonnenschein unter dem Blätterdach, als hätten sie jede Scheu abgelegt.

Dann hatten sie den Talgrund erreicht und eine Lichtung tat sich vor ihnen auf. Sie war recht groß und ein Bach floss in der Mitte hindurch. Man hatte den Rand des schnell fließenden Wassers mit Steinen eingefasst, um das Gras der umgebenden Wiese zurückzuhalten. Dennoch sah es so aus, als hätte niemand seinen Lauf gebändigt. Er zog sich in unzähligen Windungen über die gesamte Fläche der Wiese. In den Biegungen standen Hütten aus Holz. Einfach und schmucklos sahen sie aus, als wäre das Holz kaum bearbeitet worden. An manchen erkannte Finn noch die Rinde. Ihre Dächer hatte man aus verschränkten Fichtenstämmen gefertigt. Aus demselben Material war vor jedem Eingang eine kleine Veranda gebaut. Hier und da führte eine simple Brücke aus nichts als kräftigen, miteinander verschnürten Ästen über den Bach und verband den Pfad, der an allen Hütten entlangführte.

Finn überraschte das geschäftige Treiben, das sich um die Behausungen ausbreitete. Aus der Ferne konnte er erkennen, dass sich die Bewohner mit ihrem Tagwerk beschäftigten. Bald zehn solcher Hütten zählte er auf der weiten Wiese und um jede herum konnte er wenigstens vier oder fünf Personen ausmachen. Aber auch Tiere fielen ihm auf, und sofern er es beurteilen konnte, waren es bei Weitem nicht nur Elche und Rentiere, sondern auch Ziegen und Schafe.

Je näher sie der kleinen Waldsiedlung kamen, desto sicherer war er sich, dass hier ausschließlich Frauen werkelten. Es überraschte ihn keineswegs, denn außer den Fanggen hatte er in diesem abgelegenen Tal keine anderen Bewohner erwartet.

Der Pfad wurde breiter und der Untergrund fester, ganz so wie die Wege, die auch die Menschen der Seeküste in den Wäldern bauten. Hier hatte man alles mit feinstem Bachkies unterfüttert und jeder Schritt knirschte unter den Sohlen.

Dann waren sie an die Hütten heran und einige Frauen grüßten, als Siebenblatt mit ihrem Besuch an ihnen vorbeischritt. Manche kamen Finn fremd vor, aber bei einigen wollte er glauben, dass er sie bereits einmal auf seinen Unternehmungen mit den Fanggen gesehen hatte.

Alle hatten etwas zu tun, keine saß tatenlos herum. Manche stampften die Trauben von Wildbeeren in riesigen Trögen, andere schlugen Butter in hohen Fässern, andere wiederum sortierten Nüsse oder mahlten die Ähren von Gräsern.

Auch wenn einige Frauen sich mit den Tieren beschäftigten, die sie in weitläufigen Koppeln hielten, so konnte Finn keine Haustiere entdecken, so wie er sie aus den Dörfern an der Küste gewohnt war. Kein Hund und keine Katze kam ihm unter die Augen.

Über allem lag nicht nur der Klang der Arbeit, wie die Frauen ihn bei ihrem Tagwerk verbreiteten, sondern zudem ein Geschnatter und Quaken. An fast jeder Hütte war ein Pferch angebaut, in dem sich eine Schar Gänse oder Enten tummelte. Das erstaunte Finn, da er eher Hühner erwartet hatte, doch die konnte er nirgends entdecken.

›Ihr schaut überrascht‹, wandte sich seine Führerin an ihn. Sie hatte sein Erstaunen und seine neugierigen Blicke wohl bemerkt.

›Ich weiß, dass die Fanggen die Wälder ihr Heim nennen, aber dass es so viele sind, die sich hier versammelt haben, hätte ich nicht vermutet.‹

›Die Lehrzeit des Sommers ist vorüber. Da waren hier sogar noch mehr Adepten und Eleven untergebracht‹, antwortete Siebenblatt, während sie ihren Weg auf dem Pfad fortsetzten. ›Die Schritte durch den Herbst bemerkt man kaum und schon steht der Winter vor der Tür. Wir legen Vorräte für die kalte Jahreszeit an. Obwohl ich zugeben muss, dass in diesem Tal selten ein harter Forst regiert. Nicht nur die Dunkelmure stößt einen warmen Atem aus, wie Ihr sicher schon bemerkt habt. Noch etwas trägt dazu bei, und das möchte ich Euch zeigen.‹

Sie stockte für einen Moment.

›Eigentlich sind es ja drei Dinge, wenn man so will, aber Ihr werdet schon sehen.‹

Finn machten ihre Worte neugieriger, als er sowieso schon war.

Sie blieb vor einer Hütte stehen und zeigte auf den Eingang.

›Vorerst möchte ich Euch diesem Haus zuteilen. Es soll Eures sein, während Ihr mein Gast seid. Es wird Euch Schutz für die Nacht sein. Morgen müsst Ihr dieses Tal wieder verlassen.‹

Finns fragenden Blick hatte sie bemerkt.

›Wundert Euch nicht. Von Zeit zu Zeit lehren wir zwar auch Männer, die dann ihre Zeit mit uns verbringen, da sie auf ihre Verschwiegenheit geschworen haben. Aber die Menschen aus den Landen ringsum können hier nur Helfer sein. Dieses Tal dient einem anderen Zweck.‹

›Ich nehme an‹, sagte Finn, ›dass Ihr auf etwas anspielt, das Ihr mir zeigen wollt.‹

›Ganz recht‹, antwortete sie. ›Und da wir den Tag nutzen wollen und noch etwas Weg vor uns haben, wollte ich Euch vorab Eure Unterkunft zuweisen. Hierher werden wir nach einer kleinen Wanderung zurückkehren. Dann könnt Ihr Euch ausruhen und für den Abend vorbereiten. Nach dem Essen stehen die Zeiten gut für ein weiteres Anliegen, das ich Euch zeigen möchte. Seid Ihr bereit?‹

Finn stimmte zu und Siebenblatt zeigte nach Süden auf das Ende des Tals.

›Seht Ihr die hohe Spitze, die dort einsam thront?‹

›Sie kommt mir bekannt vor‹, antwortete Finn. ›Kann es sein, dass ich sie auf Felsmalerei der Ahnen gesehen habe?‹

›Gut beobachtet«, sagte sie. ›Es ist der Frostdorn. Die südlichste und zugleich höchste Zinne des Klauengebirges. Es ist nicht weit durch Wald und Wiese. Dorthin werden wir nun gehen, um uns an seiner Flanke etwas anzuschauen.‹

Mit Bewunderung musterte Finn die ferne Spitze, denn nicht nur die Ansicht war ungewohnt. Ihn beschlich eine Beklemmung. Der Frostdorn sah aus dieser Perspektive aus wie die Klaue eines Bären. Und auf der Kron blitzte eine eisbedeckte Spitze im Sonnenlicht. Siebenblatt winkte, ihr zu folgen, und ging voran. Sie nutzten den Weg zwischen den Hütten hindurch. Die Frauen, an denen sie vorbeikamen, grüßten weiter freundlich, aber Finn war sich sicher, dass sie ihn mit genauso wachsamen Augen musterten wie er sie.

Waldstücke und kleine Lichtungen wechselten einander ab, als sie zügig voranschritten und nach einer Stunde hatten sie die Ausläufer der Berge erreicht. Ein ausgetretener Pfad wand sich an der Flanke des Frostdorn hinauf, doch weit mussten sie nicht aufsteigen. Als sie über eine kleine Kuppe kamen, erkannte Finn, was Siebenblatt ihm zeigen wollte.

Von kleineren Bergspitzen umringt lag nach Süden ein Talkessel, in dem das Wasser eines mächtigen Teichs glitzerte. Fast den gesamten Kessel füllte die kreisrunde Wasserfläche aus, und bald erahnte Finn, was er da vor sich hatte, aber er hielt sich zurück.

›Ich wollte Euch zeigen, was Euch das Leben angenehm macht und für die milden Winter rund um Nortborg verantwortlich ist‹, erklärte Siebenblatt. ›Seht den Quelltopf, der wie die Dunkelmure aus den Tiefen der kraftvollen Erde gespeist ist. Er ist nicht nur Euer Segen, sondern das Rückgrat all meines Schaffens von hier bis zur Küste.‹

Finn war beeindruckt, hatte er von der sagenumwobenen Quelle doch nur aus Erzählungen der Ältesten gehört. Er blickte über die wallenden Fluten, wie sie aus einem unergründlichen Schlund hervorquollen. Direkt nach Süden lag ein Bruch in der Kammlinie der Bergketten und dort floss das Wasser unaufhaltsam aus dem Trichter ab.

›Ich verstehe‹, sagte Finn, während er aufmerksam die Uferlinie und die umstehenden Bergketten musterte. Er erkannte, wie der Pfad sich an der anderen Seite der Kuppe herunterschlängelte, sich dann um den Quelltopf wand, um zuletzt in der Ferne neben dem Bergbruch zu verschwinden.

›Ich danke Euch für Eure Offenheit. Ihr zeigt mir die Quelle und glaubt nicht, dass mir Wald und Biest entgangen sind, wie sie Euch grüßen, wenn Ihr nur vorbeischreitet. Gebt zu, Ihr selbst seid die Macht, die dies alles zusammenhält.‹

›Ihr habt gut beobachtet und zieht die richtigen Schlüsse‹, antwortete Siebenblatt. ›Nicht dass ich es anders erwartet hätte. Dann habt Ihr zwei der drei Dinge gesehen, die ich Euch zeigen wollte. Das letzte Element soll sich Euch heute Nacht erschließen. Doch zuerst, schaut her.‹

Sie kniete sich an den Wegesrand und hielt ihre Hände über ein Pflänzchen Löwenzahn, das dort im kargen Boden auf der steinigen Kuppe seinen Kampf ums Überleben ausfocht.

In den ersten Sekunden war wenig mehr zu sehen, als dass sie ihre Hände schützend über das Grün breitete. Doch schon bald wollte Finn seinen Augen nicht trauen. Siebenblatt fixierte die Pflanze mit ihrem Blick, und je länger sie sich konzentrierte, desto größer wurden die Blätter. Sie zogen sich in die Länge und zeigten bald frisches Grün. Dann wuchs der Stängel eines Blütenstands empor und schon musste sie ihre beschwörende Geste öffnen, so schnell ging die Blüte zwischen ihren Händen auf. Nach nur mehr ein paar weiteren Momenten war die Pflanze so hoch gewachsen, man hätte sie mit einer Sonnenblume verwechseln können.

›Dann seid Ihr es und dazu das für mich Unbegreifliche im Boden und in allen lebenden Dingen‹, schloss Finn.

›Dieses Grün soll Euch eine Ahnung verschaffen von dem, was sich heute Nacht zutragen wird‹, antwortete Siebenblatt. ›Und ja, Ihr folgert zu Recht, dass der Funke des Lebens der dritte Teil ist. Doch etwas muss ich richtigstellen, da ich glaube, Ihr irrt Euch doch, was die zwei anderen Dinge betrifft.‹

Finn bemühte sich, seine Unruhe zu verbergen, da ihn die Macht, mit der die Herrin der Wälder hervorgetreten war, schwer beeindruckt hatte.

›Ich bin es wahrlich‹, sagte sie, ›und der Stein, den ich bei mir trug und der Euch den Weg aus der Dunkelheit gewiesen hat.‹

›Wie ist sein Name?‹, fragte Finn geistesgegenwärtig.

›Fogamar‹, antwortete sie und das war unbedacht.«

Hafen der Geister

Das Feuer des Strandlagers war lange heruntergebrannt und kalte Asche füllte die Mitte der Mulde aus, über der noch am gestrigen Abend wärmende Flammen tanzten. Der Morgen weckte Yana mit einem kalten Gruß aus feuchter Luft, mit der die See über den Strand blies. Sie spürte es mit jeder Faser ihres Körpers, diese Luft hatte einen Wetterwechsel im Gepäck. Das gab ihr zu denken. War es nicht herrlich sonnig gewesen, als sie vom Meer an den Strand geworfen wurde? Selbst der Sand an dieser fremden Küste war über die Tage so hilfreich warm geworden, dass man sich darin hervorragend betten konnte. Doch Yana war nicht nur am Meer, sondern auch im Wald aufgewachsen. Sie wusste, wie der Herbst riecht, wenn er von den Bergen herabsteigt und mit seinen kühlen Nächten die Bäume zwingt, ihre Blätter abzuwerfen. Genau dieser Duft zog vom Waldrand her. Das machte sie unsicher. Sie haderte mit sich, ob sie ihrem Gastgeber noch seltsamere Fragen stellen sollte. Auf einmal war sie sich nicht mehr sicher, ob es wirklich noch Sommer war oder ob bereits der Hebst regierte und nur ein paar letzte warme Tage im Gepäck hatte. Doch sie zog es vor, sich keine weitere Blöße zu geben, und so beließ sie es bei ihren Vermutungen. Aelvar hatte seine Hilfe angeboten, und das war vorerst mehr, als sie erwarten konnte.

Er hatte sie länger schlafen lassen, denn er saß schon auf dem Stein, auf dem er auch am Vorabend gesessen hatte, und hantierte an seinem Rucksack. Es war bereits so hell, dass Yana ihn dabei beobachten konnte. Sie zog es vor, nicht gleich aufzustehen, und blieb unbeachtet liegen, was auch daran lag, dass es unter der Decke zwar bequem war, aber ihr schmerzten die Knochen. Nicht nur das Wetter, sondern auch das ungewohnte Schlafen unter freiem Himmel machten sich bemerkbar.

Er ordnete seine Sachen, packte alles zusammen, und am Ende begann er, mit einem kleinen Wetzstein sein Messer zu schärfen. Es dauerte nicht lange. Er arbeitete schnell und gewissenhaft. Dann war er zufrieden, steckte das Messer weg und fuhr sich noch einmal prüfend übers Kinn. Yana nahm an, er hatte seine Morgentoilette bereits hinter sich und war mit dem Rasieren fertig. Gleich würde er Yana aufwecken.

Sie schlug die Decke zurück.

»Danke, dass Ihr mich so freundlich aufgenommen und bewirtet habt.«

Er schaute für einen Moment überrascht. Wahrscheinlich überlegte er, wie lange sie schon wach lag und ihn beobachtet hatte.

»An diesen Küsten muss man zusammenstehen«, erwiderte er und verneigte sich knapp.

»Verzeiht mir, wenn ich Euch nur ein wenig harten Zwieback zum Frühmahl anbieten kann, aber wir wollen den Tag nutzen, sonst kommen wir nicht weit. Für die Jagd ist es sowieso schon zu spät. Ihr wollt meinen Zeitplan doch nicht gänzlich durcheinanderbringen?«

»Keinesfalls«, sagte sie. »Ich stehe schon tief genug in Eurer Schuld.«

Er warf ihr einen Beutel mit Hartgebackenem zu. Während sie ein paar der trockenen Ecken kaute, überlegte sie, was er denn meinte, jagen zu müssen, so früh am Tag. In der Dämmerung war dies doch kaum möglich. Und dass sowohl er als auch Yana noch einen weiten Weg vor sich hatten, war ihr wohl bewusst.

Sie stand auf und machte sich bereit. Er ließ sie für einen Moment in Ruhe und sie entfernte sich ein Stück vom Lagerplatz. Sie wusch sich mit dem klaren Wasser des kleinen Bachs, der durch die Mitte der Sandbucht floss, und kehrte danach voller Tatendrang zurück.

Er hatte schon alles gepackt und trug die Laute und den Rucksack mit der fest verschnürten Decke auf dem Rücken. Mit dem Bogen in der Hand schaute er Yana aufmunternd zu, ob sie bereit war, ihm zu folgen.

Da entdeckte sie eine weitere Schnur, die über seiner Schulter lag und daran war eine nicht besonders lange hölzerne Röhre aufgehängt, die ihm gleich über der Hüfte baumelte. Wie eine dünne, längliche Trommel erschien sie Yana. Das Seltsame daran war der Deckel, der die Röhre verschloss, denn er hatte viele kleine Löcher.

Ihr Blick war auf das eigenartige Gefäß fixiert, da es ihr am Abend zuvor nicht aufgefallen war. Es musste hinter einem Stein im Sand gelegen haben. Aelvar bemerkte ihren fragenden Blick.

»Ich hätte Euch wohl besser mit meinem Begleiter bekannt gemacht«, sagte er. »Diese Trommel aus feinster Erle ist das Haus von Holler, meinem Jagdgefährten und treuem Freund seit vielen Jahren.«

Yana wich erstaunt zurück und meinte schon, Aelvar wollte ihr einen eingebildeten Kameraden vorstellen. Doch er öffnete das Band, mit dem der löchrige Deckel verschnürt war, und windschnell, wie die Schwalbe fliegt, huschte ein hellbraunes Leben in seine Hand. Schon in der nächsten Sekunde war der Schatten weiter auf seine Schultern gerast, sodass Yana kaum mit den Augen folgen konnte. Sie musste laut lachen, und es war gleichfalls Schreck und Freunde über das kleine Wesen, das ihr von Aelvars Schulter entgegenblinzelte.

»Auch Holler wünscht Euch einen guten Morgen«, sagte Aelvar. »Nachdem er gestern so erfolgreich für unser Nachtmahl gesorgt hat. Glücklich kann sich jeder schätzen, der solch einen erfahrenen und treuen Beutegreifer sein Eigen nennt. Und bevor Ihr ihn beleidigt, möchte ich Euch helfen und erklären, dass er aus der Familie der Hermeline stammt und ganz sicher kein Verwandter der streunenden Frettchen oder der stinkenden Iltisse ist. Nein, Holler ist vom königlichen Stamm der großen Wiesel, und auch wenn sein Fell die braunen Flecken des frühen Herbstes zeigt, so braucht man nicht mehr lange warten, dann wird er sein schneeweißes Kleid des Winters anlegen und selbst an blendhellen Tagen ein sicherer Jäger in der gefrorenen Landschaft sein.«

Da erkannte Yana, was ihr Begleiter gemeint hatte, wenn er von der Jagd in der Dämmerung sprach. Nicht er hatte mit Pfeil und Bogen für das Kaninchen zum Abend gesorgt, sondern das herbstlich gefleckte Großwiesel, das nun auf seiner Schulter saß und sie mit wachen Knopfaugen musterte. Seine spitze Nase schnüffelte nervös hin und her und man erkannte am aufgeplusterten Fell, dass es sich schon auf den Fellwechsel zum aufkommenden Winter vorbereitete. Sie hatte schon davon gehört, dass manche Jäger mit einer solchen Hilfe, viel Erfahrung und einer passenden Taktik leichte Beute machen konnten. Aber nie hatte sie ein gezähmtes Hermelin aus der Nähe gesehen. Tatsächlich war die alte Art, auf diese Weise zu jagen, in Vergessenheit geraten und nur noch aus Geschichten bekannt.

»Holler ist schon viele Jahre in meinen Diensten«, führte Aelvar aus und streichelte dabei dem kleinen Jäger über das Fell. »Der Trick ist es, ein gerade entwöhntes Marderkind im Frühjahr in eine Falle zu locken, wenn es seine ersten Ausflüge in die Umgebung macht, dann kann man es am leichtesten an die eigene Hand gewöhnen und nur in die Hand seines Meisters wird es immer wieder zurückkehren.«

Das war Yana neu, aber sie wusste aus den Erzählungen, wie man mit den schlanken und wendigen Jägern Beute machte. Sie wurden einfach vor den Bau eines Kaninchens gesetzt und suchten sich dann ihren Weg durch die Tunnel, bis sie alle Bewohner aufgescheucht hatten, damit ihr Herr die Hatz an den Ausgängen abfangen konnte. Man musste nur verhindern, dass sie sich in die Beute verbissen, aber bestimmt hatte Aelvar für seinen Freund einen ebenso kleinen wie feinen Maulkorb parat.

»Ihr habt ihn mir gestern nicht vorgestellt.«

Yana war entzückt von dem flinken Tier.

»Und Ihr habt ihn nicht an unserem Festmahl teilhaben lassen.«

»Ganz im Gegenteil«, erwiderte Aelvar. »Jedes Wildbret muss man aus der Decke schlagen und dann das Innere entnehmen. Letzteres ist ein Festmahl für jedes Wiesel. Er hatte bereits gespeist.«

Unwillkürlich streckte Yana die Hand nach dem regsamen Jäger aus. Aelvar wollte sie schon stoppen, doch plötzlich hielt er inne. Sein Arm fiel herab, als er bemerkte, dass Holler sich neugierig nach Yanas Hand streckte.

Sie hielt ihm den Arm hin, und so schnell, dass man wieder kaum folgen konnte, war er zu ihr übergewechselt. Er turnte über ihre Schultern und an ihrer Jacke auf und ab, als hätte er nie etwas anderes getan.

Aelvar erstarrte mit erstauntem Gesicht. Dann verfolgte er mit einem seltsamen Blick das Geschehen. Schließlich wurde aus Zweifel Freude und er begann lauthals zu lachen.

Yana brauchte sich nicht lange zu wundern.

»Hab ich's doch geahnt«, rief er aus. »Ihr seid eine Fee.«

Sie schüttelte ungläubig den Kopf.

»Noch nie hat Holler mit einem Fremden so schnell Freundschaft geschlossen. Ihr seid wahrlich etwas Besonderes, sonst wäre er mir unter das Hemd gekrochen, schon bei Eurer ersten Geste.«

Schnell griff er nach dem kleinen Freund und steckte ihn zurück in die hölzerne Trommel. Fast kam es Yana vor, als wäre er eifersüchtig.

»Ich bin sicher«, sagte sie beschwichtigend, »dass ich nicht von den Geistern abstamme.«

»Nur weil es Euch bisher niemand gesagt hat, wie könnt Ihr da sicher sein?« Er verschloss die Tür zu Hollers Behausung und zog sich die Jacke glatt. »Dann seid Ihr zumindest ein Kind der Wälder, sonst hätte sich mein kleiner Freund fürchterlich in Euch getäuscht.«

Sie dachte nach, aber dazu fiel ihr nichts ein und eine ernüchternde Stille entstand.

»Lasst uns aufbrechen«, sagte Aelvar abrupt und wandte sich ab. »Ich werde einen strammen Schritt vorgeben. So können wir den Tag gut nutzen. Wenn es zu schnell geht, meldet Euch rechtzeitig.«

Sie nickte und folgte ihm bereitwillig über den Strand in Richtung Norden.

Er legte tatsächlich ein gutes Tempo vor. Wenn Yana durch die spielerischen Rennen mit ihrem Bruder nicht so oft und viel gelaufen wäre, hätte sie vielleicht schon bald die Segel gestrichen, aber so kamen sie ohne Unterbrechung voran.

Während sie wanderten, machte sie sich Vorwürfe. Es fühlte sich an, als wäre sie mit Aelvar längst nicht so ehrlich gewesen wie er mit ihr. Sie hatte ihn alles fragen können und er hatte von sich erzählt und ihr jegliche Hilfe angeboten. Das konnte Yana von sich gerade nicht behaupten. Sie hatte es nicht gewagt, von ihrer eigenen misslichen Lage zu erzählen, geschweige denn hatte sie es über die Lippen gebracht, was sie tief im Innern beschäftigte. Es war Wissen und Unwissen gleichermaßen.

Es war klar, dass ein böses Unwetter die Windfolger vernichtet und womöglich ihre gesamte Mannschaft auf dem Gewissen hatte. Alle, bis auf Yana. Sie wusste es nicht mit Sicherheit, aber genau das konnte der Fall sein. Sie war die einzige Überlebende und der unbarmherzige Gott des Meeres hatte das Schicksal von Tore Ohmdahl und seinen Männern besiegelt, indem er sie für alle Zeiten an seinen Hof gerufen hatte. Selbst das wagte sie sich kaum einzugestehen und erst recht nicht laut auszusprechen, denn die Zeiten, in denen die Völker des Nordens noch an die vielen Götter aus Himmel und Wildnis geglaubt hatten, waren längst vorüber. Yana kannte sie nur noch aus Sagen der Altvorderen, die man sich zum Zeitvertreib an den Feuern des Winters erzählte. Schon weit vor ihrer Geburt hatten die Missionare mit ihren unnachgiebigen Reden und entschlossenem Glauben die Menschen zu dem einen Gott bekehrt. Aber auch wenn in jedem Dorf bald eine Kirche stand, und war sie auch noch so klein, so ganz war das alte Wissen um den Zusammenhalt der Welt noch nicht verloren gegangen. Gern hätte Yana die Meinung ihres Begleiters dazu erfahren, aber auf der Wanderung verhielt er sich zwar freundlich, jedoch ansonsten seltsam wortkarg.

Sie quälte sich mit der Hoffnung, dass vielleicht noch jemand aus der Mannschaft es ebenso wie sie an die Küste geschafft hatte. Und das war der nächste Punkt, der drängende Fragen aufkommen ließ. Wieso hatte es gerade sie an die Küste gespült, und vor allem, was war passiert, dass sie daran kaum eine Erinnerung hatte? Ganz im Gegenteil, alles, woran sie sich erinnerte, war hochgradig verwirrend. Über all das hätte sie gern mit Aelvar gesprochen, aber irgendwie spürte sie, vorerst war es zu spät dafür.

Nach einer Stunde wurde die Küste steiniger und sie mussten sich einen Durchgang zwischen den größten Felsen suchen. Er schien den Weg mit traumwandlerischer Sicherheit zu kennen.

Dann stieg das Ufer merklich an und wurde immer wieder von den Ausläufern bewaldeter Hügel unterbrochen. Mal gingen sie über ein Felsplateau, mal führte ein schmaler Trampelpfad unter windschiefen Küstenkiefern entlang.

Schließlich gelangten sie an ein Kliff und Aelvar blieb abrupt stehen. Er hielt Yana an der Schulter zurück, denn der Boden fand ein jähes Ende und aus dem Tann heraus konnten sie eine weite Bucht überblicken. Im Nordwesten lag das, was einst eine ausgedehnte Stadt gewesen war. Genaues konnte man nicht erkennen, denn über die Jahrzehnte hatte sich der Wald vieles zurückgeholt. Aber die Hafenanlagen und Uferbefestigungen waren noch sichtbar und dahinter ragten in den Straßenzügen unverkennbar Ketten von Ruinen hervor.

Yana sah Nortborg zum ersten Mal. Noch nie war sie so weit im Norden gewesen. Sie war erstaunt über die Größe der alten Seestadt.

Sogleich stellten sich ihr die Nackenhaare auf. Nicht nur der unübersehbare Verfall ließ sie erschauern. Auf dem Hügel, der die Bucht überragte, thronte auf der Kuppe ein düsteres Kastell. Was man aus der Ferne den Ruinen ansah, war der fortgeschrittene Verfall. Es sah aus, als hätte man das Herrenhaus geschleift, noch bevor Wind und Wetter ans Werk gegangen waren.

»Das war einst der größte Hafen des Nordens«, erklärte Aelvar. Er schaute dabei geradewegs auf die Ruinen und Yana kam es so vor, als würde er gar nicht zu ihr sprechen, ja noch nicht einmal ihre Aufmerksamkeit suchen.

»Als die Wälder noch licht waren und die Menschen sorgsam und bedacht im Umgang miteinander und ihrem Wirken in der Welt, gab es dort unten mehr Häuser und Herde als irgendwo sonst in diesen Weiten. Der Hafen war voller Schiffe und sie kamen von überallher und fuhren Tag für Tag aus, an die andere Seite des Ostmeeres, um den Reichtum aller zu mehren.«

Yana versuchte, in seinem Gesicht zu lesen, aber es fiel ihr schwer, da sie neben ihm stand. Doch sie bemerkte, wie sich zwischen seinen Worten die Lippen verhärteten. Sie hielt die Stille.

»Auch wenn die Zeiten längst vergangen«, fuhr er nach einer Weile fort, »etwas lebt doch fort.«

»Ihr meint, dort lebt noch etwas?«, fragte sie. »Nichts regt sich dort unten und ich sehe keinen Rauch aufsteigen. Sieht aus, als gäbe es hier nur Verfall. Irgendwann hat sich der Wald alles zurückgeholt.«

»Das war es nicht, was ich sagen wollte«, unterbrach er sie. »Der Jarl aus den alten Geschichten hat ein ungutes Erbe hinterlassen.«

»Ihr meint den Fluch, der über Finn und sein Haus gefallen ist?«

Er wandte sich ihr zu.

»Ist das nicht der Grund, warum die Menschen Nortborg verlassen haben? Es heißt, der Ort sei verflucht, seit Finn das Unglück nicht nur über sein Haus, sondern über das ganze Land gebracht hat.«

»Uns hat man immer gesagt, es hätte nur an dem Wetter gelegen. Die Winter rollen immer heftiger aus dem Norden herab und die Rotflut ist versiegt. Der Hafen friert zu, und zwar so stark, dass sich in der kalten Zeit die Eisschollen türmen.«

»Und Ihr meint, das eine hat mit dem anderen nichts zu tun?«

»Aber das sind Märchen«, erwiderte sie. »Nichts als Sagen aus der Zeit, als noch viele Götter beschworen wurden.«

»Wenn das so wäre, hätte ich meinen Beruf verfehlt.«

Da war es wieder, dieses schwer zu deutende Lächeln, das für einen Augenblick über sein Gesicht huschte.

»Ohne Geschichten und Lieder, was würden die Menschen machen? Nur arbeiten und schlafen?«

Sie ließ die Frage unbeantwortet. Es war, als brauchte er keine Antwort.

»Ich muss Euch gehen lassen«, sagte er stattdessen resolut. »Mein Weg führt an der Stadt vorbei. Ich habe noch einige Dinge zu erledigen.«

Sie runzelte die Stirn. »Ihr wart sehr freundlich zu mir. Zeigt mir doch den Weg bis auf die alte Nordstraße, dann seid Ihr mich los.«

»Entschuldigt«, schob er hastig ein. »Ich wollte Euch nicht beleidigen. Folgt mir bis an die Ausläufer der Stadt. Dort, wo die Küstenpfade enden, werde ich mich von Euch verabschieden.«

So kam es. Sie verließen die Klippen und wanderten in einem Bogen nach Westen. Aelvar half ihr, wann immer der Abstieg schwierig wurde. Er reichte ihr die Hand und stützte sie, wenn es über gefallene Baumstämme und Abhänge ging. Was Yana wunderte, war nicht nur die Sicherheit, mit der er sich zurechtfand, sondern ebenso die Leichtigkeit, mit der er sich bewegte. Auf steinigem Untergrund lief er ohne einen einzigen Fehltritt und leise wie kaum jemand, den sie kannte. Selbst unter den Kiefern machten seine Schritte so gut wie kein Geräusch. An sich wäre das bei dem Nadelfilz keiner Erwähnung wert, doch bei ihm knackte nicht einmal das kleinste Ästchen.

Unweit der Klippen hatten sie bald einen Talgrund erreicht. Hier erkannte Yana die großen Felsplatten, aus denen man einst die Straße gefertigt hatte. Jetzt waren kaum mehr als moosbedeckte Flächen zu sehen, an deren Rändern das hohe Gras wucherte.

Zu ihrer Rechten standen die Überreste der Wohnstätten an den Ausläufern der Stadt. Was noch sichtbar war, hatten Efeu und Moos wild überwuchert und überall breitete sich ein Teppich aus gefallenem Laub aus.

Die meisten Dächer der Hütten, die man gerade noch ausmachen konnte, waren eingefallen, die

Vorgärten verwildert. Da zudem an vielen freien Plätzen hohe Bäume in den Himmel geschossen waren, lag alles im Halbdunkel unter einem Blätterdach, als hätte jemand die Hütten inmitten eines verwunschenen Waldes gebaut.

Das Grün, das Yana von überall entgegenschimmerte, war überwältigend und es überdeckte den darunter liegenden, weit fortgeschrittenen Verfall. Und doch hatte sie den Eindruck, dass sich die alte Stadt den Überwurf aus frischem Leben nur zugelegt hatte, um die Zeiten besser zu überstehen. Unter der Oberfläche lauerte etwas, das ihr schon beim Anblick der an sich harmlosen Ruinen eine Gänsehaut verschaffte.

»Nun denn«, forderte er sie auf. »Hier könnt Ihr entscheiden, ob Ihr über die Straße zurück nach Süden geht oder ob Ihr Euch in der alten Seestadt umschauen wollt, bevor Ihr auf den langen Weg nach Hause geht. Vielleicht findet Ihr doch Hilfe und Schutz an einem Feuer. Ich vermute, mit Begleitung und ein bisschen Verpflegung würde Euch die Reise leichter fallen. Es tut mir leid, dass ich dies nicht leisten kann, aber es liegt über meinen Möglichkeiten.«

Erst als Aelvar dies erwähnte, erinnerte sie sich an die letzten Worte des gestrigen Abends, als sie am Feuer allzu schnell eingeschlafen war.

»Meint Ihr wirklich, dass sich jemand in diesen Ruinen eingerichtet hat?«

»So wurde mir zumindest berichtet.«

Sie schaute noch einmal den überwucherten Pfad hinunter, der sich bald in dunkelgrünen Schatten verlor.

»Das möchte ich auf keinen Fall wagen«, sagte sie, und es klang so entschlossen, wie sie es meinte. »Wer weiß, was und vor allem wer mich dort erwartet. Nicht jeder ist so freundlich und zuvorkommend wie Ihr.«

Er verneigte sich dankend nach dem Kompliment. »Dann ist es beschlossene Sache. Euer Weg wird nicht weiterführen und Ihr kehrt als das nach Sandbak zurück, als das Ihr gegangen seid.«

Für einen Moment machte die seltsame Formulierung sie unsicher, aber dann drängte sich das zurück, was sie schon lange ausdrücken wollte. Aus Dank breitete sie ihre Arme aus und trat ganz nah an Aelvar heran, um ihn zu umarmen.

Er schien nicht wirklich überrascht, aber er erstarrte förmlich unter ihrer Geste.

Sie konnte es selbst kaum erklären, dass sie sich dazu hinreißen ließ, denn sie kannte ihn zu kurz, um zu beurteilen, ob er das Vertrauen wirklich wert war. Das war sonst gar nicht ihre Art. Während sie ihm über die Schulter schaute, überlegte sie, dass es wohl an der sonderbaren Situation lag, in der sie sich seit dem Schiffbruch befand.

Als sie ihm ganz nah war, konnte sie ihn riechen und das ließ ihre Umarmung länger ausfallen, als sie es vorgehabt hatte. Sie nahm wahr, was ihr noch nie an einem Mann, ja noch nicht einmal an irgendeinem Menschen aufgefallen war. Seine Haut roch wie das Holz einer Kiefer, das die Sonne erwärmt hatte, und sein Haar und die Kleidung verströmten einen Geruch von Laub und Moos in einem Maße, dass es ihr schwerfiel, zu glauben, sie umarme ein menschliches Wesen. Doch sie konnte ihn und sein Leben unter der Haut spüren und so schien er ihr nicht wie ein wandelnder Ableger eines Baums. Ihr kam es vor, als wäre er geradewegs aus der Erde geboren.

Sie wich verwirrt zurück, nur um zu bemerken, wie sich ihre Wangen erwärmten.

Für einen Moment war Stille und Aelvar musterte sie mit einem kaum zu deutenden Blick.

»Ihr seid etwas Besonderes«, wiederholte er, doch diesmal klang es nach Abschied. »Und Ihr habt eine schöne Stimme. Ich kann es schließlich beurteilen.«

Yana war über die Komplimente erstaunt. Im selben Moment wurde ihr bewusst, dass er die Nähe der Umarmung ebenso wie sie genutzt haben könnte, sich ihr nicht nur nahe zu fühlen, sondern sie auf eine ganz besondere Art einzuschätzen.

Er grüßte noch einmal freundlich und ohne ein weiteres Wort wandte er sich gen Westen dem Wald jenseits der Stadt zu. Dann verschwand er, so leichtfüßig, wie sie ihn kennengelernt hatte, im Dickicht unter dem schützenden Dach der Bäume.

Vor Jahr und Tag

Grossmutter Wila kniff die Augen zusammen und bemühte sich, in den Schatten von Litos Schlafnische zu erkennen, ob der Junge schon eingeschlafen war. Die Flammen des Hausfeuers machten es ihr nicht einfach, da die Scheite in dunkler Glut schimmerten und kaum noch helles Licht verbreiteten.

»Ich werde ein letztes Mal für diese Nacht Holz auflegen«, flüsterte sie Yana zu. Bei ihr war sie sicher, dass sie der Geschichte bis hierhin aufmerksam zugehört hatte. »Dann könnt ihr euch in aller Ruhe euren Träumen hingeben.«

»Ich hab dich gehört«, rief Lito dazwischen, da war Wila noch nicht ganz aufgestanden. »Und ich bin noch wach. Du kannst ruhig weitererzählen. Jetzt will ich wissen, was mit Finn im hohen Norden passiert ist, und vor allem, was das letzte Geheimnis ist, das Siebenblatt ihm zeigen wollte.«

Die Großmutter schüttelte den Kopf, und Yana meinte zu hören, wie sie mit ihrer tiefen Stimme in sich hineinlächelte. Sie ließ sich nicht davon abhalten, eine Pause einzulegen und in aller Ruhe die Feuerstelle mit frischem Holz zu versorgen. Dann kam sie auf ihren Platz zwischen den Betten zurück.

»Ihr seid beide müde«, stellte sie fest. »Das spüre ich, und ihr habt euch den Schlaf redlich verdient. Die Geschichte von Finn und wie er zu dem geworden ist, wie man ihn in unseren Landen kennt, will ich euch nicht vorenthalten. Schließlich wird er nicht umsonst Bergkönig als auch Fluch des Nordens genannt. Aber heute ist es tatsächlich schon spät geworden, ich werde euch noch das Ende von Finns wundersamer Reise und seinem Besuch bei der Macht der Wälder erzählen. Was danach passiert ist, war nicht weniger schicksalhaft, wenn auch die Vorzeichen andere waren, aber das wollen wir uns für morgen aufbehalten.«

»Na gut«, hörte Yana ihren Bruder zustimmen, und es klang so, als hätte die Müdigkeit ihn so oder so bald übermannt. Aber im Gegensatz zu Lito wusste sie, wohin die Geschichte gehen würde, und der Teil, der ihm nun bevorstand, war auch Finns Prüfung gewesen. Vor allem wollte sie wissen, was die Großmutter von all dem preisgeben würde.

»Finn war beeindruckt«, begann Wila, nachdem sie es sich auf ihrem Hocker an der Wand bequem gemacht hatte.

»Nach seinem Besuch am Quelltopf der Rotflut führte Siebenblatt ihn zurück in die Siedlung der Fanggen. Es war schon Nachmittag, als sie auf der Wiese vor dem Haus ankamen, das Finn zugewiesen war. Dort hatte man ihm ein Mahl bereitgestellt, damit er sich erfrische, denn es war noch Zeit bis zum Abend zu verbringen. Man wies ihm einen Platz in der Hütte zu, auf dass er sich ausruhen möge.

Was die Fanggen zubereitet hatten, kam ausschließlich aus den Wäldern ringsum, und zu trinken gab es nichts als reines Quellwasser. Die Beeren und Nüsse waren schmackhaft, und das Brot, welches man aus frisch gemahlenem Korn gebacken hatte, war außerordentlich nahrhaft, sodass Finn keinen Mangel spürte. Wenn ihm auch das eine oder andere Teil von Wildbret gutgetan hätte, weil er es gewohnt war. Aber er wollte nicht unhöflich sein und hielt sich zurück. Letztlich war es ein Omelett aus Eiern, das seine Zunge doch noch verwöhnte, wenn er auch überlegte, welche Eier die Fanggen wohl dafür benutzt haben mochten.

Er wollte schon eine der Frauen fragen, die den Tisch vor seiner Hütte abräumten, doch sie kam ihm zuvor. Ganz sicher hatte sie seinen fragenden Blick bemerkt.

›Ihr wundert Euch bestimmt, wofür wir das Geflügel in diesem Tal halten‹, sagte sie. Sie war eine gertenschlanke junge Frau in einem Gewand, das an Siebenblatt erinnerte, jedoch nur die natürliche Farbe von Flachsleinen zeigte.

Finn tat überrascht.

›Die Enten geben uns ihre Eier und sie schaffen es in diesen Breiten weit besser über die Winter, als Hühner es könnten. Zumal wir keine Ställe bauen und diese Hütten nur bewohnen, um uns vor dem gröbsten Wetter zu bewahren. Die Gänse haben bei uns eine andere Aufgabe. Falls Ihr Euch wundert, sie sind es, die über uns wachen, wenn wir ruhen. Es gibt kein Tier, das besser hört und uns mit seinem Geschnatter warnt, sollten ungebetene Gäste dieses Tal betreten. Kein Hund könnte da jemals mithalten.‹

Da erkannte Finn, warum er die üblichen Haustiere, die in Nortborg gang und gäbe waren, hier nicht hatte finden können.

›Aber Katzen könntet ihr dennoch brauchen‹, sagte er zu der Frau. ›Sie würden euch die lästigen kleinen Krabbler vom Hals halten, damit sie euch nicht die Vorräte anknabbern. Doch auch Katzen habe ich hier noch keine gesehen.‹

Da lächelte die Frau nur verhalten.

›Auch diese sind hier nicht nötig‹, antwortete sie. ›Wir haben andere Mittel, Ihr werdet schon sehen. Wartet bis heute Abend. Wenn die Nacht hereingebrochen ist, werden wir auf dem großen Platz ein Feuer entzünden und Ihr seid unser Gast. Bis dahin ruht Euch aus. Im Haus hinter Euch findet Ihr eine Schlafstelle, um Euch zu erholen.‹

Sie wies ihm den Weg und Finn kam es vor, als würde sie keine Antwort mehr geben, aber auch kein weiteres Begehr zulassen. Er fühlte sich noch frisch und keinesfalls erschöpft von der Wanderung am Morgen, aber es war ihm, als würde die Frau darauf bestehen, dass er sich in die Hütte verzog und keinesfalls weiter im Tal herumlief.

Er respektierte den Wunsch und begab sich für den Nachmittag in das Haus. Im Inneren war es karg und bescheiden eingerichtet. Doch er fand ein Lager aus Decken und Stroh, und als er sich niedergelegt hatte, fand er es sehr bequem. Bald träumte er im Halbschlaf dahin und wartete, bis man ihn abholen würde.

Es war seltsam, denn kaum hatte er durch die kleinen Fenster gesehen, wie die Dämmerung einsetzte, wurde er wacher und wacher. Bald stand er auf und lief in der Hütte auf und ab. Etwas beschäftigte ihn und er konnte es auch benennen.

Die Kräfte, über die Siebenblatt verfügte, waren zwar beeindruckend gewesen, aber mehr noch hatten sie für Respekt gesorgt. Finn erkannte, dass diese Macht über den Funken des Lebens nicht nur etwas Besonderes war, sondern aus der Erde selbst zu kommen schien. Fast fühlte er, dass es etwas Eigenes und auf eine eigentümliche Weise etwas Selbständiges war. Wie ein lebendes Wesen, über das selbst Siebenblatt kaum ganz und gar befehlen konnte. Sie mochte es auslösen und kanalisieren, aber ob sie es in jeder Situation würde beherrschen können, darüber war er sich noch lange nicht sicher. Je mehr er seinen Gedanken freien Lauf ließ, desto mehr wandelte sich sein Respekt in Bedenken und dann waren es nur noch ein paar Schritte bis zur Angst.

Er nahm an, die Macht im Norden war zwar keine Zauberin und ganz sicher keine Hexe, aber auch wenn sie mit ihrer ureigenen Lebenskraft spielte, was konnte sie noch anrichten?

Niemand unterbrach an diesem Nachmittag seine Gedanken und so stieg seine Spannung, je näher der Abend rückte. Schließlich war es so weit. Mit einem Klopfen an der Tür meldeten sich die Helferinnen zurück und forderten ihn auf, ihnen zu folgen. Ihr Weg führte an den östlichen Rand der großen Wiese und dort lag ein weiter Platz aus flacher Erde, auf dem kein Gras mehr wuchs. In der Mitte waren lange Fichtenstämme für ein großes Lagerfeuer aufgestellt und bei seiner Ankunft waren die Frauen gerade dabei, das Feuer zu entzünden.

Bald fiel tiefdunkle Nacht über das Tal und die Flammen schlugen so weit in den Himmel, dass Finn kaum die Sterne ausmachen konnte, wie sie am Himmel funkelten, so mächtig war das Zelt aus loderndem Holz.

Er wollte glauben, es waren alle Fanggen, die sich an diesem Abend um das Feuer versammelt hatten, und er schätzte wohl bald hundert Teilnehmerinnen, die um den Platz standen. Sie sammelten sich, richteten sich aus und formten einen großen Kreis. Dabei hielten sie gehörigen Abstand von den brennenden Stämmen.

Das Ritual begann damit, dass einige Frauen in hellen Gewändern den Kreis der Anwesenden abliefen. Sie trugen Krüge mit einem Trank in die Runde. Ein paar hölzerne Becher hatten sie dabei und jeder bekam eine Füllung eingeschenkt. Vor aller Augen tranken die Teilnehmer den Becher bis auf den Grund aus. Als Finn an die Reihe kam, zögerte er für einen Moment. Er wollte fragen, was es mit dem Trank auf sich hatte, aber in diesem Moment fielen die Fanggen in einen monotonen Singsang, der einem auf- und abschwellenden Ton glich, der alle Körper auf dem Platz zu durchdringen schien.

Er setzte den Becher an und trank ihn leer. Schon nach den ersten Zügen schmeckte ihm das Getränk erstaunlich gut, denn es erinnerte ihn an Met aus seiner Heimat. Es war süßlich wie Wein aus Nektar und doch angefüllt mit einer Zahl von Kräutern, die er so noch nie genossen hatte. Es war erfrischend und belebend und gleichsam auf eine nie gespürte Weise nahrhaft.

Finn schaute im Kreis der Frauen auf und ab und er konnte hier und da ein bekanntes Gesicht ausmachen, von dem er meinte, es bereits einmal auf seinen Wanderungen gesehen zu haben, aber Siebenblatt konnte er nicht entdecken.

Bald hatte jeder Teilnehmer einen Becher getrunken und die Stimmen im Rund vereinten sich zu einem gewaltigen Chor, der durch das weite Tal tönte und von den Bergen widerhallte.

Finn konnte seine Spannung kaum im Zaum halten und blickte ruhelos hin und her, da scherten einige der Frauen aus dem Kreis aus und begannen, rund um das Feuer zu tanzen, als würden sie dem Takt einer seltenen Musik folgen. Sie ließen ihre Gewänder fallen und begannen sich ohne

Schutz vor den Flammen zu bewegen. Es war ein urtümlicher Tanz, den sie aufführten, und Finn erkannte, dass es nur Frauen in dunklen Gewändern waren, die zur Mitte liefen und sich auf diese Weise den Tönen hingaben. Die hell gekleideten Eleven verblieben im Rund und setzten ihren monotonen Gesang fort. Er erinnerte sich an die Bewegungen. So hatte der Tanz ausgesehen, den die Anführerin seiner Wandergruppe im Mondschein vollführt hatte.

Doch hier war etwas anders. Einen Takt hielten die Tänzerinnen gleichsam ein und die Bewegungen waren von einer so seltenen Schnelligkeit und Wucht, dass Finn schon vom Zuschauen ganz schwindlig wurde. Er stand wie gebannt und merkte bald, dass auch das Getränk sein Übriges tat. Er hatte sich immer für einen standhaften Trinker gehalten, der selbst nach ein paar Krügen nicht die Fassung verlor. Aber nun fühlte er seinen Körper glühen und in seinem Kopf stieg eine Leichtigkeit auf, als wollte er zum Himmel streben. Schon fiel er in den Rhythmus des Tanzes ein. So wiegten sich die Körper der Anwesenden vor und zurück, als würden sie von einer unsichtbaren Hand dirigiert.

Immer wieder fiel sein Blick nach außen, über die Wiese und bis an den Waldrand. Überall waren Tiere aus dem Dickicht gekommen, standen gebannt und folgten mit staunenden Blicken dem Ritual. Hirsche und Rehe, Wildschweine und Füchse, aber auch Hasen und Vögel jeder Art konnte er im flackernden Schein des Feuers entdecken. Ja, selbst zu seinen Füßen erblickte er Mäuse aus den Löchern unter den Hütten. Sie waren aufmarschiert, als wollten sie sich nichts von der Darstellung entgehen lassen.

Finn zuckte zusammen, als ein ungewohntes Geräusch aus dem Wald hinter der Feuerstelle erklang. Direkt am Rand des Platzes lag ein Hain aus Eschen, der mit seinen hellen Blättern glitzerte. Von dort klang ein Knacken und Brechen, ein Kratzen und Grollen heraus, dass ihm der Schreck den Magen zusammenzog.

Die Frauen neben ihm mussten damit gerechnet haben. Als er zusammenzuckte und schon fast aus dem Rund davonrennen wollte, hielten sie ihn mit festem Griff an Ort und Stelle.

Die Tänzerinnen hatten inzwischen einen furiosen Rhythmus erreicht, sodass er den Bewegungen kaum folgen konnte

Ungläubig riss er die Augen auf, als er erkannte, wie sich ein dunkler Umriss aus den Schatten unter den Eschen verdichtete, um sich langsam, aber stetig auf den Platz zu schieben.

Es war ein kolossaler Bär, der sich tapsend und hin- und her wiegend seinen Weg durch die Reihen der anderen Tiere suchte, geradewegs auf das Feuer zu. Alles Getier wich vor ihm zurück und die Umstehenden öffneten eine Lücke im Kreis, sodass er ungehindert bis in das Rund stapfen konnte. Außergewöhnlich dunkel, ja fast schwarz, war sein Fell. Schon ragte er wie ein riesiger Schatten vor dem Widerschein der Bäume auf.

Aber das war nicht das Wundersamste. Finn wollte seinen Augen nicht trauen, denn je näher der Bär dem Kreis der Fanggen kam, und erst recht, als er auf den Platz der Tänzerinnen gelangte, desto größer wurde er. Bald war er so hoch wie zwei Häuser und bewegte sich schwerfällig wie ein schlafwandelnder Riese. Doch er war nicht nur ein Schatten, seine Schritte blieben hörbar und der Boden bebte unter seinem Schritt.

Finn brach der Schweiß aus. Hätten die Fanggen ihn nicht gehalten, er hätte vor Angst Reißaus genommen.

In den Augen trug der Bär nichts als blauweiße Glut und keine Iris war erkennbar, als er seinen brennenden Blick durch das Rund der Anwesenden schweifen ließ. Die Nasenflügel bebten und sein Schnüffeln klang wie das Rauschen des Sturms. Nur noch ein paar Schritte waren es bis zum Feuer, doch seinen Kopf hielt er inzwischen so hoch, dass selbst die höchsten Flammen ihn nicht erreichen konnten. Sein Fell schimmerte vom Feuer erleuchtet und sein mächtiger Körper überspannte den gesamten Platz. Der Widerrist des gigantischen Tiers reichte inzwischen bis an die Sterne.

Der furchteinflößende Meister Petz war nicht der einzige Schatten, der aus dem Eschenhain die Nähe des Feuers suchte. Schon bald nach seinem Eintritt in das Rund flogen aus dem Wäldchen dunkle Formen in seinem Gefolge und umkreisten den Platz wie heimatlose Geister. Wieder und wieder sausten sie vor dem Schein der Flammen vorbei, und Finn meinte, er würde die Formen der seltsamsten Fabelwesen erkennen.

Vor seinen Augen tanzten muskulöse Tauren, wolfgesichtige Alvaren, sinnliche Sylphen, nixenhafte Undinen, eulenhafte Sirin und noch mehr Schemen, als er sie je würde benennen können.

Dann stieg der Bär ins Feuer, um ein Bad inmitten der Lohe zu nehmen. Es schien ihm nicht das Geringste auszumachen, sich ins Zentrum zu setzen und sich dann in dem flackernden Inferno aufzurichten, als wolle er gen Himmel grüßen. Die Flammen wandelten schlagartig ihre Farbe. Eine machtvolle Leere sog ihr Spektrum ins Nichts. Die wenigen Lichter, die noch in Tönen von Rot und Orange flimmerten, verpufften und stattdessen peitschte ein grelles Blau noch höher in den Himmel als zuvor.

Der Bär schlug mit seinen muskelbepackten Vorderläufen nach links und rechts, und brennende Stämme, Äste und Funken flogen wie irre Leuchtkäfer in die Nacht. Mit weit aufgerissenen Augen verfolgte Finn die scharfen Krallen, die seine Tatzen wie geschwungene Schwerter zierten. Sie blitzten im Licht von Blaufeuer und Sternen, als das gewaltige Tier die Arme über ihren Köpfen schwang. Der Bär war inzwischen so groß geworden, dass Finn meinte, gleich würde er das Firmament zerreißen.

Nicht eine brennende Fackel, nicht ein stiebender Funken erreichte die Versammlung der Umstehenden, niemand wurde auch nur berührt. Wie durch einen seltenen Zauber verging jedes Brennen und nach und nach wurde die mächtige Bestie kleiner und kleiner, so wie die Flammen im Zentrum schwächer wurden. Die kreisenden Schatten verdichteten sich und flogen in die Mitte, nur um sich mit allen anderen zu vereinen. Finn kam es vor, als würde das gigantische Tier das Feuer verzehren, und bald war da nur noch ein kleines Licht, das zuletzt verging und er erblickte die Strahlen des gerade aufgegangenen Mondes, wie sie den Platz in einen bleichen Schein tauchten. Aus der Schwärze im Zentrum trat Siebenblatt heraus und sie trug keinen Fetzen Stoff am Leib. Sie schritt geradewegs auf ihn zu und in ihrer rechten Hand hielt sie den glimmenden Kristall, mit dem sie Finn aus der Höhle geleitet hatte.

Wie ein Herz aus grüner Glut pochte tief in seinem Inneren ein Glanz im Takt ihrer Schritte. Als sie näher kam, erkannte Finn, dass ihre Haut schweißbedeckt war. Über ihren Körper glitzerten das kalte Licht des Silbermonds und der flirrende Schein des lebenden Kristalls.

Dann stand sie ganz nah bei ihm und schaute ihm in die Augen. Sie sprach kein Wort, wie auch er wollte nichts mehr sagen.«

Vogelfrei

Weit war Yana gewandert. Auf der alten Straße waren ihre Schritte stetig nach Süden gegangen. Der Tag neigte sich dem Ende zu und ihr taten die Füße weh. Der Weg war zwar überwuchert, aber trotzdem fühlte sie bei jedem Schritt den steinigen Untergrund, den die Baumeister vor Zeiten angelegt hatten. Sie hatte sich alle Mühe gegeben, den Rest des Tages zu nutzen und möglichst weit voranzukommen. Dabei kreisten ihre Gedanken ständig um den unseligen Untergang der Windfolger einerseits und die seltsame Begegnung mit Aelvar andererseits.

Die Dämmerung zog herauf und es wurde Zeit, sich ein Plätzchen für die Nacht zu suchen. Die Schneise, die die Straße durch den Wald und über die Hügel zog, war noch gut erkennbar, wenn auch das Buschwerk von allen Seiten herandrängte. Dahinter wechselten sich Gruppen von mächtigen Kiefern und Tannen ab. Aber auch der Mischwald brach sich hier und da Bahn, dann lief Yana über einen dicken Belag aus altem Laub, den Eichen, Erlen und Eschen über die Jahre hinterlassen hatten. Wann immer sie konnte, hatte sie im Vorbeigehen an wilden Brombeeren und Himbeeren genascht, lange hatte sie sich jedoch damit nicht aufgehalten. Der Wille, bald nach Hause zurückzukehren, war zu groß.

Noch war es ein weiter Weg, doch immer öfter musste sie darüber nachdenken, was geschehen würde, wenn sie ihr Ziel erreichte. Was würden die Bewohner von Sandbak sagen, wenn sich herausstellte, dass sie die einzige Überlebende war? Oder hatte noch jemand aus der Mannschaft den Weg zurück gefunden? Sie gönnte es jedem, aber ohne dass sie es kontrollieren konnte, tauchte das Gesicht von Kapitän Ohmdahl immer wieder vor ihrem geistigen Auge auf.

Sie wünschte sich, wenigstens ein paar der Fischer wiederzusehen, doch sie wusste, die Chancen waren gering.

Noch mehr beschäftigte sie, was Athel dazu sagen würde, wenn er erfuhr, dass sie den Schiffbruch überlebt hatte. Er war bestimmt krank vor Sorge, und dann, als sich herausgestellt hatte, dass die Windfolger ganz sicher nicht zurückkehren würde, vor Verzweiflung in tiefe Trauer versunken. Auch Lito und Wila würde es wahrscheinlich nicht viel anders ergangen sein. Was würden sich alle freuen, wenn die Familie am Ende doch wieder vereint war. Es würde bedeuten, Yana wäre von den Toten auferstanden.

Es war einsam auf der Straße und sie hielt Ausschau nach einem geschützten Platz unter ein paar Tannen. Dort wollte sie die Nacht verbringen. Der Himmel hatte sich am Nachmittag mit Schleierwolken zugezogen und die Sicht würde im Dunklen so schlecht sein, dass sie leicht hätte stolpern können. Ein Fehltritt mit Folgen hätte ihr wahrlich noch gefehlt, dann wäre es mit dem schnellen Wandern vorbei.

Während sie die Buschreihen nach einem geeigneten Durchgang absuchte, verstummten plötzlich die Vögel. Noch war es längst nicht so dunkel dass die Amseln und Finken ihr Schlaflied einstellen würden. Eine seltene Stille breitete sich zwischen den Bäumen aus.

Yana wagte nicht weiterzugehen. Sie schaute sich gründlich um. Nichts Ungewöhnliches ließ sich entdecken, doch kaum hatte sie eine Minute gelauscht, vernahm sie ein fernes Dröhnen und Rauschen, so als fegte ein heftiger Sturmwind durch die Wipfel. Bald meinte sie, das Knacken von Zweigen zu hören, und noch eher, als sie es sich eingestehen wollte, mischte sich das Brechen von Ästen ein.

Voller Spannung riss sie die Augen auf und versuchte, die Quelle des Wirbels auszumachen.

Etwas kam von Westen, aus der Richtung des Tiefwalds herauf, es kam schnell näher und verursachte dabei ungewöhnlich viel Krach.

Ohne lange nachzudenken, schlug Yana sich auf der anderen Seite der Straße in die Büsche. Sie duckte sich und versuchte, so wenig wie möglich Geräusche zu machen. Langsam und vorsichtig krabbelte sie in die Senke hinter der ersten Buschreihe, was ehemals ein Graben am Saum der Straße gewesen war. Im Nu brach ihr der Schweiß aus und ihr Herz zog sich vor Spannung zusammen.

Der Tumult im Wald schien mal hierhin, mal dorthin zu wandern. Es hörte sich an, als würde er sich mal entfernen, dann kam alles wieder bedrohlich nah an ihr Versteck heran. Bald meinte sie, das dumpfe Dröhnen, das den Krach begleitete, wären schwere Schritte, aber der Klang war so tief und voluminös, dass sie dies keinem Lebewesen zugetraut hätte. Es sei denn, es wäre ein Riese, aber der musste so gigantisch sein, dass er ihr beim Blick durch die Sträucher ringsum längst aufgefallen wäre, so nah kamen die Geräusche von Zeit zu Zeit.

Dann setzte der Krach plötzlich aus, aber was folgte, war noch erschreckender. Ein durchdringender Laut des Unwillens, wie eine Mischung aus Brummen und Röhren schallte durch den Wald, so als würde jemand voller Unzufriedenheit brüllen. Dann brachen noch mehr Äste, so als würde jemand um sich schlagen, und jetzt erkannte Yana schweres Atmen. Es klang, als müssten die Pferde eines Zehnspänners durchschnaufen.

Ihr Herz schlug bis zum Hals und sie erstarrte unter ihrer Deckung. Da hörte sie ein Schnüffeln, das so nah schien wie nie zuvor.

Es riss sie auf die Beine. Sie sprintete mit der Angst im Nacken auf die Straße und rannte, was die Beine hergaben.

Der Krach hinter ihr wurde erst leiser, dann schien er aufzuholen. Etwas ebenso Unsichtbares wie Furchteinflößendes verfolgte sie und brach dabei gegen alle Vernunft mal links, mal rechts durch das Unterholz.

Plötzlich schrillten hohe Pfiffe an ihre Ohren. Die kamen eindeutig von vorn. Augenblicklich stellte sie das Rennen ein.

Schon schallten Rufe von überall heran. Gerade dort, wo sie stehen geblieben war, brach neben ihr jemand aus dem Dickicht. Sie hatte es nicht kommen sehen. Der Aufprall war so heftig, dass ihr die Luft aus den Lungen wich und sie in die gegenüberliegenden Sträucher flog. Sie hatte keine Zeit, sich abzurollen und schlug der Länge nach zu Boden. Schon griffen viele Hände nach ihr und hielten sie niedergedrückt.

Sie hatte noch Zeit für einen Schrei, dann drehte man sie unsanft auf den Bauch und jemand begann, ihre Hände zusammenzubinden. Es ging unglaublich schnell. Noch strampelte sie und ein wütendes Kreischen entwich ihrer Kehle.

Das schien allerdings niemanden davon abzuhalten, ihr einen Sack über den Kopf zu stülpen. Das nahm ihr komplett die Sicht.

»Los!«, hörte sie eine raue Stimme kommandieren. »Stellt sie auf die Beine.«

»Wir müssen schleunigst weg!«, rief eine andere Stimme. »Gleich wird es dunkel.«

Von rechts und links wurde Yana unsanft unter den Armen gepackt und aufgestellt.

»Auf die Straße!«, befahl jemand, der hinter ihr stand. »Wir haben einigen Weg vor uns.«

Dann kam die erste Stimme ganz nah.

»Und du lässt dich besser schnell führen, sonst lassen wir dich einfach liegen und wer weiß, wer dich dann findet. Du hast doch gehört, was in diesen Weiten jagt. Für die Bestie bist du nichts weiter als ein Gabelbissen.«

»Was soll das?«, rief Yana unter dem Sack hervor. »Lasst mich gehen, ich will nichts von Euch.«

»Das sagen alle Spitzel«, antwortete die Stimme. »Auf geht's! Wenn die Dunkelheit kommt, zündet die Fackeln an.«

Yana wurde von beiden Seiten mit festem Griff gehalten und schon ging es einigem Tempo die Straße entlang. Das war es zumindest, was sie spürte, während sie versuchte, mit den Männern Schritt zu halten. Wann immer sie stolperte, wurde sie gestützt und die kräftigen Hände drängten sie mitleidlos voran.

Ausschließlich Männerstimmen hatte sie vernommen, doch keine kam ihr bekannt vor. Wer auch immer sie erwischt hatte, konnte nicht aus der Umgebung sein.

Sehr bald wurde es dunkel, was Yana daran erkannte, dass die Gruppe einen kurzen Halt einlegte und Fackeln entzündete, die sie sogar durch den dicken Sack erkennen konnte.

Voraus lief jemand und ebenso hinter ihr. Mit den beiden Bewachern an ihrer Seite waren es also vier Männer, in deren Gewalt sie sich befand.

Die Wanderung nahm kein Ende und ihr wurde schon schwindelig unter dem Stoff, denn das Atmen fiel ihr schwer und besonders anheimelnd roch es auch nicht.

Von dem eiligen Lauf begannen ihre Füße noch mehr zu schmerzen und sie überlegte schon, ob sie sich einfach auf den Boden werfen sollte, nur um eine Pause zu erhalten.

Doch vorerst hielt sie durch, sie wollte keine Schwäche zeigen. Dann ging es auf einmal langsamer voran. Sie wurde um Ecken und ein paar Mal sogar über Treppen hinauf und hinab geführt. Man brachte sie in ein Haus oder eine Halle. Das erkannte sie daran, wie sich der Klang der Umgebung veränderte. Es roch noch muffiger, als es unter dem Sack eh schon wahrnehmbar war. Mal hörte sie das Plätschern von Wasser von vorn, dann wieder das Knarzen von Holz unter ihren Füßen.

Schließlich stoppte die Gruppe und eine Tür voraus schwang auf. Der Raum, den sie daraufhin betrat, konnte nicht groß sein. Das sagte ihr nicht nur ihr Gefühl, sondern auch der Klang. Und sie spürte die Wärme eines Feuers. Im nächsten Moment hörte sie das Knistern der Scheite und ihre linke Seite erwärmte sich.

Auf dem gesamten Weg hatten die Männer sich nur Befehle und knappe Anweisungen zugerufen. Hier mal aufpassen, dort mal ducken, da den Kopf einziehen. Jetzt wurden alle still, sogar ihr schnaufender Atem verstummte.

Yana zuckte zusammen als plötzlich ganz nah eine Stimme zu ihr sprach.

»Wen haben wir denn hier?«

Jemand knuffte sie in die Seite. Sie zuckte erschreckt zusammen.

Ein Mann hinter ihr antwortete.

»Wir haben sie auf dem Weg nach Süden aufgegriffen. Wenn wir nicht gewesen wären, gäbe es einen Spion weniger und wir hätten niemanden zu befragen.«

»Die Bestie?«, fragte die Stimme voraus.

Niemand antwortete. Yana nahm an, es herrschte Einvernehmen über das, was bei Einbruch der Dämmerung durch den Wald gebrochen war.

»Von was für einer Bestie redet Ihr?« brüllte Yana unter ihrem Sack hervor. »Ich weiß nicht, was Ihr wollt und ich bin ganz sicher kein Biest und erst recht kein Spion.«

»Was es nicht nur zu überprüfen, sondern vor allem zu beweisen gilt«, sagte der Jemand, dem sie offensichtlich vorgeführt wurde.

Im gleichen Moment beschlich sie ein seltsames Gefühl. Es war über die Maßen verwirrend, diese Stimme zu hören. Es war wie eine Erinnerung an ein warmes Feuer im Winter oder eine Speise, die man lange nicht mehr gegessen hat.

Sie kannte diesen Jemand. Aber das konnte unmöglich sein, auch wenn das Timbre passte, aber die Befehle hörten sich so selbstsicher an.

»Nehmt ihr den Sack ab«, befahl die Stimme.

Man riss ihr die Kopfbedeckung herunter und im ersten Moment musste sie blinzeln. Sie gab ihren Augen ein paar Sekunden, um sich an das Licht des neben ihr flackernden Kaminfeuers zu gewöhnen. Was sie hörte, war das Scharren von Füßen, so als würde jemand zurückweichen. Danach ein Poltern und Knarzen, als wenn ein Stuhl oder Tisch geschoben wird.

»Das kann nicht sein«, stöhnte die Stimme voraus. »Wo in aller Welt bist du gewesen?«

Sie peilte in die Dunkelheit jenseits des Feuers, versuchte, zu erkennen, mit wem sie es zu tun hatte. Dann nahm sie ihren Mut zusammen.

»Ich bin Yana Bardsson, die Tochter des Jarl von Sandbak. Behandelt mich gefälligst mit Respekt, sonst wird Euch mein Vater Athel lehren, was es heißt, einfache Wanderer auf den Straßen zu überfallen und mir nichts, dir nichts zu verschleppen.«

Unmut, Grummeln und Verwunderung hörte sie unter den Anwesenden heraus. Sie hatte mehr Gegenwehr erwartet.

»Unmöglich!«

»Wie kann das sein?«

»Kaum zu glauben.«

Sie richtete sich kerzengerade auf und brachte die Stimmen mit einer Handbewegung zum Verstummen. Sie war überrascht, dass ihre Geste tatsächlich den beabsichtigten Effekt erzielte.

»Zeigt Euch und sagt mir, wer Ihr seid!«, sprach sie den Mann im Halbdunkel an.

Er erhob sich bedächtig aus dem Sessel, in den er bei ihrem Anblick zurückgefallen war und als er ins Licht trat, erstarrte Yana bei seinem Anblick.

Dieser Jemand war tatsächlich ein Mann, und er war älter, als sie ihn jemals gesehen hatte, da sie ihn doch so gut kannte und jede Linie in seinem Gesicht lesen konnte.

»Ich bin's. Lito, dein Bruder«, sagte er.

Zurück von den Toten

Der Schock ließ Yana taumeln. Es war Lito, daran bestand kein Zweifel. Fast wäre sie genauso wie er zurückgefallen und am liebsten in einem weichen Sessel versunken, aber kräftige Hände griffen im Nu zu und hielten sie aufrecht.

»Was ist mit dir?« Dünn wurde ihre Stimme und mehr bekam sie im ersten Moment nicht heraus. Er sah größer aus, als sie ihn in Erinnerung hatte, seine Brust war breit und aufrecht stand er vor ihr, die Muskeln gespannt.

Wie verwirrend war es, in sein Gesicht zu schauen. Falten um die Augen konnte sie erkennen, doch um den Mund verdeckte das dunkle Feld eines Bartes die Züge. Sein Kinn hatte mindestens drei Tage keine Klinge mehr gesehen.

Wie ist das möglich? Lito hat sich doch gerade den Flaum eines Jünglings zugelegt.

»Was ist mit dir?«, gab er ihre Frage zurück. »Wie kannst du hier auftauchen? Einfach so, nach dieser Zeit.«

Es fiel ihr schwer, sich auf die Frage zu konzentrieren. Seine tiefe Stimme war ungewohnt. Aber es war dieselbe Betonung, die seine Aussprache seit jeher begleitet hatte. Es war unmöglich, dass irgendein absonderlicher Zauber sie so täuschen konnte.

Ihre Verwirrung war groß, doch Lito kam ihr zuvor. Er schwang seine Arme um ihren Körper und hielt sie fest, als hätte er Angst, sie könnte sich verflüchtigen wie ein Geist aus der Vergangenheit. Für einen Moment hob er sie hoch und presste sie so stark an sich, als wollte er prüfen, ob sie real war und über irdisches Gewicht verfügte. Das hatte Lito noch nie gemacht, und eigentlich nahm sie an, er wäre zu schwach dafür. Sie gab die Umarmung zurück, auch wenn ihr Wundern über sein Verhalten groß war. Dann trat er zurück.

»Die Windfolger ist untergegangen. Du bist ...«, er korrigierte sich, »ich meine, du warst verschollen.«

»War ich«, schloss sie. »Aber es hat mich an die Küste gespült. Ich habe überlebt und wandere schon eine Weile umher. Ich will endlich wieder nach Hause.«

»Endlich?« Sein Blick verdüsterte sich. »Es ist ein Wunder, dass du überhaupt vor mir stehst.«

»Warum?«

»Seit die Windfolger auf ihre letzte Reise ging, sind fünf Jahre vergangen.«

Vor Jahr und Tag

»Finn war erleichtert. Er hatte das Ritual überstanden. Unbeschadet, wie auch die anderen Teilnehmer und er erkannte, es war der Sinn dessen gewesen, was ihm Siebenblatt hatte zeigen wollen. Ihre Macht war nicht nur das Leben an sich, ihre Macht war nicht nur das Chaos. Ihre wahre Macht war es, die Balance zu halten zwischen diesen uralten Kräften.

Diese Balance war ihr Geheimnis, es war die Quelle ihrer Energie. So wie die Tide mal stärker, mal schwächer an die Strände rollt und der Mond seinen Einfluss ausübt, so pendelte die Macht des Nordens zwischen Landwurf und Feuerfraß, zwischen Ruhe und Sturm, zwischen Bauen und Zerstören.

Ihre Kraft umfing alles wie ein Nebel des Lebens und war ebenso Keimzelle des Todes. Ihr Puls folgte dem Takt der Allsphäre. Und der Kristall war das Medium, um diese Kraft zu fokussieren.

Er hatte dem beigewohnt und war erschöpft für den Rest der Nacht auf sein Lager gesunken. Als wäre er gleichsam todmüde und hellwach, hatte er noch einige Zeit ruhelos gelegen. Bald übermannte ihn trotz der Gedanken eine tiefe Mattigkeit und er dämmerte den Rest der Nacht vor sich hin.

Schließlich schlief er doch ein und ein traumloser Schlummer trug ihn bis tief in den Morgen. Niemand weckte ihn und als er von selbst erwachte, stand die Sonne schon hoch am Himmel. Ein nahrhaftes Mahl hatte man ihm zusammengestellt. Er durfte in Ruhe noch einmal die Gastfreundschaft der Fanggen genießen. Kaum hatte er gegessen, wurde Siebenblatt gerufen. Sie grüßte ihn knapp und forderte ihn mit einem Wink auf, ihr zu folgen. Wieder geleitete sie ihn bis an das südliche Ende des Tals.

Schweigsam gingen sie auf demselben Pfad, den sie schon am Vortag genutzt hatten. Doch während ihrer Wanderung kam Finn sich vor, als wäre er nicht mehr derselbe. Er fühlte sich, als hätte man sein altes Ich in eine neue Form gegossen. Und ob ihm diese Form passte, wusste er noch nicht zu sagen. Er blieb mit den Gedanken an das Erlebte eine Weile allein, doch er hatte erkannt, welche Macht in der lieblichen Gestalt vereint war, die still neben ihm wanderte. Dann konnte er sich überwinden und sagte: ›Bevor Ihr mich verabschiedet, hätte ich eine Frage an Euch.‹

Sie zögerte nur einen kleinen Moment.

›Sprecht frei heraus.‹

›Ich habe gesehen, wie Ihr im Einklang lebt, aber auch wie Ihr Eure Adepten lehrt. Ihr seid in den Ländern meiner Heimat nur eine Erzählung, kaum mehr als eine Legende aus alten Zeiten. Doch in Euch steckt viel mehr. Wollt Ihr nicht mit mir kommen und Eure Fähigkeiten und Lehren offenbaren? Ich bin mir sicher, alle Menschen des Nordens würden davon profitieren. Ich würde Euch eine glanzvolle Bleibe in meinen Hallen einräumen, wo Ihr es bequem habt und zudem eine Nähe zu Eurem Gefolge pflegen könnt, ohne Euch in diesem fernen Tal zu verstecken.‹

Sie schwieg für einen Moment, während sie weiterwanderten.

›Das Angebot ehrt Euch‹, sagte sie. ›Doch Ihr müsst wissen, ich habe Euch vielleicht einiges, aber längst nicht alles gezeigt. Die Nähe zu meinen Getreuen kann ich jederzeit herstellen, denn ich habe eine Art zu reisen, wie Ihr sie Euch nicht vorstellen könnt. Wenn ich es möchte und für nötig erachte, kann ich meine Schüler allzeit besuchen. Meine Aufgaben erfülle ich schon lange, und überall, wo ich war, habe ich dies stets aus einer gesunden Distanz vollbracht. Vor Zeiten, die Ihr kaum ermessen könnt, lag mein Handeln in Ländern weit südlich von hier, dort, wo das Meer wie ein riesiger Teich ist und die Menschen in hellen Gewändern gehen. Und auch davor lagen Zeiten, an die selbst ich mich kaum erinnern kann. Wer weiß, wohin mein Weg mich führt.‹

Finn bedauerte ihre Absage, doch er zwang sich zu einem Lächeln der Zustimmung.

›Ich verstehe‹, sagte er. ›Ich muss Euren Wunsch respektieren.‹

In diesem Moment kamen sie auf die Kuppe über dem Quelltopf und vor ihnen öffnete sich der Weg zum Bergbruch. Auf dem Pfad in der Ferne war einiges Treiben erkennbar. Helfer der Fanggen waren vorausgeeilt und man führte Finn am Rand des Gewässers entlang bis an den Einschnitt unterhalb des Frostdorn. Dort zwang der Auftrieb des Quelltopfs das Wasser durch eine enge Spalte und ein Rauschen tönte schon von Weitem über die Bergketten. An der westlichen Seite des Durchbruchs ging der Pfad in eine Stiege über, die aus dem blanken Stein des Berges geschlagen war.

›Den Weg durch diese Klamm nennen wir den Weißwechsel‹, erklärte Siebenblatt und ging voran. ›Ihr werdet gleich sehen, warum.‹

Auf weiten Teilen der Strecke war es fast wie ein Tunnel, der sich neben dem Fluss durch die enge Spalte wand. Oft wanderten sie unter schierem Fels entlang und das Wasser strömte neben ihnen durch das Bett aus Gestein.

Finn staunte über die steinerne Passage, denn die Stiege neben dem wilden Fluss war nicht kurz. Unterhalten konnte man sich bei den laut rauschenden Fluten so oder so nicht, aber Finn war es auch recht, stand er doch noch unter dem Eindruck der Geschehnisse der Nacht.

Die Sicht veränderte sich und reichte bald kaum mehr als ein paar Ellen voraus, denn ein dichter Dunst aus dem feinen Sprühnebel des peitschenden Wassers lag in der Luft und dies verging erst, als sie auf der anderen Seite die Passage verließen. Ein freier Blick nach Süden tat sich auf und großflächige Stufen führten am Berg in ein weites Tal hinab. Zu ihren Füßen lag ein tiefblauer See mit steinigem Ufer, den der Abfluss aus dem Quelltopf über einen hohen Wasserfall speiste. Dahinter schloss sich ein breiter Wasserarm an. Ab hier nannte man den Fluss die Rotflut, wie sie dunkel und mächtig zur fernen Küste strömte.

Am Ufer des Sees stand eine Versammlung von Waldfrauen. Im Wasser neben ihnen erkannte Finn etwas, das er nicht erwartet hatte. In dem Moment, als er es sah, war ihm klar, wie sie gedachten, ihn in die Gefilde seiner Heimstatt zurückzubringen. Es war ein Boot, aus dem Stamm eines mächtigen Baums geschlagen, welches an einem Pflock vertäut lag.

Sie luden Beutel mit Verpflegung in das hölzerne Kanu und ein Paddel lag bereit. Als er mit Siebenblatt die Anlegestelle erreichte, verbeugten sich die Frauen zum Abschied und gingen über den Pfad zurück in das Tal über dem Wasserfall.

›Dies ist der Speichersee und der Beginn des großen Flusses, so wie Ihr ihn kennt‹, sagte Siebenblatt. ›Ab hier seid Ihr auf Euch gestellt. Eure Fähigkeiten als Bootsfahrer sind gefragt, aber ich denke, die Rotflut wird Euch nicht viel abverlangen. Es gibt zwar ein paar Stromschnellen flussabwärts, aber die werdet Ihr schon meistern. Dies ist der einfachste und schnellste Weg und er führt Euch ohne Umwege nach Nortborg zurück.‹

›Ich darf mich für Eure Gastfreundschaft und ebenso für Eure Heilung bedanken‹, sprach Finn zum Abschied und verneigte sich.

›Euer Dank ist angenommen‹, sagte sie, ›und mehr bedarf es nicht. Aber es gibt noch etwas, darüber muss ich Euch aufklären, bevor Ihr diese Gefilde verlasst. Die Heilung, die Ihr ansprecht, liegt zwar in meiner Macht, doch anders, als Ihr Euch vorstellen könnt. Sind Euch die Erzählungen über die Feen der Wälder geläufig?‹

›Meint Ihr die Märchen und Sagen, die man sich fern und weit erzählt?‹

›Alles hat seinen Sinn, und wer kann heute noch sagen, was davon wahr und was erfunden ist.‹

›Was wollt Ihr damit sagen?‹

›Sicher haben die Ältesten Euch gelehrt, auf die Feenkreise zu achten, wenn Ihr auf Wanderungen durch den Wald auf sie trefft.‹

›Ihr meint die Ringe aus Pilzen, wie sie in feuchter Erde aus tiefdunklem Grund sprießen?‹

›Die meine ich. Und sie haben Euch bestimmt auch gelehrt, nicht ohne Anlass in solch einen Kreis zu treten.‹

›In der Tat.‹

›Nun denn, nicht jeder Kreis ist das Heim meiner Schwestern oder die Tür in eine andere Welt, aber ein Eindringling kommt nicht so einfach aus solch einer Falle wieder heraus; und wenn, dann ist vielleicht mehr Zeit vergangen, als er sich vorstellen kann. In den Sphären jenseits der Welt gehen die Uhren auf eine Weise, die sich nach anderen Maßstäben bemisst, wie sie durch Tag und Nacht vorgegeben sind.‹

Da musste Finn schlucken, denn er ahnte, worauf es hinauslief.

›Zeit heilt alle Wunden‹, sagte Siebenblatt. ›So habe auch ich Euch länger schlafen lassen, als Ihr vielleicht vermutet. Wundert Euch nicht, wenn Ihr zurückkehrt und die Menschen Euch länger vermisst haben, als Ihr denkt. Ich führte Euch nicht umsonst unter die Erde, dort habt Ihr im Schlaf der Heilung fünf Wochen gelegen. Bedenkt das, wenn Ihr auf Eure Untergebenen trefft. Sie erwarten Eure Rückkehr sehnlichst, aber ich glaube, zu lange seid Ihr nicht von zu Hause fern, sodass sie Euch aufgegeben hätten.‹

›Das hoffe ich‹, sagte Finn und konnte seine Bestürzung gerade noch verbergen.

›Auch wenn Ihr vielleicht meint, Ihr ständet in einer Schuld für Eure Rettung‹, erwiderte Siebenblatt, ›seid gewiss, dass ich weder nachtragend bin, noch etwas erwarte. Aber ein Anliegen möchte ich Euch mit auf den Weg geben.‹

Während sie noch wanderten, hatte Finn schon überlegt, ob seine Gastgeberin sich noch etwas aufbehalten hatte, und er spitzte die Ohren.

›Ich hoffe‹, sprach sie, ›Ihr habt am eigenen Leib gespürt, wie es um die Balance zwischen Ordnung und Chaos bestellt ist. Dünn ist die Linie zwischen Erschaffen und Zerstören. Wenn Ihr zurückkehrt, achtet das Land und den Wald wie das Leben selbst. Auch hier in den Bergen nutzen wir die Dinge, die wachsen und die uns gegeben sind, und doch halten wir uns gleichsam zurück. Das möchte ich Euch raten. Teilt mit den Euren die Wunder, doch braucht sie nicht auf. Geht nicht unbedacht in die Wildnis und schlagt nicht mehr Holz, als das Überleben gebietet. Allen Dingen wie Taten sei ein Maß gegeben.‹

›Das werde ich mitnehmen‹, sagte Finn, ›und meine Getreuen anhalten, den Respekt zu zollen, den ich durch Euch erfahren habe.‹

›Fahrt nun‹, sagte Siebenblatt. ›Überbringt meine Grüße an alle, die Euch folgen.‹

›Das werde ich‹, sagte er und stieg in das Boot. Er kniete nieder und nahm das Paddel in die Hand. Sie begann die Leine zu lösen, da schaute er noch einmal zurück.

›Was passiert, wenn sich einige von meinen Untergebenen nicht belehren lassen und ein ums andere Mal kaum so weise verhalten, wie es sich geziemt?‹

Da lächelte Siebenblatt nur und warf ihm die Leine zu. Eine sanfte Strömung begann das Boot stromab zu ziehen und Finn schaute noch lange zurück. Doch bald musste er den Blick auf den Fluss richten, und kaum hatte er einmal seinen Kopf gewendet, war Siebenblatt verschwunden, so als hätte sie nie dort gestanden.«

Die verbotene Zuflucht

Es waren bange Minuten. Eine Zeit, in der Yana starr im Rund der Männer stand. Verzweifelt wollte sie ihre Gedanken ordnen, aber eine Macht wie eine stetig rotierende Wäscheschleuder ließ in ihrem Kopf keine Ruhe aufkommen.

Nachdem sie sich von ihrem Bruder gelöst hatte, kamen für einen Moment die Bilder vor ihrem geistigen Auge auf, die sie zuletzt an Bord der Windfolger gesehen hatte. Der Kapitän, wie er sich gegen das Ruder gestemmt hatte, die Gesichter der Mannschaft, wie sie mit angstvollen Augen die Brecher erwarteten, und die weiße Gischt, die die kolossale Welle wie Schaum vor dem allesverschlingenden Maul getragen hatte.

»Das kann nicht sein«, stotterte sie. »Es ist noch nicht einmal fünf Tage her, dass ich an die Küste geschwemmt wurde.«

Im gleichen Moment blitzte noch etwas anderes durch ihre Gedanken. Sie war nicht einfach angeschwemmt worden. Jetzt machten die Eindrücke Sinn. Jemand hatte sie dorthin gebracht und abgelegt, sonst wäre sie vermutlich wie die Männer der Windfolger mit dem Schiff untergegangen.

Sie erschrak nicht nur über die Folgen, mehr noch über das, was sie gesagt hatte. Würde man sie für verrückt halten, wenn sie darauf bestand, dass kaum Zeit vergangen war, während es vollkommen klar war, dass ihr Bruder gerade die Wahrheit gesagt hatte? Er war der Beweis. Er war fünf Jahre älter als damals, da sie ihn zuletzt auf dem Steg in Sandbak gesehen hatte, als sie sich voneinander verabschiedeten. Es bestand noch nicht einmal der geringste Zweifel, dass er jetzt genau in dem Alter war wie sie selbst, nicht nur bei ihrem Abschied, sondern auch so, wie sich gerade fühlte.

Aber stimmt das überhaupt?, fragte sie sich insgeheim. *War ich in einem Zauberschlaf gefangen? Bin ich fünf Jahre gealtert?*

Sie musste sich vergewissern.

»Schau mich an«, rief sie Lito zu. »Sehe ich so aus wie damals, als wir uns Lebewohl sagten?«

Er musterte sie von oben bis unten. Dann schaute er mit fragenden Augen in die Runde der Männer, die sie umringten. Auch von dort kamen nur verwirrte Blicke.

»Ich wage es kaum zu sagen«, ergriff einer der Umstehenden das Wort. Es war ein kräftiger junger Mann mit rötlichem Haarschopf fast wie Yanas, aber schon mindestens genauso groß, dem man seiner Stimme anhörte, dass er noch nicht einmal durch den Stimmbruch war.

»Du kommst mir vor wie zuletzt, als ich dich auf dem Mittsommerfest gesehen habe. Du trägst noch dieselbe Kleidung.«

»Wer bist du?«, fragte sie den Mann.

»Ich bin Loke, der ...«, er stockte für einen Moment. »Ich hatte dich ein paar Mal aufgefordert, mitzutanzen. Erinnerst du dich? An jenem Abend war deine Stimmung so düster, dass du dich keinen Schritt vom Tisch deines Vaters entfernen wolltest.«

Jetzt erkannte sie ihn, und sie erinnerte sich. In den Jahren zuvor hatte sie sich dem Reigen der Tänzer nie verweigert, und erst recht nicht, wenn der kleine Loke sie aufgefordert hatte. Er war wie sie selbst einer der wenigen Rotschöpfe der Siedlung gewesen und die mussten bekanntlich zusammenhalten. Aber damals war er, wie auch Lito, ein dürrer Knabe gewesen, und so war es beim ihm noch deutlicher, was für eine Verwandlung die Jahre an ihm vollbracht hatten.

Schnell musterte sie im Schein des Kaminfeuers den Kreis der Umstehenden. Jetzt erkannte sie die Gesichter, wenn sie nur überlegte, wie sie vielleicht vor einiger Zeit (und das war eigentlich noch ihre Zeit) ausgesehen hatten.

Da war Stigan, ein Junge, der damals als der schnellste Läufer von Sandbak galt und der in seiner Freizeit am liebsten in den Wäldern wanderte. Da waren Hildor und Simo, ein ungleiches Pärchen, die jedoch in jeder Rauferei Schulter an Schulter standen, denn Hildor war ein schwacher Jüngling gewesen, ganz und gar nicht wie sein Name es eigentlich vorgab. Er sollte groß werden, mächtig und stark, so wie sein Vater es sich erhofft hatte. Deswegen hatte er schließlich diesen Namen erhalten, aber genau das war aus ihm nicht geworden, sondern eher das Gegenteil.

Doch das Schicksal hält manche Überraschung im Leben bereit und so hatte sich auch für Hildor eine Chance ergeben. Einen Nachbarsjungen hatte man Simo getauft und er war unter sieben Schwestern aufgewachsen. Doch sein Körper war schon zu jungen Jahren so schnell gewachsen wie kaum ein Junge seines Alters. Simo war noch nicht einmal zehn, da konnte sein Vater sich im Sommer zu ihm in den Schatten stellen, so groß war er geworden und so stark seine Arme und Schultern. Aber dennoch hänselten ihn die Bengel aus Sandbak, wo sie nur konnten, denn auch bei ihm passten Name und Figur kaum zusammen, zumal das Wesen von Simo bei all seiner Muskelkraft eher friedlich und zurückhaltend blieb und seine Stimme seltsam hoch und fein.

Yana erkannte Hildor, wie er vor Simo stand, die dürren Ärmchen verschränkt, fast wie Lito auch einmal ausgesehen hatte. Und dahinter ragte Simo aus den Schatten auf. Der kräftige Bursche von einst, weit jenseits seines eigentlichen Alters. Er war nicht zu übersehen, da er nun zu einem Schrank von Mann herangewachsen war, mit einem Kreuz, breiter als eine Werkbank.

Und sie erblickte Joran. Schon immer ein mutiger Rangler aus dem Clan der Holzfäller, war er der Einzige, der schon damals Lito verteidigt hatte, wenn es hart auf hart kam. Sein Gesicht war kantig geworden, aber Yana erkannte seine gewitzten Augen. Er sah trainiert aus und sie vermutete, er war so gewandt wie ehemals. Ihm gehörte die Stimme, die seine Kameraden auf dem Weg angetrieben hatte. Somit war er auch derjenige gewesen, der sie gefesselt und ihr den Sack über den Kopf gezogen hatte.

Jetzt schaute er wenigstens ein bisschen entschuldigend drein.

Ein paar weitere Jungs standen im Kreis. Wahrscheinlich hatte Yana alle schon einmal gesehen, aber sie war sich nicht sicher, ob sie den einen oder anderen richtig zuordnen konnte. Schnell zählte sie durch, es waren zwölf junge Männer. Lito war einer von ihnen, und so wie er mit den anderen gesprochen hatte, musste er der Anführer sein, was sie noch mehr erstaunte.

Für einen Moment atmete sie auf. Für die Jungs schien sie nicht fünf Jahre gealtert. Was zugleich noch verwirrender war.

Das heißt, schloss sie insgeheim, *die alten Geschichten sind wahr. Ich will nicht für verrückt gehalten werden, aber ich wurde nicht nur gerettet, etwas hat mich gefangen gehalten und es sind fünf Jahre vergangen. Für mich waren es kaum mehr als fünf Tage. Verdammte Wassergeister!*

»Wenn es stimmt, was wir sehen«, erhob Lito die Stimme, »dann kann es nur eine Antwort auf das Rätsel geben, so wie du hier vor uns stehst.«

Sie schaute ihrem Bruder mit ängstlichen Augen ins Gesicht.

»Das, was uns die Sagen und Märchen erzählen, muss wahr sein. Wo auch immer du verschollen warst, es war ein Land anderer Zeit. Genau das, wovor die Großmutter immer gewarnt hat.«

»Wie kannst du das wissen?«, unterbrach sie ihn. Sie hoffte, keiner von den Jungs und schon gar nicht Lito würde sie verdächtigen, etwas mit dunklen Machenschaften zu tun zu haben oder womöglich mit den Hexen im Bunde zu stehen. Sie wusste, wie schnell sich eine Meinung unter den Menschen des Nordens ändern konnte, auch wenn die alten Zeiten lange vorüber waren.

»Wir haben uns nicht umsonst hierher zurückgezogen«, sagte Lito und seine Stimme wurde harsch. »Dies ist unsere letzte Zuflucht. Wir kämpfen an vielen Fronten, und nur Nortborg, der alte Hafen, bietet uns jetzt noch eine Bleibe. Wir sind Verstoßene. In Sandbak können wir uns nicht mehr blicken lassen. Dort herrscht Morton Hardanger mit eiserner Hand. Er schickt seine Spione in die Wälder, um nach uns zu kundschaften. Der verfluchte Harald macht uns mit seinen Patrouillen das Leben schwer, wenn er mit seiner Truppe die Lande durchstreift. Doch er traut sich kaum in unsere Stadt vor. Wir wissen Nortborg zu verteidigen. Auch wenn er seine schmierigen Kumpane Eskill und Birger zu Unterführern gemacht hat. Hier fühlen wir uns sicher, und der Grund ist, die alte Stadt.«

»Wie das?« Yana war noch überwältigt von dem, was Lito ihr gerade offenbart hatte.

»Es sind der Wald und die alte Magie. Keiner außer uns traut sich, die Stadtgrenze zu übertreten.«

Er machte eine Pause.

»Keine Menschen und keine Geister des Waldes.«

»Geister des Waldes? Ihr glaubt an sie?«

»Es ist wie ein Bannkreis. Nichts und niemand wagt sich hier herein. Auch nicht die Bestie.«

»Du meinst, das unheimliche Wesen, das mich auf der Straße verfolgt hat?«

Er kniff die Lippen zusammen.

»Niemand hat sie je zu Gesicht bekommen, aber wer allein im Wald wandert, kommt nicht zurück.«

»Lito, wir haben immer geglaubt, dass die alten Geschichte von Wila nur aus dem Garn der Märchen bestehen.«

So wie er die Augenbraue hochzog, wurde Yana klar, dass da jemand inzwischen anders dachte.

»Wie geht es Wila?«, schoss es aus ihr heraus. »Und erst recht Vater? Was ist mit ihnen?«

»Das ist der andere Grund, warum wir uns nach Nortborg zurückgezogen haben.«

Seine Stimme wurde leise, im Raum wurde es für einen Moment totenstill und Yana hing an seinen Lippen.

»Soweit wir durch die wenigen Kontakte wissen, die wir noch in Sandbak haben, geht es Wila den

Umständen entsprechend. Sie steht in unserem alten Haus unter Aufsicht. Ich glaube, Morton nutzt sie aus, und jünger ist sie auch nicht geworden, aber sie hält sich noch gut.«

»Und Vater?«

Litos Miene verdüsterte sich gänzlich.

»Du warst es! Der Untergang der Windfolger. Dein Verschwinden. Dein Tod, wie wir ihn alle annahmen. Vater konnte es kaum verwinden, dass er es zugelassen hatte, dich auf diese verdammte Fahrt zu schicken. Erst hat er sich zu Hause eingeschlossen, und dann wollte er dich von den Toten zurückholen.«

»Was?«

»Schon da hatte Morton längst die Chance ergriffen. Er hat Vater für verrückt erklärt und sich zum Jarl ernannt. Dabei konnte er inzwischen auf die Unterstützung von fast allen Clans zählen. Und sie brauchten Vater noch nicht mal aus der Stadt zu jagen. Athel ist freiwillig gegangen. Er hat nur noch davon gesprochen, dass er die Geister der Wälder finden will, um dich zu retten. Die alte Macht in den Bergen zu erreichen, war das Einzige, was ihn noch interessierte. Er ließ keinen Widerspruch gelten und ist mit ein paar letzten Getreuen in den Norden aufgebrochen.«

»Aber wenn die Sagen wahr sind, wenn es den Bergkönig je gegeben hat und er für immer im Eisschlaf liegt, dann schläft auch die Macht des Nordens. Wie kann Vater glauben, seine Ruhestätte jemals zu finden?«

»Ich habe ihn bekniet, davon abzulassen. Ich wollte ihn begleiten, aber er hat es abgelehnt. Er konnte vielleicht nicht abschätzen, wie irrsinnig seine Idee jedermann erschien, aber ganz sicher wusste er, wie gefährlich seine Suche werden würde. Damals ging Vater noch davon aus, dass ich in Sandbak besser aufgehoben wäre. Was sich schon bald als Irrtum herausgestellt hat.«

Litos Miene wurde bitter.

»Seit seiner Abreise hat ihn niemand mehr gesehen.«

Yana war, als würde man ihr den Hals zuschnüren. Als sie sich im Rund der Anwesenden umschaute, verschwammen die Gesichter vor ihren Augen. Für einen Moment wollte sie es nicht begreifen.

»Er ist verschollen«, flüsterte sie. »Ebenso wie ich es war?«

Lito konnte nicht mehr weitersprechen.

Joran ergriff das Wort.

»Und wie wir glauben, genauso tot.«

Der Tod des Sommers

Als Yana aus dem Haus trat, zog sie sogleich die Pforte hinter sich zu. Die frische Nachtluft strich mit feuchten Händen über ihre Wangen. Es war nicht nur Abkühlung, sondern es erschien ihr wie Trost. Das Wetter wollte sie beruhigen, ihr sagen, dass manches im Leben vielleicht unwillkommen ist, aber nichts so schlimm ausfallen kann, wie es erscheint, wenn man im ersten Moment davon hört. Und wahrlich kühl war die Nacht, die vor dem Haus auf sie wartete. Es roch nicht mehr nach Herbst, es roch nach Wolken voller eiskalter Flocken. Es war ein untrügliches Vorzeichen, dass es bald schneien würde. Die Temperatur brauchte nur noch ein bisschen zu fallen, dann würden die ersten Boten des Winters ihre weißen Decken über das Land breiten. Im Lichtschein, der aus den Fenstern des Hauses kam, konnte sie noch keine Flocken entdecken, weder in der Luft noch am Boden, aber sie machte sich keine Hoffnungen. Ihre Nase für das Wetter hatte sie noch nie getäuscht.

Ihr brummte der Kopf und die Stirn glühte, als hätte sie plötzlich ein Fieber entwickelt, stärker als das stärkste Winterfieber. Und doch war ihr bewusst, dass es weder ein Fieber war noch der wärmende Kamin, vor dem sie die letzten Minuten verbracht hatte – und vor dem sie geflohen war.

Noch hallten die Worte von Joran in ihrem Kopf.

Athel verschollen, wahrscheinlich tot.

Noch machten die Erklärungen ihres Bruders kaum Sinn.

Wila gefangen, Lito verstoßen.

Es war ein Schock nach dem anderen gewesen. Aber sie hatte es ertragen. War nicht zusammengebrochen, war nicht in Ohnmacht gefallen.

Nicht Yana! Nicht die Tochter des Jarls!

Obwohl?

Das war sie nicht mehr. Eine Tochter immer noch, aber der Jarl war jetzt jemand anderes. Und eine Tochter würde sie immer bleiben. So war sie geboren, auch wenn sie nicht bestimmen konnte, ob ihr Vater noch unter den Lebenden weilte. Sie wollte weder an das Unvermeidliche glauben noch die Hoffnung aufgeben. Das konnte einfach nicht sein, das durfte einfach nicht sein. Wenn sie nur daran dachte, tauchten in ihrem Kopf die wildesten Bilder und Ideen auf. Nichts davon bedeutete, dass Athel diese Welt verlassen hatte. In ihren Gedanken war er irgendwo, sie musste ihn nur finden.

Sie stand allein, hatte sich einen Moment der Ruhe erbeten. Das Haus hinter ihr war notdürftig hergerichtet worden. Das Dach war geflickt, die Fenster mit Resten von Glas und Fetzen von Tuch abgedichtet. Die Straße vor ihren Füßen war moosüberwachsen und die Ränder von wildem Gras gesäumt. Gegenüber standen nichts weiter als die Reste von Mauerwerk und ein paar Streben und Balken von einem ehemals großen Stadthaus. Jetzt kaum mehr als eine Ruine, in der man ganz sicher keine Nacht verbringen wollte. Sie schaute hinauf zum Schild über der Tür, aus der sie gerade herausgetreten war, um zu prüfen, was man ihr noch vor ein paar Minuten erzählt hatte.

Dies war ehemals die bekannteste Schänke von Nortborg gewesen. *Zum furchtsamen Bullen* war ihr Name und das eiserne Schild mit seinem Wahrzeichen hing verrostet und nur noch von einer Angel gehalten windschief über der Tür. Ein vielbesuchtes Gasthaus war es für jeden Reisenden gewesen und eine wohlige Pension besonders für die Händler aus fernen Reichen. Es war eines der wenigen Gebäude, die den Sturm einigermaßen unbeschadet überstanden hatten, der nach dem Fluch über die Stadt und den Hafen hinweggerast war. So hatte man ihr es erzählt. In Lito war das alte Wissen, von dem schon Großmutter Wila berichtet hatte, nicht verloren gegangen. Auch Yana konnte sich erinnern, aber solche Dinge hatte sie lange in ihrem Kopf vergraben. Bis eben, bis ihr Bruder und seine Gruppe von Getreuen ihr berichtet hatten, was in den langen Jahren ihrer Abwesenheit passiert war.

Lito hatte wenig ausgelassen. Das waren Dinge, die genauso unerfreulich waren wie die ganze Angelegenheit. In den Monaten nachdem Athel Sandbak verlassen hatte, war es Lito und seinen Freunden nicht gut gegangen. Die Schikanen hatten zugenommen, ja sie hatten sogar ein derartiges Ausmaß erreicht, dass die Jungs letztlich die Flucht ergreifen mussten. Der harte Kern um Lito hatte sich nach Nortborg abgesetzt. Und recht hatten sie daran getan, soweit Yana es beurteilen konnte. Wer weiß, was passiert wäre, wenn sie noch länger unter der Knute und den Beleidigungen von Morton Hardanger hätten schuften müssen. Und dann auch noch die Gehässigkeiten seines Sohns Harald. Für einen Moment musste sie aufatmen. Was hätte passieren können, wenn sie selbst ohne dieses Wissen und gänzlich unbedarft nach Sandbak gewandert wäre und die Jungs sie nicht auf der Straße abgefangen hätten?

Aber dennoch, Yana hatte das Gefühl, etwas blieb unausgesprochen. Irgendetwas hatten Lito und seine Kumpane erlebt, das nicht ins Bild passte, aber sie hatten noch nicht gewagt, es zu enthüllen.

Das ehemalige Gasthaus, das jetzt eine letzte Zuflucht für die Gruppe von jungen Männern geworden war, lag am Fuß des Hügels, auf dem einst die Festung von Nortborg stand. Nun ebenso, wie fast alle Häuser in der Umgebung, nichts weiter als eine hohle Ruine.

Yana blickte in die Nacht. In der Dunkelheit konnte sie beim schwachen Schein der Lichter kaum weiter als ein paar Klafter schauen, und doch war ihr klar, dass dort über ihr, nicht weit entfernt, die zerstörten Überreste des einstmals strahlenden Herrenhauses standen; so wie sie es aus der Ferne mit einem Schauder schon betrachtet hatte.

Es zog ihr den Magen zusammen und sie musste sich zwingen, ins Haus zurückzukehren. Mitten in der verfluchten Stadt zu übernachten, daran musste sie sich noch gewöhnen. Aber sie fühlte sich kaputt und leer. Es waren nicht nur die Erlebnisse, nicht nur die letzten Tage, sondern vor allem das Gehörte, das ihr das letzte Fünkchen Entschlossenheit aus dem Körper gesaugt hatte. Sie kam sich vor wie eine ausgelaufene Hülle, aus der die Doktoren gerade das Blut für einen Aderlass entnommen hatten. Nun setzte ihr auch noch die nächtliche Kälte zu. Es war der letzte Ruck, der sie wieder ins Haus beförderte. Zurück an das Kaminfeuer einer zerstörten Stadt.

Lito wartete in der Eingangshalle auf sie. Er lehnte an der mächtigen Theke, die einst das Bild dieser niedrigen Halle bestimmt hatte, jetzt kaum mehr als eine Ansammlung morscher Balken und Bretter. Überall hatten die Jungs Kerzen aus Bienenwachs aufgestellt, deren warmes Licht die wenigen bewohnten Gänge und Zimmer in schwaches Licht tauchte. So roch es im gesamten Haus nicht nach verbranntem Walfett oder gar nach den ranzigen Talglampen, sondern süßlich und unverkennbar heimelig nach dem Honig der Bienen. Yana wunderte sich über den unerwarteten Komfort, mit dem sich Lito und seine Kumpane eingerichtet hatten; wenn auch alles sehr einfach gehalten war. Die Kerzen, Geschirr und einiges Mobiliar mussten sie hierhergebracht haben und es stammte bestimmt von den Imkern, Werkzeugmachern und Schreinern aus Sandbak.

»Geht's wieder?«, fragte Lito und seine Stimme klang auf einmal wie früher, gar nicht so männlich wie noch vor ein paar Minuten. Yana verzog das Gesicht.

»Erzähl mir, wie es dir ergangen ist«, setzte er nach. »Auch wenn es für dich nur Tage waren.«

Das klang allerdings so, als wollte er es immer noch nicht glauben, aber sie wusste es besser. Die Einschätzung der Jungs war nur die letzte Bestätigung gewesen. Sie hatte ein Land besucht, von dem sonst nur die Großmütter in den Kindermärchen erzählen, und das meist, um die Kleinen vor den Gefahren des Waldes zu warnen. Yana war vielleicht gewarnt gewesen, aber sie konnte es sich nicht aussuchen. Der Untergang der Windfolger und alles, was danach passiert war, nichts davon hatte sie selbst entschieden.

Immer wieder hallte ein *Warum?* durch ihren Kopf, schließlich war nur sie gerettet worden, von welchen Kräften auch immer.

Aber stimmt das überhaupt?

»Bevor ich dir antworte, habe ich noch eine Frage, die mir auf dem Herzen liegt, seit es mich an die Küste gespült hat«, sprach sie ihren Bruder an.

»Bin ich die Einzige, die von der Besatzung der Windfolger übrig ist?«

Er schüttelte den Kopf.

»Das war einer der Gründe, warum sich die Lage in Sandbak so furchtbar schnell gedreht hat. Morton hat nicht nur die Gelegenheit genutzt, sondern die alte Mär von den Hexen ausgegraben.«

»Wie das? Diese Zeiten sind vorbei. Der Hexenhammer ist in unseren Landen längst verboten.«

»Das hat Morton aber nicht interessiert. Der Sturm, der nach der Ausfahrt der Windfolger durch Sandbak fegte, kam vom Land her, aus den Wäldern jenseits der Randberge. Und gleich nachdem er abgeflaut war, hat Vater noch selbst dafür gesorgt, dass fünf Schiffe ausgefahren sind, um nach euch zu suchen. Er hatte das Schlimmste befürchtet, was sich schließlich bewahrheitet hat, aber einen konnten sie doch finden. Nach fast drei Tagen Suche und als es schon fast unmöglich erschien, noch jemanden zu retten, stieß die Meerschaum von Kapitän Larsson auf ein paar Überreste der Windfolger, die im Meer trieben. Daran klammerte sich jemand, und vielleicht hätte es nur ein paar mehr Stunden gedauert, dann wären auch diese Reste untergegangen. Ich weiß nicht, was besser gewesen wäre.«

»Warum?«

»Es war Bjarne Lofgren, den sie an eine Planke geklammert fanden und aus dem Wasser fischten.«

»Der zweite Steuermann der Windfolger.«

»Genau der. Eigentlich einer von denen, die schon immer eine eigene Knorr fahren wollten, aber die selten das Zeug dazu hatten, auch nur den einfachsten Kurs festzulegen, geschweige denn zielsicher nach Hause zu finden.«

Yana erinnerte sich, wie Kapitän Ohmdahl ihr den Sonnenstein überreicht hatte. Ganz sicher hatte das jedermann an Bord mitbekommen.

»Bjarne wurde aufgepäppelt, und danach war er davon überzeugt, dass du für die ganze Misere verantwortlich warst. Angeblich hast du dem Schiff das Unglück beschert und man hätte dich besser nie in die Mannschaft aufgenommen. Er hat Stein und Bein geschworen, dass du mit den Sirenen gesungen hast, noch bevor die See die Windfolger in die Tiefe zog, und dass er mit eigenen Augen gesehen hat, wie du auf einer Welle mit den Wasserfeen davongeritten bist.«

»Dieser Lügner!«

»Nicht alle in Sandbak sind seinen Worten gefolgt oder haben die wilden Geschichten geglaubt, aber letztlich kann man nicht in die Köpfe hineinschauen. Morton hat wenig tun müssen, um danach die Stimmung für sich zu nutzen.«

Yana sank der Kopf auf die Brust. Litos Berichte machten alles nur noch schlimmer.

»Glaubst du daran?«, flüsterte sie und richtete dabei den Blick auf ihren Bruder. Die Hitze des Kaminfeuers ließ ihre Augen brennen. »Nach all dem, was ihr seitdem erlebt habt, und vor allem, was ihr mir von dem seltsamen Wesen berichtet, das die Wälder unsicher macht.«

Er ergriff ihre Schultern und richtete sie auf.

»Was davon wahr ist oder was auf Kräften beruht, die keiner von uns erklären kann, ist mir egal.«

Sie schreckte zusammen, als ein paar Holzscheite im Kamin knackend zusammenbrachen.

»Was ich vor mir sehe, ist das Einzige, was mich aufbaut, und das bist du. Auf welchem Weg auch immer du zu uns gelangt bist.«

»Und was denken die anderen Jungs?«

»Bis jetzt sind sie mir ohne zu fragen gefolgt. Was wir auch erlebt haben oder was die Hardangers oder Hagebaks verbreiten, wir müssen mit allem klarkommen. Hier draußen hilft uns keiner, wenn wir nicht zusammenhalten.«

»Und jetzt komme ich auch noch daher«, sagte sie. »Gern will ich mich den Jungs anschließen. Auf jeden Fall seid ihr nun einer mehr. Ich glaube, ich kann euch helfen. Aber eines musst du mir versprechen.«

Wieder fixierte sie Lito.

»Versprechen?«

»Du musst mir ebenso helfen.«

»Wobei?«

»Vater zu finden.«

Vor Jahr und Tag

»Der Fluss war nicht breit, aber tief. Die ersten Meilen seines Weges, den er sich durch die Täler des Klauengebirges gegraben hatte, waren von steilen Felswänden gesäumt. Die Rotflut hatte sich vor Urzeiten einen schlangengleichen Pfad zwischen den hoch aufragenden Ketten gesucht und dabei einen Binnenfjord nach dem anderen in das Massiv des nördlichen Gebirges geschnitten.

Finn brauchte kaum zu rudern, ja er konnte sogar seine Kräfte sparen. Das Wasser staute sich zwar an engen Stellen und ein paar Strudel und hervorquellende Wirbel spielten mit seinem Boot, doch alles in allem war es eine geruhsame Fahrt auf dem ersten Teil der Strecke. Die Wände in manchen Tälern waren so steil, dass selbst das Eintauchen seines Paddels ein Echo erzeugte, das gleich einem Plätschern und Glucksen durch die Felsspalten zog. Erst recht, wenn er hustete oder gar mit sich selbst sprach, denn die Strecke war lang. Manchmal war es nur ein Hall, den seine eigene Stimme aus den Bergen zurückwarf, und er fühlte sich fast, als wäre er in einer Grotte unter dem Berg. Dann wieder schallte ein derart klarer Klang noch vom kleinsten Geräusch zurück, dass er meinte, er hätte einen unsichtbaren Begleiter, der ihn gleich einem Geist verfolgte.

Bald wurde die Strömung stärker und noch vor dem Ende des ersten Tages richtete die Rotflut ihr Bett mehr und mehr geradeaus. Die engen Windungen wurden spärlicher und Finn konnte weiter vorausschauen.

So ging der Rest des ersten Tages dahin und eine sternenklare Nacht zog auf. Finn fand eine Bucht, die ein paar herabgestürzte Felsen erzeugt hatten, und konnte sein Boot auf einem Kiesbett anlanden. Er stieg nicht aus, denn er wollte sich keine nassen Füße holen, sondern schlief an Ort und Stelle. Sogar an eine Decke hatten die Fanggen gedacht, als sie das Boot mit Vorräten gefüllt hatten, und so machte er es sich unter freiem Himmel gemütlich.

Er wusste, es würde noch ein paar Tage dauern, bis er die heimischen Gefilde erreichen konnte. So blieb er für eine Weile mit seinen Gedanken allein. Nicht nur in den Nächten vor dem Einschlafen, sondern auch am Tage, wenn er paddelte, beschäftigte ihn all das, was er erlebt hatte.

Gern hätte er noch mehr erfahren, und wenn es nach ihm gegangen wäre, dann hätte er die Abreise nicht so zeitig angehen müssen. Er hatte es zwar verstanden und letztlich akzeptieren müssen, dass Siebenblatt ihn so bald wieder auf die Heimreise geschickt hatte.

Aber neben dem Unbehagen, welches er den ganzen Besuch über gefühlt hatte, war ihm die Ablehnung seiner Gastgeberin am meisten aufgestoßen. Die Mitbewohner im Tal waren ihm zwar außerordentlich freundlich begegnet, aber doch hatte er sich ständig unter Beobachtung gefühlt. Sie hatten ihn nicht nur aufgenommen, sondern auch angenommen, aber nur um ihn zu kontrollieren und meistens an Ort und Stelle zu halten. Das war ihm bei seiner Unterbringung in der Hütte aufgefallen. Erst recht als sie ihn im Kreis des Rituals festgehalten hatten und er die Kehrseite der Macht der Berge mit anschauen musste. Hier war nicht nur Erschaffen am Werk, sondern ebenso Zerstörung, und die Kraft, über die Siebenblatt gebot, war letztlich ebenso anziehend wie furchteinflößend.

Er hatte am eigenen Leib gespürt, wie gewaltig sie war, doch ebenso, dass alles an den seltsamen Kristall gebunden blieb. Er war ebenso Fokus wie Quelle ihrer Macht. Die Sagen aus grauer Vorzeit hatten recht, wenn sie die Gewalt der Erde beschworen. Damit konnte man unheimliche, unerzählte und ganz sicher auch ungesehene Dinge in dieser Welt erschaffen, ganz so, wie er es sich von dem Wissen der Fanggen erhofft hatte.

Hätte er nur mehr Zeit gehabt, um Fragen zu stellen, aber ob er Antworten bekommen hätte, da war er sich nicht so sicher. Je länger er mit seinen Gedanken auf der Flussfahrt allein war, desto mehr wuchs in ihm das Verlangen, sich dieses

Wissen zu erschließen. Der Kristall war der Schlüssel. Mit ihm hatte er sich verbunden gefühlt, obwohl er nur an ihm vorbeigelaufen war. Er erinnerte sich, wie sich sein Herz zusammengezogen hatte, auf seinem Weg aus der Höhle. Und ebenso zog es ihn in seinen Überlegungen dorthin zurück, denn wenn das glitzernde Gestein eine derartige Macht hatte, dann war vielleicht etwas möglich, von dem er bisher nur zu träumen wagte. Über all die Tage, Wochen, ja Jahre seit dem größten Unglück, das ihm je widerfahren war, drehten sich seine Gedanken immer wieder um Eidel und er sah sie vom ewigen Eis umschlossen, in das er sie gebettet hatte. Am Ende wünschte er sich nichts mehr, als seiner geliebten Frau nahe zu sein.

Nun war er einer noch nie gespürten Macht greifbar nahe gewesen und er überlegte, ob es möglich wäre, mit der Magie, die in dem Stein wohnte, Eidel aus dem Jenseits zurückzuholen, und sei es nur für einen Augenblick, für ein Wort des Abschieds, für einen letzten Kuss. Und selbst wenn das über den Kräften des Steins lag, wie wäre es, wenn er sich und Eidel für immer erhalten könnte und sie niemals vergehen würde, ganz so, wie er es vorbereitet hatte, als er sie in die eiskalte lichtferne Tiefe legen ließ? Bis in alle Zeiten würde das Eis seine Frau nicht bewahren können. Eine stärkere Kraft galt es, sich dienstbar zu machen, und wieder erschien ihm der Kristall als das beste Mittel.

Er musste es versuchen, doch eines wurde ihm bewusst. Es würde nicht leicht werden, auch nur eine Hand auf den magischen Stein zu legen. So wie Siebenblatt und ihre Anhänger ihn bewachten, wäre es unmöglich, auch nur das kleinste Experiment zu versuchen. Die Fanggen zu überzeugen, das schlug er sich gleich aus dem Kopf. Ihre Absichten und Pläne waren andere. Mit Bitterkeit erinnerte er sich an die Worte von Siebenblatt vor seiner Abreise.

Während er gedankenverloren weiterpaddelte, schlich sich ein Grinsen in sein Gesicht. Ihr ging es ebenfalls um den Erhalt, wenn auch auf eine andere Weise. Es war der Zyklus aus Leben und Tod, der ihr so wichtig war. Es war genau das, was Finn zu durchbrechen suchte.

Er würde Hilfe brauchen, und das war das nächste Problem. Ihm war das Murren nicht entgangen, mit dem die Bewohner von Nortborg seine Entscheidungen nach dem Unfall von Eidel begleitet hatten. Er hatte sich sonderbar verhalten und gegen die Gebräuche gehandelt, und er hatte es noch nicht einmal für nötig befunden, es zu begründen. Sogar Hergold, sein Vertrauter, hatte alles versucht und ihm zugeredet. Es war seine Aufgabe, und sicher führte er sie gut aus. Hergold war ganz sicher ein Freund, auf den man sich verlassen konnte. Doch je länger Finns Reise dauerte, desto mehr hatte er das Gefühl, keiner konnte ihn wirklich verstehen, nicht einmal sein Bannwart. Und er ahnte, für das, was er vorhatte, durfte er nicht erwarten, dass sich irgendjemand an seinem Hof, ja nicht einmal in ganz Nortborg auf seine Seite stellen würde.

Wie sollte er da Hilfe von den Menschen einfordern? Noch dazu eine, die über die Maßen unüblich war?

In den Stunden, die er auf der Rotflut näher und näher der Heimat kam, konnte er keine Antwort finden. Der Fluss wurde zunehmend breiter und ab und an von rauschenden Stromschnellen unterbrochen. Letztlich war das Boot so sicher gebaut und Finn mit allen Wassern erfahren, dass er keine Probleme hatte, unbeschadet voranzukommen. Nach den letzten wilden Wassern wandelte sich die Rotflut in das mächtige, breite Gewässer, das durch das hügelige Land zum Meer strömte.

Schilfwiesen und breite Marschen wechselten einander ab und die Rohrdommeln sangen ihre lebensfrohen Lieder aus den Flussufern.

Tage vergingen, die Hügel wurden flacher und die Wälder dichter und er schon bald nahm er den Geruch des Meeres wahr, wie er mit dem auflandigen Wind in seine Nase drang. Da hatte er eine Eingebung.

Es war ungewöhnlich, es war absonderlich und etwas, das er noch nie getan hatte, aber es erschien ihm wie der einzig gangbare Weg.

Er musste etwas finden, seinen Getreuen etwas präsentieren, das sie ganz sicher auf seine Seite bringen würde. Dazu war nicht mehr nötig, als sich eine Geschichte und ein paar Geschehnisse auszudenken. Wer konnte das überprüfen? Niemand war je so weit in den Norden gereist. Niemand von den gewöhnlichen Bewohnern der flachen Lande hatte je einen Fuß in das verbotene Tal gesetzt.

Finn war noch nicht im Heimathafen angekommen, da erkannte er, dass er der Einzige war, der alles Wissen in sich vereinte. Er spürte förmlich, wie die Fäden in seiner Hand lagen.

Zudem nagte auf der ganzen Fahrt etwas an ihm. Siebenblatt hatte sein Angebot zu ihm an den Hof zu ziehen und ihre Kräfte allen Menschen zur Verfügung zu stellen, schnell und resolut ausgeschlagen. Das würde er nicht vergessen. Es war das, was ihn auf seine sonderbare Idee brachte, und es war ebenso das, was sein Schicksal ein für alle Mal besiegeln sollte.«

Großmutter Wila machte eine Pause, um nach Yana und Lito zu sehen. Beide lagen still und mit geschlossenen Augen in ihren Betten. Es war ihr recht. Sie überlegte, wie viel die beiden von ihren letzten Worten mitbekommen hatten, doch letztlich war es ihr egal. Das ließ sich leicht am nächsten Abend erfragen. Sie stand auf.

»So abenteuerlich sein Plan war, Finn hat sein Schicksal aus eigenem Antrieb besiegelt«, flüsterte sie zum Abschluss. Ihre Stimme wurde bitter.

»Wenn es doch nur seines geblieben wäre.«

Wila steuerte ihre Kammer an und legte im Vorbeigehen noch ein letztes Scheit auf das Hausfeuer. Morgen würde ein neuer Tag kommen, die Sonne würde aufgehen, so wie sie es immer getan hatte und kein böser Fluch würde die Welt verdunkeln. Die nächste Nacht musste warten und damit die Zeit für das Ende der Geschichte. Zunächst blieb noch etwas anderes zu tun. Sie musste sich um Yana kümmern, das hatten ihr schließlich die Knochen aufgetragen.

Vor Jahr und Tag

Yana hatte das Aufräumen nach dem Frühmahl gerade beendet, da winkte ihr Großmutter Wila zu. Sie folgte der Aufforderung vor das Tor des Langhauses und als sie nach draußen trat, legte sich der feuchte Morgennebel auf ihre Wangen. Die Sonne war schon lange aufgegangen, aber sie hatte noch nicht genug Wärme auf das Land gelegt, um die Boten des aufkommenden Herbstes zu vertreiben. Der Eingang mit den niedrigen Stufen führte nach Südwesten, und in den kurzen Sommern war dies Yanas liebster Platz, um die Sonnenuntergänge zu betrachten, kurz bevor das Licht hinter den Hügeln am Rand von Sandbak versank. Heute jedoch war der Himmel so weiß, dass Yana kaum den Stand der Sonne ausmachen konnte. Es roch nicht nur nach feuchter Erde, sondern nach den ersten Blättern, von denen die Bäume sich trennen. Sie begannen zu verfallen und ihr süßlicher Geruch schlich um die Ecken der Häuser und quoll unter den Büschen am Wegesrand hervor. Wila ging einfach weiter. Sie wusste, Yana würde ihr folgen.

»Wohin gehen wir?«, fragte Yana.

»Heute ist der richtige Tag«, sagte Wila. Sie wechselte, ohne sich umzusehen, auf den Weg zur Nordseite des Hauses.

»Wozu?«

»Komm einfach mit, ich möchte dir etwas zeigen«, murmelte die Großmutter vor sich hin, während sie beharrlich weiterging, ohne darauf zu achten, ob Yana ihr wirklich folgen würde.

»Wir gehen auf den Dramberg.«

Das war also das Ziel, und Yana beeilte sich, aufzuschließen. Es war der Grund gewesen, warum Wila ihren Bruder angewiesen hatte, gleich nach dem Aufstehen mit Athel zum Lager der Holzfäller zu gehen, um dort nach dem Rechten zu sehen. Die Bestände für den bevorstehenden Winter waren zu prüfen. Eine Aufgabe, die Lito nur zu gern erfüllte, auch wenn er nur zuhören konnte, wie sein Vater verhandelte. Etwas lernen konnte er dabei allemal. Yana fragte sich, ob Wila ihr wirklich nur etwas zeigen wollte oder ob es auf dem Dramberg auch ums Lernen ging.

Bevor sie auf dem Weg nach Norden abbogen, kamen sie an den Hundehütten vorbei, die an der Westseite des Hauses aufgebaut waren. Es war die geschützte Seite und die kalten Nordwinde konnten den Hunden selbst im tiefsten Winter nichts anhaben, wenn sie sich in ihre Hütten verkrochen. Athel hatte jedoch den Bestand abgebaut und viele der jungen Hunde verkauft. Seit er der Jarl war, wurden sie als Schlittenhunde nicht mehr gebraucht. Es war aufwendig, sie zu halten. Nur mit Resten aus der Küche konnte man eine Meute nicht sattbekommen, und so waren nur zwei der ehemals zehn Vierbeiner übrig geblieben. Jetzt waren sie Wachhunde und der älteste war Aro. Er war überhaupt der älteste Vierbeiner im ganzen Ort. Er war so lange in Athels Besitz, wie Yana denken konnte und sie hatte schon als Kind mit ihm gespielt. Die Jahre hatten ihn ruhiger gemacht und seine beste Zeit war vorbei. Schwer konnte er aufstehen und doch kam er sofort an Yanas Hand, als sie die Hütten passierte. Er wedelte und schnüffelte an ihrem Bein. Er war schon reichlich kurzsichtig geworden, und doch erkannte er sie aus der Ferne am Klang ihrer Schritte. Sein Fell war dicht wie eh und je, aber der Glanz war einem schmutzigen Grau gewichen.

Das Gegenteil war Fynn. Er war ein junger Racker aus dem Wurf der letzten Hündin, die Athel besessen hatte. Er war so verspielt, wie es sein Alter von kaum mehr als zwei Sommern zuließ. Er blickte nur kurz auf und schon beschäftigte er sich wieder mit einem Knochen aus der Küche.

Yana mochte die Hunde und sie mochten Yana. Gern streichelte sie ihr dichtes Fell und oft genug, folgten ihr die zwei ungleichen Kameraden, wenn sie in den umliegenden Wäldern wanderte oder nach Pilzen suchte. Aro wollte ihr schon nachlaufen, aber da Wila so strikt voranging, befahl Yana ihm, zu sitzen und bei den Hütten zu bleiben. Bis auf den Dramberg war es nicht weit und sie würde bald zurück sein. Dann bliebe am Vormittag noch Zeit, sich um die beiden zu kümmern.

Wila nahm den Weg, der am Langhaus des Jarls an der Nordseite entlanglief. Einige Häuser vom alten Kern von Sandbak lagen an der Strecke zum Dramberg. Sie mussten nicht weit wandern, den ehemaligen Dorfkern hatten sie bald verlassen und so kamen sie an die Grenze der Siedlung. Hier stieg ein kleiner Hügel über die Baumwipfel hinaus, der von den Bewohnern seit Zeiten für alte Rituale genutzt wurde. Auf der Kuppe des Hügels standen keine Bäume. Nur Wildgras und Kräuter bedeckten die Erde. Die Ältesten hatten einen Kreis aus Steinen um den Rand der Bergspitze ausgelegt. Vielleicht wollten sie den Wald zurückhalten, aber die Steine waren dazu eigentlich viel zu klein. Kaum größer als Kinderköpfe, markierten sie den Platz, der sich im Zentrum befand. Die Steine waren nicht mehr als eine Geste gegenüber der Wildnis, aber bisher hatte seltsamerweise weder Baum noch Busch gewagt, diese Grenze zu überschreiten.

In der Mitte des Platzes stand das, was die Ahnen einst dort aufgestellt hatten. Es war das riesige geschnitzte Abbild eines Bären, der mit düsterem Blick jeden Besucher grüßte und Yana war sich sehr wohl bewusst, dass dieses Abbild zwar nur aus Holz bestand, aber es wurde noch immer verehrt. Fein und detailliert hatten die alten Holzmeister das Bildnis aus dem Stamm einer mächtigen Buche geformt. Doch vieles der filigranen Feinarbeit war durch Wind und Wetter abgerieben. Das Holz war von Spalten durchzogen, die der Frost hineingestemmt hatte und auf dem Kopf des mehr als lebensgroßen Abbilds wuchs das Moos.

Als Yana noch klein war, hatte sie sich entsetzlich vor dem Bären gefürchtet. Auch wenn Athel ihr wieder und wieder erklärte, dass das Biest nur aus Holz bestand und ganz sicher nicht zur Nachtzeit um die Häuser strich. Sie hatte den Platz gemieden und der Statue kaum ins Auge blicken wollen, denn das Holz war alt und schwarz angelaufen. Das aufgerissene Maul, mit dem das Tier über den Platz zu brüllen schien, hatten es ihr nicht leichter gemacht.

Letztlich hatte sie sich an die Besuche auf der Kuppe des Hügels gewöhnt. Wila kam schließlich am liebsten hierher. Vielleicht war dies der Ort, an dem sie sich ihren Ahnen am nächsten fühlte. Das sorgte an diesem Morgen dafür, dass sich die Härchen auf Yanas Armen aufstellten. Sie wusste, hier hatten früher archaische Rituale stattgefunden, die manchmal in Feier und Feuer, aber auch so manches Mal in Blut und Kampf ausgegangen waren. Der neue Glaube hatte dem ein Ende gesetzt und in diesen Tagen verbrachten die Menschen ihre Zusammenkünfte lieber unter dem Dach der Kirche, als auf der windigen Kuppe eines Waldbergs.

Ein ausgetretener Trampelpfad führte den Berg hinauf. Da er nicht mehr oft benutzt wurde, sammelten sich alte Nadeln und Blätter auf seinem Grund.

Als die beiden Frauen bis auf die Höhe des Steinkreises aufgestiegen waren, brachen die Strahlen der morgendlichen Sonne durch den Dunst. Nur noch ein paar Schritte waren es bis in die Mitte des Platzes. Dort stand die Statue des Bären und auf seinem Antlitz lag schon der helle Schimmer des Sonnenaufgangs. Darüber nichts als klarer, blauer Himmel. Der kleine Aufstieg hatte an diesem Morgen gereicht, um den Frühdunst zu verlassen, der das Dorf unter ihnen noch fest im Griff hatte.

Ganz nah trat Wila an den Bären heran und wenn Yana ihren Kopf hob, konnte sie schon über die dichte Nebelbank hinwegsehen, unter der das Dorf verborgen war. Gar nicht mehr real erschien ihr die Szene, als wäre sie ein Vogel, der in diesem Moment über den Wolken segelte. Gedämpft hörte man die Geräusche der Schmiede und Schreiner aus den Häusern am Rand des Drambergs; dort hatte man das Tagwerk bereits aufgenommen.

»Schön«, sagte Wila und blieb stehen, um sich Yana zuzuwenden. »Genau der richtige Tag.«

»Noch ein paar Lieder?«, nahm Yana an.

»Ich habe dir längst alle Lieder beigebracht, die wir in Sandbak pflegen«, sagte die Großmutter. »Und du warst wahrlich eine gute Schülerin. Du kennst alle Melodien und alle Texte auswendig. Vielleicht wirst auch du die Geschichten darin einmal deinen Enkeln beibringen, wer weiß. Es freut mich immer, deine Stimme zu schulen.«

Yana ließ Wila reden. Noch hatte sie keine Idee, worauf die alte Dame hinauswollte.

»Das haben wir im Haus gemacht«, fuhr Wila fort, »und dort kann dir beim Üben niemand zuhören, außer mir natürlich. Das war nichts Geheimes.«

Yana stutzte und dachte an die vielen Stunden, die sie zusammen mit Wila am Feuer gesessen und geübt hatte. An diesem morgendlichen Besuch auf dem Dramberg schien auf einmal tatsächlich etwas Besonderes zu sein. Hatte die Großmutter nicht immer betont, alles wäre für die großen Feste zu Sonnenwende gedacht? Schließlich mussten die Gäste auf den althergebrachten Feiern verlässlich unterhalten werden. Was führte Wila im Schilde? Jetzt konnte sie ihre Neugier nicht mehr zügeln.

»Hat es etwas mit dem zu tun, was du uns gestern Abend vorm Schlafen erzählt hast?«

»Wer weiß das schon, Kind«, antwortete Wila. »Auch ich kann die Zukunft selten so klar sehen, wie ich möchte, und die alten Geschichten hast du alle schon einmal gehört.«

»Aber Lito noch nicht.«

»Ein Grund mehr, sie auszugraben.«

Yana hatte das Gefühl, da wich jemand der Frage aus.

»Hier oben hört uns heute niemand«, setzte Wila unbeeindruckt fort. »Es geht um deine Stimme. Ich möchte, dass du den Tönen folgst, die ich dir gleich vorsinge.«

Yana war von der Bitte überrascht, sagte aber nichts.

»Hör gut zu!«

Schon begann Wila eine Melodie zu summen, die Yana noch nie gehört hatte. Lang gezogene Töne schwangen sich auf und ab.

Yana lauschte eine Weile, dann brach Wila ab und sagte: »Das war es schon, eigentlich nicht schwer. Ich möchte, dass du dir die Melodie einprägst. Folge mir.«

Und wieder begann sie zu summen.

Yana fiel in die Melodie ein und zusammen wiederholten sie die Abfolge ein paar Mal.

»Gut«, wurde sie von Wila ermuntert. »Jetzt nur du.«

Yana versuchte ihr Bestes.

»Lauter jetzt! Hebe deine Stimme.«

Wila ergriff ihre Hand.

»Und schließ die Augen.«

Yana gefiel die Melodie. Es war nicht schwer, sich die Sequenz einzuprägen und sie sang ein paar Wiederholungen vor sich hin, während Wila ihre Hände im Griff hielt.

Dann wollte Yana noch einmal Luft holen, da sagte Wila: »Halte die Augen geschlossen. Du bist fertig, und niemand soll je behaupten, ich hätte es nicht gewusst.«

»Was denn?«, fragte Yana ins Dunkle.

»Nun schau!«, rief Wila, und Yana öffnete ihre Augen.

Das Ziel

So ganz war Yana nicht überzeugt. Würden die Jungs ihr glauben, wenn sie sagte, dass sie ihre Zeit einfach mir nichts, dir nichts verschlafen hätte? Dass fünf Jahre einfach so vergangen wären, ohne Spuren an Yana zu hinterlassen? Und erst recht, dass es sie an einen fremden Strand gespült hatte, ohne dass sie wusste, wie sie dorthin gekommen war; noch dazu so weit ab vom Kurs?

Lito glaubte ihr. Das konnte sie spüren. Er war sich zwar unsicher darüber, was genau passiert war, aber seine Freude über die Rückkehr seiner Schwester überwog jeden Zweifel. Obwohl Yana ihm nicht alle Details der unseligen Fahrt der Windfolger erzählt hatte, denn der Kurs war weit nach Süden gegangen, und genau entgegengesetzt hatte es sie an die Küste gespült. Auch das seltsame Treffen mit Aelvar hatte sie ausgelassen. Sie wollte ihn nicht auf Gedanken bringen.

Bei den Jungs aus seiner Truppe war sie sich nicht so sicher. Wie würden sie zu all den Tatsachen stehen? Wenn sie denn überhaupt wüssten, was sich tatsächlich zugetragen hatte. Wer konnte schon sagen, welcher Aberglaube noch hier und da in den Köpfen steckte. Sie konnte und wollte nicht riskieren, dass sich die Meinung gegen sie verschieben würde, denn sie hatte etwas vor. Und dazu würde sie die Jungs brauchen; und zwar jeden einzelnen von ihnen.

Erschöpft hatte sie sich am gestrigen Abend schlafen gelegt. Lito hatte ihr sogar ein eigenes Zimmer zugewiesen. Noch war es nicht zu kalt und niemand musste im Gemeinschaftsraum übernachten, wo den Winter über ein Kamin brannte. Man hatte ihr eine Decke in einen alten Bettkasten gelegt und hier schlief es sich sogar einigermaßen bequem. Ein paar Kerzen standen bereit, falls sie in der Nacht hätte aufstehen wollen. Mit Tunkhölzchen, Zunderschwamm und Feuerstein kannte sie sich aus. Sie hätte jederzeit Licht machen können, wenn es ihr zu unheimlich geworden wäre. Lito hatte Bedenken geäußert, noch bevor sie sich zur Ruhe legte. Vielleicht hatte er Angst, sie wäre übergeschnappt und würde irgendwann beginnen, wirres Zeug zu erzählen. Wahrscheinlich hatte ihm und seinen Kumpanen schon das gereicht, was Yana berichtet hatte.

Ihren Bruder kannte sie gut genug. Da war etwas, das bedrückte ihn; und es waren nicht nur die unheimlichen Umstände ihrer Rückkehr von den Toten und auch nicht der vermeintliche Verlust von Athel. Sie würde schon noch herausbekommen, was den Jungs in den Köpfen herumspukte.

Für sie war das alte Leben keine fünf Jahre her, und damit war das, was sie fühlte, wahrscheinlich für keinen der Bewohner von Nortborg nachzuvollziehen. Ihr schien es, als wäre es erst gestern gewesen, da sie sich auf dem Steg in Sandbak von ihrer Familie verabschiedet hatte. Wila kam ihr in den Sinn und ihr Herz machte einen Sprung. Aber die Großmutter war noch am Leben. Als sie an ihren Vater dachte, krampfte sich ihr Magen zusammen und fast hätte sie angefangen zu heulen. Einen tiefen Schluchzer würgte sie ab und unter der Decke verkrampften sich unwillkürlich ihre Hände.

Niemals!, hallte es in ihrem Kopf. *Das kann einfach nicht sein. Er ist noch da. Irgendwo da draußen.*

Es riss sie hoch. Sie setzte sich auf und im Nu verpuffte die Wärme unter ihrer Decke in der Kälte des spätherbstlichen Morgens. Sie fühlte sich ausgeruht, denn sie hatte gut und vor allem traumlos geschlafen. Was ihr eigentlich wie ein Wunder erschien, nach dem was Lito ihr am Vorabend berichtet hatte.

Die Fenster in ihrer Kammer waren leidlich geflickt und durch ein paar Butzenscheiben drang graues Frühlicht in den Raum. Yana meinte, ein paar Krähen zu hören. Ihre heiseren Rufe hallten durch die morgendlich stillen Straßen der einst so stolzen Seestadt. Sicher tanzten sie auf dem First des letzten bewohnten Gebäudes herum und verkündeten den baldigen Winter.

Yanas fröstelte. Sie rieb sich über die Arme und zwang sich aufzustehen. Die Bewegung würde ihr guttun. Als sie aus ihrem Zimmer trat, erkannte sie mit Erstaunen, dass bereits Betriebsamkeit im Haus herrschte. Hier und da brannten Öllampen und die Kamine waren angeheizt. Über die Jahre hatten sich die Jungs einen gewissen Komfort geschaffen. Hildor grüßte auf der Treppe im Vorbeigehen und sie wanderte nach unten ins Erdgeschoss. Dort musste sie noch nicht einmal lange nach dem Waschraum suchen. Es stand schon alles parat und ein Fass frisches Wasser wartete auf sie.

Im großen ehemaligen Schankraum hatten sich die Jungs an schmalen Holztischen zum Frühmahl versammelt und man grüßte Yana freundlich, aber mit aufmerksamen Blicken.

Lito hatte am Kopfende Platz genommen. Wieder war sie überrascht, wie sicher er seiner Truppe vorsaß. Er gab zwar keine direkten Anweisungen, aber sie konnte es förmlich fühlen, wie die Kameraden an seinen Gesten hingen.

Die Jahre hatten ihn nicht nur körperlich verändert, auch das, was ihn ihm steckte, war reifer geworden.

Was hat er erleben müssen, das ihn so verändert hat?, fragte sie sich. *Es kann nicht nur das Leben in Nortborg sein und auch nicht der Verlust von Athel.*

Vielleicht war es ratsam, einen der Jungs zu befragen. Gut möglich, dass einer seiner Vertrauten ihr eine Einschätzung geben konnte, die aus der Erfahrung der Jahre stammte.

Sie setzte sich zu seiner Linken an den Tisch und man bot ihr kalten Braten vom Vortag und harten

Zwieback an. Geräucherter Stockfisch und ein paar getrocknete Heringe waren auf einem Brett in der Mitte des Tisches angerichtet. Und in einem großen Bottich hatte man frische Hafergrütze angerührt. Das Mahl war einfach und sehr rustikal, aber Hunger schien keiner der Jungs leiden zu müssen.

Noch während Yana aß, gab Lito Anweisungen für den anstehenden Tag. Er teilte seine Kameraden in Gruppen auf und Yana bekam einen Eindruck davon, mit was die Jungs sich herumplagen mussten. Für einige stand Holzfällen und Sammeln für die Wintervorräte an. Eine andere Gruppe unter der Leitung von Stigan wurde für die Jagd eingeteilt. Bevor sie aufbrachen, griffen sie nach ihren Bögen und warfen sich ihre Umhänge über die Schultern. Lito hatte die Zeichen der Jahreszeit erkannt. Schweres Wetter war im Anzug.

Der Raum leerte sich erstaunlich schnell, während Yana vor sich hin mümmelte. An Ende blieben nur ihr Bruder und Joran am Tisch sitzen. Sie nahm an, das war beabsichtigt, denn kaum war es ruhiger geworden, richtete die rechte Hand ihres Bruders das Wort an sie.

»Ich freue mich, dass du es nach Nortborg geschafft hast«, sprach er sie an. »Lito hat mir einiges und vielleicht noch nicht alles berichtet, aber ich glaube, mehr brauchen wir gar nicht zu wissen. So ist es auch gut und unsere Brüder müssen sich keine unnötigen Gedanken machen.«

»Das heißt, ihr zwei habt euch Gedanken gemacht«, kürzte Yana die Ansprache von Joran ab.

Lito lächelte nur.

»Du bist jetzt die Älteste in dieser Stadt«, entfuhr es Joran und er wedelte beschwichtigend mit der Hand. »Zumindest warst du das, so wie wir es in Erinnerung haben, wenn wir an Sandbak denken. Selbst wenn es stimmt, dass du nicht weißt, wo du die letzten fünf Jahre verbracht hast, bist du jetzt zwar so alt wie dein Bruder, doch er ist trotzdem noch ein klein wenig jünger.«

Dafür bekam er von Lito einen scherzhaften Knuffler in die Seite. Aber es war natürlich richtig, denn Lito war ein Winterkind.

Mehr noch brachte Yana zum Schmunzeln, dass sie tatsächlich in der Gruppe der Verstoßenen die Älteste war. Es schien ihr, als erwarteten die Jungs etwas von ihr.

»Du hast gesagt, du möchtest helfen«, mischte Lito sich ein. »Was möchtest du denn tun und für was sollen wir dich einteilen?«

Yana dachte kurz über das nach, was sie beschäftigt hatte, nachdem sie erwacht war.

»Ich möchte aufrichtig mit euch sein«, begann sie. »Es gibt etwas, das mir mehr am Herzen liegt als alles andere. Ich muss erfahren, was mit Athel geschehen ist.«

Keiner der Jungs zeigte eine besondere Reaktion auf Yanas Worte, was sie für einen Moment erstaunte.

Hatten sie mit diesem Wunsch gerechnet?

»Er ist und bleibt verschollen«, stellte Joran trocken fest.

»Wie lange habt ihr nach ihm gesucht?«, bohrte Yana nach. »Und vor allem wo?«

»Während wir noch in Sandbak wohnten, haben wir nichts anderes im Kopf gehabt«, sagte Lito und sein Ausdruck wurde starr, als er seinen Blick senkte und nur noch die Tischplatte fixierte. »Einer der Gründe, warum wir es uns sehr schnell mit den neuen Herren verscherzt haben. Niemand außer uns hat auf Athel noch einen Heller gegeben, und wenn wir trotzdem auf die Suche gegangen sind, hat man jeden Einzelnen von uns dafür bestraft.«

»Bestraft?«

Lito bügelte über Yanas Frage hinweg.

»Glaub mir, Yana, wir haben alles versucht, ihn zu finden. Nachdem wir nach Nortborg geflohen waren, sind wir weiter in den Norden vorgestoßen, als ich es mir jemals hätte vorstellen können. Auf ein paar Reisen hat uns das Wetter überrascht und manchmal wären wir bald erfroren. Wir gingen bis an die Randberge und die Eisweiten, und was haben wir gefunden?«

Sie ahnte die Antwort und ließ enttäuscht ihren Blick von Litos Gesicht fallen.

Gleich darauf biss sie sich auf die Lippen und doch antwortete sie.

»Versteh doch!« Sie nahm den Arm ihres Bruders. »Ich muss mich selbst überzeugen. Was ich fühle, tief in mir, ist etwas anderes. Alles sagt mir, ich muss ihn suchen, und wenn ich nur meine eigene Bestätigung finde, aber dann kann ich wenigstens damit abschließen.«

»Es ist sinnlos!«, fiel ihr Lito ins Wort. »Wir können uns nicht länger damit beschäftigen, etwas nachzujagen, das es nicht mehr gibt.« Es klang wie ein Befehl. »Damit haben wir abgeschlossen und ich werde keine Mittel mehr darauf verwenden, ein Phantom zu finden.«

Yana war erschreckt über seine harschen Worte.

»Ich muss es versuchen.« Sie blieb standhaft. »Ich bin auf eurer Seite und ich werde ganz sicher zurückkehren, aber ich fühle deutlich, für mich gibt es nur eine Richtung.«

»Und die führt nach Norden, nehme ich an«, ergänzte Joran ihre Gedanken. Sie erkannte, er wollte die Situation entschärfen. »Warum zeigst du es ihr nicht?«, wandte er sich an Lito.

Der verzog das Gesicht und blieb einen Moment still. Dann stand er auf und ging zu einer Truhe, die unter einem der geflickten Fenster stand. Dort hatte man nur Bretter angenagelt und mit Tüchern die Lücken gestopft. Kein Licht schien herein, es war die dunkelste Ecke des Raumes. Er öffnete die Truhe und holte etwas heraus. Als er es vor Yanas Nase auf den Tisch warf, erkannte sie, was es war. Sie sah die goldene Kette schimmern, roch das

Leder und griff unwillkürlich in den Pelzkragen. Die weiche Wärme des dichten Fells eines Silberfuchses, aus dem der Kragen gefertigt war, umfing ihre Hand. Es war der Mantel des Jarls.

Für Yana war es wie ein Schlag vor den Kopf. Er hatte ihn getragen. Yana sah Athel, wie er auf sie zuging und ihr die Hand reichte, kurz vor der Verkündung. Diese Erinnerung war noch so frisch, dass es ihr den Atem nahm. Zumindest solange er der Jarl war, hatte dieses Kleidungsstück zu Athel gehört, und wenn es sich jetzt hier befand, dann war klar, dass die Jungs doch etwas gefunden hatten. Aber es war offenbar das Einzige und damit die Bestätigung, dass ihrem Vater etwas Schlimmes zugestoßen war.

»Wo habt ihr das gefunden?«

Litos Miene blieb versteinert.

»An einem der Ausläufer der Randberge«, antwortete Joran. »Ein gutes Stück weit, etwas nordwestlich von hier. Mehr fanden wir nicht.«

»Habt ihr alles abgesucht?«

Lito erhob seine Stimme.

»Wir haben so lange gesucht, bis wir fast verhungert waren. Wir haben so lange gesucht, bis wir beinahe erfroren wären. Und die Patrouillen aus Sandbak und die Gefahr in den Wäldern haben uns zugesetzt. Wir haben verloren.«

»Verloren?«

»Wir waren einmal vierzehn. Zwei unserer Freunde sind von diesen unsinnigen Unternehmungen nicht mehr zurückgekehrt. Kein weiteres Leben werde ich aufs Spiel setzen. Große Schwester, du musst tun, was du nicht lassen kannst, aber die Zeiten sind jetzt andere. Unser Herz ist hier. Wenn wir uns bewähren, werden sich uns vielleicht bald noch mehr der alten Freunde aus Sandbak anschließen.«

Und als wäre das nicht genug, wandte er sich zum Gehen. »Ich würde es vorziehen, wenn du bei uns bleibst und uns über den nächsten Winter hilfst. Du bist alt genug. Sei dir gewiss, ich werde jeden Weg akzeptieren. Aber ich würde mich freuen, wenn du dich damit abfindest. Sag uns deine Entscheidung.«

Dann verließ er den Raum durch die Vordertür. Joran schaute betreten drein und verzog den Mund.

»Er meint es nicht so, wie es klingt. Er hält nach wie vor große Stücke auf dich. Du bist immer noch seine große Schwester.«

»Was hat ihn nur so verändert?« Auf einmal wurde Yana unsicher. War ihr Drängen zu deutlich gewesen?

Joran blieb für eine Weile still. Dann legte er seine rechte Hand vor ihr auf den Tisch und drehte die Handfläche nach oben.

Yana sah die Narben, die sich über die Fläche zogen. Die verheilten Striemen sahen aus wie frischer Erdwurf nach der Saat.

»Was ist passiert?«

»Das waren die Hardangers und ihre Gehilfen. Alles auf Mortons Befehl. Er hat uns die neuen Vorstellungen auf seine Art nahegelegt. Und wenn es nichts geholfen hat, blieb nur die Peitsche.«

»Dieser Dreckskerl! Er hat das getan?«

»Bei mir waren es nur ein paar Schläge. Ich hatte mich erdreistet, meine Hand gegen Harald zu erheben, als der mal wieder ein paar von unseren Jungs verprügeln wollte.«

»Und? Hast du es ihm gezeigt?«

»Auf jeden Fall kann ich sagen, dass Harald wie wir alle aus der Nase blutet, wenn du verstehst, was ich meine.«

Ein bitteres Grinsen schlich sich in Yanas Gesicht, doch gleich darauf riss ihr die Erkenntnis die Augen auf.

»Lito?«

Jorans Miene verdüsterte sich.

»Es gab auch Strafen, die wurden öffentlich verabreicht; auf dem Platz des alten Thing.«

Es war, als würde eine Faust in Yanas Magen gerammt.

»Gegen den Rücken deines Bruders sieht meine Hand gut aus.«

Der Weg

Die Stimmung war schlecht. Als hätte es Yana eben erst an die Küste gespült und als würde die Trauer über den Verlust der Windfolger und ihrer Mannschaft noch in ihrem Kopf spuken. Aber das war längst nicht alles. Sie bedauerte, was passiert war, doch jetzt schien es ihr, als hätte sie noch viel mehr verloren als ein geplantes Leben und eine sichere Zukunft. Wila war unerreichbar, Athel verschollen, und nun hatte sie auch noch Lito verloren. Zumindest hatte er sich wie noch nie zuvor gegen sie gestellt. Er hatte das alte Leben aufgegeben. Athel hatte keinen Einfluss mehr auf sein Handeln, und obwohl er bestätigt hatte, dass er Yanas Entscheidung verstehen und vielleicht sogar respektieren konnte, unterstützen wollte er sie nicht.

Der alte Respekt vor Yanas Worten war noch vorhanden. Das spürte sie deutlich, nicht nur in dem, was die Jungs aus seiner Truppe sagten, sondern auch, wie man ihr gegenübertrat. Wenn sie es ohne große Gefühle betrachtete, war Lito im Recht. Er hatte seinen Teil getan, viel gewagt und, wie sie inzwischen wusste, auch erduldet. Und was hatte es ihm und den Jungs gebracht?

Trotzdem rumorte es in ihr. Die folgende Nacht konnte sie schlecht schlafen. Sie hatte den Jungs beim Aufräumen in der Unterkunft geholfen und sich Zeit zum Nachdenken erbeten. Doch sie wusste, ihre Entscheidung war gefallen. Sie hatte sich Lito und Joran nach dem Abendessen vorgenommen und ihnen mitgeteilt, dass sie am nächsten Morgen aufbrechen wollte.

Die beiden hatten kaum Hoffnung auf eine andere Entscheidung gehabt, denn gleich nach dem Aufstehen sparten sie nicht mit Hinweisen zur Orientierung und halfen mit aller Verpflegung, die sie erübrigen konnten. Der Weg würde ein gutes Stück die alte Nordstraße hinaufführen.

Als Yana am Morgen aus dem Haus trat, lag noch der Morgennebel über Nortborg. Der Herbst hatte seine Feuchtigkeit gleich einer Wolke aus unzähligen Gänsefedern über die Ruinen gebreitet. Eine Tasche mit Vorräten hatte man gepackt und eine zusammengerollte Decke trug sie an einer Schnur über den Rücken. Eines hatte sie sich erbeten und Lito hatte zu ihrem Erstaunen ohne weitere Diskussion zugestimmt. Sie trug den Mantel des Jarls über den Schultern. Er würde sie vor Regen und Schnee schützen und mit seinem dichten Kragen wärmen. Als sie danach gefragt hatte, sah sie ein Leuchten in Litos Augen. Es schien ihr wie eine Anerkennung, aber auch Ehrfurcht, die da bei Lito aufbrach. Er war sich der Tragweite wohl bewusst und auch, was dieses Zeichen für seine Kameraden bedeutete.

Yana sprach es zwar nicht aus, aber sie vermutete, dass er vielleicht sogar froh darüber war, dass der Mantel nun endlich einen neuen Besitzer und eine neue Bestimmung finden würde. Zu schicksalhaft waren seine Geschichte und die Erinnerung an Athel.

Das alte Leben und die Gesetze, die Sandbak einst zusammenhielten, hatten selbst die verlorenen Jungs noch nicht vergessen. Auf der anderen Seite konnte Yana spüren, wie Lito aufatmete. Das einzige Überbleibsel von Athel war wie ein unheilvolles Vermächtnis, und sie vermutete, Lito war sogar erleichtert, dass es nicht mehr in der Truhe begraben liegen würde.

Für den Herbst war die feuchte Kälte, die durch die alten Gassen der Seestadt zog, an sich nichts Besonderes, doch Yana war klar, sie musste sich beeilen. Es roch nach frühem Winter und eine Woche würde sie für die Strecke bis an die Bergketten vor den Eisweiten brauchen. Es war machbar und Lito als auch Joran hatten ihre Einwände deutlich geäußert. Aber sie hätten Yana nicht gehen lassen, wenn das Jahr zu weit fortgeschritten wäre. Die Chancen standen gut, noch vor dem ersten Schnee wieder in Nortborg zu sein.

Nicht alle von Litos Kameraden hatten sich zum Abschied eingefunden. Einige waren bereits in aller Frühe in die Wälder aufgebrochen. Die Geschwister umarmten sich noch einmal und Joran klopfte ihr auf die Schulter.

»Folge der Straße, soweit du kannst«, sagte er. »Vor den Bergen ist der Weg gut erkennbar, aber er wandelt sich in einen Pfad, und auch der verliert sich bald in den Hügeln.«

»Das Wetter hat der alten Straße mächtig zugesetzt«, ergänzte Lito. »Was die Baumeister einst geschaffen haben, hat unter den Zeiten gelitten und ist kaum noch sichtbar, je weiter du vorankommst. Du wirst den Weg finden, wenn du dich an den Bergketten und den Gipfeln orientierst, so wie wir beschrieben haben.«

»Ich werde eure Ratschläge nicht vergessen, falls ihr Bedenken habt. Ich bin nicht das erste Mal in den Wäldern unterwegs.«

Sie nahm Joran in den Arm und drückte ihn noch einmal fest.

»Wandern werde ich nur bei Tag und die Dämmerung meiden. Für die Nacht habe ich immer eine Fackel dabei, und ich weiß sie zu nutzen.«

Joran setzte eine ernste Miene auf.

»Besser noch, du machst dir ein Lagerfeuer. Egal, was sich da draußen rumtreibt, an einem Feuer bist du sicher. Uns ist noch nie etwas zu nahe gekommen, solange die Flammen die Wildnis im Zaum halten.«

Sie grüßte beiden noch einmal zu, dann wandte sie sich gen Norden und marschierte die Straße entlang, die sich durch das Ruinenfeld von Nortborg schlängelte.

Manche Häuser am Wegesrand waren damals vollständig ausgebrannt, von ihnen existierte kaum mehr als ein hügeliges Geröllfeld. Andere

Häuser waren stabiler gewesen, dort standen noch Mauerreste. Eingefallene Dächer breiteten ihre kaputten Flügel über die einstmals stattlichen Behausungen.

Da das Gasthaus Zum furchtsamen Ochsen in der Stadtmitte gebaut war, musste Yana eine Weile durch die geisterhafte Szenerie laufen, bevor sie die Stadtgrenze erreichte. Der hartnäckige Morgennebel machte aus der Umgebung eine gespenstische Szene und sie bemühte sich, einen schnellen Schritt vorzulegen.

Sie kannte nur Beschreibungen der Ältesten, die von dem dreißig Jahre andauernden Krieg berichteten, der über den Kontinent getobt war. Dort hatte es in vielen Städten und nach den furchtbaren Belagerungen ganz sicher so ausgesehen wie jetzt in Nortborg, wenn auch hier über die Jahre vieles zugewachsen war.

Die ehemals weiten Alleen waren von hohen Bäumen gesäumt, doch je näher Yana der Stadtgrenze kam, desto kleinteiliger wurde die Bebauung. Vielleicht hatten hier einmal niedrige Hütten gestanden. Jetzt war davon nicht viel mehr zu sehen als moosüberwachsene Hügel unter dichtem Astwerk.

Sie war erleichtert, als mehr Licht durch das Blätterdach schimmerte und das Ende der Hauptstraße in Sicht kam. Für einen Moment verlangsamte sie ihren Schritt, als sie ein gutes Stück voraus eine Person auf einem mächtigen Wegstein am Rand der Straße sitzen sah. Doch bald hatte sie erkannt, wer dort saß und ihr aus der Ferne zuwinkte. Er hatte auf sie gewartet. Es war Loke, der jüngste aus der Gemeinschaft der verstoßenen Jungs.

Sie schloss zu ihm auf, grüßte und sagte kein Wort. Er grinste breit über alle Backen.

»Die Rothaarigen müssen zusammenhalten«, sagte er und Yana musste lächeln.

»Hat dich jemand geschickt, mich zu begleiten?«

»Keineswegs!« Er stand auf und klopfte sich den unsichtbaren Staub von der Hose. »Meine eigene Entscheidung.«

»Dann weiß niemand davon?«

»Oh doch. Ich habe Stigan eingeweiht. Er wird Lito und Joran Bescheid sagen, sobald er von der Jagd heimkehrt. Mich wird niemand vermissen. Meinst du, ich würde dich allein auf die Reise gehen lassen?«

»Willst du mich unterhalten oder beschützen?«

»Zwei meiner leichtesten Aufgaben«, ergänzte er. »Und es gibt noch eine andere.«

»Ach ja?«

»Ich kenne nicht nur den Weg und das Ziel, sondern weiß auch, wie wir heile dort ankommen.«

»Dann warst du schon einmal so weit im Norden.«

»Natürlich. Ich war dabei, als wir mit einer kleinen Gruppe damals das gefunden haben, was du nun über den Schultern trägst.«

»Der Mantel meines Vaters.«

»Ich kann mich noch gut erinnern, wo wir ihn gefunden haben, und schon deswegen kannst du auf mein Geleit kaum verzichten.«

Yana musste laut lachen.

»Dann komm, mein edler Führer«, sagte sie und winkte ihn voran. »Bring mich heile dort hin.«

»Mit allem Glück und meiner Hilfe wird uns das wohl gelingen.« Er schloss zu ihr auf und richtete seinen Blick die Straße hinunter.

Ein seltsamer Zufall ließ genau in diesem Moment die Sonne durch den Nebel brechen. Jetzt erst erkannte Yana, dass sie an einem Kreuzweg standen, da ein Pfad, der um Nortborg herumführte, sich hier mit der alten Nordstraße verband.

Noch immer war sie unsicher, ob ihre Entscheidung richtig war, den vielleicht letzten Ort aufzusuchen, den ihr Vater besucht hatte, vor allem da sie nicht wusste, was dort geschehen war. Litos Warnungen fielen ihr ein und Jorans Anweisungen hallten in ihrem Kopf. Aber der Drang war nach wie vor groß.

Zu allem Überfluss kam das zurück in ihre Gedanken, was Wila ihr so oft vorgehalten hatte.

›Du willst alles wissen und am liebsten gleich alles können, aber wie vieles auf der Welt erfordert jedes Wirken seine Zeit. Grimm und Ungeduld sind selten gute Ratgeber. Niemand zwingt dich, all das zu tun, was du dir in den Kopf setzt. Außer du selbst.‹

Damals hatte sie über jeden Fehler geflucht, der ihr unterlaufen war, sei es beim Arbeiten in der Küche oder beim Lernen der endlos langen Gedichte und Lieder, die schon die Ältesten nur von Mund zu Mund weitergereicht hatten.

Diesmal ging es nicht ums Lernen und es war auch keine Kleinigkeit im Haushalt. Dies war unbekanntes Terrain. Sie musste sich mit eigenen Augen überzeugen, was mit Athel geschehen war. Sie schob die Bedenken beiseite und erinnerte sich lieber daran, was Wila ihr über die Wälder und die Bäume erzählt hatte.

»Wir sollten die Eichen meiden«, sagte sie. »Meine Großmutter hat mich gelehrt, stattdessen lieber Ahorn und Buche zu suchen. Und auch die dicken Finger der Esche waren ihr nie geheuer. Ganz zu schweigen von den Silberpappeln. Die hat sie Geisterbäume genannt.«

Ihre Stimmung hob sich und sie schritt mutig aus.

»Du kennst dich im Wald gut aus«, sagte Loke. »Dein Rat soll uns weiterhelfen. Ich für meinen Teil kenne mich mit etwas anderem gut aus.«

»Und das wäre?«

»Mit der Bestie und wie wir sie uns vom Hals halten.«

Da war Yanas gute Stimmung gerade aufgekommen und schon wieder verflogen.

Vor Jahr und Tag

» Finn schlug verärgert die Faust auf den Tisch. Der Raum leerte sich schnell, aber niemand hörte noch auf das, was er zu sagen hatte. Hergold stand mit betretenem Gesichtsausdruck neben ihm. Er war aufgestanden, als die Ratsherren von Nortborg begonnen hatten, die Versammlung aufzulösen. Es sah ganz danach aus, als hätten sie genug gehört. Wahrscheinlich waren sie sogar der Meinung, sie hätten alles gehört.

Es war ein schöner Morgen. Blauer Himmel spannte sich über der Bucht unter dem Kastell und die Steilküste am anderen Ufer glänzte im hellen Schein der herbstlichen Sonne.

›Diese uneinsichtige Bande‹, fluchte Finn. ›Habe ich nicht alles erzählt, was sich auf meiner Reise zugetragen hat?‹

›Das habt Ihr‹, versuchte Hergold, den Ausfall zu beschwichtigen. Er hoffte, die Ratsherren waren im Flur bereits so weit vorangekommen, dass sie die Worte des Jarls nicht mehr hören konnten.

›Und? War das alles so schwer zu verstehen?‹

›Ganz sicher nicht.‹ Hergold umrundete eilig die Bankettafel, die für die große Versammlung als

Tisch hatte herhalten müssen. Er schloss eilig die Doppeltür zur Festhalle.

›Aber die Ratsherren und Führer der Clans so unvorbereitet einzuladen und vor die Wahl zu stellen, war vielleicht nicht so klug. Ihr hättet mich vorab in die Stadt schicken sollen, um die Stimmung auszuloten.‹

Hergold kehrte an seinen Platz zur Rechten von Finn zurück.

Der Jarl senkte den Kopf und begann, seine Stirn zu reiben, als könnte er dort die Lösung finden.

›Habe ich nicht deutlich genug gemacht, was für eine Macht in den Bergen haust und auch was für eine Gefahr sie darstellt? Du hast mich doch verstanden, Hergold?‹

›Ich habe nicht nur jedes Eurer Worte mitbekommen, ich kann auch die entsprechenden Schlüsse ziehen‹, antwortete der Bannwart. ›Vielleicht sollten wir dem Rat einfach noch etwas Zeit lassen. Wenn die Männer sich untereinander beraten können und das Wort in den Familien die Runde macht, dann kommen sie schon von selbst auf die Ideen, auf die auch Ihr gekommen seid.‹

Finn blickte auf und seine Miene wurde ernst.

›Das kann dauern, und so viel Zeit haben wir nicht. Der Winter kommt, und wenn wir lange warten, ist erst nach dem nächsten Frühjahr wieder eine Reise in den Norden möglich. Wer weiß, was bis dahin passiert. Ich habe dir doch erzählt, was diese Siebenblatt ihren Anhängern beibringt und auch was sie von uns Nordmenschen hält.‹

›Ich glaube, das habe nicht nur ich verstanden.‹

›Dann dürfte eigentlich jedem dieser Ratshansel klar geworden sein, dass wir es nicht zulassen können, dass diese seltsame Dame einfach so unsere Frauen ausbildet und womöglich demnächst mir nichts, dir nichts hier vorbeischaut, um uns ihre Gesetze zu diktieren. Schon gar nicht, wenn man bedenkt, welche Macht sie entfesseln kann. Ich habe alles haarklein beschrieben. Sie kann nicht nur in ihrem Tal machen, was sie will. Auch in Nortborg oder sonst wo wird sie sich nicht durch ein paar nette Worte aufhalten lassen, solange sie über diesen Stein gebietet.‹

›Zweifelsohne waren das unerfreuliche Neuigkeiten, die Ihr da mitgebracht habt. Aber ich nehme an, Euer Plan, aufzurüsten und gleich mit einer Streitmacht ins Klauengebirge zu ziehen, war einfach zu viel für die Ratsherren. Sie sind Händler, Fischer, Bauherren und Meister von Handwerk und Finanzen. Sie denken, solange sie sich nicht rühren, wird sich auch nichts ändern.‹

›Aber Nortborg wächst‹, entgegnete Finn. ›Und daran wollen die lieben Herren eben auch nichts ändern. Wir stoßen immer weiter in die Wälder vor. Mein Vorschlag dient einzig der Vorsorge. Irgendwann werden wir so oder so auf die Macht im Norden treffen. Ich bin dafür, sie einzuhegen; je früher, desto besser.‹

Hergold nahm auf dem Stuhl neben Finn Platz. Er fühlte sich unsicher, was die Gründe betraf, die sein Jarl gegenüber dem Rat angeführt hatte. Aber er wollte helfen, wie er es immer getan hatte. Schon zerbrach er sich den Kopf, um Finn beizustehen.

›Ich kann Eure Bedenken verstehen und auch Eure Ungeduld, was das betrifft.‹

Er überlegte einen Moment.

›Ich glaube, es gibt doch eine Lösung.‹

Finn horchte auf.

›Vielleicht sollten wir eine Unternehmung in Betracht ziehen, die weniger auffällig ist, anstatt gleich einen Krieg loszuschlagen?‹

Finn pfiff abwertend durch die Zähne.

›Meinst du, der Rat war nur deswegen von meiner Plänen abgeneigt, da sie noch kriegsmüde sind? Sie sind nur Feiglinge. Und sie sehen die Zukunft nicht so, wie ich sie sehe.‹

›Ihr wisst, ich stehe Euch immer zur Seite‹, entgegnete Hergold. ›Lasst uns eine kleine Truppe zusammenstellen, die ungesehen weit kommen kann. Was haltet Ihr davon?‹

›Was meinst du?‹

›Wie wäre es, wenn wir ein schnelles Boot mit acht kräftigen Jungs die Rotflut hinaufschicken? Wir erklären es zu einem Jagdausflug vor dem nahen Winter. Und Ihr müsstet noch nicht einmal dabei sein. Ich begleite Euch, wenn wir nachreisen und zu Fuß bis an die letzten Stromschnellen wandern. Wenn die Jungs stark und behände sind, dann brauchen sie Zeit, um das Boot an allen Schnellwassern vorbeizutragen. Wir könnten sie einholen und an den Bergen unterhalb der Stelle treffen, an der die Rotflut aus den Klüften heraustritt.‹

›Ich verstehe, worauf du hinauswillst‹, ergänzte Finn. ›Von dort aus ist die Strömung ein Kinderspiel und wir beide könnten mit dem Boot durch die Schluchten bis zum Speichersee gelangen. Dann verbleibt nur noch die Passage bis ins verborgene Tal.‹

›Ihr wart dort«, sagte Hergold. ›Ihr könnt am beurteilen, wann und zu welcher Stunde wir die besten Chancen haben, uns dort einzuschleichen.‹

›Niemand soll uns kommen sehen.‹ Finn stand auf und trat an die Fenster heran, die vom Festraum einen weiten Ausblick auf die Bucht von Nortborg gaben. Er verschränkte die Hände hinter dem Rücken und schaute für einen Moment still auf die Stadt herab.

›Keiner wird mit uns rechnen, wenn wir bis in das Herz der dunklen Höhle vorstoßen. Wenn wir uns schlau verhalten, bleiben wir unentdeckt. So könnte es gelingen, den Kristall in Besitz zu nehmen.‹

›Wenn Eure Beobachtungen zutreffen‹, ergänzte Hergold, ›dass die Macht im Norden auf diesem Stein beruht, dann wollen wir die beiden voneinander trennen. Mit diesem Pfand in unserer Hand sollte die Kraft von Siebenblatt gebrochen sein.‹

Finn wandte sich ab und ließ sich Zeit mit seiner Antwort, bis er sich sicher war, dass Hergold sein Gesicht nicht mehr sehen konnte.

›Dein Plan ist gut‹, sagte er und ein Grinsen zog sich in sein Miene.«

Vor Jahr und Tag

»Das war also gar nicht Finns Idee.« Litos Stimme überschlug sich, als er der Großmutter ins Wort fiel. Verärgert schlug er seine Bettdecke zurück und fuchtelte mit den Armen.

»Langsam, langsam«, ermahnte ihn Wila. »Du meinst, schon alles zu wissen, und ich bin noch gar nicht fertig. Erst gestern hast du erfahren, was dem Jarl aus alten Tagen Wundersames auf seiner Reise widerfahren ist, und kaum geht die Geschichte weiter, hast du dein Urteil gefällt. Was sagst du dazu, Yana?«

Auch Yana lag, wie schon am letzten Abend, in ihrem Bett gleich nebenan.

»Ich bin mir nicht sicher«, sagte sie und setzte sich auf, »ob das wirklich alles auf dem Acker des Bannwarts gewachsen ist. Ich möchte wissen, ob es überhaupt dort gewachsen wäre, wenn nicht alles von Finns Bericht und seiner Darstellung abgehangen hätte. Wer weiß, was er dem Rat erzählt hat.«

»Gut zugehört«, sagte Wila. »Wer kann heute noch sagen, was für ein Grinsen sich in Finns Gesicht geschlichen hatte. War es aufrichtige Dankbarkeit für die Hilfe des Mannes, der ihn am meisten schätzte? Oder war es listiger Triumph, dafür, dass er einen wichtigen Schritt vorangekommen war? Vielleicht war es sogar der entscheidende Schritt, denn was nun folgte, war in den nördlichen Landen noch nie da gewesen.«

»Aber eine Jagd ist doch nichts Besonderes«, unterbrach Lito.

»Diese Jagd schon«, fuhr Wila fort. »Hört weiter zu, denn es kam so, wie Finn und Hergold es geplant hatten. Sie stellten eine Gruppe aus jungen Männern zusammen, die gewandt genug waren, um in einem schnellen Boot gegen die Strömung der Rotflut anzupaddeln. Zudem mussten sie kräftig sein, um das Boot an allen Stromschnellen vorbeizutragen. Dann wartete Finn eine Woche und brach, noch bevor der erste Schnee fiel, mit seinem Begleiter zu einer Jagdpartie auf. Das war es, was er den Menschen an seinem Hof erzählte, doch die Suche nach Wildbret war nicht ihr Ziel. Wie geplant traf er sich am Ziel der Wanderung mit seinen Helfern an den Ausläufern des Klauengebirges. Acht gesunde, junge Männer waren es, und sie waren voll Frohmut, ihren Jarl auf diesem Ausflug unterstützen zu dürfen. Sie stammten aus den angesehensten Familien von Nortborg. Kein Clan hatte es sich nehmen lassen, einen der stärksten Burschen an den Hof zu schicken, das war seit Jahr und Tag Brauch. So hatten die Männer bereits ein Lager errichtet und warteten geduldig auf den Jarl und seinen Bannwart.

Als Finn und Hergold eintrafen, wurden sie freudig begrüßt und mit einem Mahl am Lagerfeuer empfangen, denn die Jagd, so meinten die Männer, war ihre einzige Absicht auf dieser Unternehmung. Mehr Erklärungen bekamen sie nicht zu Gehör, denn schon am nächsten Morgen brachen Finn und Hergold auf. Sie baten die Männer, im Lager zu warten, nahmen das Boot und paddelten weiter die Rotflut hinauf. Schon bald gerieten sie in den Schluchten außer Sicht. Diejenigen, die zurückblieben, wunderten sich zwar über das seltsame Gebaren der beiden Anführer, aber sie ließen sie ohne ein weiteres Wort gewähren.

Den ersten Teil der Strecke schafften Finn und Hergold knapp an einem Tag. Dann machten sie in der kleinen Bucht halt, in der Finn sich schon bei seiner Rückreise ausgeruht hatte. Die Strömung in den tiefen Bergtälern war zwar nicht stark, aber die Felsen ragten überall steil auf und nirgends fand man Halt, um sich zu erholen. Die Fahrt war anstrengend und sie waren froh, sich noch eine Nacht ausruhen zu können, bevor sie das letzte Stück angingen. Am nächsten Tag fuhren sie bis fast an den Speichersee, da begann es bereits zu dämmern. In aller Stille und von der aufkommenden Dunkelheit geschützt, erreichten sie den hochgelegenen See unter dem Wasserfall.

Das Ufer lag verlassen und so zogen sie ihr Boot ein Stück den Kies hinauf. Die Luft war klar und kalt und der Himmel sternenklar. Das Rauschen

des nahen Wasserfalls übertönte all ihre Geräusche.

›Wir werden nichts bei uns tragen‹, sagte Finn. ›Unsere Dolche und Bögen lassen wir im Boot.‹

›Meint Ihr, das ist eine gute Idee?‹, wandte Hergold ein.

›Ganz sicher ist mit dem, was wir sonst tragen und mit dem wir zu kämpfen gewohnt sind, der Macht von Siebenblatt nicht beizukommen. Uns soll nichts behindern und durch kein Blitzen von Metall wollen wir auffallen. Bald wird der Mond erscheinen, und auch wenn er nur sein halbes Gesicht zeigt, so darf uns niemand in seinem Schein entdecken. Wir werden nichts mitnehmen außer unseren Jagdmänteln.‹

›Die werden helfen‹, sagte Hergold, ›wenn wir in den Schatten wandern und uns durch das Dickicht am Rand des Tals schleichen.‹

›Wir müssen uns Zeit lassen und den Hütten ausweichen. Keinen Schritt dürfen wir der Siedlung zu nahe kommen, sonst werden uns die Gänse hören und alle mit ihrem Geschnatter aufwecken. Jetzt sollten wir warten, uns steht der gefährlichste Teil der Strecke bevor.‹

›Die Passage durch die Klamm der tosenden Wasser.‹

›Der Weißwechsel, ganz recht. Wir müssen hoffen, dass uns niemand begegnet. Aber ich glaube, Siebenblatt und ihre Anhänger haben eine andere Art zu reisen, als wir es gewohnt sind. Den Weg an den Speichersee werden sie selten nutzen. Ganz sicher nicht tief in der Nacht.‹

Sie nahmen ihre Mäntel, legten sie über die Schultern und begaben sich in den Schutz des nahen Waldrandes. Im Dickicht warteten sie, bis die tiefe Nacht angebrochen war.

Der Mond ging auf, und auch wenn es nur ein Halbmond war, der in dieser Nacht schien, so war doch genug Licht unter dem wolkenlosen Himmel vorhanden, dass sie den Pfad zum Bergbruch finden konnten. Über den sanften Anstieg ging es lange hinauf, denn sie wanderten langsam und schauten um jede Biegung voraus. Dann erreichten sie das dunkle Tor in den Weißwechsel und dahinter gähnte nur schwarze Leere. Sie wagten keine Fackel zu entzünden. Das Rauschen des schnellen Wassers war hier so laut, dass sie sich kaum verständigen konnten, aber sie hatten sich abgesprochen. Mit der linken Hand am Fels tasteten sie sich in der Passage am Berg entlang. Es war eine seltsame Wanderung in der Nähe des reißenden Stroms. Hergold musste sich mühen, in der Nähe des Jarls zu bleiben. Das Licht des Mondes fiel ab und zu tief genug in die Klamm, um auf dem Schaum der aufgepeitschten Wellen zu tanzen. Aber selbst das war kaum genug, den Pfad voraus zu erkennen. Manchmal blieb Hergold nichts anderes übrig, in der Dunkelheit nach Finn zu tasten und er hoffte, sein Anführer würde nicht zu schnell vorausgehen. Finn kannte den Weg, war er ihn doch schon einmal gegangen, und mehr noch hatte Hergold den Eindruck, ein seltsamer Drang zog den Jarl unerbittlich voran.

Dann erreichten sie das Ende der Passage und das Rauschen des Wassers wurde mit jedem Schritt leiser. Hergold wollte nicht beurteilen, was ihm unheimlicher erschien, das laute Tosen in der Dunkelheit oder das Wandern um den still liegenden Quelltopf. Nun konnte man wieder mehr von dem Pfad sehen, aber auch die steilen Felswände ringsum. Die hohe Spitze des Frostdorn lag verborgen in der Finsternis unter dem sternenklaren Himmel.

Als sie auf der Kuppe der letzten Erhebung angekommen waren, wandte Finn sich noch einmal seinem Bannwart zu.

›Ab hier müssen wir besonders vorsichtig und vor allem leise sein. Kein unnötiges Wort und so wenig Geräusch wie möglich wollen wir machen. Wir halten uns nach Norden, und ich hoffe, wir kommen durch den Wald voran, ohne viel Zeit zu verlieren. Wir müssen es wagen und einen Schritt zulegen, denn die Nacht ist schon weit vorangeschritten.‹

›Bleiben wir vorerst auf dem Pfad‹, schlug Hergold vor. ›Vielleicht teilt er sich und wir finden einen Weg, der am Fuß der Berge entlangführt.‹

Finn winkte ihn voran.

›So etwas habe ich wahrlich bei meinem ersten Besuch gesehen, wir müssen ihn nur finden. Sonst gehen wir durch das Dickicht, aber immer nach

Norden, so meiden wir den freien Platz auf der anderen Seite des Tals und zudem ist der Weg zu unserem Ziel kürzer.‹

So geschah es. Sie orientierten sich am Glitzern der Sterne und fanden die Lücke zwischen den Bäumen. Ein Waldpfad bot sich an und sie umrundeten das Tal auf leisen Sohlen. Keinen Laut hörte Hergold durch das Dickicht dringen, so nahm er an, die Siedlung lag in tiefem Schlummer. Trotz seiner Spannung atmete er leichter, denn es bedeutete ebenso, dass man ihre eigenen Schritte nicht hören konnte.

Sie erreichten den Fuß der nördlichen Berge und Hergold wunderte sich über die Zielstrebigkeit, aber gleichsam die Ruhe, mit der Finn vorausgegangen war. Es schien, als wäre der Jarl sich seiner Sache sicher.

Als sie sich den Berg hinauftasteten, wurde Hergold unruhig, denn sie waren eine Weile gewandert. Er schaute sich um und erblickte das Tal, wie es im Mondlicht unter ihnen lag. Zum ersten Mal sah er Licht schimmern. Es waren Lampen, die an den Hütten in der Ferne brannten.

›Wir sollten uns sputen‹, flüsterte Finn. Er zog ihn am Arm.

›Es wird nicht mehr lange dauern, dann kommt das erste Licht des Tages auf‹, sagte Hergold. ›Auf dem Rückweg müssen wir uns beeilen.‹

Da sah er im grauen Schein des Mondes, wie der Jarl den Kopf schüttelte und einfach weiterging.

Sein Herz zog sich für einen Moment zusammen, denn ihm war, als würde Finn sich kaum für seine Worte interessieren.

Höher und höher ging es den Abhang hinauf, und als sie auf ein kleines Plateau kamen, holte Hergold einmal tief Luft. Für einen Moment fiel seine Spannung ab, denn ihm wurde bewusst, dass sie es geschafft hatten. Vor ihnen lag ein Schatten am Berghang, in dem weder Sterne noch Mond schimmerten. Sie standen am Eingang der Dunkelmure.«

Yanas Worte

Trotz der Warnung blieb Yana am ersten Tag ihrer Wanderung ruhig und gefasst. Sie verließ sich auf Loke. Die Straße in den Norden war gut erkennbar und das Wetter hervorragend. Die herbstliche Sonne meinte es gut mit ihnen, hatte den Bodennebel bald aufgelöst und so kamen sie bei annehmbaren Temperaturen auf den ersten Meilen gut voran.

Von Zeit zu Zeit legten sie eine Pause ein, um sich zu erfrischen. Auch Loke hatte eine Tasche mit Vorräten umhängen und am Wegesrand kreuzte immer wieder ein Bächlein, sodass sie sogar ihre Wassersäcke gefüllt halten konnten.

Loke unterhielt sie mit Geschichten, die er in den Jahren mit den verstoßenen Jungs erlebt hatte, und damit brachte er Yana nicht selten zum Lachen. Trotz all der Gemeinheiten, die man ihnen in Sandbak bereitet hatte, und der harten Schule in der Wildnis, hatten die Jungs ihren Frohmut nicht verloren.

Am Nachmittag, die Sonne hatte ihren höchsten Stand lange überschritten, fasste Yana doch den Mut, ihren Begleiter auszufragen. Loke war ihr sicher und unbekümmert vorgekommen, aber nun wollte sie wissen, was es mit der Gefahr in den Wäldern auf sich hatte.

Doch Loke kam ihr zuvor.

»Wir werden uns bald einen Platz für ein Lager suchen«, sagte er, nachdem er gerade eine Geschichte über das ungleiche Duo Hildor und Simo beendet hatte. »Es wird Zeit brauchen, sich einzurichten und genug Holz für die Nacht zu sammeln.«

»Aber es ist ein klarer Tag und die Sonne wird noch lange nicht verschwinden«, wandte Yana ein. »Sollten wir die Zeit nicht nutzen und mehr Strecke machen?«

»Wir werden ein gutes Feuer brauchen«, erwiderte er. »Dafür braucht es eine Menge Holz, und die müssen wir uns erst einmal suchen. Ich weiß, das kostet Zeit, aber die Flammen dürfen nicht einen Moment ausgehen. Nachts werden wir abwechselnd über das Feuer wachen, das wird uns vor allem beschützen, was im Dunkel umherstreicht.«

»War das auf allen euren Reisen so?«

»Wir mussten es lernen«, sagte Loke. »Wir haben bitter dafür bezahlt.«

»Das klingt nicht gerade nach Zuversicht.«

»Mach dir keine Gedanken, solange wir uns daran halten, wird uns die Bestie nicht behelligen. Ich habe es selbst erlebt. Als ich damals mit meiner Gruppe im Norden auf der Suche war, ist eine der Wachen in der Nacht eingeschlafen. Niemand hat nachgelegt und das Feuer ist heruntergebrannt.«

»Und dann?«

»Keiner hat etwas mitbekommen, aber das Biest hat sich seinen Wegzoll geholt. Unsere Wache war verschwunden, das haben wir beim nächsten Wachwechsel entdeckt. Du kannst dir die Aufregung vorstellen. Als es am nächsten Morgen hell wurde, haben wir die Überreste unseres Kameraden nicht weit vom Lager entfernt gefunden. Es war nicht mehr viel übrig, woran man ihn hätte erkennen können. Aber er musste es ganz zweifellos sein.«

»Das klingt nicht gut.«

»Es war auch nicht gut anzuschauen. Es war, als hätte ihn eine unglaublich kräftige Macht in Stücke gerissen. Kein schöner Anblick. Doch wann immer wir danach auf der Jagd mit dem Feuer vorsichtig waren, hat es uns nicht mehr erwischt. Was sich tatsächlich zugetragen hat, kann keiner von uns erklären, denn die Bestie hat noch niemand zu Gesicht bekommen.«

Er stockte für einen Moment.

»... noch niemand, der es überlebt hätte.«

Yana lief ein Schauer über den Rücken. Sie dachte an die Geräusche auf ihrer Wanderung und das unheimliche Schnüffeln. Sie blieb für einen Moment still, während sie weiter nebeneinander gingen.

»Was ist mit dem anderen Opfer? Mein Bruder hat mir berichtet, dass er noch jemanden in den Wäldern verloren hat.«

»Das war Nilas«, antwortete Loke. »Einer der Ersten, der damals mit Lito nach Nortborg gegangen ist. Der Grund ist alltäglich, denn es betrifft unseren ständigen Kampf mit den Patrouillen der Hardangers. Wir trafen unvermittelt auf eine Gruppe unter der Führung von Harald und beim Gefecht und der darauffolgenden Flucht hat sich Nilas einen Pfeil eingefangen. Wir schafften ihn noch in unser Versteck, aber er hat es nicht überlebt.«

Yana klopfte Loke zur Aufmunterung auf die Schulter. Sie brauchte nichts weiter zu sagen. Sie wanderten noch eine Weile, dann wandelte sich der Bewuchs entlang der alten Straße. Statt dem Mischwald breitete sich ein Dickicht aus Efeu und Brombeergebüsch aus, das unter dem dunklen Dach von hohen Tannen stand.

»Hier ist es gut«, entschied Loke. »Und genug Beeren finden wir obendrein.«

Sie schlugen sich ein Stück in die Wildnis, um einen Lagerplatz zu suchen. In einer kleinen Senke breiteten sie ihre Decken aus und begannen mit dem Sammeln von Holz.

Zum Glück hatte es einige Tage nicht geregnet und Loke war geübt im Umgang mit dem Zunder. Im Nu hatte er ein stattliches Lagerfeuer entfacht. Yana hätte es selbst ebenso gut geschafft, doch sie lobte ihn und sah, wie ihm dies gefiel. Sie machten es sich im Unterholz gemütlich und die Dunkelheit brach herein.

Yana blieb unruhig, denn Lokes Erzählungen hatten sie auf Gedanken gebracht. Immer wieder horchte sie in die Wildnis hinein, ob sich nicht doch ein ungewöhnliches Geräusch ausmachen ließ. Aber außer dem Klopfen der Spechte, die ihre Wohnungen für den Winter ausbauten, und dem verhaltenen Rufen eines Käuzchens, fiel ihr nichts auf.

Sie hatten ein paar Beeren gesammelt und aßen ein paar mitgebrachte Streifen Trockenfleisch. So hatten sie ein schmackhaftes, wenn auch karges Abendmahl.

Yana befürchtete, wenn es in diesem Tempo weiterging, dann würden sie ganz sicher weit über eine Woche unterwegs sein, bevor sie die Randberge erreichten. Sie hätte es sich schneller gewünscht, aber sie musste sich auf den Rat von Loke verlassen.

Sie übernahm die erste Wache bis tief in die Nacht, dann sollte Loke dran sein.

»Ich schlafe sowieso an jedem Platz und zu jeder Zeit ein«, erklärte er, bevor er sich in seine Decke rollte. »Wenn ich dich ablöse, wirst du den Rest der Nacht wie ein Stein schlafen.«

Er las ihr die Bedenken aus dem Gesicht.

»Morgen werde ich uns ein paar Pilze sammeln, dann haben wir etwas zum Brutzeln über dem Feuer.«

»Dann verbrauchen wir noch mehr Zeit. Aber wenn du meinst.« Sie zuckte mit den Schultern.

»Das Sammeln solltest du vielleicht besser mir überlassen, kümmere du dich um das Holz.«

Loke richtete sich nochmals auf und schaute fragend herüber.

»Falls es dich beruhigt«, sagte sie, »sollte ich dir vielleicht verraten, dass ich dazu weit besser geeignet bin als du ...« Sie machte eine Pause, und bevor er nachfragen konnte: »... und irgendeiner der Jungs aus Nortborg.«

»Eigentlich wollte ich ja eine Mütze Schlaf nehmen«, murrte er, »aber jetzt machst du mich neugierig.«

»Großmutter Wila hat es mir beigebracht.«

»Mit Pilzen kenne ich mich schon aus«, entrüstete er sich.

»So meine ich das nicht.« Sie legte in aller Ruhe ein dickes Stück Ast aufs Feuer und überlegte dabei, was sie Loke preisgeben wollte.

»Sagen wir besser, was Wila mir eröffnet hat. Viele haben sich gefragt, was sie über den Wald weiß und warum sie sich auf viele Dinge besser versteht als selbst die Wanderer und Waldleute. Sie kann jeden Pilz probieren und erkennen, ob er giftig ist oder nicht.«

»Du meinst, daran riechen?«

Yana schüttelte den Kopf.

»Schmecken, meine ich. Ob du es nun glaubst oder nicht. Es kann ihr nichts anhaben. Sie ist eine der Fanggen. Nicht nur das Wissen, sondern auch die alte Kraft, lebt in ihr fort.«

»Glaubst du, das wird weitergegeben?«

»Es gibt eine Verbindung zu allem, was lebt. Ich konnte es zuerst kaum glauben.«

»Was denn glauben?«

Loke wurde ungeduldig. Vielleicht meinte er, sie wolle einen Spaß mit ihm treiben.

Sie suchte seinen Blick und fixierte ihn über das Lagerfeuer hinweg. War es nur ein Eindruck, dass es ihr schien, als würde der Wald ringsum plötzlich ganz still werden, so als wolle er lauschen?

»Es war an einem Morgen vor langer Zeit, da nahm Wila mich mit auf den Dramberg. Ich dachte, es ginge um die alten Lieder und wieder ein paar neue Verse, aber an diesem Tag war alles anders. Nur zu zweit standen wir auf der Kuppe, über uns der weite Himmel und die Menschen von Sandbak fern. Dann gab sie mir eine Aufgabe. Die war nicht schwer. Es waren nur ein paar Töne, deren Abfolge ich mir einprägen sollte. Doch erst viel später erkannte ich, dass die Melodie nicht das eigentlich Wichtige war. Es war meine Stimme und das Pendeln von einer Schwingung zur nächsten. Sie ließ mich die Augen schließen, und nachdem ich ein paar Mal geübt hatte, durfte ich sie wieder öffnen. Von diesem Zeitpunkt an, war mein Leben ein anderes.«

»Was hast du gesehen?«, flüsterte er.

Die Bilder drängten sich mit Macht zurück in ihr Gedächtnis; fast kamen ihr die Tränen. Dann nahm sie sich doch zusammen.

»Es war ein schöner Herbsttag, ganz ähnlich wie das Wetter heute. An diesem Morgen lag Sandbak in dichtem Nebel, und nachdem ich meine Stimme geübt hatte, war der Nebel weg.«

»Einfach so?«

»Ganz und gar.«

»Und du meinst, das hatte mit deinen Übungen zu tun?«

Loke lächelte beschwichtigend herüber, als er sah, wie Yana den Mund verzog.

»Du weißt, in Sandbak kann das Wetter sehr schnell umschlagen.«

»Natürlich weiß ich das. Aber nicht so schnell. Vorher war da noch eine dicke Suppe und einen Moment später war alles verschwunden.«

Yana registrierte, wie Loke sich einen weiteren Kommentar verkniff. Er wackelte mit dem Kopf, so als müsste man es akzeptieren.

»Gut zu wissen«, sagte er schließlich. »Von mir aus kannst du gern der Vorkoster bei Pilzen sein. Und jeder darf sich glücklich schätzen, der eine Wetterfee dabei hat.«

Dann rollte er sich in seine Decke ein und sie hörte ihn ein *Gute Nacht* murmeln.

»Pass schön auf das Feuer auf.«

Kaum war es aus seiner Richtung still geworden, bemerkte sie, wie ihr eine Träne die Wange herablief. Es war gekommen, wie Wila prophezeit hatte. Die Menschen des Nordens glaubten vielleicht noch an Hexen und obskure Flüche, aber die wahre Macht der Wildnis zu erkennen, das hatten sie verlernt. Sie konnten nur lachen, wenn man ihnen davon erzählte.

Dabei hatte sich damals auf dem Dramberg viel mehr abgespielt. Das hatte sie Loke verschwiegen.

Das strahlende Licht der Morgensonne hatte enthüllt, was Yana wirklich gelungen war, und der Nebel war nur ein Teil davon.

Als sie die Augen öffnete, konnte sie den Anblick der vielen Tiere kaum fassen. Alle waren sie gekommen, alle aus der Gegend, wer nur laufen, fliegen und hopsen konnte. Im Kreis hatten sie gestanden und ehrfurchtsvoll am Steinkreis um die Kuppe gewartet. Still war es und alle hatten ihre Augen auf Yana gerichtet. Die Einzigen, die es gewagt hatten, den Kreis zu betreten und sich vor ihre Füße zu legen, waren Aro und Fynn, die beiden Haushunde von Athel. Aber auch sie waren still. Yana hatte sich gefragt, wie sie es so schnell auf die Kuppe geschafft hatten. Aro war doch schon recht betagt.

Doch sie waren gekommen wie Dachs und Fuchs, wie Reh und Wildschwein, wie Eichhorn und selbst die kleinen Mäuse, von den Vögeln und unzähligen anderen Tieren ganz zu schweigen.

Yana erkannte, sie grüßten nicht nur still. In diesem Moment wurde ihr bewusst, der Wald hatte niemanden geschickt, um sie willkommen zu heißen. Der Wald ließ sie wissen, sie war ab jetzt eine von ihnen.

Die ganze Schar hatte sich vor Yana verneigt; vor Yana und nichts anderem als der Macht, die sie gerade entfesselt hatte.

Auch wenn ihre Verwirrung groß war, während sie die Szene ungläubig musterte. Als Wila ihre Hände freigab, blieb ihr Blick im Gesicht der Großmutter haften. Die grinste über alle Backen.

»Es ist da«, sagte sie und legte ihre Hand auf Yanas Herz. »Ich habe es so sehr gehofft.«

Dann hatte Wila ihr noch einmal zugezwinkert, so wie es ihre Art war.

»Auch wenn du es noch nicht verstehst und vielleicht noch eine Menge üben musst. Ich werde dir bei allem helfen, auch wenn ich kaum über so viel Talent verfüge wie du. Eines jedoch musst du mir versprechen.«

Ihre Stimme hatte sie noch nicht beisammen, doch die Großmutter verstand ihren fragenden Blick.

»Es soll unser Geheimnis bleiben. Nicht einmal Lito oder dein Vater dürfen davon erfahren. Und schon gar nicht alle anderen in Sandbak. Glaub mir, sie würden es nicht verstehen.«

Die Erinnerung verblasste vor Yanas geistigem Auge, so wie das Lächeln von Wila verblasst war.

Es war lange her, und doch hatte es sie über die Jahre begleitet. Das Unverständnis hatte ihr Loke einmal mehr bestätigt. Da war etwas in ihr, wie im Wald und in allen Dingen, die lebten. Sie fühlte sich verbunden, auch wenn sie nicht bestimmen konnte, was es war. Wila hatte ihr kaum genug beibringen können, um es sinnvoll zu nutzen. Doch eines spürte sie deutlich, als sie in der Dunkelheit saß und in die Flammen starrte. Es war so, wie sich der Wald um sie herum gerade anfühlte. Lebendig und voller Schönheit, wie der Flug des Schmetterlings auf einer Sommerwiese. Aber zur gleichen Zeit lag etwas versteckt in den Schatten ringsum, und es wartete nur darauf, hervorzuspringen.

Der Überfall

Am nächsten Morgen fiel Yana das Aufstehen schwer. Es war eine kurze Nacht gewesen mit dem Wachwechsel zu später Stunde. Zum Aufstehen musste sie sich zwingen. Es würde sicher in den nächsten Nächten ganz ähnlich verlaufen. Auf der anderen Seite war sie erleichtert, denn alles war ruhig geblieben.

Die Knochen taten Yana trotzdem weh. Sie wünschte sich ihr Bett zurück, aber auch das schien unerreichbarer als je zuvor.

Loke drängte zum Aufbruch. Vielleicht hatte er verstanden, dass Yana am Abend zuvor Bedenken hatte, es würde nicht schnell genug vorangehen.

»Lass uns etwas Weg machen«, sagte er. »Von mir aus können wir das Frühstück auf eine Pause zwischendurch legen.«

Das war Yana mehr als recht und so packten sie ihre Sachen zusammen, verließen das Waldstück und wanderten eine Weile auf der alten Straße weiter. Wieder meinte das Wetter es gut mit ihnen und sie kamen bei strahlendem Sonnenschein ein gutes Stück voran. Ein leichter Wind spielte in den Wipfeln der Baumkronen am Wegesrand und die Blätter raschelten. Einige wenige fielen zu Boden, doch das ließ keine schlechte Stimmung aufkommen. Der Herbst verneigte sich noch einmal mit einer goldenen Abschiedsgeste, doch Yana konnte es mit jeder Faser ihres Körpers spüren. In seinem Rücken holte der Winter bereits einen tiefen Atemzug.

Noch war der Weg frei und leicht auszumachen. Die Wildnis hatte zwar vieles überwuchert, doch die Steine, die die Erbauer einst hier ausgelegt hatten, waren nicht völlig verschwunden. Die Straße lag wie ein Band über der Landschaft und wand sich zwischen Hügeln und dichten Waldstücken hindurch. Weit konnte man in der klaren Luft schauen und Yana war nicht erstaunt darüber, dass an den Bäumen im Mischwald nebenan schon die ersten gelben Blätter auftauchten.

Nach einer kurzen Pause ging es weiter und sie wunderte sich nicht nur über das Tempo, das Loke vorlegte, sondern vor allem über sein Schweigen. Er hatte die Stimmung des vorigen Tages nicht mitgenommen und blieb bis auf wenige Bemerkungen still. Auch die Geschichten schienen ihm ausgegangen.

Yana überlegte, wie sie ihn aus der Deckung locken konnte.

»Was hältst du von meinem Vorhaben? Meinst du, wir finden etwas in der Wildnis?«

Er machte den Eindruck, als hätte sie ihn aus den Gedanken gerissen. Er ließ sich Zeit mit einer Antwort.

»Das kann ich nicht sagen«, antwortete er. »Ich habe Hoffnung weder in die eine noch in die andere Richtung.«

»Du grübelst mir zu viel. Ich bin sehr froh, dass du mich begleitest. Und ich weiß selbst, dass unsere Chancen nach all der Zeit nicht besonders gut stehen. Wenigstens einer steht mir bei und das beruhigt ungemein. Es hat mich ziemlich getroffen, als ich mit meiner Idee für eine Reise in den Norden allein dastand. Aber ich nehme niemandem etwas übel. Es ist meine Entscheidung.«

»Ich weiß«, entgegnete er. »Vielleicht bin ich genau deswegen so still gewesen.«

Seine Wangen begannen sich zu verfärben.

»Warum?«

Sie sah, wie er mit sich rang.

»Ich habe dir nicht die volle Wahrheit gesagt, als wir uns an der Wegscheide getroffen haben. Es war nicht nur meine Entscheidung.«

»Mich zu begleiten?«

Er nickte.

»Lito ist nicht so unbesorgt, wie du denkst«, fuhr er fort. »Nimm ihm nichts übel. Er denkt fortwährend an dich, aber auch an uns Jungs. Er war es, der mich zu dir geschickt hat ... Ich meine, ich war es schon selber, der sich bereit erklärt hat ... aber der Auftrag kam letztlich von ihm.«

»Schau an.«

»Er konnte dich auf keinen Fall allein in der Wildnis wandern lassen. Das ist dir doch klar, oder? Er blickt noch immer zu dir auf. Du bist seine große Schwester.«

»Ich weiß«, flüsterte sie, und sie musste langsamer gehen, da ihre Sicht verschwamm, so glasig wurden ihre Augen.

»Aber warum hat er mich nicht eingeweiht?«

»Lito hat die Verantwortung für alle, die in Nortborg Zuflucht gefunden haben. Er kann gegenüber den Jungs nicht vorschnell handeln, schon gar nicht, wenn es nur um eine Ahnung geht. Das war ihm bewusst, deswegen hat er nicht mal Joran etwas verraten, als er mich zu dir beordert hat. Und Stigan hat auch nichts über mein Verschwinden zu melden; ich habe ihm nichts gesagt. Lito wird es so darstellen, als wenn es ganz auf meinem Mist gewachsen ist.«

»Ich verstehe.« Sie wischte sich mit dem Ärmel das Gesicht trocken. Dann hielt sie Loke an der Schulter zurück und zwang ihn zum Stehenbleiben.

»Kaum ist mein Brüderlein so alt wie ich, schon wird er erwachsen.«

Loke musste kichern und sie zählte die Sommersprossen, die unter seinen Augen tanzten. Es waren viel weniger als in ihrem eigenen Gesicht.

Sie gab ihm eine Umarmung, und als sie sich lösten, sah sie die Rührung auch in seinen Augen.

Seine gute Stimmung war mit der Aussprache zurück. Sie wanderten bis in den späten Nachmittag und kamen gut voran. Die Wäldchen zu beiden Seiten der alten Straße wurden spärlicher, die hohen Bäume seltener, und bald wandelte sich die Landschaft zu einer flachen, grasbewachsenen Weite, in der vor allem niedriges Buschwerk und vereinzelte Grüppchen von Weißbirken standen.

Für das Nachtlager suchten sie sich einen Hain aus Ebereschen, unter dem sich ein Gestrüpp aus Strauchheide und Sanddorn ausgebreitet hatte. Sie fanden eine kleine Lichtung im Inneren und begannen mit dem Sammeln von Totholz.

Noch während sie mit den Vorbereitungen beschäftigt waren, verschwand die Sonne. Ein dichter Hochnebel kam auf, der bald den gesamten Himmel überzog.

»Hoffentlich bekommen wir keinen Regen«, sagte Loke, während er die Feuerstelle vorbereitete. »Sonst muss ich dich bitten, die Wolken zu verscheuchen.«

Yana knuffte ihn spielerisch in die Seite, aber trotzdem überlegte sie gleich, ob sie ihm nicht zu viel von ihren Erlebnissen mit Wila verraten hatte. Die alte Dame hatte ihr viel beigebracht, doch das Wissen der gewöhnlichen Adepten unter den Fanggen war begrenzt und ihre Fähigkeiten erst recht. Neben Kenntnis und Verständnis über die Dinge im Wald war selten mehr vorhanden. Wenn sich Loke da mal nicht zu viel erwartete.

Es wurde dunkel und sie wärmten sich für eine Weile am Feuer. Dann begann die Routine der Wache und Yana war wie üblich als Erste dran. Es blieb zu ihrer Freude fast windstill und Regen kam auch nicht auf, sodass es eine ruhige Nacht zu werden schien. Außer dem Rascheln von Mäusen und ihren kleinen Jägern war in dem Wäldchen nicht viel zu vernehmen. Yana hielt aus, so lange sie konnte, dann war Loke dran.

Kaum hatte sie sich niedergelegt, forderte das tagelange Wandern seinen Tribut. Sie nickte sogleich ein.

Ihr Eindruck war, sie hatte kaum ein paar Sekunden geschlafen, da weckte sie ein kurzes, aber heftiges Rütteln an der Schulter.

Im nächsten Moment spürte sie die Hand von Loke über ihrem Mund. Das bedeutete, keinen Laut. Sofort war sie hellwach.

Das Feuer brannte noch, wenn auch nur schwach. Die Nacht musste schon weit fortgeschritten sein. Lokes Gesicht war ganz nah vor ihrem. Er hielt seinen Finger vor den Mund.

Panisch begann sie sich umzuschauen. Sie lauschten in die Finsternis jenseits der Büsche.

Der Wind rauschte in den Blättern hoch über ihnen. Ein paar der großen Bäume knarzten tief in ihrem Holz, als sie sich in der kühlen Luft wiegten. Hier und da knackten Äste im Dickicht. Doch Yana gelang es nicht, eine Quelle zu fixieren. Für sie klang es wie der Wald in jeder Nacht.

»Was …?«, begann sie, so leise sie konnte.

Mit einem »Schhh …« wurde sie von Loke unterbrochen.

»Etwas ist da draußen«, flüsterte er.

»Aber wir haben doch das Feuer«, entgegnete sie.

»Etwas anderes«, mühte er sich noch zu sagen, dann zog er sie vorsichtig in Richtung Büsche, in Richtung Dunkelheit.

Sie robbten zusammen, so leise sie konnten, aus dem Lichtkreis der Feuerstelle. Gerade als sie am Rand der kleinen Lichtung angekommen waren und sich ins Unterholz verkriechen wollten, wurden sie von einem lauten Bellen aufgeschreckt. Fast klang es wie fieberhaftes Schreien von lächerlich hohen Kinderstimmen.

»Füchse?«, fragte Yana, und Loke wollte ihr gerade antworten, da rief jemand »Los! Los!«

Eine andere Stimme sagte »So einfach«. Jemand war ganz nah, und Yana schalt sich im gleichen Moment, denn sie waren ihm offenbar direkt vor die Füße gekrabbelt.

In der nächsten Sekunde wurden die Büsche ringsum lebendig und eine Schar von Männern stürmte die Lichtung, als hätten sie nur auf das Signal gewartet.

Yana und Loke riss es unsanft auf die Beine und man schubste sie in Richtung des Lagerfeuers. Es waren mindestens zehn Männer, die das Lager von allen Seiten überrannten. Loke stolperte und legte sich der Länge nach auf den Waldboden. Yana schaffte es gerade noch, sich abzufangen. Sie ging auf ihrem Schlafplatz in die Knie und versuchte, etwas in den Gesichtern ihrer ungebetenen Gäste zu erkennen. Es brauchte nur ein paar Blicke, um sich zurechtzufinden. Sie konnte nicht auf Anhieb alle erkennen, aber bei zwei der Halunken, brauchte sie nicht lange zu überlegen. Der eine dick und rundlich, fetter als in ihrer Erinnerung und der andere mit den gleichen ungewaschenen Haaren wie immer. Es waren Eskill und Birger, die rechte und linke Hand von Harald Hardanger.

Auch sie waren deutlich älter, da Yana sie zuletzt gesehen hatte, aber sie waren es unverkennbar.

Birger kniete sich auf den Rücken von Loke, sodass dieser sich keine Handbreit rühren konnte. Yana sah aus dem Augenwinkel, wie Eskill seine Hand hob, um ihr einen Schlag zu versetzen. Sie kreischte so laut, das alle im Rund zusammenfuhren. Eskills Arm erstarrte.

»Halt dein Maul«, fuhr er sie an. Erschreckt sah er trotzdem aus und seinen Schlag konnte oder wollte er nicht mehr ausführen.

»Da haben wir ja einen feinen Fang gemacht«, quatschte Birger drauflos. Er presste sich weiterhin mit seinem Gewicht auf Loke. Dem blieb nur ein Stöhnen.

»Hab ich's doch gesagt«, fuhr Eskill fort. »Es wird sich lohnen, uns an der alten Straße auf die

Lauer zu legen. Irgendwann kommt jemand vorbei.« Er grinste schmierig.

Yana hob die Hand.

»Lass mich aufstehen!«, rief sie.

Die Männer wichen erstaunt zurück.

Sie sprach mit lauter Stimme, setzte alles auf eine Karte.

»Erkennst du mich, Birger Halfort?«, rief sie ihn an. »Ich bin es. Yana, die Tochter des Jarls. Ich komme gerade mit meinem Begleiter von einer langen Reise aus fernen Landen zurück. Ich weiß nicht, was ihr von uns wollt, aber wir haben mit euren Angelegenheiten nichts zu tun. Lasst uns in Frieden.«

Eskill verkniff die Augen zu Schlitzen, als er sie musterte. Dann ging ihm ein Licht auf und er begann lauthals zu lachen. Birger fiel als Erster ein und bald grölte die ganze Bande mit rauen Stimmen vor sich hin.

»Willst du uns vereimern?«, rief Birger zurück. »Selbst wenn dieser Unsinn stimmen sollte, der Jarl ist jetzt ein anderer.«

»Wer sollte uns davon abhalten, euch mitzunehmen?«, ergänzte Eskill. »Wir haben in diesen Wäldern das Sagen. Vielleicht seht ihr jemandem ähnlich, den wir einmal kannten, aber der Rat von Sandbak soll über euch entscheiden. Vielleicht gehört ihr sogar zu der Bande von Schwächlingen, die sich in Nortborg eingenistet haben. Ein Grund mehr, es bald herauszufinden.«

Er schaute sich mit schnellen Blicken im Kreis seiner Kameraden um.

»Nehmt eure Fackeln und entzündet sie am Lagerfeuer. Wir wollen die letzten Stunden der Nacht nutzen. Fesselt die beiden und packt alles zusammen.«

Zwei Männer hielten Yana unsanft von hinten im Griff, während die anderen Eskills Befehle ausführten. Sie rissen Loke auf die Beine und dann bekam auch er seine Sachen umgehängt.

Birger drängte zum Aufbruch und schubste Loke voran. Noch hatten die Männer den Jüngsten aus Nortborg nicht erkannt. Yana hatte richtig vermutet. Da Loke einer der Ersten gewesen war, die mit Lito Sandbak verlassen hatten und er am schnellsten gewachsen war, blieb die Chance bestehen, dass sie ihn nicht erkennen würden.

»Es war so einfach«, ätzte Birger herüber. »Auch wenn ihr euch in diesem Wäldchen verkrochen habt. Das Feuer war nicht zu übersehen.«

»Ach ja?«, fuhr ihn Loke an. Gleich boxten ihn seine Bewacher in die Seite. »Traut euch doch. Löscht eure Fackeln.«

Birger klatschte ihm die offene Hand ins Gesicht. Loke krümmte sich zusammen und hielt sich die Wange.

»Wir sind nicht blöde!«, giftete er zurück. »Sollen wir dich liegen lassen? Mal sehen, ob du morgen noch da bist.«

»Los jetzt!«, befahl Eskill. Die Männer hatten inzwischen alle eine Fackel in der Hand. Er winkte zum Aufbruch. Sie nahmen das kleine Stück bis zur Straße und wandten sich nach Süden.

Yana schalt sich, dass sie so unvorsichtig gewesen waren. Nun sollte es also doch nach Sandbak gehen. In die Nähe desjenigen, der ihrem Vater das Kommando geraubt hatte und ihren Bruder und seine Freunde seit Jahren bedrohte. Ihr wurde übel, während sie festen Untergrund erreichten und die Truppe einen schnellen Schritt vorlegte.

»Kaum mehr eine Stunde bis Sonnenaufgang!«, feuerte Eskill seine Leute an. »Lasst uns Weg machen.«

Kaum hatte er ausgesprochen, schallte ein Heulen an ihre Ohren. Es kam von ferne, weit die Straße hinunter. Doch es war unverkennbar das Heulen eines Grauwolfs.

Das hinderte im ersten Moment niemanden daran, das Tempo zu verlangsamen. Doch als plötzlich noch ein paar Stimmen mit demselben geisterhaften Heulen zu beiden Seiten aus dem Wald schallten, hob Eskill die Hand. Die Männer verlangsamten ihren Schritt.

»Was ist?«, rief Birger von hinten. Er bildete die Nachhut. »Das sind nur ein paar Wölfe, sie werden nicht ans Feuer kommen.«

»Da stimmt etwas nicht«, sagte Eskill und wollte gerade weitersprechen, als ihn ein Schatten von der Seite ansprang und zu Boden warf.

In den nächsten Sekunden ging alles so schnell, dass Yana nicht wusste, wohin sie zuerst schauen sollte. Ein grauer Blitz nach dem anderen schoss aus den Büschen und riss die Männer zu Boden. Das Chaos war groß. Eine nach der anderen Fackel flog durch die Luft und verglomm im Sand am Wegesrand. Bald konnte man kaum noch etwas sehen. Doch das Schrecklichste waren die Schreie und das grausame Knurren der Bestien, als sie mit den Männern rangen.

Yana stolperte über jemanden und legte sich der Länge nach auf den Boden. Sie schrie nach Loke und hatte für einen Moment den Eindruck, er antwortete tatsächlich. Doch es konnten auch die Schreie von jemand anderem sein.

Noch nie hatte sie ein derartig wildes Durcheinander erlebt. Das Geifern der Wölfe aus rauen Kehlen war beängstigend und das Kreischen der Männer grauenhaft.

Das Licht von zwei noch schwach brennenden Fackeln, die am Boden lagen, beleuchtete den aussichtslosen Kampf der Truppe gegen die Übermacht der Wölfe.

Yana fuhr erschreckt zurück, als Eskill an ihr vorbeistolperte und wild mit einem langen Messer fuchtelte. Sie hörte die schmerzvollen Laute eines Tiers. Dann nahm er seine Beine in die Hand und rannte aus dem Lichtschein, als wäre der Teufel hinter ihm her. Er verschwand in der Nacht.

In all dem Chaos sprach sie plötzlich jemand von der Seite an.

»Gebt mir Eure Hand«, sagte die Stimme, und schon lösten sich ihre Fesseln. Jemand war flink mit dem Messer und als sie noch abwehrend fuchtelte, wurde sie kraftvoll auf die Beine gerissen.

»Kommt!«, sagte der Schatten. In diesem Moment erkannte sie, dass er Loke bereits im Schlepptau hatte.

Sie wurden in die Dunkelheit gezerrt und stolperten mehr voran, als dass sie gingen. Die grässlichen Laute des Kampfes wurden leiser und nach einigen Minuten verlangsamte ihr Helfer das Tempo. Sie blieben im Dunkel einer kleinen Schonung stehen.

»Wer seid Ihr?« keuchte sie.

»Auch wenn Ihr mich nicht sehen könnt, so solltet ihr wohl in der Lage sein, mich an meiner Stimme zu erkennen, Yana Nilsdotter. Schließlich habe ich Euch wieder einmal aus einer höchst misslichen Lage befreit.«

Jetzt erkannte sie den Tonfall, wo er ein paar mehr Worte sprach und wie immer diese seltsamen Formulierungen benutzte.

Es war die Stimme von Aelvar Einarsson.

Vor Jahr und Tag

»Je länger sie am Eingang der düsteren Höhle standen, desto unruhiger wurde Hergold. Er horchte in die Wildnis, ob sich irgendetwas rührte und schaute sich fortwährend um. Aber außer einem Käuzchen, das in dem Eibenwald unter ihnen hockte und nach einem Partner rief, konnte er nichts bemerken. Auch an den fernen Lichtern im Tal änderte sich nichts. Er schaute genauer, aber er sah keine auffällige Bewegung und Fackeln konnte er auch nicht entdecken. Doch er wunderte sich, dass Finn die Wanderung durch die Nacht vorangetrieben hatte, nur um jetzt vor der Dunkelmure zu verweilen.

›Wir haben Glück‹, flüsterte er. ›Aber wir sollten es nicht verspielen. Nun, wo wir so weit gekommen sind, lasst es uns zu Ende bringen.‹

›Gemach!‹, antwortete Finn. ›Wir müssen vorsichtig sein. Auch wenn alles ruhig scheint und niemand zu sehen ist, bin ich nicht sicher, ob andere Mächte diese Tunnel bewachen.‹

›Was meint Ihr?‹

›Bei allem, was ich erlebt habe, und besonders, was Siebenblatt mir gezeigt hat, müssen wir uns auf alles gefasst machen. Vielleicht hat sie sich auf eine Weise abgesichert, die jenseits unserer Vorstellung liegt.‹

›Sprecht Ihr von einem Zauber?‹, sagte der Bannwart, und er hatte Mühe, seine Stimme nicht zu erheben. ›Davon habt Ihr nichts berichtet.‹

›Das ist wahr‹, sagte Finn. ›Warum habe ich wohl nach meiner Rückkehr in den Archiven von Nortborg lange die alten Folianten studiert? Es war gar nicht schwer, die Schriften der anderen Reiche zu entziffern. In den Ländern um das Südmeer sprechen die Menschen diese Sprache. Seit ich herausgefunden habe, was die Zeichen und Wörter bedeuten, kenne ich auch den wahren Namen von Siebenblatt.‹

›Was habt Ihr gefunden?‹

›Ich dachte, es wäre wohlfeil, auf die alten Sagen und Kinderlieder zu hören. Aber das ist es nicht.‹

Mehr konnte Hergold spüren, als dass er es sah, wie Finn sich im milchigen Graulicht des Mondes streckte, als wollte er sich gegen das finstere Maul der Höhle wappnen.

›Ich fand etwas‹, fuhr Finn fort, »das uns ganz sicher helfen wird.‹

Hergold sprach schnell.

›Was es auch ist, lasst es uns angehen.‹

›Worte sind nicht nur zum Sprechen da‹, entgegnete Finn. ›Sie sind Ausdruck von Wissen, und die richtigen Worte zur rechten Zeit können Tür und Tor öffnen. Ich habe herausgefunden, was uns in der Tiefe der Tunnel erwartet. Schließlich bin ich dieser Kraft schon einmal ganz nahe gewesen.‹

›Egal, was es ist, geht voran. Ich bekomme langsam ein ungutes Gefühl.‹

›Ich weiß, dass ich besonderes Wissen erlangt habe und falls ich es nicht anwenden kann, dann sollst du, Hergold, es mit mir teilen. Was auch geschieht, halte die Mächte, die hier wirken, im Zaum.‹

Da war der Bannwart für einen Moment sprachlos.

›In dieser Höhle steht der wahre Name der Macht des Nordens geschrieben und ich weiß auch, wie der Kristall heißt. So wollen wir uns sicheren Zugang verschaffen.‹

Finn stellte sich ganz nah vor den Eingang und rief: ›Fogamar, lass uns ein!‹

Er pausierte und rief es noch ein paar Mal.

Hergold fürchtete, damit würde er das ganze Tal aufwecken, doch nichts rührte sich. Nur das Käuzchen im nahen Wald stellte sein Rufen ein.

›Wir müssen es wagen‹, sagte Finn. ›Lass uns die Fackeln entzünden und dann wollen wir schnell in dem Tunnel vorangehen. Falls man uns jagt, versuche, mir Zeit zu verschaffen.‹

›Aber wie?‹, fragte Hergold. ›Wir tragen keine Waffen bei uns.‹

›Ablenkung soll unsere Tugend sein. Und wenn nichts hilft, müssen wir uns aufteilen.‹

›So soll es sein.‹

Sie banden Tuch um die Stäbe, die sie mitgebracht hatten und tränkten sie mit Öl aus kleinen Fläschchen. Dann legte Finn die Zündschwämmchen am Boden aus und brachte sie mit Feuerstein zum Glühen. Kaum flackerten sie ihr kurzes Leben dahin, hielten sie die Stäbe über die Flammen und schon hatte jeder eine brennende Fackel in der Hand.

Gerade hatten sie Licht gemacht und die Höhle noch nicht einmal betreten, hörten sie ein schauerliches Bellen aus dem Wäldchen unter ihnen. Im ersten Moment meinte Hergold, es wären die Stimmen von verschreckten Kindern. Schlimmer wie aufgedrehte Kobolde schallte es durch den Wald. Der Schreck fuhr ihm in die Glieder und er ließ jede Ruhe fallen.

Finn nahm ihn am Arm.

›Das sind nur Füchse. Erkennst du das nicht? Sie balzen in der Nacht.‹

Sie horchten genauer. Da klang es erneut. Es klang wie heiseres Lachen von geisterhaft hohen Stimmen.

›Verzeiht mir, mein Jarl‹, sagte Hergold. ›Ich bin es, der sich mit Baum und Biest auskennen sollte. Ihr habt recht, es sind nur Füchse.‹

Und doch wurde ihm ganz unwohl. Der Vater seines Vaters hatte ihn einst gelehrt, ein großes Unglück steht jedem bevor, der das Lachen der Füchse in der Nacht hört.

›Nun denn‹, sagte Finn, schritt aus und zog seinen Begleiter mit.

Sie ließen das Tor zur Dunkelmure hinter sich und blieben auf dem ausgetretenen Pfad in der Mitte. Finn lief voraus und Hergold mühte sich, den Anschluss nicht zu verlieren. Es ging um Felsen herum, über Kuppen und Abhänge hinunter. Dann schien es Hergold, als hätten sie ebenen Boden erreicht und es würde nicht tiefer gehen.

Als sie um eine Biegung kamen, erleuchteten ihre Fackeln einen freien Platz, umgeben von mächtigen Felsblöcken. Das mitgebrachte Licht schimmerte auf den steinernen Wänden, als wären diese glatt wie Ebenholz und genauso schwarz. Über ihnen war nichts als finstere Nacht. Sie hätten genauso gut im Freien stehen können, so weit war die Decke der Höhle entfernt.

Bei dem wenigen Licht, das sie mitgebracht hatten, und der Schwärze der Umgebung musste Hergold genau schauen, sonst hätte er die Stele in der Mitte des Platzes übersehen. Ruhelos blickte er sich immer wieder um. Als er der Säule näher kam, erkannte er, dass tatsächlich etwas auf der Spitze platziert war, und sogleich wandelte sich sein Erstaunen in Unbehagen. Er hatte mehr erwartet. Es war ein faustgroßer Kristall, aber er leuchtete so schwach, dass sein Glimmen im Dunkel fast nicht erkennbar war. Ihm schien es, als wolle sich die Kraft darin verstecken.

Finn ließ sich davon nicht beeindrucken. Er deutete seinem Begleiter, zu warten, und näherte sich der Säule. Je näher er kam, desto mehr hob er seine Hände, als wolle er den Kristall umfangen. Dann war der Stein in Reichweite und nur ein beherzter Griff trennte den Jarl von seinem Ziel. Doch plötzlich zögerte er. Hergold sah ihn wanken. Es war, als würde Finn gegen einen unsichtbaren Wind kämpfen.

Er wollte ihm zu Hilfe eilen, da schrie Finn: ›Hepta!‹ und es hallte weithin durch die Höhle.

Im nächsten Moment schloss sich sein Griff um den glitzernden Stein.

Was danach geschah, brannte sich für immer in Hergolds Gedächtnis ein, auch wenn es so vieles war, was zur gleichen Zeit passierte.

Der Kristall flammte in stechend grellem Licht auf. Gut, dass Finn seine Faust um den Stein geballt hatte, aber das Licht war so stark, dass man die Schatten der Knochen durch das Fleisch sehen konnte.

Die Luft auf dem Platz begann zu wabern, als würde eine unsichtbare Kraft einen Windstrudel anrühren. Ein Knistern war zu hören, so als stünden sie im Zentrum eines Gewitters. Und das Schlimmste war, dass Hergold hörte, wie vom Eingang der Höhle Schreie an seine Ohren gelangten, die von vielen Stimmen zeugten und alles andere als freundlich klangen.«

Jäger des Nordens

Nach einer Weile kehrte Stille ein. Das löste in Yana eine Beklemmung aus, die sie noch nie gefühlt hatte. Die Schreie der Männer waren in der Ferne verklungen und das war gut. Denn das hieß, die Wölfe waren abgezogen und sie waren nicht auf die Suche nach den drei Überlebenden gegangen, die sich im Dickicht einer Birkenschonung verbargen. Die grauen Jäger des Nordens hatten ihr grausiges Werk verrichtet.

Aber die Angst saß sowohl Yana als auch Loke im Nacken. Sogar Aelvar hatte sich still hinter die Büsche geduckt und wagte nicht, sich zu rühren. Der Überfall war plötzlich gekommen und das Chaos groß gewesen. Sie hielten aus, bis der Morgen dämmerte. Erst dann wagten sie sich aus dem Schutz des Unterholzes heraus.

Auf der Nordstraße angekommen, bot sich ihnen ein grausiges Bild. Einige wenige Männer aus Sandbak lagen am Wegesrand, und sie sahen nicht gut aus. Die meisten Opfer hatten die Wölfe längst in die Büsche gezerrt oder noch weiter verschleppt. Aber die paar Leichen, die Yana erblickte, reichten aus, um schlagartig einen Würgereiz in ihrer Kehle auszulösen.

Gleichfalls war sie seltsam erleichtert, dass der Himmel wie schon am Vortag bedeckt war und nur gräuliches Licht der frühen Morgenstunden die Szene erhellte. So blieben manche Details im schummerigen Licht verborgen.

Blutflecken, ja ganze Lachen von roter Flüssigkeit gab es überall und das meiste war bereits getrocknet. Die zerfetzten Kleider und angefressenen Körper der Männer waren kein schöner Anblick.

Yana registrierte nur vier Leiber, die sich noch halbwegs identifizieren ließen. Sie hatte in der Nacht nicht nachgezählt, aber sie schätzte die Mannstärke der Truppe, die sie verschleppt hatte, auf etwa zehn oder zwölf Männer. Waren alle dem Überfall zum Opfer gefallen? Sie konnte es nicht sagen. Die meisten Männer kannte sie nicht. Vielleicht hatten es ein paar geschafft, zu fliehen. Eskill war nirgends zu entdecken, aber als sie mit Aelvar und Loke den letzten Leichnam untersuchte, erkannte sie Birger. Sein fetter Leib war unverkennbar, doch die Kehle war herausgerissen und von dem Gesicht war auch nicht mehr viel übrig.

Loke war ebenso sprachlos und schockiert wie Yana. Aelvar schaute verbissen drein, ihn schien das Schicksal der Männer jedoch nicht so schwer zu berühren. Yana musterte ihn genau, während er die Opfer untersuchte. Er verhielt sich so gewandt und professionell, wie sie ihn kennengelernt hatte. Seine Habseligkeiten trug er wie immer über dem Rücken und die Trommel mit Holler an der Seite, den Bogen hatte er in der Hand.

Jetzt erst fiel Yana auf, dass sein abgetragener wildlederner Anzug in der herbstlichen Landschaft eine überaus passende, wenn nicht sogar tarnende Kleidung war. So wie die Dämmerung über das Land kam, konnte Aelvar sich gänzlich unsichtbar machen. Das hatte sich in der letzten Nacht bestätigt. Weder Yana noch ihre Entführer, ja noch nicht einmal die Wölfe hatten ihn kommen sehen.

Nachdem sie den Boden abgesucht hatten, ob noch etwas Brauchbares liegen geblieben war, wandte sich Yana an Aelvar.

»Wie seid Ihr uns so schnell zu Hilfe gekommen?«

Er erwiderte ihren Blick gefasst wie immer.

»Auch ich vermag nicht wie der Blitz über das Land zu reisen, um mal hier, mal dort zu sein. Das vermögen nur die Geister, aber letztlich war es doch gut, dass ich mich entschieden habe, noch ein wenig länger im Norden zu verweilen.«

»Zu verweilen?«

Yana musste sich zusammennehmen, um ihren Spott zu verbergen.

»Ganz recht. Ursprünglich war ich Euch nur ein klein wenig gefolgt, nachdem wir uns verabschiedet hatten. Ich wollte sehen, ob es Euch auf der Südstraße gut geht oder ob Ihr es Euch doch noch anders überlegt und nach Nortborg wandert.«

»Ihr habt mich durch die Wälder begleitet? Das war alles?«

»Dann habe ich gesehen, wie Ihr in die alte Stadt verschleppt wurdet. Da konnte ich nicht viel tun.

Die Burschen aus Nortborg haben flinke Augen und ihre Pfeile sind schnell.«

»Und die Bestie?«

»Ja, was ist mit der Bestie?«, mischte sich Loke ein. »Wie könnt Ihr vor der Geißel der Wälder sicher sein?«

»Gar nicht«, antwortete Aelvar. »Aber da ich schon lange in der Wildnis wandere und mich immer und überall zu tarnen weiß, hat mich das Biest noch nie behelligt. Vielleicht schlafe ich zu oft unter freiem Himmel und habe schon längst den Geruch von Farn und Moos angenommen. Oder mein kleiner Freund Holler hier,« er klopfte auf das tragbare Haus seinen Begleiters, »schützt mich mit seinem Aroma. Wenn ich mich nur ruhig verhalte, kann mich kein Biest sehen oder hören.«

Loke verzog zweifelnd seinen Mund, sagte aber nichts.

»Ich hatte noch keine Zeit, Euch einander vorzustellen«, sagte Yana entschuldigend und machte Aelvar und Loke miteinander bekannt.

Yana musste zugeben, dass der Barde ein ebenso guter Jäger wie die Wölfe war. Er grüßte knapp, aber freundlich. Loke brachte es nur schwerlich fertig, seinen Argwohn aus dem Gesicht zu verbannen.

»Dann kennt ihr euch beide?«, schloss Loke.

»Seit ich das Vergnügen hatte, schon einmal Eurer Begleiterin aus der Patsche zu helfen.«

Loke war nur für einen Moment still, dann sagte er: »Ihr mögt sie wohl?«

Während Aelvar nur eine Augenbraue zweifelnd hochzog, musste Yana sich abwenden. Sie fühlte, wie ihr die Röte auf die Wangen schoss. Sie schaute nach Norden, die Straße hinunter. Sie wollte nicht, dass einer der Männer sah, was ihr ins Gesicht geschrieben stand.

»Wir haben eine Menge Zeit verloren«, sagte sie. »Und hier ist es nicht sicher. Wir wissen nicht, ob die Wölfe zurückkommen. Vielleicht sind sie noch hungrig.«

»Ihr habt ein Ziel?« Aelvar schien erstaunt. »Seit ich Euch gefolgt bin, hatte ich vermutet, Ihr seid nur auf einer Jagdpartie, um Vorräte für den Winter zu sammeln.«

»Und da wolltet Ihr mich beschützen?«, kam ihm Yana zuvor.

»Wenn es so läuft, wie das letzte Mal beim Pilzesammeln, dann war es wohl mehr als richtig, Euch nicht ganz aus dem Auge zu verlieren.«

Yana errötete ein zweites Mal.

»Wir sind auf einer Mission«, half Loke aus. »Wir können uns ganz gut allein helfen.«

Aelvar beugte sich vor.

»Das, kleiner Mann, haben wir ja in der letzten Nacht bewundern können.«

»Kleiner Mann?«, rief Loke und wollte schon die Faust erheben, da ging Yana dazwischen.

»Langsam, langsam!«, rief sie die beiden an. »Ich habe schon genug Probleme. Euch zwei brauche ich nicht noch obendrauf.«

Sie hielt Loke zurück und Aelvar entspannte sich.

»Was wollt Ihr denn?«, fragte er.

»Wir suchen die Stelle, an der mein Vater wohl gewesen ist und wo dieser Mantel gefunden wurde.« Sie zeigte auf ihren Überwurf. »Seitdem ist er verschollen, doch ich muss mich vergewissern. Vielleicht ist er noch am Leben und ...« Sie stockte. »Ich habe noch nicht aufgegeben.«

»Ich verstehe«, sagte Aelvar. »Darf ich?«, ergänzte er nur und beugte sich zu Yana herüber, um kurz an dem Mantel zu schnuppern.

Dann stand er einen Moment still und dachte nach.

»Außer Euch und ein bisschen modriges Holz rieche ich an diesem Stück nichts. Auch nicht, woher es stammt oder wer es einmal getragen hat. Wie wollt Ihr die Stelle finden? Zudem habt Ihr erlebt, wie gefährlich es in diesen Weiten ist. Alles, was ich Euch raten kann, ist, umzukehren und lieber nach Nortborg zu gehen. Dort habt Ihr eine gute Chance, den Winter zu überstehen.«

»Das ratet Ihr mir?« Yana war erstaunt. »Egal, was Ihr denkt, ich bin schon so weit gekommen. Ich werde mich jetzt nicht mehr so einfach von meiner Absicht abbringen lassen. Seid Ihr nur ein Verfolger oder vielleicht doch ein Beschützer? Ich könnte Euch gut brauchen, das will ich nicht bestreiten, aber wir werden auch ohne Euch weitergehen.«

Aelvars Augen wanderten ein paar Mal zwischen ihr und Loke hin und her. Sein abschätzender Blick war nicht zu verkennen.

»Aller guten Dinge sind drei«, sagte er. »Vielleicht habe ich Euch noch nicht oft genug gerettet.«

»Dann werdet Ihr uns begleiten?«, mischte sich Loke ein.

»So ist es, kleiner Mann«, sagte Aelvar, winkte ihm, zu folgen, und wandte sich schnell ab, um auf der Straße nach Norden zu wandern.

Loke kochte schon wieder vor sich hin.

Das Ende des Weges

An diesem Tag schlug das Wetter um. Sie hatten auf ihrer Wanderung noch nicht einmal die erste Pause gemacht. Als hätte es jemand bestellt, sank die Temperatur empfindlich ab und kalte Böen fegten über die Landschaft. Der Wind kam direkt von Norden und blies ihnen ins Gesicht. Der Himmel blieb wie schon am Vortag bedeckt. Nicht ein einziger Strahl Sonne zeigte sich.

Loke war überaus still. Yana vermutete, er war einfach schlecht gelaunt. Ab und zu hörte sie, wie er grummelte und leise mit sich selbst sprach. Offenbar passte ihm der neue Begleiter nicht, aber noch wagte sie es nicht, ihn darauf anzusprechen. Auf eine gewisse Weise war sie froh, dass Aelvar ihre kleine Gruppe nun verstärkte. Um jedoch ausführlich mit Loke darüber zu sprechen, dazu hatte sich noch keine Gelegenheit ergeben. Sie wanderten eng zusammen und Aelvar hätte alles mitbekommen. Yana blieb Loke gegenüber so freundlich, wie sie konnte und versuchte, ihn aufzumuntern. Vielleicht würde sich in der nächsten Wanderpause mehr Zeit für ein tieferes Gespräch finden; Aelvar war dann meist auf der Suche nach Vorräten am Wegesrand.

Ihr neuer Begleiter war stattdessen umso gesprächiger. Aelvar machte sie auf dieses und jenes aufmerksam, was auch immer sie beim Wandern passierten. Sei es die versteckten Büschel von Fettkraut und Katzenbüschel, aber auch die besten Flecken für Moltebeeren.

»Falls Euer Magen ruft, dann solltet Ihr ein paar dieser Beeren suchen«, erklärte er und zeigte auf die überreifen Restbestände der abgeblühten Pflänzchen. »Obwohl es ein gutes Auge erfordert, nur eine Handvoll zu sammeln. Sie helfen bei Schmerzen in den Beinen.«

Das wusste Yana zwar schon, aber sie stimmte trotzdem zu. Sie hörte Loke im Hintergrund brummeln.

»Soll er gleich ein paar essen. Dann kann er die Beine in die Hand nehmen.«

Auch ein paar Tieren begegneten sie. Das meiste Kleinwild schien nicht verschreckt, sondern nur sehr verwundert darüber, wer hier in dieser ansonsten einsamen Landschaft wanderte. Ein Trupp Rehe kreuzte ihren Weg und ein paar Kaninchen hoppelten seitwärts unter den Büschen. Alle waren mehr mit sich selbst und den Vorbereitungen auf den Winter beschäftigt, als auf die Menschen zu achten.

Nebenbei machte Aelvar ein paar Schritte abseits der Straße. Er hatte ein untrügliches Auge für die kleinste Ansammlung von Pilzen. Weder Stockschwämmchen noch Röhrlinge oder die flachen Fladen der Stoppelpilze entgingen seinem Blick. Yana freute sich schon auf das Abendessen.

Das kam eher als erwartet. Loke drängte zum Holzsammeln. Sie suchten sich eine Senke neben der Straße und schlugen ihr Lager in einem Hain dicht stehender Fjällbirken auf. Aelvar erklärte sich bereit, für den Rest des Abendmahls zu sorgen. So konnte Yana ungestört bei Loke bleiben und beim Lagerfeuer helfen.

»Was ist mit dir?«, sprach sie ihren Begleiter an, da hatten sie gerade begonnen, Äste für das Feuer im umliegenden Wäldchen zu sammeln.

»Ich finde unseren neuen Gefährten verdächtig«, kam er gleich auf den Punkt, als hätte er nur darauf gewartet. »Außerdem ist er ein ungebetener Gast.«

»Aber er hat uns gerettet«, erwiderte Yana. »Zählt das nichts? Sicher meint er es gut mit uns.«

»Mit dir vielleicht. Ich finde es seltsam, dass er dir so einfach nachstellt. Wie ich mitbekommen habe, kennt ihr euch noch nicht lange.«

»Das stimmt«, sagte sie und dachte nach. »Aber was sollen wir tun? Ich kann ihn nicht einfach wegschicken. Ganz abgesehen davon, dass er uns ziemlich unbemerkt weiter folgen könnte, wenn er denn wollte.«

Daran hatte Loke noch nicht gedacht. Auch er war eine Weile still.

»Ich kann es nicht bestimmen«, schloss er, als sie wieder ins Lager kamen, »aber etwas an ihm fühlt sich seltsam an. Wandernde Barden sind seit jeher sonderbare Genossen, doch es kommt mir vor, als würde Aelvar ein Ziel haben. Ich komme nur nicht dahinter, was für eines.«

»Er interessiert sich eben für mich«, sagte Yana, ohne diesmal rot zu werden. »Ich kann mir denken, sein Ziel ist es, sich wie in jedem Jahr für den Winter zu wappnen und nach Süden zu gehen. In diesem Jahr bin ich ihm sozusagen dazwischengekommen.«

Loke schüttelte den Kopf, sagte nichts weiter und begann, das Holz aufzustellen. Sie bereiteten das Nachtlager vor, und als Aelvar erschien, flackerte bereits ein stattliches Lagerfeuer.

Wieder war Yana erstaunt, welches Jagdglück Aelvar besaß. Er trug vier Kaninchen unter dem Arm und begann sofort mit der Vorbereitung für das Essen. Mit geübten Handgriffen nahm er das Wildbret aus und legte die besten Stücke für seine Jagdhilfe Holler aus. Dann befreite er das Hermelin aus seiner Rolle und setzte es ab. Der kleine Jäger ging sofort auf das Futter los und ließ sich von den unbekannten Begleitern nicht ablenken.

Loke war nur einen Moment erstaunt, dann beteiligte er sich an den Vorbereitungen. Aus seinem Rucksack steuerte er seine flache Pfanne bei und bald duftete es rund um den Lagerplatz nach einem herrlichen Pilzgericht. Das Fleisch ließ noch eine Weile auf sich warten, aber nach dem Essen war Yana rundum zufrieden. Sie bereiteten sich auf die Nacht vor. Aelvar übernahm die erste Wache, und da sie nun einer mehr waren, würde es auch mehr Schlaf für jeden geben.

Alles ließ sich so gut an, dass Yanas Stimmung zunehmend besser wurde. Sie schöpfte Hoffnung für die nächsten Tage, auch wenn Loke nach wie vor ein wachsames Auge auf Aelvar hatte und jede seiner Bewegungen aufmerksam verfolgte. Sie sah dem Jungen an, dass auch er Schlaf brauchte. So legte Yana sich zuerst unter die Decke, während es im Wald zunehmend kälter wurde und nur das Lagerfeuer wie eine letzte Insel der Wärme in ihrer Mitte brannte.

Als Yana erwachte, dämmerte es bereits. Wie üblich taten ihr die Knochen weh, aber das war nicht der Grund, warum sie sich erstaunt aufrichtete.

Sie sah Aelvar auf einem Stein am Feuer sitzen und er grüßte sie mit einem freundlichen Lächeln. Schnell prüfte sie den Schlafplatz von Loke auf der anderen Seite des Feuers. Auch er reckte sich dem Morgen entgegen. Beide starrten sich ungläubig an. Sie waren nicht geweckt worden. Aelvar hatte die ganze Nacht am Feuer ausgeharrt.

»Warum habt Ihr uns nicht geweckt?«, fuhr Loke den Barden an, kaum hatte er sich den Schlaf aus den Augen gezwinkert.

»Habt Ihr gut geschlafen?«, sagte Aelvar und stocherte mit einem Ast im Feuer. »Dann kann ich jetzt für unsere erste Mahlzeit sorgen.«

Loke war so überrascht, dass er sprachlos blieb. Yana war froh, dass Aelvar seine Anrede nicht mit einem *kleiner Mann* abgeschlossen hatte.

Noch während sie sich aus der Decke wickelte, brach Aelvar zur Jagd auf. Loke schielte ihm mit verkniffenen Augen hinterher.

»Ich weiß nicht, was ich davon halten soll«, murrte er.

»Vielleicht braucht er kaum Schlaf«, sagte Yana. »Ich habe gern durchgeschlafen. Und selbst wenn er im Sitzen eingenickt sein sollte, ich glaube, sein Gehör ist so gut, dass er uns sofort geweckt hätte, falls etwas Ungewöhnliches vorgefallen wäre.«

»Das meine ich nicht«, erwiderte Loke. »Ich habe nachgedacht. Wenn er uns gefolgt ist und sich in den Büschen verborgen hat, wieso hatten ihn die Grauwölfe nicht entdeckt? Erst recht, als er uns weggeführt hat. Warum haben sie ihn nicht angegriffen? Hast du dich das mal gefragt?«

Yana blieb still. Ihr fiel nichts ein, mit dem sie die Ereignisse hätte erklären können. Gern wäre sie Loke gegenüber offener gewesen, denn aus all dem, was Großmutter Wila ihr beigebracht hatte, spürte sie, da war mehr an Aelvar, als seine unauffällige Erscheinung hergab. Jetzt, wo sie darüber nachdachte, drängt sich etwas an die Oberfläche, das sie an ihre Lehrstunden mit Wila erinnerte. Hatte Aelvar vielleicht mit den Fanggen gelebt? Steckte etwas von ihren Lehren auch in ihm? Yana hatte es am eigenen Leib gespürt, als sie ihm nahe war. Und sie musste erkennen, es fühlte sich an, als wäre da ein Band zwischen ihnen. Es war anders als zu Lito, ihrem Bruder und ganz sicher anders als zu Athel, ihrem Vater, aber es fühlte sich an, wie ein Hauch von Verwandtschaft.

Als Aelvar nach einer Weile ins Lager zurückkehrte, schien er Yanas Gedanken gelesen zu haben. Er drängte überraschend zum Aufbruch, so als würde er spüren, dass sie das baldige Weiterziehen eher begrüßen würde, als ein ausgedehntes Frühstück.

»Ich habe für den Tag etwas Verpflegung gesammelt. Ein paar Beeren sollten bis zum Abend reichen«, sagte Aelvar. »Wollen wir aufbrechen?«

Das war Yana mehr als recht und so wanderten sie ein gutes Stück in den Morgen hinein, bevor sie die erste Pause einlegten.

Noch vor dem Mittag verschlechterte sich das Wetter erneut. Yana begrüßte, dass der Wind abflaute. Dann aber schienen die Wolken auf die Erde zu fallen und dichter Nebel hüllte die Kuppen der Hügel zu beiden Seiten der Straße ein. Kaum waren sie eine weitere Stunde gewandert, verwandelte sich der Weg in einen schmalen Pfad, der sich bald in unzählige Trampelpfade verlief, die das Wild in der Landschaft hinterlassen hatte.

»Das Ende des Weges«, stellte Aelvar trocken fest.

Eben war Yana noch klar gewesen, in welche Richtung sie hatten gehen müssen. Nun blieb auch ihr nichts anderes übrig, als stehenzubleiben. Ihre Begleiter schauten ebenso unentschlossen nach Norden.

»Welchen Pfad sollen wir nehmen?«, fragte Loke. »Ich sehe die Hügel nicht mehr und auch die fernen Bergketten kann ich bei diesem Wetter nicht ausmachen. Es tut mir leid, Yana, aber wir sollten eine Pause einlegen. Vielleicht klart es morgen wieder auf.«

Das war ihr nicht recht. Schon wieder eine Verzögerung, und wer würde schon wissen, wie das Wetter dann aussehen würde.

»Loke hat recht«, fiel Aelvar zu ihrem Erstaunen ein. »Seht, dort in der Ferne kommen noch dunklere Wolken auf. Wir können schon jetzt den Weg nicht mehr bestimmen. Wollt Ihr nicht doch umkehren und es vielleicht im nächsten Jahr noch einmal versuchen?«

»Wo wir so weit gekommen sind«, erwiderte sie und holte den Sonnenstein aus ihrer Seitentasche. Sie hielt ihn vors Auge, während Loke und Aelvar noch staunten. Nach einigem Schwenken war ihr klar, wo die Sonne stand. Sie deutete nach Norden.

»Dort müssen wir lang«, entschied sie. »Einen Pfad brauchen wir nicht. Bis an die Randberge kann es nicht mehr weit sein und das Unterholz wird spärlicher. Nichts soll mich aufhalten.«

Sie schaute sich nicht um, während sie ihre Wanderung wieder aufnahm. Aelvar und Loke würden ihr schon folgen.

Vor Jahr und Tag

Grossmutter Wila war kaum noch zu sehen. Das Abendfeuer war heruntergebrannt und nichts als schwach leuchtende Glut erhellte die Mitte des Langhauses. Aus den Schatten setzte sie an, die Geschichte um Finn und Hergold zu beenden, wie sie die Macht des Nordens hintergangen hatten und was passierte, nachdem Finn in den Besitz des Kristalls gekommen war. Yana und Lito lagen in ihren Betten nebendran, und sie waren still und starr, so gespannt warteten sie auf das Ende der Geschichte. Wila hatte eine Pause gemacht. War es, um Luft zu holen oder wollte sie in der Dunkelheit für einen Moment mit ihren Gedanken allein sein? Die Geschwister konnten es nicht ermessen, und so sehr sie auch erfahren wollten, wie es weiterging, wagten sie keinen Laut zu geben.
Bis die Großmutter plötzlich mit leiser Stimme ihre Erzählung fortsetzte.

»Hergold wollte rennen. Man hatte sie entdeckt, das war klar. Die Stimmen, die vom Eingang der Höhle kamen, wurden lauter und lauter. Doch Finn hielt ihn am Arm zurück.

›Bleib stehen‹, rief er ihm zu. ›Die Gelegenheit zu fliehen, ist vergangen.‹

Hergold erschien es im selben Moment wie eine bittere Erkenntnis. Wohin hätten sie laufen sollen? Aber schlimmer noch, es war für ihn wie ein Schlag in die Magengrube. Finn musste damit gerechnet haben. Ein derart mächtiges Artefakt in die Hand zu nehmen, war nie und nimmer ohne Aufsehen möglich. Er hatte von vornherein keinen Ausweg und keine Möglichkeit zur Flucht gesehen. Hergold brach der kalte Schweiß aus.

Schritte und Stimmen waren zu hören, und je näher die Geräusche kamen, desto nervöser wurde er. Er trat hinter seinen Jarl zurück, denn der blieb standhaft in der Mitte des Platzes stehen, den Kristall in der Hand.

Als die ersten Fackeln mit ihrem Licht auf dem Weg erschienen, sah er eine heranstürmende Gruppe von Fanggen. Sie schritten eilig aus, doch als sie die beiden Männer erblickten, stockten sie augenblicklich.

Siebenblatt, die auch Hergold nun als Hepta erkannte, stand an der Spitze. Ihr Blick verdüsterte sich vor blanker Wut als sie Finn erkannte.

›Legt den Kristall zurück!‹, rief sie herüber.

Finn lächelte nur. ›Niemals mehr‹, sagte er und hob seine Hand mit dem Stein. Dann sprach er: ›Ich verbanne Euch, Hepta, aus dieser Höhle und aus jeder Höhle des Landes. Auf dass Ihr nie wieder einen Fuß unter die Erde setzen sollt.‹

Da kreischte Hepta ein einziges Mal so schrecklich, als hätte man ihr ein glühendes Eisen auf die

Brust gelegt. Sie wich zurück, und schon bald begann sie zu rennen, als wäre der Teufel höchstpersönlich hinter ihr her. Sie schubste ihre Begleiterinnen beiseite und verschwand hinter einer Biegung.

Die Fanggen waren für einen Moment sprachlos, dann stürmten sie voran, als hätte ein unhörbarer Befehl sie nach vorn geworfen. Bevor sie den Jarl ergreifen konnten, verschwand Finn. Ohne ein weiteres Wort und ohne das geringste Geräusch war er von einem Augenblick auf den anderen verschwunden. Hergold meinte, er hätte noch einen Anflug von Überraschung auf Finns Gesicht gesehen, aber er konnte sich getäuscht haben.

Hatte der Jarl sich in Luft aufgelöst oder war er unsichtbar geworden? Hergold vermochte es nicht zu sagen. An der Stelle, wo eben noch der Jarl gestanden hatte, war nichts mehr. Er wich entgeistert zurück, auch wenn ihm das gegen die anstürmenden Fanggen wenig nützte.

Hergold war so verwirrt, dass er sich nicht wehrte, als die Frauen ihn ergriffen und zum Eingang der Höhle schleppten. Draußen angekommen, sah man schon das Morgenrot über den Bergen aufziehen. Sie warfen den Bannwart auf dem Plateau in den Staub. Dort wartete eine Adeptin in weißem Gewand und sie konnte ihre Stimme nur mühsam im Zaum halten, als sie Hergold ansprach.

›Was habt ihr getan?‹, rief sie.

Hergold starrte sprachlos zurück.

›Ihr könnt nicht ermessen, mit was ihr euch eingelassen habt.‹

Die Fanggen hatten ihn inzwischen umringt.

›Wie seid ihr hierher gelangt?‹, mischte sich eine andere ein.

›Antwortet!‹, brüllte ihn die Anführerin an.

›Wir haben uns im Dunklen durch den Wald geschlichen‹, stotterte er.

»Nur ihr zwei oder halten sich hier noch mehr Halunken auf?‹

›Mein Jarl und ich waren bis zum Speichersee vorgedrungen. Unser Lager liegt noch vor den Fjorden der Klauenberge.‹

›Das liegt an den Ufern der Rotflut‹, antwortete eine andere. ›Wenn der abscheuliche Dieb fliehen wollte und sein Wunsch stark genug war, ist er vielleicht dorthin gelangt.‹

›Nehmt ihn mit!‹, befahl die Weißgekleidete. ›Hepta wird es ebenso vermuten. Wir müssen schnell sein.‹

Sie rissen Hergold auf die Beine und rannten den Berg hinunter. Weiter ging es auf dem Pfad an der Siedlung vorbei bis zum Quelltopf. Sie ließen Hergold nicht aus ihrer Mitte und keinen Moment aus den Augen; ja sie stießen ihn gnadenlos voran. Er atmete schwer, als sie die Quelle erreichten.

Als sie auf die Kuppe kamen und das Wasser mit dem Bergbruch unter sich sahen, flackerte ein blauer Schein aus dem Eingang des Weißwechsel.

Kurz darauf blitzte es hinter den Bergen auf. Wieder war der Schein so unnatürlich blau, dass sich die Haare auf Hergolds Armen aufstellten. Sekunden später rollte Donner über die Gruppe hinweg. Es klang wie ein schweres Gewitter hinter dem Kamm.

Er zuckte zusammen, so laut war es, aber schlimmer noch war die Reaktion der Fanggen. Sie kreischten in Pein, als hätte man sie ausgepeitscht und sie schrien ›Nein!‹, ›Das darf nicht sein!‹ und andere Worte des Unglaubens, als könnten sie kaum fassen, was passierte.

Obwohl Hergolds Atem sich kaum beruhigt hatte, rannten sie so schnell sie konnten am See entlang. Sie durchquerten die Passage durch den Weißwechsel.

Als sie am anderen Ende aus dem Berg traten, war Hergold so erschöpft, er wäre am liebsten auf die Knie gesunken. Doch er hielt sich aufrecht, denn das Bild, das sich ihnen bot, hatte wenig mit dem gemein, was er von seiner Anreise in Erinnerung hatte. Das Ufer an der Anlegestelle war rundum schwarz verfärbt und die Büsche an Rand des Wäldchens brannten lichterloh. Zum Glück war das Feuer noch nicht weit gekommen. Ein paar Frauen rannten aufgeregt in diese Richtung. Hergold hoffte, sie könnten die Flammen bändigen. Die Weißgekleidete und der enge Kreis der Frauen zogen ihn weiter voran. Bis zum Ufer des Speichersees kamen sie und Hergold stolperte mehr, als dass er rannte.

›Das blaue Feuer‹, sprach es eine Adeptin aus. ›Sie hat es entfacht.‹

›Auch ohne den Kristall ist ihre Macht gewaltig‹, sagte die Frau in Weiß. ›Er muss hier gewesen sein und sie hat ihn gestellt.‹

Hergold nahm allen Atem zusammen, der ihm geblieben war.

›Was bedeutet das?‹, fragte er eine der Frauen, die ihn am Arm hielten.

›Wer den Fogamar besitzt, kann über seine Macht verfügen, wenn er denn damit umzugehen weiß‹, antwortete sie leise, während die Gruppe darüber beriet, was nun zu tun sei. ›Der Dieb hat es nicht gelernt, aber wenn sein Wille groß genug ist, kann er unendlich viel Schaden anrichten.‹

›Finn ist sein Name, und er ist der Jarl von Nortborg‹, zischte Hergold herüber.

›Wer er auch ist, Siebenblatt wird ihn verfolgen. Sie muss ihm den Stein nehmen. Sie ist ein wahres Kind der Erde, eine Tochter von Gaia. Ihr werdet noch nie davon gehört haben, aber sie ist eine der zwölf Mestrí, die Hüterin über ihre Jahreszeit. Jetzt im Herbst ist ihre Kraft am größten und für vieles braucht sie noch nicht einmal den Stein.‹

›Ich habe gehört, was Ihr gesagt habt‹, fuhr die Weißgekleidete dazwischen. ›Wenn dein Jarl fliehen wollte, wohin wird er als nächstes gehen?‹

›Gehen?«, fragte Hergold erstaunt. ›Was wollt ihr mir weißmachen? Das Finn hier war und vielleicht noch viel weiter, obwohl wir bald eine Stunde gerannt sind, nur um an dieses Ufer zu gelangen.‹

Die Frau, die noch immer seinen Arm in festem Griff hielt, boxte ihn unsanft in die Seite.

›Mäßigt Euren Ton‹, fuhr sie ihn an. ›Ihr sprecht mit Nooa, der Ersten Infantà von Siebenblatt.

›Wir werden es herausfinden‹, sagte die Erste. ›Und Ihr werdet mit mir kommen.‹

›Den ganzen Weg?‹ Hergold schüttelte ungläubig den Kopf. ›Bis zum Lager werden Tage und bis nach Nortborg Wochen vergehen.‹

›Nicht auf unseren Wegen‹, entgegnete Nooa. ›Bereitet euch vor, mir nachzureisen‹, wandte sie sich an ihre Begleiterinnen. ›Ich werde über die Schattenpfade gehen.‹

Sie musterte Hergold eindringlich. ›Und Euch werde ich mitnehmen. Ich bin sowieso die Einzige, die über das Wissen verfügt, dies zu bewerkstelligen.‹

Sie drehte sich noch einmal ihrer Gruppe zu. ›Nehmt die versteckten Boote und reist uns nach, so schnell ihr könnt.‹

Dann hockte sie sich im Schneidersitz auf den Boden und deutete Hergold, es ihr gleichzutun.

›Geht!‹, rief sie an die Fanggen gewandt. Die rannten sofort in Richtung des Wäldchens, in dem Hergold vermutete, dort waren noch mehr Boote versteckt.

›Und Ihr schließt Eure Augen‹, befahl sie Hergold. ›Auch wenn Ihr gleich einen Schwindel spürt und Euch unwohl wird, öffnet sie erst wieder, wenn ich es sage.‹

›Ihr wollt, dass ich Euch traue?‹, sagte Hergold und zuckte zurück. ›Welchen Zauber wollt Ihr bemühen?‹

Sie ergriff seine Hände.

›Solange Ihr die Augen geschlossen haltet und ich meinen Griff nicht löse, wird Euch nichts geschehen. Wir gehen nur ein paar Schritte durch die Schatten, an jene Orte, wo auch immer wir sein wollen. Nun muss ich mich konzentrieren und mir sehr genau vorstellen, wo dies sein soll. Verhaltet Euch still. Es kann nur ein Ort sein, den ich kenne. Ein Platz, an dem ich schon einmal gewesen bin. Aber das sollte hier in den Bergen ein Leichtes sein.‹

›Ist es das, was mein Jarl getan hat?‹

›So ist es. Mit dem Fogamar ist ihm die Macht wahrhaft in die Hände gelegt. Obwohl er nicht gelernt hat, sie respektvoll zu nutzen, müssen nur Wunsch und Wille ausreichen, um großes Unheil anzurichten. Und für manche Dinge reicht allein die Kraft der Vorstellung. So wie für mich in diesem Moment. Seid Ihr bereit?‹

Er schloss die Augen und nickte.

Ein paar Sekunden vergingen, in denen er nichts weiter hörte als das Rauschen des Feuers in der Ferne und die Rufe der Fanggen.

Dann kam er sich plötzlich so leicht vor wie eine Feder, und im selben Moment wusste er nicht mehr, was oben und was unten war. Er zwang sich, die Augen geschlossen zu halten. Schon Momente später kehrte eine Kraft zurück, die ihn unsanft auf den Hosenboden warf.

Er fuhr erschreckt zusammen, doch er hielt seine Lider geschlossen.

Gleich stieg ihm ein widerlicher Geruch in die Nase und er hörte, wie Nooa erschreckt Luft holte.

›Schaut!‹, rief sie und er blickte sich um.

Sie waren im Lager am Rand der Vorberge angekommen, dort, wo sie vor zwei Tagen ihre Helfer zurückgelassen hatten. Doch den Anblick, der sich Hergold bot, hätte er sich am liebsten erspart.

Es sah aus wie am Ufer des Speichersees; schwarze, verkohlte Erde ringsum, brennende Reste von Holz und Lagerutensilien. Aber das Schlimmste waren die verkohlten Körper der Begleiter aus Sandbak, die dazwischen lagen.

Als Hergold die jungen Männer, die er wohl kannte, am Boden erblickte, rang er nach Luft. Er rannte von einem zum Nächsten, doch bald fiel er auf die Knie. Tränen liefen über seine Wangen und er rang verzweifelt mit den Händen. Hier war nichts mehr auszurichten.

Ihm schien es, als hätte ein Brandschwall das Lager wie eine Walze überrollt und alles im Nu in Asche verwandelt.

›Eurer Jarl war hier und wieder hat ihn meine Mestrí gefunden.‹, sagte Nooa. Ihre Stimme brach. ›Erkennt Ihr nun, was ein Kampf dieser Gewalten anrichten kann?‹

›Ich befürchte das Schlimmste‹, sprach Hergold, denn im selben Moment kam ihm seine Heimstatt in den Sinn. Sie schien seine Gedanken zu lesen.

›Nortborg!‹, rief er und im Nu lief ein Zittern durch seinen Körper.

Nooa ergriff seine Hände und alles, was er noch hörte, war, ›Schließt Eure Augen!‹«

Vor Jahr und Tag

»Als Hergold wieder zu Sinnen kam, umfing ihn ein Wirrwarr aus Schreien, Tosen und dem üblen Geruch eines qualmenden Feuers. Kaum war sein Gefühl für Oben und Unten zurück, riss er die Augen auf und sah sich auf dem kleinen Marktplatz stehen, der am Rande des Hafens gleich unterhalb der Festung von Nortborg lag. Nooa, die Erste, hielt noch seine Hand, doch schon im nächsten Moment ließ sie ihn gehen. Ihr Blick ging den Hügel hinauf und ein Anflug von Schrecken verzerrte ihr Gesicht.

›Er ist nicht mehr da!‹, schrie sie über den Krach hinweg, der von allen Seiten kam und aus unzähligen Stimmen bestand, die Befehle brüllten und Hilferufe kreischten. Vor Hergolds Augen rannten die Menschen der Stadt durcheinander, die Marktstände wackelten, Körbe voller Waren fielen um, Kinder weinten, Pferde gingen durch und flohen im Galopp durch die Gassen. Der Himmel war düster, als hätte ein gigantisches Gewitter sein Antlitz restlos verhüllt. Darunter zuckten blaue Blitze, wie aus einem verdorbenen Unwetter.

Hergold brauchte nur wenige Momente, um sich zu fassen. Mit all den Geschehnissen zuvor, war dies genau das, was er erwartet hatte. Er wäre nicht der Bannwart von Norborg gewesen, hätte er nicht sofort die Lage erfasst. Schnell gewann er seine Beherrschung zurück.

›Wer ist nicht mehr da?‹, rief er die Erste an und packte sie am Arm.

›Ihre Wut wird über uns kommen‹, schrie Nooa. Panik schwang in ihrer Stimme. ›Ich spüre den Kristall nicht mehr. Er hat die Stadt verlassen. Nichts kann Hepta jetzt noch aufhalten.‹

›Was soll das bedeuten?‹ brüllte Hergold zurück. Er musste sich ducken, denn ein heißer Wind fegte im gleichen Moment durch die Gassen, und Staub und Dreck und alles, was nicht befestigt war, riss es mit. Er ging mit Nooa auf die Knie. Die stemmte sich dem Wehen entgegen und auch sie musste sich an der Stange eines Fahnenmastes festklammern. Sonnenschirme, Regenplanen und die kleinen Vordächer der Händler riss es fort, sie flogen wie Herbstblätter über den Platz.

›Zu spät! Seht doch‹, sie deutete nach oben.

Hergold folgte ihrem Blick und ihm wurde so bang ums Herz wie noch nie in seinem Leben. Er blickte zum Kastell hinauf und der Vernichtung ins Gesicht.

Ein riesiger Bär, dessen Widerrist bis unter die Wolken reichte, tobte inmitten der Anlage und schwang seine Krallen wieder und wieder über Dächer und Türme, über Mauern und Brücken. Was immer er traf, zerbarst unter seinen mächtigen Schlägen wie hölzernes Spielzeug. Sein Fell war schwarz wie die Nacht und seine Krallen blitzten. Doch das Schlimmste war sein brennender Blick aus glühenden Augen, aus denen der blanke Zorn sprach. Sie schienen herab auf sein Werk der Vernichtung mit blau schimmernden Strahlen, die alles und jeden blendeten. Sein Schaum vor dem Maul sammelte sich zu Tropfen der puren Verhängnis und rann gleich ätzender Lava aus seinen Lefzen herab. Sein Brüllen war so ohrenbetäubend, wie es vom Berg herabrollte, dass es die Wirren auf dem Platz übertönte.

Nichts konnte dem Wüten des hasserfüllten Biests standhalten. Mauern kippten, Holz splitterte und Felsbrocken rollten herab. Die Luft füllte sich mit Spannung und bläuliche Blitze liefen gleich winzigen Totenlichtern knisternd auf bald jedem Stück Metall entlang. Auf dem Marktplatz fingen Holz und Tuch Feuer, Flammen züngelten überall und Rauch begann aufzusteigen. Es glich dem, was Hergold sich einst unter dem Anblick der Vorhölle vorgestellt hatte.

›Wie können wir sie aufhalten?‹, schrie er der Ersten entgegen, während er versuchte, sich am Boden festzukrallen und gleichzeitig gegen die herumfliegenden Gegenstände zu schützen.

Nooa schüttelte den Kopf. ›Nichts kann einer solchen Rage widerstehen. Ihr kennt es als den Zorn der Berserker. Einmal ausgelöst, wird es so lange toben, bis diese Kraft verbraucht ist. Uns bleibt nur die Flucht.‹

Mit schrecklicher Gewissheit erkannte Hergold in diesem Moment, welchen Fehler er begangen hatte. Er hatte den Jarl unterstützt, doch seine Loyalität war missbraucht worden. Er fühlte sich ebenso hilflos wie ausgenutzt. Ein Schrei der Pein entfuhr seinen Lippen und dann fühlte er nichts mehr außer endloser Furcht.

›Rennt!‹, rief ihm die Erste zu und schubste ihn voran. Es blieb nichts mehr zu tun, als mit allen anderen vor dem Feuer zu fliehen.

Er rannte in Richtung Hafen und hoffte, auf der Mole dem Chaos zu entfliehen. Vielleicht konnte er sich vor dem Brand im Wasser der Bucht in Sicherheit bringen. Doch auch das wurde vereitelt. Kaum hatte er die Reihe der Häuser vor den Anlegestellen passiert, sah er, wie die Wellen des Meeres über die Mole brandeten, als würde ein schwerer Sturm die See aufpeitschen. Würde man dort ins Wasser springen, wäre jedermann sofort ertrunken. So rannte er am Hafen entlang, versuchte sich so gut er konnte vor herumfliegendem Schutt zu schützen und den Feuern auszuweichen.

Wie er es schaffte, dem Chaos zu entkommen und die Außenbezirke von Nortborg zu erreichen, konnte er nie mehr sagen, so sehr saß ihm die Furcht im Nacken. Am Ende musste er hilflos zusehen, wie seine Heimstatt den Flammen zum Opfer fiel. Die Häuser brannten wie Zunder und nicht einmal die Hälfte der Bewohner der Stadt konnte dem Inferno entkommen. Sie sammelten sich jen-

seits der Stadtgrenzen und großes Leid herrschte überall. Vielen Familien war nicht mehr geblieben als die Hemden, die sie am Leib trugen, und endloses Wehklagen hörte man, als sie den Treck nach Süden begannen. Alle hatten jemanden verloren, seien es Verwandte oder Bekannte. Ihre Habseligkeiten, selbst die einfachsten Sachen, die sie zum Überleben brauchten, konnten sie selten aus den Feuern retten. So kam es, dass die Menschen des Nordens sich an den Küsten bis weit in den Süden verteilten und sich neue Orte suchten, an denen sie heimisch werden konnten.

Die Fanggen wussten, wer für all das Leid verantwortlich war, und so sprach sich die Kunde unter den Menschen des Landes herum. Sie verfluchten den Jarl und lebten viele Jahre in Furcht vor der Macht des Nordens.

Nach dem Fall von Nortborg konnte keiner sagen, was mit Siebenblatt geschehen war. Niemand sah sie mehr durch die Wälder streifen und selbst die Verbindung zu den Fanggen riss ab. Von da an lebten die Waldfrauen zwar weiter nach den Lehren der alten Zeit, doch auch unter ihnen ließ sich Siebenblatt nie mehr blicken.

Manche wollten glauben, sie wäre noch immer auf der Suche nach ihrem Stein und dem heimtückischen Dieb. Doch Finn blieb ebenso wie sie verschwunden. Siebenblatt konnte ihn nicht finden und blieb für immer von ihrem Stein getrennt. Einige meinten, sie hätte den Jarl besiegt und dabei den Stein zerstört. Dann wäre ihre eigene Macht vergangen.

Andere vermuteten, Finn wäre an einen Platz geflohen, den sie nicht kannte, und hätte sich mit einem Zauber vor aller Welt verborgen. Dann wäre Siebenblatt auf der langen Suche die Kraft ausgegangen und niemand konnte sagen, wo sie sich zuletzt verloren hatte.

Die Rotflut, die Lebensader des hohen Nordens, versiegte, auch wenn sie nicht vollständig verging. Doch mit dem Strom, der sie einmal gewesen war, hatte sie nichts mehr gemein. Kaum mehr als ein trübseliges Rinnsal blieb von ihrer Macht. Im staubtrockenen Bachbett suchte sie sich von da an ihren Weg energielos gen Süden und war in manchem Sommer ganz und gar vertrocknet.«

Wila machte eine Pause und die Geschwister hörten sie einmal tief atmen. Sie blieben still in ihren Betten liegen und dachten nach.

»Ist das unsere wahre Geschichte?«, fragte Lito nach einer Weile.

»Wenn man den Sagen glauben will, dann muss es sich so zugetragen haben«, antwortete die Großmutter. »Doch all das ist vergangen, und heute lebt niemand mehr, der dies erlebt hätte und die Ereignisse bestätigen könnte.«

»Ist jemand auf die Suche nach dem verfluchten Jarl gegangen?«, fragte Yana. »Wurde seine letzte Zuflucht gefunden?«

»Davon erzählen die Sagen zwar nichts«, sagte Wila, »doch ich möchte glauben, dass die Menschen es versucht haben. Aber es ist nichts davon bekannt, dass die letzte Ruhestätte von Finn, sei es nun Grab, Mausoleum oder Krypta, jemals gefunden wurde. Ja, es ist noch nicht einmal sicher, ob der Bau, den er damals angeordnet hatte, nichts weiter ist als eine Legende aus altem Garn.«

Wila erhob sich von ihrem Schemel und strich Lito über den Kopf.

»Schlaf nun.« Sie zog ihm die Decke bis unter das Kinn. »Mehr gibt es nicht zu erzählen.«

Sie wechselte noch einmal zu Yana. Die schmiegte ihren Kopf schon tief ins Kissen, doch die Großmutter schaute still und aufmerksam herüber, so als wollte sie ihrem Großkind etwas Wichtiges sagen, traute sich aber nicht, die Stille zu unterbrechen.

Dann strich sie auch Yana übers Haar.

»Morgen«, flüsterte sie, und Yana hatte verstanden.

Der Nebel lichtet sich

Sie waren einen weiteren Tag gewandert und hatten erneut ein kurzes Nachtlager eingelegt. Wieder hatte Aelvar über das Feuer gewacht und Yana und Loke konnten schlafen. Loke brodelte dabei voller Misstrauen vor sich hin, aber auch er fand sich damit ab und zog einen ausgedehnten Schlaf vor. Das Wandern bei schwerem Wetter hatte sie abgekämpft. Zu allem Überfluss wurde das Gelände unwegsamer, je weiter sie vorankamen. Die Pfade verschwanden im Gras und mehr als einmal mussten sie sich ihren Weg durchs Unterholz suchen, um weiter in Richtung Norden zu gehen. Sie kamen langsamer voran, als es Yana lieb war. Loke schätzte, dass es kaum mehr als einen weiteren Tag dauern würde, bis ersten eisbedeckten Berge an den Ausläufern der nördlichen Weiten in Sichtweite kommen würden. Das hob ihre Stimmung trotz des beschwerlichen Weges. Alle hofften, dass sie bald das Ziel ihres Marsches erreichen würden. Aelvar, so hatte Yana zumindest den Eindruck, konnte es kaum erwarten, dorthin zu gelangen. Seiner Meinung nach war dort sowieso nichts zu finden und man könnte endlich wieder umkehren.

Bis weit über die Mittagszeit des nächsten Tages kämpften sie sich durch die Wildnis voran und das Wetter wurde keinen Deut besser. Es fühlte sich an, als brauten sich mehr und mehr Wolken über ihnen zusammen, denn die Luft wurde feuchter als je zuvor. Yana vermutete, es würde bald zu schneien beginnen. Das hätte sie sogar begrüßt, denn dann hätte sich das Wetter endlich entladen. So aber mussten sie den letzten Teil ihrer Wanderung bei wenig Sicht fortsetzen. Es erinnerte Yana an eine Waschküche, in der die Schwaden sich nicht entscheiden konnten, ob sie noch Dunst oder schon Nebel oder vielleicht schon tiefhängende Tropfen aus purer Wolkengischt waren. Die Feuchtigkeit zog noch in die letzte Lage der Kleidung und machte sie klamm und schwer. Loke brummte, er hätte das Gefühl, sie schwammen in Luft. Jeder Schritt wurde schwer und schwerer. Alle sehnten das Nachtlager herbei.

Ohne den Sonnenstein hätten sie sich hoffnungslos verirrt. Nachdem Yana gerade wieder die Richtung mit dem durchscheinenden Kristall bestimmt hatte, trieb sie erneut ihre Begleiter voran. Für sie war es klar, weiterzugehen, immer weiter, bis das Ziel erreicht wäre.

Aelvar formulierte es ausweichender.

»Ich bewundere Euren Willen«, sagte er fast beiläufig, als sie eine kurze Verschnaufpause auf einem Hügelkamm machten. »Was Ihr Euch einmal vorgenommen habt, das muss dann auch so kommen.«

Yana musste ihm zustimmen. Für sie war das etwas völlig Natürliches.

Als sie sich wieder auf den Weg machten, sagte er: »Viele habe ich gesehen, die wollten immer nur das Eine und haben sich damit ins Unglück gestürzt.«

»Auf was spielt Ihr an?«, fragte Loke unerwartet verständnisvoll.

»Zu viel zu wollen, ist selten gut«, antwortete Aelvar. »Zu sehr an einer Sache zu hängen auch. Das habe ich auf meinen Reisen wohl oft erfahren.«

Yana antwortete nicht darauf. Sie wollte keine Schwäche zeigen. Nicht jetzt, so kurz vor dem Ziel. Wieder ging sie voran, den Hügel hinunter. Und wieder folgten ihr die beiden Männer ohne ein weiteres Wort. Aber doch blieb sie bei ihren Gedanken hängen. Fast fühlte sie sich wie der Jarl aus den alten Geschichten, und als sie weiter nachdachte, fiel ihr auch Athel ein. Wegen ihm war sie hierhergelangt. Mitten in diese Wildnis, in der es immerhin nicht ganz ungefährlich war.

Und das alles nur für eine Idee, überlegte sie. *Für eine Hoffnung, so schwach wie eine Kerze im Wintersturm.*

Vielleicht wollte sie ihre Schwäche gar nicht verbergen. Vielleicht war es ihre eigene Hoffnungslosigkeit, die sie vor ihren Begleitern zu verbergen suchte.

All das machte sie unsicher, auch wenn es ihr nach wie vor gelang, einen Fuß vor den anderen zu setzen.

Doch dann musste sie einfach stehen bleiben, denn ohne Vorwarnung wuchs eine Felswand vor ihr auf, die sie bei all dem Nebel nicht hatte kommen sehen.

»Die Randberge«, entfuhr es Loke hinter ihr. Er hatte es im gleichen Moment erblickt.

Sie hatten die Ausläufer der steinernen Überreste von einst gigantischen Bergketten erreicht, die das unaufhörliche Drängen der Eismassen aus dem Norden zusammengeschoben hatte.

»Und was machen wir nun?«, fragte Aelvar.

Für einen Moment waren alle still.

»Wenn ich bloß mehr sehen könnte«, murmelte Loke. »Ich würde euch ja gern die Stelle zeigen, an der wir den Mantel des Jarls gefunden haben. Aber bei diesem Wetter ...« Den Rest ließ er ungesagt.

»Der Tag ist noch nicht vorbei«, entschied Yana. »Vielleicht klart es morgen auf und dann wollen wir vorbereitet sein. Lasst uns zu beiden Seiten ausschwärmen und an den Felsen entlang suchen. Nicht zu lange, aber damit wir uns wiedertreffen, markiere ich diese Stelle hier.«

Sie nahm einen Ast auf, den der Wind von den nahen Bäumen heruntergeschlagen hatte, und rammte ihn in den Boden.

»Ein bisschen Holz können wir nebenbei auch sammeln und vielleicht finden wir sogar etwas Essbares. Was haltet ihr davon?«

Loke war begeistert, aber Aelvar nickte für Yanas Geschmack etwas zu nachdenklich seine Zustimmung herüber. Sie überging seine Bedenken.

»Dann ist es beschlossene Sache«, sagte sie schnell und forderte Loke auf, ihr zu folgen. Sie entschied sich, nach Osten zu gehen. Sie stapfte mit dem Jungen im Schlepptau voran, immer an den Felsblöcken und steil aufragenden Klippen entlang. Das Unterholz war hier nicht besonders dicht und ein paar niedrige Eschen hatten sich im Schutz der Anhöhen ausgebreitet.

Yana schaute absichtlich nicht zurück, um zu prüfen, ob Aelvar ihrer Idee folgen und in die andere Richtung gehen würde. Auch wenn sie es annahm, hatte sie einen anderen Grund, ihre Zweifel nicht offen zu zeigen.

Ab und zu passierten sie Einschnitte in die Ketten aus zerklüfteten Felsen. Die meisten waren dunkel und eng. Alle tropften vor Wasser, das sich gleich Tau auf den unzähligen Moosen und Farnen fing, die in jeder Spalte wuchsen. Die Felswände ragten aus der Ebene mehr als fünf Manneslängen in den Himmel. Manche Erhebungen verschwanden bereits im Nebel über ihren Köpfen.

Nach ein paar Schritten stoppte sie und hielt Loke am Arm zurück.

»Ich glaube, ich sollte prüfen, ob Aelvar zur anderen Seite auf die Suche gegangen ist. Es schien mir, als wäre er unschlüssig, was unseren Lagerplatz betrifft.«

»Ich hoffe, dass er uns wieder mit seinem Jagdglück verwöhnt«, sagte Loke. »An deiner Stelle würde ich mir keine Hoffnungen machen, dass er mehr als einen Kaninchenbau entdeckt. Er kann gar nicht wissen, wie die Stelle aussieht, wo der letzte Hinweis auf deinen Vater gelegen hat. Auch wenn wir darüber geredet haben und ich ihn so gut beschrieben habe, wie ich konnte. Selbst ich kann heute kaum bestimmen, wie weit wir vom Weg abgekommen sind.«

»Ich weiß«, antwortete sie. »Trotzdem möchte ich, dass du weiter suchst. Das kann uns morgen viel Zeit sparen. Vielleicht erkennst du etwas und erinnerst dich. Vergiss nicht, auf dem Rückweg ein paar Äste fürs Feuer mitzubringen.«

»Meinst du, es ist gut, uns aufzuteilen?« Die Besorgnis stand Loke ins Gesicht geschrieben.

»Es ist noch Tag«, schloss Yana, »und außerdem wollen wir nicht weit gehen. Wir bleiben in Rufweite.«

Loke verzog den Mund und nickte widerwillig.

Sie klopfte ihm zur Ermunterung auf die Schulter und ging in die Richtung, aus der sie gekommen waren. Diesmal prüfte sie, ob Loke sich an ihre Anweisungen hielt, und bald geriet er außer Sicht. Kaum war er verschwunden, wanderte sie beherzt zurück in Richtung Westen und nach wenigen Minuten hatte sie die Stelle erreicht, an der der Stock im Boden steckte. Von Aelvar war nichts zu sehen. Im Wäldchen an der Felswand war es so still, Yana meinte, das Wasser von den Blättern tropfen zu hören.

Es gab etwas, das hatte sie am heutigen Tag verschwiegen, denn es hatte sie schon beschäftigt, seit sie am Morgen auf die letzte Etappe gegangen waren. Ihren Begleitern gegenüber hatte sie nichts erwähnt. Da war ein seltsames Gefühl. Es plagte sie, kaum hatte sie ihre Augen geöffnet. Es war wie ein Drang, als hätte jemand ein unsichtbares Band um ihre Taille geschwungen und würde einen sanften Zug ausüben.

Über den ganzen Vormittag war es stärker und stärker geworden, und kurz bevor sie an die Berge gelangt waren, hatte es sich angefühlt, als würde sie in einen Tunnel blicken. Rechts und links verschwamm die Welt und wurde unwichtig. Wenn sie sich selbst gegenüber ehrlich war, dann musste sie sich eingestehen, sie hatte sich ausschließlich nach diesem unsichtbaren Ziel gerichtet.

Selbst jetzt, als sie nur ein paar Längen mit Loke in den Osten gewandert war, hatte das seltsame Gefühl sie an diesen Platz zurückgeführt.

Es war wie ein steiger Wind. Ein Anflug von etwas, das sie noch nie zuvor gespürt hatte. Unbestimmbar und im gleichen Moment zutiefst beunruhigend. Aber der Wald lag still und nichts Auffälliges war zu sehen. Wäre da irgendetwas gewesen, Loke und erst recht Aelvar hätten sie aufmerksam gemacht. Das bedeutete, nur sie selbst vermochte es zu spüren.

Deswegen hatte sie sich von den anderen abgesetzt. Es gab nichts zu sehen und sie wollte niemanden beunruhigen. Aber der eigentliche Grund war, dass sie sich etwas vorgenommen hatte.

Sie hockte sich neben dem Stock auf den Waldboden und verschränkte die Beine im Schneidersitz. Dann schloss sie die Augen und konzentrierte sich. Sie versuchte, sich die Melodie ins Gedächtnis zu rufen, die sie Jahre zuvor gelernt hatte.

Sie summte die Abfolge ein paar Mal leise vor sich hin, dann war sie sich sicher und hob ihre Stimme.

Sie schaffte es kaum, die Sequenz ein einziges Mal zu singen, da nahm sie bereits ein Rauschen wahr, das von überall zu kommen schien. Es war wie damals auf der Bergkuppe. Ein unnatürlicher Wind zog entgegen aller Gesetze der Welt von unten herauf, wehte gen Himmel über ihre Wangen, und als sie nach ein paar Momenten die Augen öffnete, war der Nebel verschwunden. Über den Wipfeln der Bäume stand ein glasklarer Herbsthimmel. Nur der Boden um sie herum, mit all dem alten Laub, Moos und Grasflächen, glänzte vor Nässe, als wäre eben ein schwerer Regen niedergegangen.

Das war aber nicht das Seltsamste und bei Weitem nicht das Überraschendste, das Yanas Augen erblickten. Denn vor ihr, wo sich eben noch fester Fels gleich einer undurchdringlichen Mauer aus jahrtausendealtem Gestein befunden hatte, gähnte

ihr nun ein Eingang in den Berg entgegen, der wie ein Tor in die Nacht fünf Klafter weit vor ihr aufragte, um sich bereits nach wenigen Schritten in der tiefsten Dunkelheit zu verlieren, die Yana je gesehen hatte.

Vor Jahr und Tag

Wila weckte sie am frühen Morgen. Die Sonne war noch nicht aufgegangen, ja noch nicht einmal der erste Hahn hatte gekräht.

»Sei leise«, flüsterte die Großmutter herüber, da rieb Yana sich noch die Augen. »Hilf mir bei den Vorbereitungen für das Frühmahl.«

»Das tue ich doch jeden Morgen«, erwiderte Yana. »Warum diesmal so früh? Es ist noch dunkel.«

Sie warf einen Blick in Litos Schlafnische. Dort war alles ruhig und zudem nichts zu sehen, so sehr hatte sich ihr Bruder in die Decken verkrochen.

»Komm, zieh dich an«, sagte Wila.

Yana fiel im gleichen Moment auf, dass das Wohnfeuer noch nicht entzündet war und Wila nur ein Windlicht in der Hand hielt. Da wurde sie im Nu hellwach. Sie bemühte sich, möglichst leise zu bleiben, während sie sich in aller Eile ihre Kleidung überwarf.

»Lass uns nach draußen gehen«, sagte Wila. »Wir wollen Wasser vom Brunnen holen. Dann können wir es gleich aufs Feuer setzen. Du weißt, wie gern Lito es mag, wenn er sich nicht mit Eiswasser die Nase waschen muss.«

Auch das war Gewohnheit. Yana erkannte im selben Moment, dass dies nicht der einzige Grund sein konnte, warum die Großmutter sie so früh geweckt hatte. Die Welt vor der Tür war noch still und im kalten Schlaf einer herbstlichen Nacht gefangen. Von der Morgensonne war kein Strahl zu sehen. Sogar die Hunde lagen noch in ihren Hütten und träumten. Kaum waren sie vor dem Haus angelangt und die Pforte fiel hinter ihnen zu, hielt Wila sie am Arm zurück.

»Bevor wir mit dem Tagwerk beginnen, habe ich dir etwas zu sagen.«

»Jetzt, wo wir allein sind«, ergänzte Yana.

Wilas Miene blieb ausdruckslos. Sie strich Yana sanft über die Wange.

»Du bist nicht auf den Kopf gefallen, und ich spüre, dass auch du nun alt genug bist.«

»Wofür?«

»Die ganze Geschichte vom Bergkönig.«

»Aber die haben wir gehört, und außerdem war ich schon längst alt genug. Ich kenne sie und habe mit dir doch schon oft darüber geredet.«

»So wie wir nun mit Lito«, wandte Wila ein. »Aber nun bist du alt genug, das letzte Geheimnis zu erfahren.«

»Da ist noch etwas?«

»Etwas, das nur denen offensteht, die sich der Macht der Wälder bewusst sind. Das waren immer die Fanggen und alle Frauen, die ihre Lehren in Ehren halten.«

Yana spürte keinen Wind, nicht einmal ein Lüftchen, wie sie in der frischen Morgenluft vor dem Haus standen. Und doch hatte sie den Eindruck, die Flamme von Wilas Windlicht neigte sich der Großmutter zu, während sie sprach.

»Du hast alles gelernt, was ich dir zu geben vermochte«, fuhr Wila fort. »Nur eines muss ich dir noch über die alte Sage erzählen. Denn natürlich haben viele von uns Fanggen versucht, Siebenblatt zu helfen und vielleicht doch die letzte Ruhestätte des Königs unter dem Berg zu finden. Doch wenn er wirklich so mächtig war, unterliegt auch dies womöglich seinem Fluch. Keiner, der auf die Suche nach der Wahrheit ging, ist jemals zurückgekehrt. Es ist gefährlich.«

»Was ist dort?« Yana hing an den Lippen ihrer Großmutter.

»Die Menschen verließen Nortborg nicht nur wegen der Zerstörung, sondern wegen des Unsegens. Wobei nie geklärt wurde, wessen Fluch es war, der die Stadt letztlich verdammt hat. Aber bedenke, es gibt eine letzte Strophe des Erstlieds über den Bergkönig, die geheim ist. Nur die Fanggen geben sie von Mund zu Mund weiter. Ich möchte, dass du dir die Zeilen ebenso einprägst wie alles andere.«

Yana nickte entschlossen.

»Du weißt, dass ich am Ende des Liedes immer etwas hinzugefügt habe.«

»Wenn Glühen und Glanz am Ende vereint«, sprudelte es aus Yana heraus, »die Sonne des Lebens dem Land wieder scheint.«

»So ist es«, sprach Wila, »aber davor geht dies:

Als sei das alles noch längst nicht genug,
Hat der König beschworen einen mächtigen Spuk.
Das Grab zu bewachen, wurd' ein Übel erweckt,
Das sich tief in den Bergen und Wäldern versteckt.
Nur wer im Kampf mit der Bestie obsiegt,
Dem Fluch der Berge die Macht entzieht.

Wer bindet die Kräfte von Tod und von Sein,
Kann am Ende sich selbst, Land und Wälder befrei'n.

Erinnere dich an meine Worte.«

Wila gab ihr eine Umarmung und wie sie so nah beieinanderstanden, fühlte Yana noch einmal die Wärme der alten Dame. Sie meinte sogar, ihren festen Herzschlag bis in den eigenen Körper zu spüren.

»Ich werde es mir merken«, sagte sie, als sie sich voneinander lösten. »Doch was bedeutet es?«

Da lächelte die Großmutter geheimnisvoll.

»Das herauszufinden, liebe Yana, bleibt den Kindern der Wälder selbst überlassen. Jedem einzelnen von ihnen.«

Die Bestie

Auf das Wetter hatte sie gehofft. Was noch passiert war, konnte sie nicht erwarten. Der Nebel war verschwunden, die Sicht auf einen wolkenlosen Himmel frei. Doch die Sicht auf etwas ganz anderes hatte sich aufgetan.
Im selben Moment erkannte Yana, dass eine Kraft, die sie kaum beherrschte, ja noch nicht einmal erklären konnte, sie genau an diesen Ort geführt hatte. Hier, wo nun der Stock im Boden steckte und wo sich in kaum zwanzig Fuß Entfernung ein riesiges Tor unter den Berg geöffnet hatte.

Alles zuvor war eine Illusion. Etwas sehr mächtiges hatte alles und jeden vor diesem Ort gezwungen, nur das zu sehen, was der Schöpfer dieses unnatürlichen Fluchs beabsichtigte. Und das war eine solide Felswand und ganz und gar nicht das, was sich tatsächlich dahinter verbarg. Der Eingang unter den Berg, der Zugang zur letzten Ruhestätte eines Diebes, der sich selbst verdammt hatte. Sie hatte das Grab des Jarls der alten Sagen gefunden.

Yana hockte bewegungslos neben dem Stock, wagte kaum, sich zu rühren. Die Dunkelheit des Tunnels in den Berg nahm fast ihr gesamtes Blickfeld ein. Es gab keine Tür und keinen Riegel. Der Rahmen des Eingangs bestand aus grob behauenem Fels, der weit über ihr, in einer Höhe von fünf

Manneslängen, in einem Rundbogen endete. Alt und verwittert sah das Gestein aus. Das Wetter hatte sich nicht an den Fluch gehalten und den Felsen ebenso zugesetzt wie dem Rest der steinernen Erhebung.

Was Yana am meisten faszinierte und zugleich beunruhigte, war die Finsternis, die sich unter dem Torbogen ausbreitete. Es war eine lichtfressende Dunkelheit, die das Tageslicht so wirksam verschlang, dass sie nicht erkennen konnte, wohin der Tunnel führte oder was sich vielleicht darin verbarg.

War es eine Täuschung, dass sie meinte, der Wald hinter ihr hätte aufgehört zu knistern, der Wind hätte sein Wehen eingestellt und die Tiere hielten für einen Moment den Atem an? Nicht einen Laut hörte sie ringsum. Doch aus dem Berg atmete die Finsternis einen leisen Hauch von Einsamkeit in die Welt, der Yana mit kaltem Strich über die Wangen lief.

Das sorgte augenblicklich für eine kräftige Gänsehaut auf ihren Armen. Sie stand auf und schaute sich Hilfe suchend um.

Von Aelvar und Loke war weit und breit nichts zu sehen. Kein Wunder, sie hatte die beiden ja selbst in die Wildnis geschickt. Sie überlegte fieberhaft, ob sie es wagen konnte, nach den beiden zu rufen. Jetzt, wo sie den Eingang gefunden hatte, war sie sich nicht sicher, was sie damit wecken würde. War der Fluch noch am Leben? War er überhaupt noch vorhanden? Würden ihre Begleiter den Eingang sehen können, so wie sie ihn sah, oder hatte alles nur mit ihren Fähigkeiten zu tun?

Aber das Wetter war real, der Nebel war verschwunden und die Wolken gleich mit ihm.

Während sie noch überlegte, hörte sie ein schwaches Rauschen und Knistern. Es schien weit entfernt und doch kam es ihr im selben Moment, da es an ihre Ohren gelangte, sofort bekannt vor. Es war ein fernes Brechen im Unterholz, ein Peitschen von Ästen und ein Rumpeln, als würde etwas sehr Großes mit hoher Geschwindigkeit durch den Wald hetzen.

Das hatte sie schon einmal gehört, damals auf der Südstraße, kurz bevor die verlorenen Jungs sie aufgegriffen hatten.

Sie wirbelte herum, ihre Augen suchten im Unterholz auf einen Hinweis, was da auf sie zukam. Es war unverkennbar das Trampeln und Stürmen, das sie schon einmal in Panik versetzt hatte. Das Brechen von Holz und das Schnaufen wurde lauter, je länger sie in die Wildnis starrte. Sie wollte rennen und doch stand sie wie festgenagelt. Ihre Gedanken suchten für einen Moment nach einem Ausweg, aber wohin hätte sie laufen sollen? So schnell wie das, was dort auf sie zukam, war sie schon beim letzten Mal nicht gewesen und an der Felswand gab es auf Längen kein Versteck. Die Felsspalten und Einbrüche waren weder tief genug noch leicht zugänglich. Und auch die Flucht nach vorn schlug Yana sich aus dem Kopf. Der suchenden, schnüffelnden Macht, die da heranstürmte, war auf solche Weise sicher nicht zu entkommen.

Blieb nur die Finsternis hinter ihr.

Sie wagte einen schnellen Blick in die unergründliche Schwärze. Doch das düster gähnende Maul in den Berg machte ihr im gleichen Moment ebenso viel Angst wie die heranstürmende Gefahr.

Sie spürte, wie ihr das Blut in die Beine sackte und der Schweiß auf die Stirn trat. Schon im nächsten Moment war es zu spät. Das Astwerk voraus schüttelte sich, wie von einem schweren Sturm gebeutelt. Dann brach die Bestie durch das Unterholz.

Es war ein massiger Bär, schwarz wie die Nacht, der Widerrist höher als ein ausgewachsener Mann, Schaum vor dem Maul und brennend leuchtende Augen.

Yana war erschreckt und gleichzeitig gebannt von der Erscheinung, obwohl sie damit gerechnet hatte. Die Erzählungen von Großmutter Wila verwandelten sich von Sagen zur Wirklichkeit.

Nun gab ihr die Panik doch einen Schub. Als das Monstrum die freie Fläche vor den Felsen erreichte, schien es Yana, als würde es langsamer werden. Aber sie wollte nicht warten, bis das Biest auf Armlänge herangekommen war. Sie wandte sich blitzschnell ab, wollte rennen und stolperte auf den ersten Schritten hoffnungslos über ihre eigenen Beine. Ihre Knie schlugen unsanft auf ein paar herumliegende Steine, sie stützte sich ab, stolperte weiter und riss sich hoch. Aus den Augenwinkeln sah sie graue Schatten heranfliegen. Sie warf sich zur Seite, rollte sich ab und blickte über die Schulter.

Sie sah Grauwölfe, wie sie sich von beiden Seiten der Bestie entgegenwarfen. Ein Rudel aus mindestens acht stattlichen Tieren stürmte mit solcher Vehemenz dem Bären entgegen, dass dieser augenblicklich seinen Lauf stoppte und wütend zu brüllen begann.

Yana erstarrte. Die Bestie begann die Tatzen zu schwingen und die Wölfe setzten wieder und wieder zum Sprung an. Ihre Mäuler schnappten, der Bär schnappte zurück und seine Krallen flogen gleich silbernen Schwertern durch die Luft.

Ein Jaulen, Toben und Brüllen erfüllte den Kampfplatz, dass Yana angst und bange wurde. Sie fiel auf den Hosenboden und kroch rückwärts, konnte jedoch ihre Augen nicht von dem wilden Gefecht abwenden.

Es war aussichtslos für die Wölfe. Obwohl sie kräftige Exemplare und in der Überzahl waren und ihre Schnelligkeit ein Vorteil war, hatten sie doch gegen die messerscharfen Krallen und flinken Tatzen das Nachsehen. Einen nach dem anderen erwischte es. Unter Jaulen und Kreischen flohen einige ins Unterholz. Wer es nicht mehr schaffte, ging blutend auf dem Schlachtfeld zu Boden.

Auch die Bestie ging nicht unverletzt aus dem Kampf hervor, aber ihre Größe und Kraft brachten den entscheidenden Vorteil. Sie schnaufte vor Erleichterung, als der letzte Wolf mit eingeklemmtem Schwanz das Weite suchte. Auch sie blutete aus Wunden am Hals und in der Flanke, aber sie stand siegreich, während die Angreifer zu ihren Füßen lagen.

Noch einmal nahmen die brennenden Augen Yana ins Visier. Ein gequältes Stöhnen entfuhr ihrer Kehle. Ein Schnaufer folgte, als die Bestie noch stand, so als wollte sie aufatmen und näher kommen. Doch etwas schien sie daran zu hindern. Sie drängte nach vorn und brachte doch keinen Schritt zustande.

Schon in der nächsten Sekunde vernahm Yana ein Knurren. Und es kam nicht von dem massigen Bären, sondern von hinten.

Sie wirbelte herum. Doch da war nichts mehr, denn ein mächtiger grauer Schatten flog über sie hinweg und sauste auf den Bären zu. Es war ein riesiger Wolf. Mindestens doppelt so groß wie seine Verwandten und die Schultern ebenso hoch wie sein Widersacher. Gleich folgte der erste Biss. Reißzähne blitzten, Tatzen wirbelten, mächtiges Brüllen rollte und heiseres Knurren folgte, als ein tödlicher Tanz begann. Ein Wirbeln und Toben breitete sich erneut auf dem Platz aus, dass Yana der Atem stockte.

Zwei ebenbürtige Gegner prallten wieder und wieder aufeinander. Der riesige Wolf spielte seine

Schnelligkeit aus und sauste auf schnellen Pfoten von einer Seite auf die andere. Der Bär richtete sich auf, um mit beiden Armen zu schlagen. Dabei drehte er sich wie ein wild gewordener Tänzer.

Yana konnte für keinen Kämpfer einen Vorteil ausmachen. Immer wieder kam es auf beiden Seiten zu heftigen Attacken und Gegenattacken. Blut spritzte, Wunden taten sich auf. Es war der grausamste Kampf, den Yana je beobachtet hatte.

Bald zitterte sie am ganzen Körper und ihr wurde so schlecht, dass sie es nicht mehr aushalten konnte. Sie strampelte mit den Beinen, riss sich hoch und taumelte dem finsteren Tor entgegen. Kurz bevor sie die Dunkelheit umfing, blickte sie sich noch einmal um und sah, wie der Bär einen mächtigen Schlag ausführte, der so ansatzlos kam, dass selbst der geschickte Grauwolf nicht mehr reagieren konnte. Tief fuhren die Krallen über die Schnauze des großen Isegrim und ein Laut der Pein entfuhr seiner Kehle. Schon flog er seitwärts in die Büsche.

Als wäre dies das letzte Signal gewesen, nahm Yana all ihrem Mut zusammen, die Beine unter die Arme und rannte der Dunkelheit entgegen, als wäre es die himmlische Zuflucht.

Unter dem Berg

Die Flucht vor der Wirklichkeit und dem Grauen des Kampfes führte Yana nur wenige Schritte in die Dunkelheit. Dann musste sie stehen bleiben. Es war, als hätte jemand eine Tür hinter ihr zugeworfen. Der Klang der Umgebung änderte sich schlagartig. Das hatte sie erwartet, denn die Wände des Tunnels, in den sie getreten war, warfen jeden Schall nur dumpf und mit beklemmender Nähe zurück. Aber dass die Welt dort draußen von einem Moment auf den anderen nicht mehr zu hören war, das war so ungewöhnlich, dass sie innehalten musste.

Sie schaute zurück. Das Gelände vor dem Eingang war in schwachem Licht erkennbar. Noch konnte sie den Platz vor dem Tor ausmachen, aber es war, als würde ein schwarzer Nebel die Sicht bis auf wenige Ellen verdunkeln. Wie ein Vorhang aus Nacht ließ er die Welt verblassen.

Sie hatte nichts gespürt, als sie die ersten Schritte vorausgestürmt war. Alles, was sie jetzt noch ausmachen konnte, war der Schemen des riesigen Bären, der in einiger Entfernung stand, aber nicht näher kam. Der Kampf war beendet, niemand war dort, der ihn angriff oder hinderte, vorwärts zu gehen. Er stand nur da und wiegte den Körper langsam von einer Seite auf die andere.

Die brennenden Augen hielten das Tor fixiert, aber selbst durch das Dunkel des Tunnels spürte Yana seinen Blick auf der Haut. Sie machte ein paar Schritte rückwärts. Das Brennen wurde schwächer, der Bär und die alte Welt verblassten.

Für einen Augenblick fühlte sie Zuversicht. Sie hatte es geschafft, der Bestie ein zweites Mal zu entkommen. Dann kamen ihr Loke und Aelvar in den Sinn. Würden sie sich fernhalten? Konnte das Biest ihnen gefährlich werden oder hatte es nur Yana ins Visier genommen?

Es war unmöglich, das herauszufinden, ohne die Höhle zu verlassen. Es gab nur eine Richtung, und die war vorgegeben. Aber es war so dunkel. Noch schlug ihr Herz bis zum Hals. Sie wollte sich beruhigen, aber das Einzige was ihr in den Sinn kam, war das Gefühl, gejagt zu sein. Sie war dem Schicksal von der Schippe gesprungen und kam sich vor wie ein Kaninchen, das es gerade noch in den Bau geschafft hatte, bevor die hungrigen Mäuler zuschnappen konnten.

Sie drehte sich um und nahm ein paar Schritte in die Dunkelheit. Kaum hatte sie das getan, sah sie einen schwachen Schimmer voraus. Es war, als reflektierten die Tunnelwände einen Schein, den sie nicht erwartet hatte. Mit jedem Schritt wurde es heller.

Dann hatte sie die Dunkelheit hinter sich gelassen. Die Sicht wurde frei auf die wahre Beschaffenheit des Eingangs. Es war ein hoher Gang, wie ein Torweg, in den Fels gehauen, die Wände ungleichmäßig und rau. Doch schon bald begann ein Mauerwerk, mit dem der Tunnel ausgekleidet war. Zu beiden Seiten ragten eiserne Fackelhalter aus den Fugen. In jedem befand sich eine Fackel, deren flackernde Flammen die Umgebung in Helligkeit tauchten. Sie schätzte, es waren wenigstens dreißig Fuß von einer Fackel zur nächsten.

Das war gut und Yana atmete auf. Sie hatte schon befürchtet, sich in der Finsternis vorantasten zu müssen. Gleich musste sie trocken schlucken, denn das Feuer, mit dem die Fackeln brannten, war nicht rot und orange, sondern tanzte in einem geisterhaften Blau am Ende der Holzstücke. Es war eisig und schien wider die Natur nicht die geringste Wärme auszustrahlen. Kaltes Licht erfüllte den Gang, der sich in der Ferne verlor.

Der Gang war leer, nichts und niemand zu sehen. Saubere Fliesen am Boden schimmerten unter der bläulich flackernden Beleuchtung.

Wenn sie auftrat, machten ihre Stiefel mit den Ledersohlen nicht viel Geräusch. Doch Yana war sicher, wenn sie rufen würde, käme entweder ein Echo zurück oder, noch schlimmer, ihr Ruf würde endlos in der Ferne verhallen.

Es gibt keinen Grund, jemanden, wen auch immer, aufmerksam zu machen, dachte sie sich und ging weiter. Ihre Sinne brannten auf das kleinste Geräusch oder einen ungewöhnlichen Schatten bei all der unnatürlichen Helligkeit.

Sie war noch nicht weit in den Tunnel vorgestoßen, da tauchten auf beiden Seiten Torbögen auf. Vorsichtig schlich sie voran und stoppte noch vor den schmucklos vermauerten Rundbögen. Sie schielte mit kurzem Blick um die Ecke, doch da war nur ein weiterer Gang von derselben Beschaffenheit wie der, durch den sie gekommen war. Auch dort brannten in regelmäßigen Abständen die Fackeln an der Wand. Auf der anderen Seite sah es genauso aus.

Es war eine Kreuzung und jede Abzweigung lief in leichtem Winkel weiter in den Berg hinein. Eine Entscheidung war fällig. Die Gänge waren gleich groß, wohin sollte sie sich wenden?

Sie schloss die Augen und horchte in sich hinein. Doch da war nichts, kein Gefühl oder wenigstens ein Hauch einer Ahnung, welches der richtige und vor allem der beste Weg wäre.

Sie entschied, weiter im Hauptgang zu bleiben, schritt vorsichtig weiter voran und sah schon bald, die nächste Kreuzung auftauchen. Wieder peilte sie sorgsam um die Ecken, und wieder war da nichts.

Erneut wählte sie den Gang geradeaus. Kaum war sie an zwei weiteren Fackeln vorbei, erkannte sie voraus eine Wand. Der Hauptgang endete in einem T-Stück und diesmal musste sie sich für eine Seite entscheiden. Sie nahm den rechten Gang und erneut ging es ein gutes Stück voran.

Was folgte, war eine weitere Kreuzung. Identisch mit den zwei vorangegangenen. Wehte da plötzlich ein Hauch von links heran? Yana meinte einen kellerkalten Luftzug auf den Wangen zu spüren. Aber es war weder etwas zu hören noch etwas anderes zu sehen als die ordentlich gemauerten Wände und sauber verfliesten Böden.

Sie stellte sich den Weg vor, den sie bisher zurückgelegt hatte. Versuchte sich einzuprägen, wie weit und in welche Richtung sie gegangen war. Währenddessen setzte sie weiter einen Fuß vor den anderen. Es war ein Labyrinth, in das sie sich gerettet hatte. Ob das nun ein Vorteil oder eine Gefahr bedeutete, würde sich noch herausstellen.

Doch ihre Gedanken wurden von einem kratzenden Geräusch unterbrochen. Es war schwach und hallte durch den Tunnel heran. Es klang wie das Scharren von Krallen über glatten Boden. Das allein ließ Yana zusammenfahren. Lauter und lauter wurde das Geräusch. Es kam aus der Richtung, aus der sie gekommen war.

»Verflucht«, entfuhr es ihr ungewollt. Sie erschrak über ihre eigene Stimme, als ihr Ruf durch den Gang dröhnte.

Jemand ist auf meiner Spur?

Ihr Atem beschleunigte sich, sie begann zu rennen, den Gang hinunter, bis zur nächsten Kreuzung, dann wieder nach links, noch ein Stück rennen, ein neues T-Stück im Gang, noch mal nach rechts und wieder ein Stück voraus.

Die Rennerei macht es nicht besser. Das kratzende Geräusch wurde bald von schnellen, trippelnden Schritten begleitet. Stetig wurde es lauter, und dann gesellte sich auch noch ein Schnüffeln dazu. Die blanke Panik hatte Yana längst im Griff. Das Labyrinth schien endlos und sie rannte nun schon eine Weile. Doch wer es auch war, der ihr folgte, er ließ nicht locker und er schaffte es offensichtlich zielsicher, ihrer Spur zu folgen.

Eine gute Nase, dachte sie noch, dann musste sie für einen Moment erschöpft stehen bleiben. Sie rang nach Luft und fixierte den Gang, durch den sie gerade gerannt war.

Ihr Herz machte einen Sprung, der Atem stockte und sie riss die Augen weit auf. Sie hatte Schwarz erwartet, brennende Augen und mächtige Tatzen. Aber was um die letzte Ecke brach und ihr entgegenrannte, schneller als jeder springende Hirsch, war dann doch etwas ganz anderes.

Vor Jahr und Tag

»Die Tage waren schwer. Nach dem Untergang von Nortborg schleppten sich die Überlebenden in Trecks und manchmal auch in kleinen Gruppen südwärts, um an den Küsten ein neues Zuhause zu finden. Sie mussten schnell sein, der Winter nahte und nur wenig Werkzeug und Material hatten sie zur Verfügung, um das Überleben zu sichern. Hier und da eine Hütte bauen, ein wenig angeln oder jagen und sich auf die kalte Zeit vorbereiten, etwas anderes hatte niemand im Sinn.

Bis auf einen.

Hergold machte sich bei all der Arbeit und den Wirren nach der Zerstörung seiner Heimstatt schwere Vorwürfe. Er hatte alles miterlebt. Schlimmer noch, er hatte mitgeholfen. Durch sein Zutun und seine Blauäugigkeit war all das Leid, das er nun sah, erst möglich geworden.

Hätte er nur eher hinter die wahren Absichten von Finn Starrhand geblickt. Hergold erkannte seinen alten Jarl nicht wieder. Konnte das Unglück seiner Frau ihn so verändert haben oder war da schon immer etwas gewesen, das er als Diener seines Herren, als sein Bannwart, nur ausgeblendet hatte?

Er wollte Gewissheit, er wollte Antworten, und das bohrte in den Tagen nach der Katastrophe am schmerzhaftesten in ihm.

Nach einer Woche hielt er es nicht mehr aus. Er half einer Familie von Schreinern, die nahe dem ehemaligen Kastell eine Werkstatt gehabt hatte. Sie waren heilfroh, sich nach dem großen Brand wiederzufinden. Aber auch sie hatten schweres Leid erfahren, denn der Großvater der Familie und eine der jüngsten Töchter hatten es nicht aus dem Inferno der Flammen geschafft.

Hergold kannte sie als gute Handwerker, die manch schönen Tisch für die Festung am Meer gefertigt hatten, und doch zog es ihn nicht nach Süden. Er konnte einfach nicht im Gefolge der Flüchtlinge bleiben, denn seine Ehre gab ihm etwas anderes vor.

Er erbat sich ein paar Rationen und einen alten Jagdbogen aus den Resten dessen, was man aus dem Brand der Stadt hatte retten können. Er fand einen alten, verrußten Mantel und sagte allen ein Lebewohl.

Ein Gedanke ging ihm nicht aus dem Kopf, denn er kannte seinen Jarl lange genug, dass er sich nach all dem Unheil nur einen Platz vorstellen konnte, an den Finn geflohen sein musste, und das war das Grab seiner geliebten Frau Eidel.

Hergold kannte den Weg und er war sich bewusst, dass er wahrscheinlich niemanden von den braven Familien je wiedersehen würde, wenn er jetzt, so kurz vor dem Winter, in den Norden aufbrach. Doch der Zwang war so groß wie seine Schuld.

Die Wintersonne war noch nicht aufgegangen und ein unbarmherziger Herbst kämmte in den folgenden Wochen mit kalten Fingern durch die Wälder.

Lange brauchte Hergold für die Wanderung über die Nordstraße. Vorbei an den noch immer qualmenden Ruinen von Nortborg führte sein Weg und ihm wurde schwer ums Herz. Für Stunden konnte er sich nicht von dem Anblick lösen und suchte an den Rändern nach etwas Brauchbarem. Doch nichts konnte er entdecken, das ein Mitnehmen gelohnt hätte und nicht eine Seele hörte seine Rufe an dem verdammten Ort.

Als er endlich die Randberge erreichte, war er ganz erschöpft. Das Wandern hatte ihn ausgelaugt und in den Tagen auf der Straße hatte er niemanden, mit dem er sein Elend hätte teilen können. Ausgehungert war er, da ihn sein Jagdglück zu oft verlassen hatte, und auch das Wetter war selten auf seiner Seite, denn die Regentage wechselten sich ab, nur unterbrochen von den frühen Winterstürmen.

Er fand das Ende der Straße, kurz vor dem Tor, das die Bergleute in den schieren Fels getrieben hatten. Er war schon an diesem Ort gewesen, mehrfach sogar, damals, als er seinem Jarl gefolgt war, um die Bauarbeiten zu beaufsichtigen. Der Tunnel unter den Berg war kleiner, als der Eingang erahnen ließ, und nach einem kurzen Weg durch die Dunkelheit gelangte Hergold in die erste Halle. Hier sorgten noch ein paar Lichtschächte zur Außenwelt für Helligkeit. Aus dem, was die Bauarbeiter zurückgelassen hatten, band er sich eine Fackel. Dann ging es noch einmal über einen abschüssigen Gang ein gutes Stück in den Berg hinein bis zur Grabkammer von Eidel. Kalt und kälter wurde es mit jedem Schritt.

Bald erblickte Hergold einen Schein, der aus den Umrissen am Durchgang in die Kammer schimmerte. Es war das widernatürliche Blau, ihm stockte der Schritt.

Der Raum war ihm noch in Erinnerung, denn der letzte Ruheplatz von Eidel war ein großer Dom, halbkugelförmig in den Fels geschlagen, in dessen Mitte sich nichts weiter befand als eine Erhebung aus einem grob behauenen steinernen Rundaltar. Darauf stand, aus demselben Stein gefertigt, der Sarkophag von Eidel. Schlicht und unverziert, aber mächtig und ausladend war der Aufbau, aber das war nicht das, was Hergold am meisten verwirrte. Kaum hatte er den Dom unter dem Berg betreten, sah er in dem blauen Licht seinen Jarl stehen. Finn lehnte über dem Sarg und stützte sich mit den Armen darauf.

Doch das Seltsamste war, dass er seinen Kopf auf Eidel Schönhaar gebettet hatte, die auf dem Deckel des Sarges lag, als hätte sie immer dort gelegen. Ihre Wangen waren eingefallen, aber sie besaß noch immer die Schönheit, die sie unter den

Lebenden ausgezeichnet hatte, und ihr Haar umspielte sie hell wie ein Fluss aus Weißgold.

Die Stille und das eigenartige Licht jagten dem Bannwart einen Schauer nach dem anderen über den Rücken.

Er zwang sich die letzten zwanzig Schritte bis an die erste große Stufe heran und schreckte zusammen, denn jemand sprach ihn an und diese Stimme hatte er in seinem Leben noch nicht gehört.

›Ich wusste, du würdest kommen‹, klang es rau und tief aus der Kehle von Finn, als würde ein Grollen aus einem steinernen Schacht aufsteigen.

Hergold blieb augenblicklich stehen.

›Ich bin allein gekommen, auf mein eigenes Geheiß‹, zwang sich Hergold laut auszusprechen.

›Das meinst du …‹, sagte Finn und fixierte dabei seinen Bannwart.

Hergolds Rücken versteifte sich, als er zum Jarl aufblickte.

›Ich will nicht wissen, wie Ihr das meint‹, sagte er. ›Ich will nur eines.‹

›Und was sollte das sein?‹

›Dass Ihr wieder ins Leben zurückkehrt. Erkennt Euren Fehler und lasst alles wieder so werden, wie es war. Die Erste der Fanggen hat mir viel erklärt. Das und noch mehr steht in Eurer Macht. Ihr habt den Stein.‹

Für einen Moment herrschte Stille.

Langsam drehte Finn sich seinem Bannwart zu. Da sah Hergold den Kristall, den Fogamar, wie Finn ihn mit der Rechten umklammert hielt. Schwach schimmerte das Licht in seiner Faust, kaum noch wahrnehmbar und mit seinem Grün gegen das helle blaue Licht der Kammer ankämpfend.

›Ich habe nicht nur den Stein‹, sprach Finn. ›Ich bin am Ziel. Hier ist alles, was ich immer wollte. Alles, was ich von jetzt an ewig haben werde.‹

Finns Stimme klang so abwesend wie bestimmt, erschöpft und schroff, aber gleichzeitig auf eine beängstigende Art machtvoll. Es war, als würde er sich in dieser Welt um nichts mehr scheren und zugleich nur eines im Sinn haben.

Hergolds Puls schnellte in die Höhe.

›Lasst ab von dem Stein‹, rief er. ›Legt ihn Eidel zur Seite und wir verlassen dieses Grab, auf dass es immer so bleibe. Aber tut Euch den Gefallen und kommt mit mir zurück ans Meer. Wir können vielleicht nicht alles wieder so richten, wie es einmal war, aber uns sei noch eine gute Zeit voller Leben gegeben.‹

›Das Leben?‹, herrschte ihn Finn an. ›Nichts als eine Abfolge von ewigem Hinfallen und Aufstehen, von Plagen und Mühen mit einem Nichts als Lohn am Ende. Wer hat je behauptet, das wäre etwas für mich? Als würde ich die Veränderung schätzen. Lasst die Welt machen, ihr Leben leben, sich verändern. Ich will nur eines, und das ist das höchste Gut.‹

›Was meint Ihr?‹

›Zeit für alle Ewigkeit.‹

›Aber …‹, konnte Hergold noch einwenden, da wurde er vom Jarl unterbrochen.

›Und alles, was fehlt, ist mein treuester Diener‹, sagte Finn.

Da kroch eine Angst in Hergolds Kehle herauf und ihm wurde ganz unwohl.

›Du weißt es schon.‹ Finns Miene wurde steinern, als er zur Felsendecke aufblickte. ›Ich habe dich gerufen und jetzt wirst du deinen letzten Dienst antreten. Diese alte Herrin über den Stein, diese unselige Siebenblatt, habe ich schon verbannt. Ich habe sie verflucht, sie kann nicht mehr unter die Erde gehen. Wieder wird mir der Stein helfen, denn für alle anderen, die in diesen Landen wandeln, werde ich ein Labyrinth weben. Aus einem Gespinst von Gängen und dunklen Nebeln soll es bestehen, die niemand durchschreiten und keiner durchblicken kann. Selbst das Tor sei für immer vor der Welt verborgen. Dann fehlt nur noch eines, bevor ich mich für alle Zeiten neben Eidel lege.‹

Finn hob schon die Hand mit dem Stein. Hergold wollte laufen, aber seine Beine gehorchten ihm nicht mehr.

›Du sollst fortan der Schutzgeist dieser Hallen sein‹, sprach Finn und hielt den Stein hoch über den Kopf. Der Kristall flammte ein letztes Mal auf.

›Hergold, Du seiest fürderhin eines mit den Geistern der Berge und Wälder, aber nicht mehr mit den Menschen. Du kannst überall wandern, über alle wachen und jede Form annehmen, die der Aufgabe zu Nutzen reicht. Wer auch immer den Bann meiner letzten Ruhe stören und mich von meinen zwei größten Schätzen trennen will, den sollst du beobachten, abhalten und in die Irre leiten, so gut du kannst. Und wenn nichts mehr hilft, werdet ihr jeden gnadenlos zerfleischen, der es nur wagt, diese Stätte zu betreten.‹

Ein Laut der Qual rang sich aus Finns Kehle und sein Arm sank nach der Anstrengung müde herab. Er beachtete Hergold nicht mehr. Er drehte sich um und legte sich neben seiner Frau auf den Sarg.

Hergold blieb zurück, war er doch fortan und bis in alle Zeit, nie mehr das, was er einmal war.«

Jäger und Beute

Es war ein schneeweißes Wiesel, das da auf sie zuhüpfte. Ein zu monströser Größe gewachsenes Hermelin raste mit einer Schnelligkeit durch den Gang heran, die Yana den Atem nahm. Es war so gigantisch, dass seine Schultern beim Springen fast an die Tunneldecke stießen.

Trotz der Helligkeit der Fackeln, tippte es beim Vorwärtsspringen immer wieder die Nase auf die Fliesen. Yana erkannte, da konnte jemand nicht besonders gut sehen.

Meine Chance, durchfuhr es sie und rannte zum nächsten Fackelhalter. Sie riss die Fackel heraus, wirbelte herum und stellte sich mitten im Gang auf. Schon schwenkte sie das blaue Licht über ihrem Kopf.

Geblendet stemmte das Hermelin die Vorderpfoten auf die Fliesen. Es rutschte noch ein paar Ellen auf dem glatten Boden voran, die Krallen brachten das typische Kratzen hervor, dann fixierte es das Licht. Die schwarzen Knopfaugen folgten der bewegten Flamme. Die kleinen, halbrunden Ohren waren aufgestellt und der Kopf ruckte nervös auf und ab.

Trotz des kalten Lichts wurde Yana warm, als sie die Fackel vor der Nase des riesigen Tiers schwenkte und ihr schlug das Herz bis zum Hals.

Das gewaltige Hermelin ragte kaum zwei Armlängen vor ihr auf.

Aus der Nähe, angestrahlt durch das grelle Licht der Fackeln, erkannte sie Flecken im Fell des Tiers. Die Vorbereitungen für den Winter waren noch nicht abgeschlossen. Und in diesem Moment kam Yana etwas in den Sinn, das ihr im ersten Moment unglaublich erschien; abwegig und eigentlich unvorstellbar. Doch je länger sie vor dem Jäger stand und ihr Licht bewegte, je länger das Tier gebannt verharrte und nichts weiter tat als schnüffeln, desto mehr wurde ihr klar, dass hier etwas nicht stimmte. Da war etwas, an das sie kaum zu denken wagte.

Sie drängte die unerhörten Gedanken beiseite. Wie sie vor dem imposanten Weißwiesel stand, kam es ihr vor, als wäre sie das Kaninchen. Aufgespürt von dem wendigen Jäger mit der guten Nase. Doch sie war keine einfache Beute. Vielleicht hatte das Hermelin etwas anderes erwartet und war deswegen so verwirrt.

Aber viel dringender war die Frage: Wer hatte es auf Yana angesetzt?

Wenn es einen Grund gab, konnte es auch einen zweiten geben. Das galt es herauszufinden und es gab nur einen Weg, das zu tun.

Sie begann, ihr Lied zu summen. Die Melodie der Fanggen. Das Lied, das ihr das Tor zum Berg geöffnet hatte.

Im Nu stellte das Hermelin die Bewegungen ein. Es fixierte Yana, als wäre es eingefroren. Ab und zu runzelte es seine Nase und nur noch der Atem war zu hören.

Yana begriff. Dieses Tier kannte sie. Sie waren sich schon begegnet. Und, wie sie erleichtert feststellte, sie mochten sich.

Nur einer kam infrage, der den kleinen Jäger auf Yanas Spur gesetzt haben konnte. Damit wurde eine andere Frage wichtig, und es war nicht zuerst die nach der unnatürlichen Größe des Verfolgers. Obwohl sich ihre Gedanken für einen Moment auch an dieser Frage verhedderten.

Was hat Aelvar sich gedacht, Holler auf meine Spur zu setzen?, grübelte sie. *Und zu welchem Zweck?*

Während sie überlegte, stellte sie ihren Singsang ein. Sofort wurde Holler unruhig, als wäre da ein Zwang, aber er konnte sich nicht durchringen, es zu vollbringen. Er ruckte vor und zurück. Die Lefzen zogen auf und nieder, als er hechelte, und seine spitzen Zähne wurden sichtbar.

Das war Yana zu gefährlich. Sofort setzte sie den Gesang fort, und als sie die Melodie ein paar Mal durchlaufen hatte, wollte sie ihren Augen nicht trauen.

Langsam aber stetig wurde Holler kleiner. Er schrumpfte. Es war, als ließe jemand die Luft aus seinem Inneren. Er behielt seine Proportionen und war kaum ein paar Herzschläge später zu seiner ursprünglichen Größe zurückgekehrt.

Eine Illusion, erkannte sie und fast musste sie lachen, denn war es eine überaus eindrucksvolle wenn nicht erschreckende Erscheinung gewesen.

»Solltest du mich zur Strecke bringen?«, fragte sie leise, ging ein paar Schritte auf den jetzt wieder armlangen Jäger zu und streckte die Hand aus.

Er hopste ihr entgegen und schon hatte Yana ihn auf dem Arm. Sie hielt ihn vor den Bauch und streichelte sein Fell. Es war weich und tief. Gleichzeitig hatte sie das Gefühl, feine Spinnweben rannen ihr durch die Finger.

Erleichtert atmete sie auf.

»Welches Spiel spielt dein Herr und Meister?«, fragte sie, während er sich an ihre Hand schmiegte.

»Es wird Zeit, das herauszufinden, meinst du nicht?«

Er schaute interessiert.

»Wo soll es hingehen?«, fragte sie und drehte sich hin und her.

Er gab keine Antwort, aber Yana war auch so klar, was sie tun musste. Sie hielt ihn voran und ging weiter in den Berg hinein. An jeder Kreuzung achtete sie genau auf sein Verhalten. Dort, wo er am meisten schnüffelte, wohin er drängte, diese Richtung nahm sie.

Plötzlich vernahm sie ein Stöhnen. Es war wie ein schwacher Hall von jemandem, der unfreiwillig heftig ausatmet, aber es schien weit entfernt. Schon nach den nächsten zwei Abzweigungen wurde das Geräusch präsenter. Da atmete tatsächlich jemand schwer, wie unter Qualen.

An der nächsten Ecke blieb Yana stehen. Im gleißenden Licht war zu sehen, dass weit voraus im Gang etwas lag. Auch wenn es kaum erkennbar war, was oder wer dort lag, das Stöhnen stammte eindeutig von dort.

Je näher sie kam, desto deutlicher wurden die Umrisse eines Menschen, der Oberkörper noch halb an der Tunnelwand aufgerichtet.

Holler wurde unruhig. Yana konnte ihn nur mit Mühe festhalten. Sie nahm die letzten Schritte und ihr entfuhr ein Schrei der Pein, als sie sah, wer dort am Boden lag.

Es war Loke. Er lag mehr, als dass er saß. Wenig Bewegung war zu sehen. Ein Arm war aufgerichtet und die Hand wedelte mühsam hin und her. Mit der anderen Hand hielt er sich die Seite.

Yana sah das Blut an seinen Händen und gleich darauf die dunkelrote Pfütze, die sich unter ihm gebildet hatte.

Seine Augen irrten umher. Er rang mit dem Tode. Sie war sich nicht sicher, ob er sie überhaupt erkannte. Im nächsten Moment kam ein Grollen aus seiner Kehle und ein Schwall aus Blut und

Speichel rann ihm aus dem Mundwinkel. Kleine Bläschen bildeten sich.

Yana kniete sich an seine Seite. Lokes Jacke war zerrissen, als hätte er mit dem Teufel gekämpft. In seiner Hose waren Löcher wie hineingestanzt. Dunkles Blut sickerte heraus. Seine Augen zuckten. Da war noch so etwas wie ein Licht. Sie stützte seinen Kopf. Der wackelte, als würde er gleich von den Schultern fallen.

Erst blubberte Loke. Dann brachte er doch ein paar Worte zusammen.

»Hätte es wissen sollen«, stotterte er.

Schweres Atmen.

»Sieh dich vor!«

Wieder das grässliche Blubbern.

»Du musst fliehen … keine Chance.«

»Loke!«, rief sie ihn an. »Bleib bei mir!«

Ein Zittern durchlief seinen Körper.

»Wer hat dir das angetan?«

»Der Wolf …«, sagte er und erneut unterbrach ihn ein Schwall Blut.

»Wie kann das sein? Er war vor dem Tor, er hat mir geholfen.«

»Er war es«, rang er heraus.

»Bist du dir sicher?«

Er bewegte kraftlos den Kopf. Yana konnte kaum entscheiden, ob es ein Nein war oder eine Zustimmung.

Yana hielt ihn fest; auch nachdem seine Lider aufgehört hatten zu flackern, lange nachdem das Blubbern vergangen und der letzte Atemzug verweht war.

Sie saß mit Loke im Arm und wollte für einen Moment gar nichts denken, doch dann traf sie eine Entscheidung.

Sie lehnte seinen leblosen Körper zurück an die Wand und strich ihm noch einmal sanft übers Haar. Dann stand sie auf und zog sich den Mantel ihres Vaters von den Schultern. Sie deckte Loke vollständig zu, er war so klein.

»Ich werde zurückkommen«, schwor sie laut.

Sie blickte sich um. Holler war verschwunden. Sie nahm an, voraus.

»Genau meine Richtung«, sagte sie und schritt mutig aus.

Der Wächter

Yana stoppte abrupt. Etwas war anders. Das blaue Licht schien nicht mehr so grell. Auf den Wänden des Ganges spielten auf einmal Schatten und fühlte es sich an, als ginge es abwärts, während es doch auf ihrem Weg unter den Berg bisher nur flach voraus gegangen war.

Sie roch Moder und feuchtkalten Fels. Eine Kälte zog in ihre Kleidung, die sie vorher nicht gespürt hatte.

Als würde sie sich nach einem langen Schlaf die Augen reiben und im ersten Licht des Tages noch nicht viel ausmachen können, wandelte sich ihre Sicht. Der Gang wurde weit und dunkel und nur ein starker blauer Schein strahlte ihr ins Gesicht. Dann klärte sich ihre Sicht und etwa zwanzig Schritte voraus tauchte ein hell erleuchteter Durchgang auf. Dahinter lag ein großer Raum, dessen Ausmaße sie nur erahnen konnte.

Das Gegenlicht ließ Yana blinzeln. Mitten in dem Durchgang stand jemand.

Als wollte sie sich der Realität versichern, blickte sie sich um, doch da war nur grob behauener Fels, nicht mehr die hübschen, glatten Wände, an denen sie bisher entlang gelaufen war. Hinter ihr lag Dunkelheit, nur auf den Kanten und Spitzen des Gesteins schimmerten vereinzelt Reflexionen.

Weit in der Ferne und den Gang hinauf meinte Yana den schwachen Schein von Tageslicht zu erkennen. Von dort war sie gekommen; abwärts, immer tiefer in den Berg war sie gelaufen. Es war nicht das, was ihr die Sinne vorgegaukelt hatten. Es war, als hätte der Regen ausgesetzt und eine heftige Windbö die Wolken vertrieben. Jetzt erkannte sie zum ersten Mal, wie es wirklich unter dem Berg aussah.

Ihr Kopf fuhr herum und sie starrte dem Ende des Ganges entgegen, dort wo jemand stand.

Noch war kein Wort gefallen, aber Yana war sich sicher, dass es nur einer sein konnte, der für alles verantwortlich war. Er war das letzte Hindernis, welches zwischen ihr und der Lösung aller Rätsel stand.

»Wenn Ihr noch einen Schritt weitergeht, liebe Yana, muss ich Euch zur Strecke bringen, so wie jeden, der jemals versucht hat, einen Fuß unter diesen Berg zu setzen.«

Aelvar sprach nicht laut, aber bestimmt und wohlartikuliert wie immer.

Seine Augen blitzten, als er die ersten Worte an Yana richtete. Sie sah kaum mehr als Kälte und Eis aus seiner hellen Iris leuchten. Er trug keinen Bogen mehr und auch sonst keine Waffe, aber die Sicherheit, die seine Worte vermittelten, reichte aus. Die Macht des uralten Steins war selbst über den Abstand zwischen ihnen spürbar.

Es war der Fluch aus den alten Sagen. Genau so, wie Wila es gelehrt hatte. Sie erkannte, es würde nur Augenblicke dauern, dass sich der attraktive Barde und Jägersmann Aelvar in einen riesigen, zähnefletschenden Wolf verwandelte. Sie wagte nicht, nur einen weiteren Fuß an ihn heranzutreten.

»Erinnert Ihr Euch an unsere erste Begegnung?«, sprach er seelenruhig weiter. »Damals, als wir uns am Strand getroffen haben. Bevor ich Euch sah, dachte ich, Ihr wärt eine Nymphe der See. Als hätte Euch ein Zauber gewandelt und einer Nixe Beine geschenkt. Ihr riecht nach der Macht des Äther, der uns alle umgibt. Zuerst glaubte ich, Ihr wäret von den Geistern der Wasser geschickt worden, um mich von meiner Aufgabe abzuhalten. Dass etwas Besonderes in Euch steckt, habe ich aus der Ferne gespürt.«

Deswegen hat er meine Gegenwart so früh bemerkt, erkannte sie.

»Es fließt aus derselben Quelle, die allen Geistern Kraft verleiht, ob sie es nun wollen oder nicht. Aber gleichsam ist es die, die mich zu diesem Leben verdammt. Ein Leben, das in Euren Augen vielleicht nichts ist, aber letztlich ist es alles, was ich noch habe. Ich kann nur mehr so und nicht mehr anders. Und wisst Ihr, was das Schlimmste ist?«

Yana schaute ihn nur an. Sie wollte weder zustimmen noch nachfragen. Diesen Erfolg wollte sie ihm nicht gönnen.

Ich bin nicht wie du, wollte sie ihm entgegenwerfen, doch ihre Lippen blieben verschlossen, stattdessen verdüsterte sich ihr Blick.

»Das Schlimmste ist«, sagte er und seine Stimme klang dabei seltsam gefühllos, »um das eigene Schicksal zu wissen. Die Wälder und das Land zu durchstreifen, mit einer Aufgabe, die niemals endet. Während mein Herr, der Meister über den Stein, unter dem Berg für alle Zeiten ruht.«

Sie erkannte, es war der letzte abscheuliche Fluch, den der verdammte Jarl seinem treuen Diener auferlegt hatte. Alles war geschehen wegen der Trauer und der Verzweiflung nach dem Verlust seiner geliebten Frau. Doch ebenso wollte er Vergeltung üben, an dem Leben und der Natur der Dinge, die sich nicht so geben, wie der Mensch es wünscht. Schlimmer wog in Yanas Augen, dass es ihm gelungen war, die Beschaffenheit der Welt zu entstellen und so zu verändern, dass er entgegen aller Gesetze die Zeit überdauern konnte. Doch im selben Moment, da sie dies erkannte, gab sie sich einen Ruck. Es war die Erkenntnis, dass sein Schlaf nichts anderes war als der Tod. Er wollte sein wie seine geliebte Frau. Das war sein einziges Begehr.

Die Macht des Fogamar hatte er wider die Natur gekehrt. Das hätte niemals sein dürfen. Der Stein war entweiht und gegen seinen Zweck gewendet worden.

Leben erhalten? Ja.

Dem Tod für alle Zeiten ein Schnippchen schlagen?

Nein! Das darf nicht sein, schrien ihre Gedanken. *Das muss ein Ende haben.*

Aber wie?, durchfuhr es sie. Sie war allein und sie trug keine Waffe. Aelvar und auch Yana geboten über eine Kraft, die aus dem Land und dem Wald stammte. Aber da war ein Unterschied. Er war dazu verflucht, sie zu nutzen, und das schon über eine unermesslich lange Zeit. Yana dagegen war jung und hatte noch nie richtig gelernt, mit dem umzugehen, was in ihr steckte.

Da war etwas, das spürte sie, aber es zu nutzen, war eine andere Sache. Die Kraft des Steins war zu groß, der Fluch über Aelvar, den Hergold aus alten Zeiten, war zu mächtig.

»Ihr habt Loke auf dem Gewissen«, warf sie ihm entgegen und ihre Stimme klang bitter als sie mit der eigenen Wut rang.

Er schaute erstaunt, aber wie ihr schien, nicht darüber, dass sie gerade eine Tatsache ausgesprochen hatte, sondern darüber, dass sie so zielsicher das Thema wechselte.

»Wenn Ihr es unbedingt wissen wollt«, antwortete er. »Ihr habt doch längst erkannt, dass Ihr seit Jahr und Tag die Einzige seid, die in die Nähe dieser Hallen kommen durfte, ohne sogleich das Leben zu verlieren. Versteht doch. Ich musste Euren Begleiter finden und ihn töten, wie alle anderen, die jemals hierhergelangt sind.«

Deswegen hat es Loke erwischt, warf sie sich vor. *Kaum hatte ich ihn allein gelassen, war sein Schicksal besiegelt. Aelvar hatte ihn sich geschnappt und unter den Berg verschleppt.*

»Was ist mit meinem Vater?«, rief sie Aelvar an.

Er trat einen Schritt zurück. Mit Erstaunen registrierte Yana, dass er von der Heftigkeit ihrer Stimme überrascht, wenn nicht sogar verunsichert war.

Er fing sich schnell.

»Ihm ist es ergangen wie allen anderen, die hier nach etwas gesucht haben, das nie gefunden werden soll.«

Yana musste schlucken.

Nicht nur Loke war ihm zum Opfer gefallen, auch ihr Vater und seine Begleiter hatten auf ihrer Suche nach dem Vermächtnis aus der alten Sage ihr Leben an den Fluch verloren. Keine weltliche Macht war ihm gewachsen.

»Auch wenn Ihr von meinem Schlag seid«, unterbrach Aelvar ihre Gedanken, »so muss ich jetzt meine Aufgabe erfüllen.«

Er hob seine Arme und hielt ihr die Hände wie bei einer Geste der Abwehr entgegen.

»Egal, was Ihr sagt, egal, was Ihr verlangt«, sprach er weiter. »Bei aller Macht, die mir gegeben ist, befehle ich Euch, Yana Nilsdotter, dieses Grab für immer zu verlassen. Wendet Euch ab und geht, wohin es Euch beliebt, aber nie wieder unter diesen Berg.«

Ihr schien es, als würden seine Umrisse, die durch den hellen Schein hinter ihm glänzten, für einen Moment verschwimmen. Doch das war es schon. Viel mehr passierte nicht.

Und Yana fühlte auch keinen Drang, sich umzudrehen oder gar ein paar Schritte in Richtung Ausgang zu gehen.

Sie wusste, wieso. Er kannte ihren richtigen Namen nicht. Sie hatte ihm den Namen ihrer Mutter verraten, aber dass sie seit ihrer Geburt den Namen ihres Vaters trug, das konnte er nicht wissen. Sie war eine stolze Bardsson und keinesfalls bereit, sich einfach fortschicken zu lassen. Schon gar nicht jetzt, wo sie so weit gekommen war. Vielleicht war doch etwas Wahres an dem, was Aelvar gerade verraten hatte. Vielleicht war sie doch von den Nymphen der See geschickt worden.

Sie hatte es hierher geschafft, so weit wie noch nie jemand zuvor. Zumindest ohne ihr Leben dafür zu geben.

Und jetzt soll ich einfach wieder gehen?

Selbst wenn Aelvar offenbar nicht über die Macht verfügte, sie zu zwingen, fortzugehen, gefährlich war er dennoch. Eben hatte er noch vor dem Berg als riesiger Grauwolf mit dem mächtigen Bären gekämpft. Gegen diese Zähne standen ihre Chancen schlecht.

Vor Scham wandte sie sich von Aelvar ab. Meinte sie da, ein leises Aufatmen aus seiner Richtung zu hören? Im selben Moment fiel ihr Athel wieder ein. Ganz sicher war ihm und seinen Gefährten dasselbe zugestoßen wie Loke. Ein riesiger Wolf hatte ihr Schicksal besiegelt. Bestimmt hatten sie sie sich mit allen Mitteln gewehrt. Und was hatte es genutzt? Eine Traurigkeit breitete sich in Yana aus, wie damals, als sie an der Hand von Wila über die Brücke am Grünbach gegangen war. Zu klein und ungeduldig war sie gewesen und ihre liebste Puppe war ihr aus der Hand gefallen. Das Wasser des Flusses hatte sie fortgetragen und niemand konnte sie je wieder in Yanas Arme legen.

Nun hatte sie die Bestätigung. Athels Opfer war umsonst gewesen. Was konnte sie jetzt und hier schon ausrichten?

Sie wollte schon den ersten Schritt machen, doch es kam ihr vor wie ein Eingeständnis.

Alles war umsonst, schoss es ihr durch den Kopf.

Die Bitterkeit, die sich auf einmal in ihrem Mund ausbreitete, brachte im selben Moment einen ganz anderen Gedanken hervor.

Unwillkürlich tastete sie nach dem Anhänger, der an der Kette um ihren Hals baumelte. Die Szene vor der Abreise auf ihre erste Fangfahrt erschien vor ihrem geistigen Auge. Wila und das Geschenk, das sie ihr gegeben hatte, und nicht nur das, was darin enthalten war, sondern all das, was die Großmutter ihr beigebracht hatte.

Erinnere dich an meine Worte.

Nicht nur an die Worte, auch an ihre warme Stimme würde sich Yana immer erinnern.

Wer bindet die Kräfte von Tod und von Sein,
Kann am Ende sich selbst, Land und Wälder befrei'n.

Das Lied des Nordens. Die Fanggen und alles, was sie je gelernt und beherrscht hatten.

Kann ich es wagen?

Sie öffnete die winzige Schatulle mit dem Fingernagel und ließ den Inhalt in ihre Hand rollen.

»Ich gehe!«, rief sie laut und deutlich den Gang hinunter. Und dann wurde ihre Stimme weich, als sie sich an Aelvar richtete.

»Doch eines erbitte ich.«

»Was sollte das sein?«

»Erfüllt mir einen letzten Wunsch, bevor ich für immer diese Stätte verlasse. Gebt mir einen Abschiedskuss. Ich verspreche Euch, dann sollt Ihr mich nie wieder sehen.«

Eine Stille breitete sich für einen Moment in dem kalten Gang aus.

Dann spürte Yana, wie Aelvar näher kam. Schnell warf sie die Tollkirsche in den Mund. Noch bevor sie sich drehte, nahm sie all ihren Mut zusammen und biss einmal kräftig zu.

Dann wandte sie sich um und sah ihn ganz nah vor sich stehen. Seine glatten schwarzen Haare glänzten im Gegenlicht und jetzt erkannte sie auch, dass tiefe Kratzer quer über seine linke Wange und sogar über die Nase verliefen. Die waren noch frisch. Eine bessere Bestätigung hätte sie nicht gebraucht. Die Krallen beim Kampf mit dem Bären vor dem Tor hatten ihn gezeichnet.

Er schien keine Schmerzen zu fühlen. Stattdessen lag ein seltsamer Ausdruck auf seinem Gesicht. Er schien es ebenso zu wollen wie sie. Aber da war noch etwas anderes. Sie sah die Traurigkeit in seinen Augen. Der Fluch hatte einen Schleier von Leid auf seinen Blick gelegt. Ein trübes Licht, das niemals vergehen würde.

Sie zitterte.

Weiß er es?, schoss es ihr durch den Kopf.

Will er es sogar?

Aus seinen Augen las sie, es war nicht der Kuss, das war ihr so klar, wie ebenso ihm, sondern was daraus folgen würde. Etwas, das er aus eigener Macht niemals hätte verlangen können.

Nicht nur das Ende von seinem Leid, sondern das Ende von all dem Leid.

Er war nur wenig größer als sie. Sie hob den Kopf, neigte sich ihm entgegen. Er hielt sie zart an den Armen. Dann spürte sie seine Lippen und danach den tiefen Kuss.

Als sie sich trennten, schaute sie genauer. Sie war über sich selbst erstaunt. Erst jetzt brach ihr der Schweiß am ganzen Körper aus.

Doch es war nur die Aufregung. Mehr spürte sie nicht.

Im Gegensatz dazu riss Aelvar die Augen auf und griff mit der Hand an seine Kehle.

Er taumelte zurück, hustete ein paar Mal kräftig, dann stolperte er und ging auf die Knie. Keine Sekunde ließ er Yana aus dem Blick.

»Ihr …«, stammelte er.

Er fiel zu Boden.

»Ihr habt es vollbracht.«

Ein Anflug von Erleichterung huschte über sein Gesicht. Sie hielt noch eine Weile Abstand, dann trat sie an ihn heran, wie er ausgestreckt am Boden lag. Seine Arme zuckten, als wollte er nach etwas greifen, dann zitterten nur noch die Finger. Die Augen wurden ruhig.

Sie beobachtete, wie sich Schaum vor seinem Mund bildete, während sie über ihm stand.

»Ich war sehr ehrlich«, sagte sie. »Du wirst mich nie wieder sehen.«

Königs End

Wie viele Wunder hatte Yana erlebt? Eines vielleicht, dessen war sie sich gewahr. Damals, als sie mit Wila auf dem Dramberg stand und mit nichts als ihrer Stimme dafür gesorgt hatte, dass die Wolken verschwanden. Und nicht nur das. Auch der Gruß, den der Wald und das Land ihr mit seinen kleinen und großen Helfern ausrichten ließ, war ein Wunder gewesen.

Doch dies hier war anders. Sie hatte mit ihrer eigenen Kraft dafür gesorgt, dass ein anderes Wunder beendet wurde. Sie hatte den Fluch über Aelvar gebrochen. Mehr noch. Sie hatte ihn vernichtet.

Sie stand noch in dem düsteren Gang, als ihr diese Erkenntnis klar wurde. Nur durch das Gegenlicht wurde die grausige Szene vor ihren Füßen angestrahlt. Dort lag Aelvar und es war ihm nicht mehr möglich, dem Fluch zu folgen, der ihm vor so langer Zeit auferlegt worden war. Er konnte überhaupt nichts mehr tun. Er konnte niemandem mehr gefährlich werden.

Und er kann auch keinen mehr davon abhalten, die nächsten Schritte zu tun, fuhr es Yana durch den Kopf.

Der Weg war frei.

Sie musterte den toten Körper des Bannwart aus alten Zeiten. Sah sie da eine Veränderung?

Die Haut wurde fahl und faltig noch dazu. Die Wangen fielen ein. Sie konnte zusehen, wie es passierte. Und kaum ein paar Augenblicke später brachen seine Formen zusammen, als hätten sich die Knochen in Sand verwandelt. Die Haare waren schon nicht mehr vorhanden, die Haut sackte ein und zuletzt fiel die Kleidung scheinbar ohne Inhalt zu Boden.

Jetzt erst fiel ihr wieder der bittere Geschmack auf, der ihren Mund vollständig ausfüllte. Es war die Tollkirsche, aber viel mehr als das hatte Yana nicht gespürt. Das Gift hatte keine Macht über sie. Sie hatte alles auf eine Karte gesetzt und darauf gehofft, dass es ihr ergehen würde, wie es nur den Fanggen möglich war. Und auch diese Erkenntnis traf sie wie ein Schock.

Wie kann das sein?

Da waren noch Zweifel.

Von der Nemesis blieb nicht viel außer Staub und dem, was Aelvar am Körper getragen hatte.

Sie spuckte einmal kräftig zur Seite, um den bitteren Geschmack loszuwerden, aber es schien wenig zu nützen. Sie musste die Augen abwenden, nahm einen Schritt über ihn hinweg und versuchte, in dem blauen Schein, der ihr aus dem Tor voraus ins Gesicht strahlte, etwas zu erkennen.

Es war die Grabkammer des Bergkönigs aus den alten Sagen. Daran musste sie denken, als sie langsam vorwärts ging. Ihre Augen hatten sich inzwischen an das blaue Licht gewöhnt.

Dann trat sie durch das Tor in den Dom unter dem Berg ein.

Es war so, wie sie es sich vorgestellt hatte, damals, als sie das erste Mal die Geschichte erzählt bekam.

Ein weiter, kreisrunder Raum empfing sie. Die grob bearbeiteten Felswände ringsum schimmerten in blauem Licht. In der Mitte stand der runde Grabsockel und darauf der mächtige steinerne Sarkophag. Unverziert, glich er einem quaderförmigen Felsblock. Doch dort hatten sich die Werksleute damals mehr Mühe gegeben. Seine Oberfläche war, wie die gesamte Empore, sauber gemeißelt und poliert.

Obenauf lagen zwei Körper, das konnte Yana schon aus der Ferne erkennen. Die Füße waren ihr zugewandt. Vorsichtig umrundete sie den Sockel und trat dabei stetig näher an den Sarkophag heran.

Die Schönheit der Frau, die dort lag, war noch erkennbar. Obwohl hohle Wangen das Gesicht zierten und die Farbe der Haut selbst in dem blauen Licht aschfahl erschien. Die großen Augen waren geschlossen und das lange Haar lag offen zu beiden Seiten über den Schultern. Hell, fast weiß schimmerten die Strähnen durch die unwirkliche Beleuchtung.

Ihr Kleid war schlicht, aus feinem weißem Stoff gesponnen. Das Totenhemd einer Königin vor langer Zeit. Noch konnte Yana die hehre Erscheinung erkennen, die Eidel einst ausgezeichnet hatte.

Finn lag neben ihr. Er war deutlich älter als sie, obwohl seine Wangen nicht so eingefallen waren. Aber sein Haar war nur noch aschblond, von grauen Strähnen durchzogen, und sein Gewand war das eines Jägermanns mit Wams und hohen Stiefeln.

Das Leuchten in der Halle konzentrierte sich um die beiden Körper und es schien von überall und nirgends zu kommen. Aber es erfüllte die Luft auf eine wundersame Weise und legte einen Schimmer auf die beiden Toten, als würde eine magische Sonne über ihnen stehen.

Finns linke Hand lag neben seinem Körper und dort hielt er die Hand seiner Frau. Seine Rechte lag auf seiner Brust und in der Faust sah Yana einen schwachen grünen Schimmer, der sich nur mühsam gegen das blaue Licht behaupten konnte.

Sie stieg auf die Empore, griff nach der Faust und versuchte, die Umklammerung zu lösen. Es ging leichter als erwartet.

Schon kullerte der grünlich funkelnde Kristall über die Brust des Bergkönigs davon, als wollte er die Chance nutzen, sich aus dem Staub zu machen.

Schnell griff Yana zu.

Bleib hier, Fogamar!, wollte sie noch rufen. Doch dazu kam sie nicht mehr, denn was dann passierte, darauf war sie nicht vorbereitet.

Die Macht des Steins

Kaum hatte sie den Stein berührt, wandelte sich das Licht. Der Fogamar blitzte einmal grell auf und all das blaue Licht, das den Felsendom erfüllte, verschwand. Danach pulsierte er in kräftigem Grün. Er war aus seinem Schlaf erwacht.

Es kribbelte auf Yanas Haut, als sich ein Fluss aus purer Energie den Weg quer durch ihren Körper bahnte. Die Erschöpfung, aber auch die Spannung fiel von ihr wie ein gelöster Vorhang.

Sie hielt den Stein weit voraus, da es sie erschreckte, aber nur für einen Moment. Im Schein seines Lichts erkannte sie, wie die Körper von Eidel und Finn zerfielen. Ganz wie es zuvor bei Aelvar abgelaufen war, konnte sie auf dem Sarkophag bald nur noch Umrisse ausmachen. Die Formen lösten sich auf und kaum mehr als die alte Kleidung blieb zurück. Und auch die verlor ihre Schönheit und wurde grau und fleckig.

Das Gefühl der Kraft nahm zu. Die Macht des Steins schien einen eigenen Willen zu haben. Immer mehr des Stroms aus unerklärlicher Energie durchflutete ihren Körper. Es hörte überhaupt nicht auf. Schon wollte Yana vor Freude laut aufschreien, doch im selben Moment kam das zurück in ihre Gedanken, was sie hierhergeführt hatte.

Der lange Weg nach dem Untergang der Windfolger, das Opfer von Loke, die verlorenen Jungs von Nortborg, die schweren Winter und dann ihr Vater, wie er auf der Suche nach Hilfe ins Unglück gelaufen war. Alles nur, um seine Tochter zu retten. Eine Tochter, die schon längst nicht mehr das war, als was sie einmal ihre Heimat verlassen hatte. In dem Moment, als Yana an die alten Tage im Haus ihres Vaters dachte, durchfuhr sie eine seltsame Wehmut. Auch mit der Magie aus dem Stein konnte man die Vergangenheit nicht zurückholen, auch wenn sie es sich so sehr wünschte.

Doch allein die Gedanken riefen eine seltsame Reaktion hervor. Plötzlich verdunkelte sich ihre Sicht. Von außerhalb ihres Blickfeldes flogen Schatten heran, nur das Leuchten des Fogamar bot weiterhin eine Orientierung. Die Welt verdüsterte sich, die Felswände verschwanden in Dunkelheit, dann verblasste sogar der Grabsockel vor ihrer Nase.

Nichts von der Realität blieb.

Yana hatte das Gefühl, sie stehe noch auf festem Boden, doch im selben Moment zog ein Hauch über ihre Wangen, als hätte sie das Tor zu einer kalten Gruft aufgestoßen. Genau von dort kam neues Leuchten auf. Feine Linien aus allen Farben des Regenbogens verliefen hierhin und dorthin. Nur der Kristall in ihrer Hand überstrahlte alles und er wies den Weg voraus.

Sie erschrak, als ihr Arm länger wurde. Er verzog sich wie in einem stark gekrümmten Spiegel. Es sah aus, als wollte der Kristall genau in diese Dunkelheit flüchten.

Ein Schwindel erfasste sie. Sie wollte ihre Hand heranziehen, doch das ging nicht. Ihr blieb nichts übrig, als dem Verlangen nachzukommen und zu rennen. Sie setzte ihrer eigenen Hand nach. Die hielt noch immer den Stein umklammert.

Das Rennen dauerte nicht mehr als ein paar Herzschläge. Schon beim nächsten Schritt wandelte sich ihre Sicht. Es fühlte sich an, als würde sie durch ein Tor treten, das mit einem leuchtenden Vorhang verhängt war. Eine Membran, die vielleicht nicht so dicht war wie Wasser, aber fester als ein Spinnennetz allemal.

Der Schock traf sie unvorbereitet.

Sie stand mitten im Haus in Sandbak. Sie sah die Feuerstelle nur zwei Schritte entfernt. Doch es war kein Feuer entzündet. Mildes Tageslicht schien durch die kleinen Fenster herein. Es sah aus, wie sie es in Erinnerung hatte, und für einen Moment musste sie überlegen, ob es Einbildung war, was sie sah, oder ob sie tatsächlich im Haus ihrer Jugend angekommen war. Einer Jugend, die sie hinter sich gelassen hatte, obwohl es für sie nur Wochen her war, seit sie die Abreise auf der Windfolger angetreten hatte. Aber sie wusste, es waren Jahre vergangen. Im selben Moment musste sie an Lito denken und an ihre Großmutter.

Wila, wo ist sie?

Ihr Wundern über den ungewohnten Ortswechsel war noch nicht ganz abgeklungen, da rief sie schon Wilas Namen durch die Halle.

Ohne Zweifel war dies die Realität. Sie war in Sandbak angekommen, auf einem Weg, den sie noch nie beschritten hatte.

Sie starrte für einen Moment auf den Stein in ihrer Hand. Ein Schauer lief ihr über den Rücken, als sie erneut die Macht verspürte, die der Stein ausstrahlte, als wäre er ein warmer Ofen, an dem man sich in einer kalten Welt wärmen konnte.

Er war Heil und Glück und Freude zugleich, aber ebenso suchte seine wilde Kraft ständig nach einem Ziel, als wäre er ein ungebändigtes Kind, das alles angreifen und zerstören wollte, was es nicht kannte.

Eine Seite in ihr wollte den Stein nie wieder loslassen. Eine andere Seite war so empört über diese unerhörte Kraft, dass sie den Kristall am liebsten weit von sich geworfen hätte.

Doch sie hielt ihn fest, auch als sie sich umschaute und mit verzweifelten Blicken in dem großen Raum nach Halt in der Realität suchte.

Es war niemand zu sehen. Sie rief erneut nach Wila, doch es kam keine Antwort.

Sie umrundete die Feuerstelle und ging zum hinteren Teil des Hauses, dort, wo sich der Anbau mit den Räumen ihrer Großmutter anschloss. Schon als sie die Pforte aufstieß, schlich ein seltsames

Gefühl ihre Kehle herauf. Vor ihr lag ein kurzer Flur, still und verlassen wie der Rest des Hauses.

Sie wandte sich der ersten Tür auf der rechten Seite zu, Wilas Kammer. Mit ihrer freien Hand hob sie vorsichtig den Riegel und öffnete.

Was sie sah, ließ sie erstarren.

Auf dem Bett voraus lag ihre Großmutter; die Augen geschlossen, die Hände über der Brust gefaltet. Ein einfaches weißes Leinenkleid trug sie und ihre weißen Haare waren glatt und sauber nach hinten gekämmt.

Still war es auch hier, nur je eine dicke Kerze war zu beiden Seiten des Bettes aufgestellt. Die Flammen flackerten und auf allen Dingen in der Kammer lag ein schwacher goldener Schimmer.

Zuerst konnte Yana ihre Augen nicht von dem bewegungslosen Körper ihrer Großmutter abwenden. Dann erst erfasste sie, dass noch zwei Personen anwesend waren. Sie saßen auf Hockern neben dem Bett und schauten ihr überrascht und nicht wenig erstaunt entgegen.

»Wer seid Ihr?«, fragte Yana.

Es waren zwei Frauen. Die Jüngere schätzte Yana in ihrem eigenen Alter ein. Sie trug ein unauffälliges Gewand aus braunem Leder und über den Schultern lag ein Überwurf aus grauem Leinen. Die Kapuze hatte sie nicht aufgezogen und ihre aschblonden Haare hingen ihr ins Gesicht. Ihre Nase war spitz und damit sah sie fast aus wie eine graue Maus.

Von der Person neben ihr konnte Yana nicht viel erkennen, denn auch die trug einen Überwurf, hatte aber die Kopfbedeckung aufgezogen. Doch die Gesichtszüge zeigten, diese Frau war viel älter. Sie hatte ganz sicher schon so viele Jahre durchlebt wie Großmutter Wila. Tiefe Linien zogen sich über ihre Stirn und um die Mundwinkel, als sie den unerwartet hereingeplatzten Besuch musterte.

Yana hatte keine von beiden je gesehen. Sie sahen nicht aus wie typische Bewohner von Sandbak.

»Was wollt Ihr hier?«, stieß die Jüngere hervor, und es klang nicht wenig unwirsch. »So lange hat sich niemand um Wila gekümmert. Wollt Ihr die Totenwache stören?«

Beim Anblick von Wila hatte Yana noch nichts begriffen. Da hatte sie noch Hoffnung gehabt. Aber nach den Worten traf die Erkenntnis sie wie ein Schlag ins Gesicht.

Wila war gegangen. Auch wenn ihr Körper noch hier ruhte, war ihr Geist nicht mehr in dieser Welt.

»Was ist geschehen?«, rang sie mühsam heraus.

Die junge Frau wollte schon Luft holen und aufstehen. Die Ältere hielt sie am Arm zurück.

»Ich kenne Euch«, sagte die Faltige. »Ihr seid Yana, die Tochter des Hauses. Ich habe Euch einmal in der Begleitung Eures Vaters gesehen, es war noch vor dieser Zeit.«

Am Tonfall erkannte Yana, dass da jemand mindestens so erstaunt über ihr Auftreten war wie sie selbst über die Szene, die sich hier abspielte.

Die graue Maus wechselte mit ihrem Blick ungläubig zwischen Yana und der Alten hin und her.

»Das kann nicht sein«, entfuhr es ihr, doch die Alte nickte.

»Ich bin es wahrlich«, sagte Yana mit fester Stimme und spürte dabei, wie eine Ungeduld in ihr aufstieg, die sich kaum bändigen ließ.

»Sagt mir endlich, was sich zugetragen hat.«

Die Jüngere stockte, doch die Alte übernahm.

»Wir wissen, dass Wila unter der Knute der Hardangers gelitten hat. Sie musste für alle arbeiten und für Morton und seinen Sohn auch noch die Knochen werfen. Da der Clan diese Stadt regiert, müssen auch wir uns bedeckt halten, aber letztlich will sich niemand einmischen und alle sind mehr als froh, wenn jemand die Aufgabe übernimmt. Wir haben gehört, dass Wila zuletzt nichts mehr gegessen hat. Ich glaube, ihr ist einfach die Kraft ausgegangen. Als wir von dem Ereignis hörten, hat man uns geschickt, um einer von uns die letzte Ehre zu erweisen.«

»Dann seid ihr Fanggen?«

»Wir sind einen weiten Weg gekommen, um die Totenwache zu übernehmen. Morgen werden wir Wila nach unseren Ritualen bestatten, da es scheinbar in dieser Stadt niemanden gibt, der es wagt, dies zu übernehmen. Man munkelt, Harald hätte am liebsten gegen die alten Gesetze gehandelt und gleich das ganze Haus angezündet. Ein Brennen, um all das in Asche zu verwandeln, was vom alten Jarl geblieben ist.«

Yana schnürte es die Kehle zu. Ihr war, als würde Morton sie höchstpersönlich würgen. Sie sank zu ihrer Großmutter aufs Bett und legte die Stirn auf Wilas Schulter. Dort kauerte sie zusammengekrümmt, als wolle sie sich nie wieder lösen.

Die beiden Frauen hielten die Stille.

In Yana herrschte alles andere als Stille.

Ihre Trauer war überwältigend. Wila war nicht mehr. Der letzte Anker aus der alten Zeit war vergangen. Es war Yana nicht vergönnt gewesen, ihre Großmutter noch einmal zu sprechen, sich an ihrer warmen Stimme zu erfreuen und ihrem weisen Rat zu lauschen. Sie kam zu spät, das Schicksal war schneller gewesen.

Oder waren das die Hardangers?

Es durchfuhr sie wie ein Blitz, aber diesmal war es nicht die Erkenntnis.

Diesmal war es der blanke Zorn.

Ihr wurde heiß und kalt zugleich.

»Was ist mit Euch?«, hörte sie die Frauen hinter sich rufen und es klang nicht mehr erstaunt oder ungläubig, sondern voller Angst.

Nachglimmen

Das Erste, was Yana spürte, als sie erwachte, war eine bleierne Schwere in allen Gliedern. Es fühlte sich an, als könne sie sich nie wieder erheben. Selbst die Augenlider ließen sich nur widerwillig öffnen. Sie mühte sich, zu zwinkern, aber der Schleier vor ihren Augen verging nur langsam.

Die Schlieren schoben sich zu einem Gesicht zusammen. Ganz nah war ihr die junge Frau, die ihr in der Kammer von Wila begegnet war.

»Sie wacht auf.«

Das war die Stimme der faltigen Frau und sie musste sehr nah sein, obwohl sie in Yanas Blickfeld noch nicht aufgetaucht war.

Im nächsten Moment drang ihr ein beißender Geruch in die Nase. Gleich kratzte es im Hals und sie musste husten. Die graue Maus hielt sie fest. Erst jetzt realisierte Yana, dass sie halb in ihren Armen lag.

»Was ist mit mir?«, fragte sie und musste gleich noch einmal husten.

»Es ist vorbei.«

Versuchte da jemand, beruhigend über ihre Haare zu streichen? Yana war sich nicht sicher.

»Ist es wirklich vorbei?«, fragte jemand anderes. Die Stimme kam von hinten.

»Es scheint so«, antwortete wieder die Alte. »Sie hat ihre Kraft verbraucht. Ich glaube nicht, dass es so schnell wieder ausbricht.«

Ausbrechen?

Yana richtete sich auf.

Da sah sie das Unheil.

Unter ihr rauchten die Häuser von Sandbak in den letzten Flammen. Es war der Teil, der ehemals der alte Teil genannt wurde. Schnell blickte sie sich um. Sie saß am Hang des Dramberg, ein gutes Stück oberhalb der ersten Hausreihe. Direkt unter ihr hatte es Bäume und Büsche erwischt. Die Reste aus nichts als ein paar verkohlten Stümpfen ragten aus der Erde. Es sah aus, als wäre eine Feuerwalze vom Berg herabgestürmt und hätte alles in ihrem Weg überrollt.

Sie sah zahllose Einwohner herumlaufen, die sich händeringend mühten, die letzten Feuernester zu löschen. Eimerketten hatten sich gebildet und trotzdem liefen viele Menschen durcheinander. Rauch zog aus den Überresten der Gebäude gen Himmel und sorgte für einen milchigen Schleier, der die Sonne verhüllte.

»Ich verlasse mich auf Euch«, sagte die Stimme von hinten und Schritte entfernten sich. Yana konnte ihre Augen nicht von dem Chaos am Fuß des Berges abwenden.

Nach einer Weile senkte sie ihren Blick. Sie konnte es nicht mehr ertragen.

»Was ist passiert?«, fragte sie in die Stille.

Sie saß auf dem Boden und jetzt erst bemerkte sie, dass ihre Hand noch immer den Fogamar umklammert hielt.

»Macht Euch keine Gedanken«, riet ihr die junge Frau. Die hatte neben ihr gekniet, nun stand sie auf. »Ihr könnt nichts dafür. Die Macht des Steins ist zu groß. Euer Zorn hat für den Rest gesorgt. Halb Sandbak hat dafür bezahlt. Die Hardangers hat es in ihren Häusern erwischt, ebenso wie die meisten ihrer Anhänger. Es ist vielleicht nicht einfach, das zu verstehen, aber es gibt jetzt etwas, das wichtiger ist. Wir dürfen keine Zeit verlieren.«

»So ist es«, sagte die Alte und baute sich vor Yana auf. Die Frauen griffen ihr unter die Arme und richteten sie auf. Die Beine wackelten noch bei den ersten unsicheren Schritten, als sie den Berg hinaufgeführt wurde.

»Wir wollen doch nicht, dass Ihr den Stein noch einmal auf diese Weise nutzt.«

»Ich …«

Yana wollte mehr sagen, sie wollte mehr fragen, aber ihre Stimme versagte. Die Erkenntnis schnürte ihr die Kehle zu. Sie hatte das Feuer entfacht. Sie war wie ehemals Finn der Versuchung erlegen. Gegen die Kraft des blauen Feuers konnte niemand bestehen. Ein wirrer Strudel aus Gedanken breitete sich in ihrem Kopf aus. Sie wollte den Stein fallen lassen, aber eine unerklärliche Kraft hielt ihre Hand geschlossen. Sie konnte sich nicht von dem kraftvoll leuchtenden Kristall trennen.

Die Abscheu vor ihren eigenen Taten ließ ihr den Schweiß ausbrechen. Zur gleichen Zeit durchströmte sie eine Genugtuung, die sie noch nie gefühlt hatte.

Wenn sie den Worten der beiden Frauen glauben konnte, war sie es gewesen, die dem Clan der Hardangers ein schreckliches Ende bereitet hatte.

Der Stein. Es war der Stein.

Sie begann zu zittern, da erreichte sie im Schlepptau der Frauen die Kuppe des Drambergs.

Was sie dort sah, ließ sie an ihrem Verstand zweifeln. In der Mitte des Platzes, gleich neben der hölzernen Statue des Bären, lag etwas am Boden, das sie schon gesehen hatte. Es war der riesige Bär, der noch vor Kurzem an einem ganz anderen Ort gegen einen Fluch gekämpft und beinahe verloren hatte. Dieser Bär war nicht aus Holz. Sein Fell war schwarz und lebendig sah er aus, auch wenn sein Kopf im Gras ruhte, die Augen geschlossen. Die Nüstern blähten sich, so schwer atmete er.

»Geht!«, befahl die alte Frau und entließ sie aus dem Griff. »Sie hat dem Feuer Einhalt geboten und das Schlimmste verhindert. Das kostet Kraft und sie hat keinen Stein, so wie Ihr. Macht Euren Frieden und dem Unheil ein Ende.«

Ein Schubser brachte sie in Gang. Mehr stolperte sie voran, als dass sie ging.

Vor dem Kopf des Bären ging sie auf die Knie. Wie ein Hügel aus Muskeln und schwarzem Fell lag das mächtige Tier vor ihr, die Tatzen regungslos, nur das Schnaufen verriet, dass dort noch jemand am Leben war.

»Verzeiht mir«, flüsterte Yana. »So habe ich mir das nicht vorgestellt.«

Es kam keine Antwort. Nicht die leiseste Reaktion zeigte ihr, dass jemand ihre Worte verstanden hatte. Im selben Moment fühlte sie, wie unwillkürlich ihr Atem stockte, als hätte ihr Harald Hardanger höchstpersönlich die Hände um den Hals gelegt. Denn war es nicht genau das, was sie sich vorgestellt hatte? Sie war für all das verantwortlich. Hinter ihr lag das Chaos, das der Stein gleich einem Fluch auf ihren heimlichen Befehl entfesselt hatte. Sie musste davon ausgehen, dass Harald nie wieder einen seiner Scherze mit irgendjemand aus Sandbak treiben würde.

Verzweifelt versuchte sie, ihre Gedanken zu ordnen. Sie dachte an ihren Geburtstag. Es war noch nicht lange her, da hatte sie auf ihrer liebsten Wiese gesessen, den warmen Sonnenschein auf der Haut gespürt und sich auf ihre Zukunft gefreut. Eine Seite in ihr wünschte sich den Tag zurück, da alles noch so gewesen war, wie sie es sich immer vorgestellt hatte. Doch die Vision verblasste. Stattdessen spürte sie, wie erneut ein Kribbeln ihren Arm durchlief. Sie schreckte aus den Gedanken auf.

Nicht zu viel wünschen!, durchfuhr es sie.

Das ist gefährlich. Zumindest solange ich das in der Hand halte, was nicht mir gehört.

Plötzlich wusste sie, was zu tun war. Da war ein Drang, der in ihr aufwallte, als hätte er schon seit unmessbaren Zeiten tief in ihrem Herzen geschlummert.

Nur eines war jetzt wichtig.

Er wollte zurück. Endlich wieder in die Hand der Einzigen, die mit ihm umzugehen wusste. Die Einzige, die ihm Einhalt gebieten konnte.

»Hepta!«, rief Yana laut aus.

Dann legte sie den Stein auf die Stirn des Bären und was dann passierte, war vielleicht das größte Wunder von allen.

Nach Jahr und Tag

»Und du bist sicher, dass du gehen willst?«
In Heptas Stimme schwang etwas mit, das Yana in dieser Form noch nie gehört hatte. War es Mitgefühl? War es Wissen um das, was passieren könnte? Oder war es Resignation?

Wer könnte besser wissen als Hepta, wie es sich über die Zeitalter lebt? Wie es sich anfühlt, wenn man kaum älter wird und die Zeit fliegt wie der Flug der Schwalben, wenn sie im Frühjahr zurück in den Norden segeln?

Und im Norden waren sie geblieben, auch wenn Hepta nie wieder ihren Fuß in das Land der alten Berge gesetzt hatte. Das Tal, aus dem sie einst gekommen war, hatte sie nie wieder gesehen. Obwohl sie es gekonnt hätte, denn der alte Fluch war gebrochen. Der Fogamar hatte den Rest besorgt. Seine Kraft hatte sich über die alten Wunden gelegt wie ein Verband aus Baumharz.

»Erinnerst du dich an das, was du damals gesagt hast?« Yana hatte bewusst eine Gegenfrage gewählt.

»Damals, als du mich mit dem Stein vereint hast?« Hepta ließ sich nicht verunsichern.

»Du hast mir gesagt, wir sind dazu geschaffen, Leben zu erhalten.« Yanas Stimme wurde fest und sicher. Es klang, als könnte sie nichts in der Welt von ihrer Entscheidung abbringen.

»Der Tod kommt von allein«, wiederholte Hepta die geweihten Worte.

Yana schloss die Formel: »Die Pflicht dem Leben.« Und ergänzte wie immer mit ihren eigenen Worten: »Nicht den Toten.«

Beide wussten, was das Credo für Yanas Besuch bei ihrem Bruder bedeuten würde.

Yana war mit Hepta gegangen. Das hatte sie nie bereut. In eine neue Welt war sie getreten und neue Zeiten warteten hinter dem Horizont. Fern war sie gereist und sie war ihrer neuen Meisterin nur zu gern gefolgt, auf uralten und ebenso gänzlich neuen Straßen. Von der Heimat hatten sie beide nicht viel mehr mitgenommen als die Erinnerung.

Von den nördlichen Rändern des Kontinents hatte ihr Weg sie fast bis in die Mitte geführt. Auch hier gab es dichte Wälder und hohe Berge, auch wenn Yana den Blick auf das Meer vermisste.

Aber dafür waren die Bäume nah, das Grün, das jetzt auf ihre Stimme hörte. Lange hatte sie dafür geübt. Die Lehren von Großmutter Wila waren eine gute Vorbereitung gewesen. Und doch waren sie kaum mehr als eine Vorbereitung. Das Wissen, das Hepta ihr eröffnet hatte, war so viel mehr.

Gern nannte sie die Meisterin des Steins immer noch Siebenblatt. Und sie musste lächeln, wann immer Siebenblatt auch für sie einen neuen Namen nutzte.

Dryade nannte sie Yana, da sie mit ihrer Magie bewirken konnte, was anderen Schwestern verwehrt blieb. Mit Pflanzen gelang ihr am meisten. Es fiel ihr leicht, Schösslinge zum Wachsen zu bringen, Knospen zum Aufbrechen und selbst die Alraunen zum Blühen. Selbst nach all den Jahren war ihre Ausbildung noch nicht abgeschlossen. Da steckte so viel mehr in ihr.

Das Reisen auf dunklen Wegen hatte ihr am Anfang ordentlich Probleme bereitet. Nicht, weil es schwierig war. Schließlich war es ihr wie all ihren neuen Schwestern in die Wiege gelegt. Aber es war nicht das Lernen, es war nicht das Ausprobieren. Es war die Angst vor der Dunkelheit. Denn sehr wohl konnte man sich auf dunklen Wegen verlieren, wenn man unsicher war oder vielleicht für einen Moment das Ziel aus den Augen verlor.

Manchmal erschien er in ihren Träumen. Der Stein, wie er in ihrer Hand lag. Er hatte ihr zum ersten Mal den Pfad durch die Finsternis der Anderswelt gewiesen. Damals hätte leicht etwas schiefgehen können. Nach einem solchen Traum wachte sie jedes Mal schweißgebadet auf. Was wäre passiert, wenn ihr der Stein aus der Hand gefallen wäre? Hätte sie jemals aus dem dunklen Reich herausgefunden?

Heute wusste Yana, wo sie herauskommen wollte. Sie war schon dort gewesen. Es war das neue Zentrum von Sandbak. Auch wenn die Heimat nur noch wenig mit dem Ort gemeinsam hatte, den sie einst verließ.

»Ich muss gehen«, sagte Yana. Für sie war die Entscheidung gefallen.

Als Hepta noch besorgter dreinschaute, eilte sie sich, anzufügen: »Ich werde vorsichtig reisen.«

Sah sie da eine Entspannung um die Augenwinkel ihrer Mestrí?

»Mach es dir nicht so schwer«, wurde sie von Hepta ermahnt. Und nach einer Pause: »Mach es ihm nicht so schwer.«

Yana musste den Blick abwenden. Sie senkte den Kopf. Es konnte sehr wohl das letzte Mal sein, ihren Bruder zu sehen. Noch war er unter den Lebenden. Würde er es in den nächsten Sommer schaffen? Vielleicht sogar bis in den nächsten Herbst? Yana wünschte es sich so sehr.

Aber ebenso wusste sie, wie sinnlos es war, sich gegen die Zeit zu stemmen.

Lito war nun bald fünfzig Jahre der Jarl des Nordens. Und ein guter Jarl war er gewesen, nach allem, was er damals durchgemacht hatte.

Für ihn war es die richtige Entscheidung gewesen. Nach Sandbak zurückzukehren, um einen neuen Anfang zu wagen. Zu versuchen, die alten Wunden zu schließen und neue Freunde zu finden. Seine engsten Vertrauten hatten ihm geholfen und einige hatten es sogar geschafft, ihm bis in seine hohen Tage beizustehen.

Hildor und Simo, das ungleiche Pärchen, waren noch beisammen. Doch auch sie hatte das Alter eingeholt. Sie waren die Einzigen, die noch von der Gesellschaft der verstoßenen Jungs übrig blieben. Alle anderen waren längst gegangen, und selbst Joran, dem treuesten Freund ihres Bruders, war vor fünf Jahren die Kraft ausgegangen.

Lito hatte überlebt. Er war eben doch ein Kind seiner Mutter. Etwas von Svava lebte in ihm fort, auch wenn Yana das meiste abbekommen hatte. Doch für Yana war die Zeit in Sandbak abgelaufen, nach allem, was damals passiert war.

Nun würde auch für Lito die Zeit kommen, und sie wusste, mit ihm würde die letzte Bindung an das alte Leben gehen.

Danach würde sie ganz sicher nur noch einmal nach Sandbak reisen. Dafür sorgen, dass er eine Totenfeier bekam, die seiner würdig war. Ein großes Feuer würde es werden. Mindestens so groß wie das von Loke. Damals, als sie seinen toten Körper aus den verfluchten Tunneln geborgen und in der Wildnis einen Scheiterhaufen errichtet hatten, der Königen zur Ehre gereicht hätte.

Es war ein Zwiespalt. Die typische Spannung breitete sich in Yana aus, als sie daran dachte, gleich das Tor in die Anderswelt zu öffnen und durch die Dunkelheit zu laufen. Doch gleichermaßen freute sie sich, ihren Bruder wiederzusehen, noch einmal in seine wachen Augen zu blicken. Schon erschien er vor ihrem geistigen Auge und damit kam auch die Trauer zurück, denn die Zeit hatte ihn gebeugt und kränklich gemacht. Es gab nichts, was sie daran hätte ändern können.

Hepta stand vor ihr und musterte sie aufmerksam.

Yana blickte sich noch einmal um, als wollte sie sich die Dinge im Zimmer einprägen. Ihr eigenes Zimmer im großen Haus von Siebenblatt. Der Schreibtisch, an dem sie so viele Stunden verbracht hatte, den Kopf tief in alten Folianten vergraben. Die fein geschnitzten Paneele aus hellem Birkenholz und die Bilder an den Wänden.

Ein Gemälde stach besonders heraus. Es war das Portrait einer Landschaft. In seinem breiten Format hing es dem Bett gegenüber, sodass es bald das ganze Blickfeld einnahm, wenn man sich zur Ruhe legte.

Darauf war eine Küste zu sehen, hohe Klippen über einem tiefen Meer. Der Horizont in der Ferne war wie mit dem Messstab gezogen. Dunkel war die See und hell der Himmel, da bald die Sonne aufgehen würde.

Hepta lächelte sie an.

Und Yana grüßte noch einmal, wie es unter den Schwestern üblich war. Ein leichtes Verneigen des Oberkörpers, die Rechte erhob sich zur Stirn, zwei Finger berührten für einen Moment die Stelle zwischen den Augen, so flüchtig und sacht wie der Flügel eines vorbeiflatternden Schmetterlings.

Schon richtete sie sich wieder auf, stand mit erhobenem Kopf und sagte: »Ich werde wiederkommen.«

Sie schloss die Augen und faltete die Hände, um sich für einen Moment zu konzentrieren. Dann atmete sie tief ein und verschwand.

Ende

Das Erstlied des Nordens

Nord bei Nordwest liegt ein Land unter Eis
Voll glitzernder Hallen aus gefrorenem Weiß.
Noch tiefer darunter in tagferner Nacht
Liegt der Bergkönig schlafend in all seiner Pracht.
Sich selbst hat er dort zur Ruhe gebettet
Und all seine Schätze an sich gekettet.

Ein Fluch aus Magie von seltenem Stein
Hält erfroren sein Herz, seine Schätze, sein Heim.
In der Rechten er hält den Stein seiner Macht,
In der Linken das Herz seiner Liebsten ganz sacht.
Der eine ist sternkaltes Licht voller Glanz,
Das andere Glühen von Leben und Tanz.

Als das Land noch grün und die Täler voll Klee
Verfiel er dem Zauber der lieblichsten Fee.
Hätt er doch niemals geseh'n, wie sie lacht,
Hätt er dem Land nicht den Eisschlaf gebracht.
Auf dass ihm niemals die Liebe verloren,
Hat er sich und für immer das Leben erfroren.

Dem Wesen des Waldes war er maßlos verfallen,
Doch sie verschmähte den Glanz seiner Hallen.
Er hält mit dem eis'nen Juwel seiner Macht,
Über all was ihm lieb so mitleidlos Wacht.
Und liegt starr und still in todkalter Klamm
Für endlose Zeit unter magischem Bann.

Wer das Herz des Waldes vom Fluch will befreien,
Muss entzweien den König vom mächtigen Stein.
Doch jeder der's wagt, sei gewarnt und hab Acht,
Das Juwel des Waldes birgt seltene Macht.
Wer Land und Wälder und König will retten,
Muss brechen den Fluch der magischen Ketten.

Als sei das alles noch längst nicht genug,
Hat der König beschworen einen mächtigen Spuk.
Das Grab zu bewachen, wurd' ein Übel erweckt,
Das sich tief in den Bergen und Wäldern versteckt.
Nur wer im Kampf mit der Bestie obsiegt,
Dem Fluch der Berge die Macht entzieht.

Wer bindet die Kräfte von Tod und von Sein,
Kann am Ende sich selbst, Land und Wälder befrei'n.

Wenn Glühen und Glanz am Ende vereint,
die Sonne des Lebens dem Land wieder scheint.

Die Kinder der Erde

Auf der folgenden Seite finden Sie eine grafische Umsetzung der Hierarchie, die sich innerhalb der Schwesternschaft der *Kinder der Erde* herausgebildet hat.
Eine Figur, die Sie in diesem Roman kennengelernt haben, ist Hepta, eine Mestrí aus der Gruppe der sogenannten Hüterinnen. Da die *Kinder der Erde* allesamt Töchter der ursprünglichen Erdmutter Gaia sind, ist ihre originäre Macht an die Jahreszeiten gebunden. Gleichzeitig sind sie nicht nur Hüterinnen, sondern ebenso Beschützer wie Verstärker all dessen, was eine Jahreszeit ausmacht. Hepta ist, wie in der Handlung angedeutet, am mächtigsten im Herbst und ihr Hohemonat ist der September. Und wenn man der Erzählung Glauben schenken kann, dann hat sie Yana schon vor einiger Zeit unter ihre Fittiche genommen, denn die Dryaden sind seit jeher Infantinnen, die ihre Kraft aus der Machtsphäre von Tumnà beziehen.
Die Kinder der Erde sind die wundersamsten und gleichzeitig rätselhaftesten Wesen, denen man auf diesem Planeten begegnen kann. Wenn man denn überhaupt das Glück hat, eines von ihnen zu Gesicht zu bekommen. Sie leben seit Jahrhunderten unter uns, manche würden behaupten seit Jahrtausenden. Sie leben versteckt, sind unerkannt und durch mächtige Zauber geschützt.
Viele Erzählungen berichten über sie. Sagen und Märchen aus alten Zeiten. Sie selbst haben diese Geschichten erfunden und ihre Bilder in die Köpfe der Menschen gesetzt. So kennen wir sie als Feen, Geister, Fabelwesen, magische Kreaturen oder Naturgewalten und Meister über die Jahreszeiten.

Die Kongregation der Zeiten

(Hierarchiemodell)

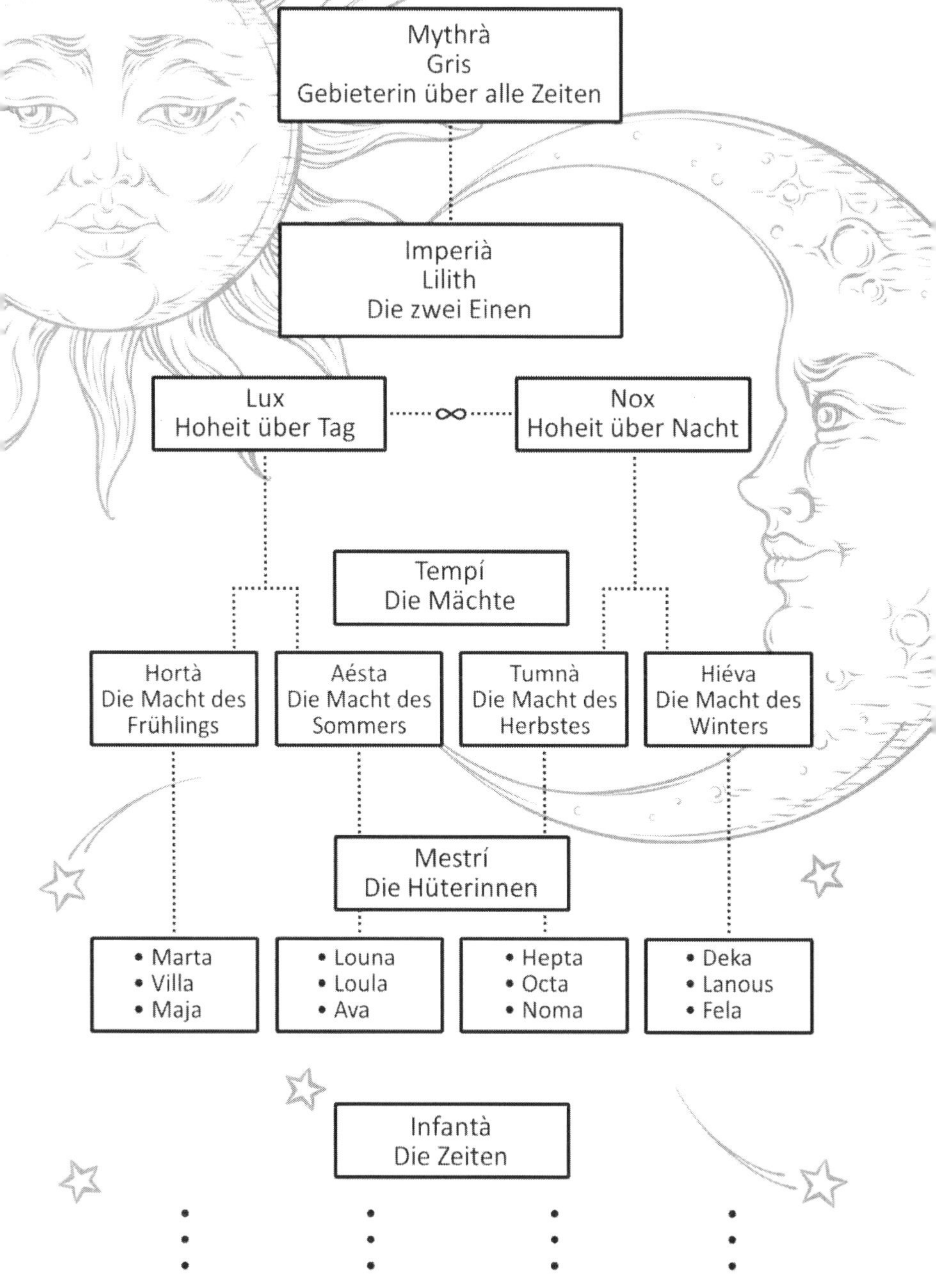

Mehr über die Kinder der Erde

Ich, Santa

Mit diesem Buch fängt alles an.
Die Geschichte von einem Jungen und seinem magischen Erbe. Ein Abenteuer um den Zauber der Jahreszeiten, den Mythos von Santa und die Realität, wenn man zu retten versucht, was von der Vergangenheit noch zu retten ist.

Roman: 324 S.
ISBN: 978-3-7528-1639-6

Kinder der Erde – Die Vignetten

Eine Neuauflage der besten kompakten Geschichten aus dem Universum der Kinder der Erde. Sie sind die Legenden und Fabelwesen, die wir schon seit Urzeiten besingen. Aus ihren Abenteuern bestehen unsere Sagen. Und doch ist die Wirklichkeit noch viel abenteuerlicher.

Roman: 104 S.
ISBN: 978-3-7583-8801-9

Der Dachs, der Wind und das Webermädchen

Wir kennen sie als Jito, die größte Kaiserin des antiken Japan. Ihre Geschichte ist geprägt von einer unerfüllten Liebe und dem Schicksal eines einfachen Webermädchens.

Roman: 156 S.
ISBN: 978-3-7504-0144-0